LA CHICA DE WOODSTOCK

I0886151

ELENA CASTILLO

LA CHICA DE WOODSTOCK

CROSS BOOKS

Obra editada en colaboración con Editorial Planeta – España

© del texto: Elena Castillo, 2025

Pág. 10: *With A Little Help from My Friends* © The Beatles. Sony/ATV Music Publishing LLC, TuneCore Inc., 1967. Interpretada por John Lennon / Paul McCartney y versionada por Joe Cocker.
Pág. 12: *Rainy Days and Monday* © The Carpenters. Universal Music Publishing Group, 1974. Compuesta por Paul H. Williams / Roger S. Nichols.
Pág. 82: *Comes My Baby* © The Tremeloes. Angusa Music Co. Ltd., Angusa Music Limited, 1968. Compuesta por Cat Stevens.
Pág. 120: *Let's Live for Today* © The Grass Roots. Universal Music Publishing Ricordi Srl., 1968. Compuesta por Giulio Rapetti Mogol, Norman David Shapiro, Michael Julien.
Pág. 242: *"Fish" Cheer / I-Feel-Like-I'm-Fixin'-to-Die Rag* © Country Joe & The Fish. Alkatraz Corner Music Co., 1967.
Pág. 282: *Heaven and Hell* © The Who. Universal Music Group, 1969. Compuesta por John Entwistle.
Pág. 393: *The Wind* © Cat Stevens. Cat Music Ltd., Cat Music Limited, 1971.

© 2025, Editorial Planeta, S.A. – Barcelona, España

Derechos reservados

© 2025, Editorial Planeta Mexicana, S.A. de C.V.
Bajo el sello editorial CROSSBOOKS M.R.
Avenida Presidente Masarik núm. 111,
Piso 2, Polanco V Sección, Miguel Hidalgo
C.P. 11560, Ciudad de México
www.planetadelibros.com.mx

Primera edición impresa en España: abril de 2025
ISBN: 978-84-08-30078-6

Primera edición impresa en México: mayo de 2025
ISBN: 978-607-39-2652-2

No se permite la reproducción total o parcial de este libro ni su incorporación a un sistema informático, ni su transmisión en cualquier forma o por cualquier medio, sea este electrónico, mecánico, por fotocopia, por grabación u otros métodos, sin el permiso previo y por escrito de los titulares del *copyright.*

Queda expresamente prohibida la utilización o reproducción de este libro o de cualquiera de sus partes con el propósito de entrenar o alimentar sistemas o tecnologías de Inteligencia Artificial (IA).

La infracción de los derechos mencionados puede ser constitutiva de delito contra la propiedad intelectual (Arts. 229 y siguientes de la Ley Federal del Derecho de Autor y Arts. 424 y siguientes del Código Penal Federal).

Si necesita fotocopiar o escanear algún fragmento de esta obra diríjase al CeMPro (Centro Mexicano de Protección y Fomento de los Derechos de Autor, http://www.cempro.org.mx).

Impreso en los talleres de Corporación en Servicios
Integrales de Asesoría Profesional, S.A. de C.V.,
Calle E # 6, Parque Industrial
Puebla 2000, C.P. 72225, Puebla, Pue.
Impreso y hecho en México / *Printed in Mexico*

Me dedico este libro a mí misma, porque hay momentos en la vida en los que debes ponerte en primer lugar y creer en ti con fuerza para poder volar mejor y más alto

Playlist de
La chica de Woodstock

With a Little Help from My Friend – **Joe Cocker**
Rainy Days and Mondays – **The Carpenters**
Heartbreak Hotel – **Elvis Presley**
Take On Me – **A-HA**
Love Me Do – **The Beatles**
Dizzy – **Tommy Roe**
Leaving on a Jet Plane – **Peter, Paul & Mary**
Into the Mystic – **Van Morrison**
Bright Side of the Road – **Van Morrison**
The Rain, The Park And Other Things – **The Cowsills**
As Times Goes By – **Dooley Wilson**
Definitely Maybe – **Oasis**
La Bamba – **Ritchie Valens**
Here Comes My Baby – **Cat Stevens**
Mr. Tabourine Man – **Bob Dylan**
Bitch – **Meredith Brooke**
Let´s Live For Today – **The Grass Roots**
You Really Got Me – **The Kinks**
Hound Dog – **Elvis Presley**
Freedom – **Richie Havens**
Reason to Believe – **Tim Hardin**

Animal Crackers – **Melanie**
Oh, Happy Day – **Joan Báez**
Lay Lady Lay – **Bob Dylan**
The Boxer – **Simon & Garfunkel**
The Fish Cheer – **Country Joe & The Fish**
I Am a Rock – **Simon & Garfunkel**
My World Fell Down – **Sagittarius**
Incense and Peppermints – **Strawberry Alarm Clock**
Paper Sun – **Traffic**
Hallucinations – **Tim Buckley**
Suzy Q – **John Fogerty**
Heaven and Hell – **The Who**
Somebody to Love – **Jefferson Airplane**
Everybody´s Talkin´- **Harry Nilsson**
I Heard It Through the Grapevine – **Marvin Gaye**
Don´t Be Cruel – **Billy Swan**
The Wind – **Cat Stevens**

Puedes escuchar estas y más canciones relacionadas con la novela en el siguiente enlace:

Prólogo

17 de agosto de 1969

La chica estaba tan cerca del escenario que el suelo vibraba bajo sus pies descalzos, multiplicando así los efectos del ácido que en aquel momento le fluía por la sangre.

Con los primeros acordes de aquella canción comenzó el diluvio, uno real tan refrescante como agresivo, de presencia imponente y rebelde. Sorprendida, se tocó los labios mojados con la punta de los dedos y luego saboreó el regusto a tierra húmeda en ellos. Sintió que todo se fundía en uno en aquel momento, ella y el poder de la naturaleza. Manteniendo los ojos cerrados, creó un camino descendente por su garganta hasta el collar del que pendían tres balas y allí los detuvo un instante. A modo de fogonazos, su piel revivió cada beso apasionado de los últimos días, se estremeció con la anticipación de las caricias que aún quería recibir y se encendió hasta creer por un instante que de verdad podía arder bajo aquella lluvia.

Notó cómo las gotas frías resbalaban por sus pechos y cómo se le endurecían los pezones, mientras que desde los altavoces salía una energía electrizante que le hacía curvar y estirar la columna al compás de aquella guitarra estridente.

Sus brazos tomaron la decisión de alzarse hacia el cielo, así como su cara se enfrentó al aguacero con deleite.

If I sang out of tune?
Would you stand up and walk out on me?
I'll sing you a song...

Reconoció partes de aquella canción de los Beatles, y también que quien la entonaba poseía una voz rasgada y potente, sensual y salvaje.

Comenzó a girar, como si con sus vueltas lograse irradiar una energía que se expandía hasta los confines de todo lo conocido, rompiendo muros y señales de prohibición, acallando voces y negativas, con la fiereza de un huracán y la determinación que nacía del epicentro de su alma. Pero, al mismo tiempo, esa misma energía iba proyectando en todas direcciones un pavimento natural sobre el que crecían flores, *sus* flores, por el que fluían las notas más viscerales del cantante que volaban caprichosas y que ella deseaba cazar para comérselas, para llenarse por dentro de su fuerza.

Era ella, en estado puro, sin la ropa que oprimía sus gustos, lejos de las directrices que había seguido toda su vida, con el pelo suelto alzando el vuelo en cada giro, con sus deseos desplegados en posibilidades reales y la sensación plena de que en ese instante estaba viva, que era absoluta y deliciosamente libre.

Capítulo 1
Lennon

Octubre de 2002, Los Ángeles
***Dos años antes del estreno de* Verano en Acuario**

¿Por qué precisamente ahora?

Han pasado cinco años y reconozco que durante todo este tiempo no he hecho absolutamente nada interesante para llamar su atención. Él sí. Dustin Davis ha triunfado a lo grande, se ha hecho de oro y no hay un solo ser humano en el planeta que no sepa su nombre.

¿Por qué ahora? ¿Por qué yo?

No es que terminásemos mal, nunca nos peleamos, es solo que nuestras vidas tomaron rumbos diferentes. Y bueno, siempre he pensado que ellos dos harían las paces, que volverían a ser amigos, y tenía claro que yo no volvería a estar en medio, no quería. Ni en medio ni cerca del innombrable.

Borro el correo electrónico recibido por quinta vez y escucho la última repetición del estribillo de *Rainy Days and Mondays*, canción de The Carpenters con la que voy a cerrar hoy mi programa de radio. La banda sonora de mi vida suena de fondo a cada paso que doy, de forma precisa y oportuna.

Hangin'around
Nothing to do but frown...

Pues sí, tengo el ceño fruncido porque odio ver cómo la lluvia se desliza por el cristal de la ventana del estudio y tinta con nostalgia toda esta incertidumbre mía. Y porque es lunes. Así soy yo: Lennon Park, metro cincuenta y seis de mal genio, cuarenta y ocho kilos de materialismo, buscavidas desde 1973.

Dejo los auriculares junto a la mesa de mezclas, echo hacia atrás la silla de ruedas del estudio para poder estirar los brazos y las piernas, y saludo alzando la barbilla a Benny, que está al otro lado del cristal. Los oyentes que continúen sintonizando esta emisora indie de Los Ángeles van a sumergirse durante dos horas en un tecno pop que les hará avanzar un par de décadas en el tiempo. Mi compañero entra dispuesto a relevarme en mi asiento en cuanto se apaga el piloto rojo que hay sobre la puerta del estudio.

—Informe de atascos —le pido como saludo.

—Parece Acción de Gracias en la 405 —responde, sin un atisbo de sonrisa.

Lo miro con condescendencia y él resopla. Ambos echamos de menos el turno de noche. La madrugada descongestiona los carriles que parecen pistas interestelares de ciencia ficción en hora punta, franja en la que nos encontramos ahora a las siete de la tarde. Pero la audiencia decide y la emisora considera que los dos somos los que generamos más oyentes. Y al menos ahora puedo ir a Buddy's con más frecuencia. Es cierto que la mayoría de las noches salgo del bar con dolor de oídos y con la sensación de que la buena música murió a mediados de los setenta, pero otras... ¡Oh, hay otras en las que la magia existe!

Camino impasible bajo la lluvia hacia la boca de metro,

protegida por la capucha de mi sudadera de los Rams. Si creyese en las señales del destino, sumaría a la lluvia el hecho de que hoy es primer lunes de mes, y que, por lo tanto, Richard me estará esperando con un cubo gigante de palomitas con mantequilla y un refresco de cereza con mucho hielo. Como esta incertidumbre se está convirtiendo en un pensamiento taladrador, freno en seco al pasar frente a un cibercafé y ocupo el primer asiento vacío que alcanzo. Mi intención es rescatar el correo de entre los últimos enviados a la papelera para darle por fin una oportunidad y leerlo. Pero no hay necesidad de hacerlo, porque en el buzón de entrada vuelve a estar el suyo entre once nuevos correos de desconocidos con archivos de audio adjuntos.

Enfoco la vista en el mismo *mail*, enviado por la misma persona y con las mismas palabras en el asunto: «Te necesito».

Me lo ha enviado ya ocho veces desde ayer. Odio que, después de tanto tiempo, Dustin siga siendo capaz de adivinar mis reacciones, mis impulsos primarios, que me conozca tan endemoniadamente bien como para saber que borraré sus correos uno tras otro, que solo puede llegar hasta mí insistiendo hasta la extenuación.

Pero esta vez no. No voy a ceder.

Vuelvo a enviar el *mail* a la papelera sin abrirlo, pago por los minutos de uso de la red a un chico con tres pendientes de aro en la nariz, y alzo la barbilla reafirmándome en mi testarudez antes de volver a salir a la calle. Imprimo ritmo a mis Vans, que chapotean sobre la acera mojada, y me obligo a enviar mi pensamiento sobre este asunto a la papelera de mi mente.

Tras un buen rato de trayecto, paso por Leimert Park y, al poco, ya puedo distinguir el luminoso donde se anuncia que se va a proyectar *Baile en la luna* como si fuera el gran estreno del mes en el Baldwin Cinema. Sin embargo, no es más que una tradición impuesta por Richard en su pequeño cine de barrio, uno que ostenta el título de ser el segundo más antiguo en la ciudad de las estrellas. Sorprendentemente, sigue siendo rentable, aunque solo ofrezca reposiciones de películas antiguas. Supongo que el mundo está lleno de románticos y, concretamente, en esta ciudad hay un montón de almas que sueñan, de alguna manera, en formar parte de la industria del cine mientras intentan aprender de los clásicos.

¿Le habrá enviado Dustin un *mail* a Richard también?

El metro ochenta de piel color ébano y curvas bonachonas me saluda con un baile de pies a lo Elvis Presley, y, como siempre, logra arrancarme una sonrisa mientras en mi cerebro suena *Heartbreak Hotel*.

—Deberías mudarte a Crenshaw. Te lo he dicho un millón de veces, te ahorrarías un montón de tiempo.

—Vengo de la emisora, no de casa. Y ya sabes que no me gusta destacar —le digo tras ponerme a resguardo bajo el techo de la fachada pintada de un azul eléctrico, junto a la taquilla de venta de entradas.

—No llegas al metro sesenta, te aseguro que aquí no destacas en absoluto. De espaldas pareces una japonesa más de tercera generación del barrio y quien abra tu despensa podría apostar su vida a que es cierto.

—Nadie abre mi despensa, Richard. Nadie viene a visitarme. —Lo miro de forma acusatoria.

—Porque vives al este del Downtown, rodeada de hípsters y artistas excéntricos —recalca él.

—Qué quieres que te diga, Melrose se salía de mi presupuesto. —Echo la cabeza hacia atrás para mirar sus enormes ojos oscuros, saltones y expresivos—. ¿Por qué seguimos teniendo siempre la misma conversación absurda?

—Porque soy un hombre de costumbres. Y Annie también es alguien de costumbres, por eso tienes una fiambrera llena de pollo frito y puré de patatas en mi oficina que debes llevarte a la salida.

Cruzamos la entrada y nos dirigimos primero al mostrador de palomitas y dulces; mientras avanzo, voy dejando un reguero de pisadas mojadas sobre la moqueta burdeos, que desprende ese olor característico a humedad y a desinfectante.

—No sé por qué a tu mujer le ha dado por alimentarme con la receta de su bisabuela.

—Porque tienes que comer algo más que fideos instantáneos y esos pasteles de arroz que compras cuando hay cupones de oferta en ese mercado oriental al que vas, y porque eres mi mejor amiga y por ello el amor de mi vida te considera de la familia. Le caes bien.

—Eso es mentira, yo no le caigo bien a nadie. Ni siquiera a Annie.

Richard sale de detrás del mostrador y me entrega un cubo gigante de palomitas y un refresco, luego echa su brazo por encima de mis hombros y me atrae hacia él como si fuera un oso recolocándose una mariposa en el regazo.

—Eso es cierto —afirma con vehemencia.

Me meto en la boca un puñado de palomitas, y cuando la mantequilla se derrite, gimo de placer. Me importa menos que un pie caerle mal a la gente. La gente en sí me importa menos que un bledo. Los seres humanos son complicados, inestables, traicioneros, egoístas y fugaces. Yo misma soy todas esas cosas ahora, por culpa de la persona en la que no quiero pensar, pero no tengo más remedio que aguantarme a mí misma.

Hoy hay unas veinte personas dentro de la sala, pero la reacción frente a la película que están a punto de ver sigue produciendo dentro de mí una ansiedad fastidiosa.

Mi película. *Nuestra* película. Aquel baile sobre la luna que nos unió para luego separarnos. Es lo único que sigue vivo tras el desastre, y Richard me tortura una vez al mes con esta especie de ritual porque considera que necesito tenerlo como punto de referencia. Es la única película que no falla en su programación mensual, quizá porque es mi mejor amigo y cree que necesito regresar a ese momento de mi vida. Quizá porque también le recuerda unos días que fueron absolutamente fabulosos y emocionantes para él. En realidad, fue la mejor época para todos. Odio reconocer que fue así, que después de eso no he vuelto a vivir días en los que parecía que todo estaba iluminado por unos focos enormes.

Tras ciento cuarenta y siete minutos de viaje al pasado, las luces de la sala se resisten a encenderse. Richard no lo hará hasta que terminen de pasear hacia arriba los créditos finales de la película. Es el momento en el que yo siento cómo algo comienza a burbujear en mi interior.

Música original de Erick Lauder.

Como siempre, aquí está la sensación molesta, esta opresión en el pecho, las ganas de gritar, los flases con decenas de risas, de besos y abrazos, de gritos y saltos, de sábanas revueltas por las noches y de días tan brillantes que cegaban. Todo se sucede a velocidad supersónica por mi mente.

—¡Ahhhhhhh! —grito como una verdadera psicópata, y lanzo con rabia hacia la pantalla el resto de las palomitas que quedan dentro de mi cubo de plástico.

Inmediatamente después, aparece mi nombre.

Supervisión musical de Lennon Park.

Richard se mete ambos índices en la boca para silbar y gritar a una sala ya vacía que esa de ahí soy yo. Así es él, un hombre de costumbres; por eso, aunque protesta porque ensucie la sala con palomitas una vez más, nunca deja de regalarme el cubo gigante. Quizá lo hace porque sabe que sigo necesitando este desahogo. Puede que también guarde la esperanza de que deje de hacerlo algún día y simplemente me una a él para celebrar que mi nombre sale en los créditos de la película más laureada de los últimos cinco años en los premios de cine independiente en Belice. Cabe la posibilidad de que lo haga para que no me olvide de eso. Sin embargo, yo lo enterré y la única explicación que encuentro al hecho de seguir acudiendo a este encuentro con Richard es que el pollo frito de Annie es único, extraordinario y gratis.

Sea como sea, el próximo primer lunes de mes, volveremos a tener esta cita.

Aunque ha dejado de llover, llego más tarde que de costumbre a Buddy's. Nadie se gira para ver quién acaba de entrar por la puerta porque todos miran hacia el escenario. Los hombros se me descuelgan al ver otra imitación barata de Alanis Morissette tras el micro.

No canta mal, la canción es pegadiza, pero mantengo los latidos del corazón imperturbables y la piel insensible tras escuchar tres estrofas.

Patty me llama desde detrás de la barra con un dedo atrayente y un gesto apremiante. Avanzo evitando pasar entre las mesas, pegándome a una pared sobrecargada de pósteres descoloridos y despegando las suelas de algo denso y pastoso a cada paso.

—Aquí tienes. —Pone sobre la barra húmeda una pila de seis CD—. No sé cómo se ha podido correr la voz así, pero si siguen usando mi bar como posible puente hacia el estrellato, voy a exigirte algo de reconocimiento.

—¿No te vale con mis consumiciones?

—¿Con un cuenco de cacahuetes y una cerveza? —Suelta un bufido y mantiene las manos apostadas en las caderas.

—También sabes que te llevo en el corazón. —Arrugo la nariz y le sonrío.

—Tú no tienes corazón, Lennon. —Patty suelta el vaso de cerveza frente a mí provocando que se derrame líquido sobre la madera envejecida de la barra.

—Pero sabes tan bien como yo que todos los que se suben ahí —señalo con la barbilla hacia el pequeño escenario que hay al fondo del bar— lo hacen con la esperanza de que *yo* esté aquí cada noche escuchando. Todos creen que son joyas por descubrir, que me enamoraré con locura de alguno de sus temas, y que al ponerlos en mi programa de radio, triunfarán. Y aunque solo ha pasado dos veces en cuatro años, eso es algo que ignoran todos los amigos y familiares que se sientan en tus mesas y llenan tu bar. Repito: gracias a mí.

—¡Si todos esos consumen menos que tú! —protesta Patty, y da por zanjada nuestra conversación tras dar un golpe seco sobre la barra al servirme el cuenco de frutos secos.

Ojeo los CD y deshecho directamente el que reconozco que pertenece a la cantautora que ahora mismo aburre hasta a las bombillas fundidas que cuelgan del escenario. Remuevo con el índice los cacahuetes y dejo que la estridente voz de la cantante se filtre en mi cerebro mientras evalúo el hecho de que, si Richard hubiese recibido un *mail* de Dustin, me lo habría dicho. Pero no lo ha hecho, ni me ha mirado raro ni ha soltado ningún comentario sospechoso. Así que, por ahora, Dustin parece «necesitarme» solo a mí. ¿Qué demonios querrá?

Dejo cinco dólares sobre la barra a pesar de que no he llegado a comer ni un solo cacahuete y cojo el autobús para ir a casa mientras mi mente emplea todo el recorrido en repetir una y otra vez la misma pregunta: «¿Por qué ahora?».

Me bajo en la parada que hay en el cruce de la calle Alameda con la Tercera. Mi intención es desestresarme con un par de partidas al Bubble Bobble en EightyTwo, pero al ver las puertas cerradas y las luces apagadas, recuerdo que el salón recreativo cierra los lunes. De mi boca sale un bufido de fastidio mientras en mi mente suena la canción *Take on me*, de A-HA, porque los recreativos me teletransportan siempre a los años ochenta.

Dejo atrás Little Tokyo; esta noche no necesito pasar por el mercado para coger algo de cena, ya que mi estómago ruge de anticipación a causa del aroma a pollo frito que sale de la bolsa de tela que llevo colgada al hombro.

Vivo en un pequeño *loft* situado en unos antiguos almacenes de harina. No hay ascensor ni mucha luz, pero la calle, algo alejada de la avenida Santa Fe, es tranquila. Los ocupantes de los otros *lofts* cambian con frecuencia. Son, sobre todo, viajeros, trabajadores temporales y recién divorciados. No hay necesidad de entablar relación con ellos, lo que agradezco, porque así no se inmiscuyen en mis asuntos. Eso era exactamente lo que buscaba cuando salí a los dieciocho años de Sunburst, la comuna de *hippies* en la que crecí: que nadie me reconociese por la calle, pasar desapercibida, realizarme como individuo en lugar de como grupo. Estaba tan cansada de compartirlo todo con todos...

El barrio es bonito, con todas esas muestras de arte urbano como forma de expresión a la vuelta de cada esquina, pero me gusta sobre todo porque está a la sombra que proyectan los enormes rascacielos que hay unas calles más al oeste. Es un contraste fascinante, hay libertad real, un millón de ofertas de todo tipo y un hueco para mí. Además, el alquiler, que incluye televisión por cable, es asumible para mi bolsillo.

En cuanto subo a pie los dos pisos y descorro la puerta metálica que pinté de color amarillo cuando me mudé, descubro que algún mensajero ha colado un paquete en el interior por la rendija con tapadera móvil que hay en el centro. Ha aterrizado solitario a un metro de distancia de la entrada, justo en el lugar exacto donde la luz de la luna entra por la ventana para iluminarlo como si lo hiciera el foco de un escenario de teatro.

Sé lo que es sin necesidad de abrirlo. Yo también conozco a Dustin a la perfección.

Ignorando el paquete del suelo, camino hacia la isla metálica que destaca en la esquina izquierda del *loft* para dejar la bolsa de tela encima. Me descuelgo de los hombros la mochila llena de CD y la dejo en uno de los taburetes altos que están a un lado en hilera. Abro el grifo del fregadero para lavarme las manos y, finalmente, le quito la tapadera al recipiente meticulosamente preparado por Annie. Le doy grandes bocados al pollo crujiente por fuera y deliciosamente tierno por dentro, con los ojos entornados y enfocados en el envío de aquel que se convirtió en mi amigo tras mi último curso en la universidad.

Mi mentor, mi oportunidad, mi primer creador de suspiros. Su cómplice, su celestino, su escudo, su excusa.

Ceno más de lo habitual y con el estómago pesado me dirijo a la ducha camuflada en una esquina tras una pared de ladrillos levantada a mitad del techo. El paquete sigue en el suelo como si fuera una nueva pieza de decoración, aunque el color del envoltorio desentona con el tono grisáceo del piso, por lo que verlo me provoca la misma sensación inestable de tener un cuadro torcido junto a una serie alineada en la pared, o de encontrar un CD de los Rolling Stones metido en una carcasa de los Beatles.

Paso poco más de cinco minutos debajo del agua. Llevar el pelo corto a ras de la mandíbula me ha facilitado la vida. Solo necesito sacudirlo un poco con la toalla, pasarme el cepillo una decena de veces de derecha a izquierda y agitar la cabeza para que los mechones se separen y se terminen de secar. Cojo sin mirar una camiseta de las grandes para usarla como pijama y unas braguitas cómodas de algodón.

Estoy cansada, ya son las doce y media, y lo único que me apetece es caer de espaldas sobre el colchón carísimo que me compré hace cuatro años y que sigue siendo el mayor tesoro en estos veinte metros cuadrados. Sin embargo, sé que no voy a pegar ojo, que terminaré con los párpados levantados mirando hacia un techo descubierto y cruzado por un montón de tuberías en las que aproveché los restos de pintura amarilla. Por eso, me levanto con fastidio, recojo el paquete del suelo y lo lanzo de mala gana sobre la cama. Le doy varias vueltas entre las manos antes de rasgar la lengüeta de apertura.

Un paquete de folios encuadernado con una cubierta de cartulina azul grisáceo cae en mi regazo. No hay una carta que lo acompañe, tan solo un pósit donde destaca la letra estirada y elegante de Dustin con su número de teléfono apuntado.

Te necesito.

¿Por qué demonios me envía su número de teléfono? ¿Cree que lo he borrado?

¿Piensa que después de tantos años mi memoria lo ha eliminado junto con la fecha de su cumpleaños? Hago una pelota diminuta con el pequeño papel amarillo y la lanzo sin éxito hacia la papelera que hay junto a mi escritorio, situada a tan solo unos tres metros de la cama. Y por fin, tras ponerme las gafas, paso la cubierta de lado y comienzo a leer el guion de *Verano en Acuario*.

Capítulo 2
Sybile

***Agosto de 1969, Nueva York. 35 años antes del estreno de* Verano en Acuario**

Tiré de la cadenita de forma repetida para provocar fogonazos en el interior de mi refugio. Los destellos de luz que me llegaban a las retinas desde la bombilla que colgaba del techo me producían un efecto hipnótico y sedante. Tenía la espalda hundida entre los abrigos de invierno, cuyas telas gruesas y rasposas me sofocaban, pero que también me hacían sentir que estaba detrás de un gran telón. Frente a mí, tenía a Bob Dylan bajo su pronunciado tupé, a Joan Báez con su larga melena oscura, a Jim Morrison posando descamisado y a los cuatro de Liverpool conjuntados. Nick afirmaba que *Love me do* era nuestra canción, pero yo pensaba en él mientras tarareaba en susurros la letra de *Dizzy* con el disco girando a cuarenta y cinco revoluciones sobre la pletina. El tocadiscos portátil destacaba entre las cajas de zapatos amontonadas en una esquina de mi vestidor. Fue el regalo que me hizo el tío Clint por mi decimoctavo cumpleaños, y, de lejos, había sido el mejor de todos.

De haber estado tumbada en mi cama habría tenido que

escuchar algo del estilo de *Leaving on a Jet Plane*, la versión de Peter, Paul & Mary. Eso habría sido lo apropiado, lo que se esperaba de mí, que pasase cada uno de los minutos de mis días sumida en la agónica tristeza que suponía llevar tanto tiempo separada de mi novio combatiente. Pero yo intentaba aferrarme a los buenos recuerdos; de hecho, prefería directamente no pensar demasiado en él. Por eso había dejado sobre el tocador su última carta, al otro lado de mi escondite, donde aún resonaban frases como «Volveré junto a ti a primeros de septiembre», «Esto es un infierno infinito de enredaderas y hierba de elefante, una maleza entre la que intentamos avanzar. Estoy harto del olor a carbón procedente de las aldeas que dejamos ardiendo a nuestro paso, de los picotazos de mosquitos, de las mordeduras de las hormigas rojas y de las sanguijuelas, del polvo rojo que se te mete por la nariz cada vez que un helicóptero levanta el vuelo».

Pobre Nick. Era fácil imaginármelo con los ojos desencajados, presa del pánico, porque de qué otra forma podía estar alguien allí. Pero ¿por qué me enviaba ese tipo de cartas? Yo no quería saber los detalles, no quería compartir su sufrimiento porque desde el principio no había estado de acuerdo con su decisión. Se había alistado voluntario, había rechazado su aplazamiento por ser universitario, y yo sabía que lo había hecho tan solo porque su padre había luchado en el Pacífico Sur en la Segunda Guerra Mundial. Los Marines, la élite del Ejército. «Si quieres hacer algo, hazlo con los mejores». Conservador, votante republicano, alguien con el privilegio como parte de su herencia, fiel asistente a los servicios dominicales en San Patricio. Un ciudadano ejemplar, un americano de los grandes.

—¡Esa gente no ha tirado una sola bomba sobre suelo americano! —le dije con frustración.

—Pero necesitan nuestra ayuda, Sybile —me contestó él con dureza, enarbolando su elevado sentido de la responsabilidad.

Al menos, había logrado convencer a Nick para que entrase en el Ejército y no en los Marines, dos años de servicio en lugar de cuatro. Aunque más tarde sabría que el mar era un lugar mucho más seguro que los arrozales de Nam.

Ahí, dentro del vestidor, me sentía libre para relajar mi semblante en una sonrisa sutil, como si estuviese en medio de un prado de margaritas, levitando con los pies a varios metros del suelo y llena de sueños imposibles. Solo yo. Esos tres metros cuadrados de paredes repletas de pósteres y letras de canciones transcritas de mi puño con una bonita caligrafía curvada, de cajas amontonadas en las que escondía los discos cuestionados por mi padre y lleno de vestidos discretos que seguían la moda de Jacqueline Kennedy sobre los que me dejaba caer. Era el lugar secreto en el que me permitía soñar despierta con un mundo en el que mi voz sonaba fuerte y podía correr por la Quinta Avenida con los pies descalzos. Todos esos sueños que se disiparían como la niebla de un manotazo en cuanto abriese las puertas. Porque Nick aún no había regresado, pero todavía era más aterrador que lo hiciese en un par de semanas.

Quizá nunca debí haber leído de pequeña a C. S. Lewis, así mi armario habría sido eso, tan solo un armario, pero entonces... Creo que entonces habría muerto presa de mi realidad.

—¡Sybile! Salimos en quince minutos.

La voz de mi madre atenuada por la distancia irrumpió entre los acordes alegres de Tommy Roe provocando en mí un resoplido de fastidio. Tiré de la cadenita una vez más y permanecí unos segundos sumida en la oscuridad de mi escondite aguantando la respiración.

Me pregunté cuánto tiempo sería capaz de retener el aire dentro de mí si lo intentase un poco más que la última vez. Ese instante efímero y aterrador, en el que comenzaba a marearme, lo sentía tan liberador...

—¿Dónde diablos estás, Sybile?

Escuchar demasiado cerca la voz de mi madre cercenó mi intención y me apresuré a levantar la aguja del tocadiscos para que la música no pudiese oírse al otro lado de las puertas venecianas tras las que me escondía. Salí sosteniendo en la mano una rebeca de color rosa pastel, con el cuello redondo y unos botones que simulaban pequeñas perlas blancas. Antes de cerrar el vestidor me aseguré de empujar con el pie hacia dentro el tocadiscos para que quedase oculto tras la falda larga de mi vestido de graduación.

—¡Aquí, mamá! Estaba eligiendo una rebeca.

—¿Una rebeca? Estamos a casi cuarenta grados, hija. De hecho, este calor es tan insoportable que me está provocando una migraña terrible. Me temo que vas a ir sola.

—¿Sola? —pregunté, sin saber bien si lo que sentía era emoción o pánico.

—Solo van a tomarte las medidas. El otro día ya elegí tanto la tela como el modelo.

—¿Que ya lo elegiste? —La protesta que me nació a continuación en las entrañas se me atascó en la garganta.

Con las manos cerradas en puños, me pregunté impotente cómo mi madre podía haber elegido la tela de mi vestido de novia sin consultármelo. Era *mi* boda. *Mi* vestido.

—Oh, bomboncito, te va a encantar. Es imposible que puedas verte más bonita.

—Pero...

—Ahora siéntate a mi lado, quiero hablar contigo.

Abrí el armario para colgar de nuevo la rebeca en su percha y sentí la tentación de meter la cabeza entre la ropa para gritar con fuerza. Cerré las puertas con lentitud, con lo que provoqué que mi madre se impacientase y le diera un par de golpecitos al asiento.

—También me he encargado de facilitarte esto.

En cuanto me senté a su lado, en el banco forrado de raso celeste que había a los pies de mi cama con dosel, me puso en las manos un tarrito de cristal con pastillas.

—¡Mamá! —exclamé atónita.

Sabía lo que era, mi amiga Grace me había hablado de ellas hacía unos meses.

—Que te vayas a casar con Nick no quiere decir que tengas que quedarte embarazada de forma inmediata —me apremió susurrando entre dientes.

Abrí la boca y alcé las cejas. No podía creer que mi madre me estuviese ofreciendo un método anticonceptivo, alguien que ni siquiera había sido capaz de explicarme que algún día sangraría, que sería algo natural, que se repetiría cada mes durante muchos años. Fue Dorothea, nuestra asistenta, la que tuvo que socorrerme aquel día en el que pensé que estaba a punto de morir desangrada por una extraña enfermedad.

—¡No pongas esa cara de boba! —me recriminó mi madre con una naturalidad desconcertante—. Solo tienes dieciocho años, he accedido a este matrimonio porque soy consciente de que es primordial para tu padre y el negocio, y porque sé cuánto os queréis Nick y tú, y Dios no quiera que le pase nada en las dos semanas que le quedan en Vietnam, pero ¿y si al poco de casarte te das cuenta de que ha regresado algo trastornado? Ya sabemos que algunos vuelven de allí muy afectados, medio lelos, otros incluso agresivos.

—¡Lo que estás diciendo es terrible, mamá!

—¿Terrible? —Mi madre soltó una carcajada cargada de ironía—. Deberías estarme agradecida. Tuve que pasar por ti la vergüenza de pedir al doctor Sullivan la receta para estas pastillas, y ¿dices que soy terrible? Quizá vaya al infierno por permitirte que uses esto, pero estoy dispuesta a ello si así me aseguro de evitarle una desgracia a mi hija. Es más fácil divorciarte si no tienes hijos, menos traumático. La boda no se puede evitar venga como venga el pobre chico, imagínate qué mal quedaríamos con el socio de tu padre. Pero nadie te criticará por no ser capaz de seguir casada si él... —Cerró los ojos y negó con la cabeza—. Y, bueno, no sé cómo de eficaz será tu novio, pero tu padre dictaminó mi vida en nuestra noche de bodas. Solo hace falta una vez para hacer diana.

—¡Basta, mamá! Nick no va a volver ni trastornado ni lelo. Y, por como hablas, parece que hubiese sido una condena el haberte quedado embarazada de mí.

—Ya lo comprenderás más adelante, cielo. Yo solo tuve dos semanas para disfrutar de la excitante novedad que te concede el matrimonio. —Su gesto se tornó pícaro por un segundo para convertirse con rapidez en uno de desagrado—. Inmediatamente después, llegaron las náuseas, las noches llenas de llantos, la inseguridad por los kilos de más apostados en mis caderas imposibles de quitar y muchos otros detalles, que voy a obviar porque no quiero que sepas qué clase de marido es realmente tu padre. No me importa que ahora me mires así, estoy segura de que me lo agradecerás más adelante.

Mantuve los ojos fijos en las píldoras anticonceptivas que rotaban dentro del bote mientras le daba vueltas con las manos. No solo me incomodaba ese tipo de conversación con mi madre, también me resultaba irritante. Lo primero que pensé es que a ella le aterraba convertirse en abuela porque eso le haría parecer alguien de más edad. Luego, que, si como auguraba mi madre terminaba siendo una joven divorciada, tendría más oportunidades de volver a encontrar a alguien si no llevaba la carga de un hijo. Tuve claro que no era un gesto desinteresado. Pero, por encima de todo, la alarma que sonaba con fuerza dentro mi cabeza era por la inseguridad que sentía sobre el hecho de casarme con Nick cuando terminasen el par de semanas que le quedaban de sus dos años de servicio en Vietnam. Tan solo accedí a hacerlo porque él me lo había pedido delante de nuestros respectivos padres en una cena organizada por ambas familias a mis espaldas justo antes de alistarse. En sus mentes no cabía la posibilidad de que yo no deseara eso en aquel momento. Como si yo no pudiera ansiar algo más de la vida que casarme con mi novio del instituto. Como si el resto de mi futuro ya estuviese escrito y lo único que importase fuera que Nick tuviese un gran motivo por el que regresar sano y salvo. No pude negarme, porque, si lo rechazaba, su muerte estaba asegurada. Así de simple.

Aunque mi primer impulso fue chillar y lanzar el tarro de cristal contra la pared, un segundo pensamiento cruzó mi mente y comencé a mirar las pastillas con otros ojos.

¿Qué tendría de malo usarlas y obviar la parte del sacramento? Me planteé de forma ilusa por un instante la posibilidad de que Nick, a su regreso, quisiera concederme algo más de tiempo. Pensé que podría hablar con él y comentarle mis deseos de estudiar arte en la universidad. Podríamos salir como novios como hasta ahora y mantener una relación más íntima. Sopesé lo que podría pensar Nick. Quizá, si no tuviésemos que esperar a estar casados para poder estar juntos de esa manera... Pero en el fondo de mi corazón yo sabía que él no era así. Él era el tipo de chico que hacía las cosas como debían hacerse, en condiciones, con honor, con respeto. Perfectas.

A Nick le esperaba en Nueva York un puesto de trabajo junto a su padre, un apartamento con vistas a Central Park y la hija del primer apellido del bufete de abogados más importante de la Séptima, a la que conocía de toda la vida y con la que llevaría dos años de compromiso justo dos días antes de la fecha que tenía programada para su boda.

Pero ¿cómo podía recriminar nada a Nick? ¿Acaso no representaba yo ese mismo papel cada día de mi vida? Nadie jamás podría pensar otra cosa de Sybile Walton, hija ejemplar, estudiante modelo, de medidas perfectas, melena rubia impecable y sonrisa complaciente. Yo era la portada viviente de *Good Housekeeping*.

—Venga, sírvete un poco de agua. —Mi madre me arrebató el tarrito de las manos y giró el tapón de aluminio para abrirlo.

—¿Quieres que me la tome ahora mismo?

—Sí, Dorothea me ha dicho que te ha venido el periodo hoy. Si empiezas ahora, para cuando regrese Nick, estarás ya protegida.

Sentí cómo las mejillas comenzaban a arderme. Quería meterme en el armario y encerrarme por dentro porque lo que escondía ahí era lo único que nadie me controlaba.

—Está bien —obedecí.

Al coger la píldora, curiosamente, pensé en los espías rusos que solían ocultar pastillas de cianuro para suicidarse en caso de ser descubiertos. Pero yo no era una espía, ni era rusa y mucho menos valiente. Era sumisa, callada, obediente, una cobarde absoluta, y me detestaba tanto a mí misma por ello que pensaba demasiado a menudo en cómo sería dejar de respirar del todo.

La deposité en la punta de la lengua y le di un largo trago al vaso de agua que mi madre me había servido de la botella de cristal que solía tener en mi mesita de noche. Al finalizar, le enseñé la lengua. Fue un gesto de descaro, pero mi madre asintió conforme, me sonrió con ternura y me acarició el cabello un par de veces.

—Ahora, baja, el coche te está esperando. Ah, ¡y no olvides aguantar un poquito la respiración cuando midan tu cintura! Se nota que estás un poco hinchada.

Mi madre salió de la habitación con el paso firme y sonoro de sus tacones altos que la caracterizaba. Mi corazón latía atropelladamente, contuve la impotencia dentro de mis puños durante unos segundos y, finalmente, cogí el bolso del perchero, me lo colgué al hombro e inhalé tres veces profundamente antes de salir de mi dormitorio. Bajé las escaleras que formaban un semicírculo sobre el vestíbulo de entrada y salí a la calle sin detenerme a mirar mi reflejo en el espejo de marco elegante del recibidor.

El Bentley importado estaba aparcado frente a la entrada del edificio y relucía como si acabasen de encerarlo, tan perfecto como lo era todo en los Walton. Avancé hacia la puerta abierta con la cabeza gacha y la mente a kilómetros de allí.

—Buenas tardes, señorita Sybile.

No reconocí a Miguel en el tono educado pero forzado que escuché. Por eso levanté confusa la mirada hacia el chófer.

—¿Dónde está Miguel? —le pregunté, inclinando un poco la cabeza para poder mirar hacia unos ojos que se ocultan bajo la visera de la gorra oscura del uniforme.

—Ayer se cayó. Se ha hecho un esguince en el tobillo y le voy a sustituir un par de semanas.

—¿Y tú quién eres? —le hice la pregunta desde el asiento trasero una vez que había arrancado el coche.

Se parecía a Miguel, solo le había hecho la pregunta para corroborar que era pariente suyo. Tenía su mismo tono aceitunado de piel, los mofletes redondos y calculé que debía de sobrepasarle solo un par de centímetros en altura. Además, su acento americano escondía unas inevitables pinceladas latinas.

—Soy su hijo, Gabriel.

—¿El que estudia Arquitectura en la Universidad de Nueva York? —le pregunté con cierto tono de admiración.

—Sí, me gradué en junio.

—¡Cierto! Tu padre nos lo dijo. Enhorabuena —le felicité con sinceridad y envidia.

—Mi viejo habla demasiado. —Carraspeó y alzó la barbilla—. Lo que quiero decir es que mi padre se siente orgulloso de mí.

—Bueno, no es para menos. No todo el mundo logra entrar en la Universidad de Nueva York y menos aún graduarse en Arquitectura.

Sonreí e intenté ver bien su reflejo en el retrovisor cuando se quitó la gorra.

—Me han dicho que la lleve a la casa de modas de la avenida Madison, ¿es así?

Inspiré con profundidad antes de confirmarle la dirección y luego dejé caer la cabeza en la ventanilla. No era la imagen de una joven emocionada por ir a su primera prueba de vestido de novia, sino la de una condenada de camino al patíbulo.

—Hay un poco de atasco en Grand Central.

—No tengo prisa —contesté desganada.

Me di cuenta de que Gabriel llevaba la radio del coche encendida como si fuera un vulgar taxista. Miguel estaba siempre pendiente de no cometer ese tipo de errores y eso me hizo sonreír. De pronto, sentí que me relajaba y que me nacía una curiosidad liberadora por él.

—¿Te gusta la música, Gabriel?

—Sé tocar un poco la guitarra —me contestó, sin ser consciente de que mi pregunta hacía referencia a lo que sonaba en la emisora de radio.

Estiré algo más los labios y enderecé el cuello para volver a analizar parte del rostro de mi nuevo chófer. Era como ver la imagen de su padre con treinta años menos, una versión de rasgos algo más jóvenes o quizá solo fuese el efecto del corte de pelo al estilo de Jim Morrison. Era como un Miguel joven y sexi, y esa idea hizo que tuviese que reprimir una risa. Nunca había pensado que el chófer de mi familia pudiese ser un hombre tan atractivo de joven. De hecho, para mí, Miguel jamás había sido joven.

Trabajaba para mi familia desde antes de que yo naciese y siempre lo había visto como alguien mayor y serio, casi invisible. Pero, al mismo tiempo, siempre me había trasmitido confianza y seguridad. Miguel era alguien que solo entablaba conversación con mi madre durante los trayectos hacia el Metropolitan o de camino al *brunch* de los jueves en el Waldorf. La señora Walton era de ese tipo de personas que tenían que saberlo todo de todos, alguien que odiaba el silencio y que sabía hacer hablar a los demás, quisieran o no.

—Me encantaría aprender a tocar la guitarra. —La confesión salió de mis labios casi en un susurro, a la vez que mis ojos se perdían en los transeúntes de paso apresurado que íbamos dejando rápidamente atrás.

—Si quieres, puedo enseñarte tres acordes. El resto, viene solo.

Volví a sonreír. Eché el cuerpo un poco hacia delante, lo suficiente para poder ver bien su perfil. Me pregunté de dónde había salido ese chico, aunque sabía perfectamente que venía casi directo de las aulas universitarias, pero era tan refrescante tener delante a alguien que no se sabía las normas, que desconocía los límites, que parecía pensar que todo era posible.

Él y yo juntos, y una guitarra de por medio.

¿Sería algo así posible en una dimensión paralela? Eso es lo que pensé.

Gabriel pareció sentir mis ojos sobre él y giró la cabeza para mirar de forma fugaz hacia el asiento trasero, hacia mí. Alzó las cejas porque esperaba una respuesta a su oferta sincera y ante mi silencio me regaló una sonrisa que logró pellizcarme el estómago, como si alguien hubiese puesto mi canción favorita a todo volumen en ese instante.

Capítulo 3
Lennon

Cuando me doy cuenta de que he hecho ya varias anotaciones en los márgenes del guion, lo cierro de golpe y lo lanzo a los pies de la cama como si hubiese superado un trance de enajenación mental y recuperase mi rechazo a todo lo que tenga que ver con el pasado.

Sin embargo... ¡Cómo evitar seguir leyendo! Con solo unas líneas el guion ha conseguido atraparme. He sentido la rebeldía que está naciendo en la protagonista dentro de su jaula de cristal. Casi he podido escuchar su grito de socorro. Y también he anotado en el margen del último folio leído que *Into the Mystic* o *Bright Side of the Road* podrían sonar en la radio dentro de ese Bentley, todo depende del sentimiento que quiera imprimir el director de escena ahí. Aunque no estoy segura de si esas canciones de Van Morrison son del 69 o ya pertenecen a los setenta.

Cojo mi teléfono móvil, ignoro que son las tres de la madrugada y le envío un SMS a Dustin. Uno simple y directo.

Me tumbo hacia atrás hundiendo la cabeza en la almohada y calculo la edad que tendrá mi amigo ahora. Han pasado siete años desde que nos conocimos. Yo había cumplido ya veintidós y él entonces tenía veinticinco, por lo que Dustin ha soplado ya los treinta y dos.

Ambos tenían la misma edad. Ambos tienen la misma edad ahora.

¡Treinta y dos!

¿Por qué demonios mi mente me lleva a Erick? Debería pensar en Dustin, *solo* en Dustin. De hecho, no debería pensar en ninguno de los dos, por eso le doy un puntapié al guion y este termina cayendo de la esquina de la cama al suelo.

Mi teléfono suena y sé que es él, porque Dustin sabe que necesito que me conteste sin demora, que yo no me rijo por los horarios normales y que soy alguien de necesidades inmediatas.

Porque es la historia de *La chica de Woodstock*.

Te necesito.

El segundo mensaje es innecesario, que me necesita ya me lo ha dicho en un montón de *mails*. Pero qué diablos quiere decir con eso de «porque es la historia de *La chica de Woodstock*».

Me incorporo y cruzo la cama para sacar la cabeza por el borde opuesto y atisbar el guion en el suelo. Ha caído mal y se están doblando algunas hojas, por lo que estiro el brazo para recogerlo, aliso los folios tanto como puedo y releo el título del guion: *Verano en Acuario*.

Pero qué narices...

¿Qué tengo que entender? ¿Qué es lo que no me parece tan obvio y debería explotarme con purpurina frente a los ojos tras esa escueta respuesta? Doy palmaditas sobre el cuaderno y mi mente cae en retroceso en medio de decenas de melodías cruzadas, de fotogramas pixelados y de sensaciones confusas.

Entonces, lo recuerdo todo.

Una conversación camuflada entre un millón de conversaciones en lo más profundo de mis recuerdos, que ocurrió una noche cualquiera de hace tantos años. No puede ser... ¿Cómo él ha podido averiguar quién es ella?

Es una imagen entre tantas de personajes anónimos que se hicieron mundialmente conocidas como la de *El beso en el ayuntamiento* de Robert Doisneau, *El hombre del tanque* de Jeff Widener, la de Alfred Eisenstaedt con el beso entre el soldado americano y la enfermera en Time Square. Y la de ella, *La chica de Woodstock*, la del rostro oculto tras una melena que vuela en el giro que sus brazos alzados le ayudan a dar. La chica de pechos pequeños, firmes y descubiertos manchados de barro. La chica del collar de cuero del que cuelgan tres balas alargadas. La chica más buscada tras aquel verano del amor durante años.

¿Quién no se ha preguntado alguna vez lo que debió de sentir en ese momento exacto que quedó inmortalizado gracias a una instantánea robada? Unos la definieron como la expresión máxima de libertad y de pureza; otros, de la rebeldía y el descaro de aquellos meses convulsos. En realidad, creo que esa imagen representaba todo lo importante de aquella época: la guerra, la libertad sexual, la música, el cambio. ¿Cuántos han tenido esa imagen decorando sus paredes? ¡Cuántas han querido ser ella y la han imitado! Yo misma he pensado muchas veces que podía ser alguien de Sunburst.

Si es cierto que este guion esconde la historia de esa fotografía, que la película va a contarlo, a descubrir su identidad... Oh, madre mía. No puedo evitar soltar una carcajada de incredulidad. Pero ¡qué narices! Mis neuronas han comenzado a correr de sinapsis a sinapsis sumando decenas de temas de finales de los sesenta y comienzos de los setenta a una gramola imaginaria que ya lleva el título de la película en el frontal.

Mi teléfono vuelve a sonar por la entrada de otro mensaje y lo cojo con rapidez.

> Te espero el sábado, a las doce del
> mediodía, en mi casa de Nueva York.
> Te envío los billetes de avión.

Aunque no puedo negar que mi cuerpo está poseído por una emoción que hacía años que no sentía, también percibo cómo emerge el miedo desde mis entrañas. Noto que se me estrangula la boca del estómago, las palmas de las manos comienzan a sudarme y la urgencia me lleva disparada al retrete para vomitar. Gestiono fatal las emociones, sobre todo las que me sobrepasan y no sé encasillar como buenas o malas. Y estas que ahora se han apoderado de mí son tan bipolares que es absurdo plantearme volver a la cama y dormir las tres horas que le quedan al sol hasta que comience a despuntar por el horizonte.

Respiro profundo cinco veces, como me recomendó mi terapeuta «no oficial», y busco la simplicidad. El motivo más simple de que Dustin Davis quiera que forme parte de su nueva película de alguna forma (entiendo que será como supervisora musical) es por mi pasado. No por el tiempo que pasé junto a él, sino por mi infancia. Siempre sintió mucha curiosidad por cómo era mi vida en la comuna *hippie* Sunburst junto a mis padres en Santa Bárbara. Él dijo esa noche que todo aquello le recordaba a *La chica de Woodstock* y le contesté que yo jamás enseñaría las tetas en medio de un concierto. Estábamos muy borrachos y hablamos mucho de aquella desconocida. Se me escapa una carcajada cuando mi cerebro rescata ese momento de mi memoria.

Es cierto que de pequeña intenté muchas veces ser como ella, como el resto de mis hermanos solares, alguien que pudiera sentirse realmente libre en el lugar que se suponía más expedito del planeta. Durante muchos años, en los que mis padres siguieron a Paulsen desde Nevada hasta Utah y de vuelta a California, quise creerme una más de la comunidad, pero la verdad es que mi libertad comenzaba donde terminaban los límites del grupo.

Siempre me sentí un fraude allí dentro. Yo no era un ser pacífico por naturaleza, ni de lejos alguien sumiso ante la perspectiva de un fin del mundo cercano. Usar ropa de segunda mano no me hacía feliz. Yo ansiaba sumergirme en un mundo que se desarrollaba usando la tecnología, el que tras llegar a la Luna planearía hacerlo después a Marte, uno donde existían las comidas precocinadas y podías pasear por la calle sin que nadie reconociese tu cara. Uno donde poder comprarme cosas inútiles por el simple placer de mirarlas, como un pelador de manzanas o un masajeador de pies. Siempre me han gustado las cosas, lo material; en definitiva, siempre me ha gustado el dinero. Tenerlo, manejarlo, usarlo bien o malgastarlo. ¿Por qué apañártelas con un aguacate para suavizar el cabello cuando hay tantos acondicionadores con olores de fantasía? Sí, soy materialista.

Solo me une a mis raíces la música reivindicativa que escuché mientras crecía entre manzanos y ropa descolorida. Y, curiosamente, esa fue mi vía de escape. Gracias a aquella redacción que detallaba cómo determinadas canciones habían marcado mi vida, conseguí entrar en la Universidad de

Artes de California. Y esa misma música de finales de los sesenta es la que gobierna hoy mis días, la que la dirige, la nutre, la que paga mis facturas y mi comida. Lo es todo para mí, pero jamás seré ella. Yo nunca he sido, ni seré *La chica de Woodstock*.

Así que sí, Dustin seguramente solo vuelve a mí por interés profesional. No sé si habría preferido que se pusiera en contacto conmigo alguna vez a lo largo de estos años tan solo para preguntar cómo me iba la vida, a esta reaparición inesperada. Esto asusta, volver al mismo lugar donde lo dejamos, donde todo se fue al traste.

Capítulo 4
Sybile

Gabriel llevaba una hora esperándome con un cigarro Kent colgando de su labio inferior y la gorra de chófer reposando ladeada sobre la cabeza. No se apresuró precisamente para deshacerse del pitillo al verme salir del vestíbulo de la casa de modas por segunda vez en una semana. Tampoco descruzó con rapidez sus piernas alargadas sobre la acera, sino que las separó a cámara lenta antes de despegarse del lateral del coche, y es que yo solo miraba la punta de mis pies mientras estos avanzan autómatas en dirección a la puerta trasera que él me abrió sin recibir una mirada a cambio.

Sabía que el vestido era simplemente perfecto. Era el diseño que cualquier chica de mi edad podría soñar para el día de su boda. La tela elegida por mi madre era la más cara del muestrario, y reconocí que, cuando me había resbalado por los brazos hasta ajustarse en mi cintura, había sentido una caricia sedosa en la piel. Aunque yo pensaba que el color blanco resaltaría aún más mi tono pálido, me había sorprendido verme como si me iluminasen con estrellas cosidas a la tela. Y, sin embargo, mientras miraba mi reflejo deslumbrante en el espejo de la sala de pruebas, con mi melena rubia recogida hacia dentro y las mejillas inyectadas en sangre, no me había reconocido.

Me pregunté una y otra vez por qué no era capaz de sentirme feliz a pesar de saber la respuesta, negándome a mí misma la verdad más estruendosa que luchaba por salir de las rejas que aprisionaba mi corazón: yo no quería casarme.

Noté que el coche se había puesto en marcha y agarré la manivela para bajar la ventanilla porque necesitaba aire. Sentía que el vestido que me había probado aún me oprimía el pecho, que la imagen de mí misma que había visto me pesaba como una losa y, por algún motivo retorcido, no dejaba de imaginarme a Nick con la sesera desparramada por el suelo de una jungla plagada de mosquitos y hormigas rojas, en algún punto entre Camboya y Vietnam. Me sentía horrorizada de mí misma, asqueada por estar imaginando el cadáver de mi novio, por lo que las lágrimas comenzaron a desbordarse de mis ojos como si alguien hubiera echado ácido en ellos.

«Nick, pobre Nick. Regresa sano y salvo», rogaba en silencio.

—¿Te apetece ver el mar?

Contesté pasados unos segundos a una pregunta que había escuchado lejana, atenuada por el volumen de mis propios pensamientos.

No había salido mucho de casa en toda esa semana y, en las ocasiones en las que había tenido que ir a algún sitio, no había hecho uso del coche, por lo que en realidad era la segunda vez que me encontraba con el chófer sustituto de mis padres; sin embargo, él volvía a hablarme como si fuéramos viejos amigos. Volvía a llamar mi atención.

—Coney Island —aclaró él—. Me muero por un perrito caliente con un montón de chucrut.

Lo miré sin pestañear, pero igualmente las lágrimas se me escaparon de los ojos. Él debió percibir un sutil tic en mi mejilla, un cosquilleo provocado por el recorrido de una de mis lágrimas, que decidió aceptar como respuesta afirmativa a su oferta. No había sido un sí, pero Gabriel después me dijo que había considerado que tampoco me había negado a su sugerencia con claridad y que por eso había acelerado para cambiar de carril.

—Supongo que no tendré problemas luego, ¿verdad? —me preguntó cuando ya era demasiado tarde para dar vuelta atrás.

—Le diré a mi madre que te pedí que me llevases a Scribner's. Tengo por costumbre ir a comprar libros y también sabe que suelo perder la noción del tiempo cuando estoy allí. Además, tenía jaqueca. Otra vez. Seguramente, esté ya metida en la cama y no se levantará hasta mañana. —Le regalé una sonrisa forzada llena de una sensación de derrota de la que no me podía deshacer.

Sin embargo, quince minutos después, comencé a sentir que me recuperaba un poco. No supe bien si era porque había dejado Manhattan atrás, si era porque en la radio sonaba *The Rain, the Park and Other Things* o por la actitud desenfadada de Gabriel silbando la melodía mientras balanceaba la cabeza. Envidiaba su estado de ánimo y la libertad de la que parecía gozar, pero era la segunda vez que conseguía hacerme sonreír en una semana que sentía de las más horribles de mi vida.

Cuando por fin alcanzamos la costa y me abrió la puerta para bajar del coche, inspiré profundamente y me llené los pulmones de un aire cargado con la humedad de Coney Island. Allí, lejos de todo lo que quería olvidar, me abrí desinhibida un par de los botones superiores del vestido camisero de rayas celestes. Sentí cómo el sudor hacía que brillase la piel entre mis senos y, consciente de ello, volví a inspirar profundo, desbordándolos un poco hacia afuera. Después, cerré un instante los ojos con deleite ante la luminosidad que había allí.

—¿Puedo quitarme la chaqueta? —Gabriel había alzado esperanzado una ceja.

Me encogí de hombros, como si su chaqueta fuera algo sin importancia para mí. Él se apresuró a deshacerse de esa parte asfixiante del uniforme, así como de la corbata y de la gorra. Lanzó ambas cosas al asiento del copiloto, y tras cerrar el coche se aproximó a mí mientras se remangaba la camisa blanca por encima de los codos.

La silueta de la noria y de la montaña rusa de madera iluminaban en mi mente escenas archivadas junto a mi hermano Bobby. Sentí con ellas una mezcla de tristeza y de nostalgia. Casi pude sentir el azúcar crujiente del algodón derretirse en mi boca o escuchar los gritos de entusiasmo de ambos cuando teníamos cinco o seis años. Me agarré la mano al recordar cómo en aquella época la enlazaba con la de mi madre como si agarrada a ella cualquier lugar fuese el más seguro del mundo. Me pregunté en qué momento todo había cambiado.

—Supongo que no habrás venido mucho por aquí —comentó él en un tono que podría haber ofendido a alguien del estatus al que yo pertenecía, pero a mí no me molestó.

—He venido solo en un par de ocasiones. Pero he escuchado a mi padre lamentar con frecuencia que este lugar haya sido abandonado de esta forma. Políticos...— le contesté en tono crítico, con una franqueza que comenzaba a casar con la ausencia de prudencia de Gabriel.

—A mí me gusta así, tal cual está. Le confiere carácter, ¿no crees?

El paseo marítimo rezumaba a olvido con las antiguas barras de feria azotadas por el salitre. Los desteñidos carteles antiguos medio rasgados ondeaban en el viento resistiéndose a desprenderse del todo y las abandonadas galerías comerciales parecían espacios fantasmagóricos que debían de albergar a mendigos y yonquis. Pero, aun así, no pude dejar de mirarlo todo con los ojos muy abiertos. Coney Island se me antojó en ese momento como una buena canción antigua y terminé por darle la razón a Gabriel.

Caminamos hacia el muelle de pescadores juntos, casi hombro con hombro, algo que agradecí porque eso me permitió fingir por un momento que yo solo era una chica y que él solo era un chico. Ambos sin apellidos, sin circunstancias, sin vetos. Solo dos jóvenes viviendo el presente. Sin pasado, sin futuro. Ni arriba ni abajo.

Cuando llegamos a Nathan's pedimos dos perritos y dos Coca-Colas, que nos tomamos en silencio mirando hacia la inmensidad del mar que brillaba al otro lado de una extensa playa plagada de sombrillas y veraneantes.

—Es una pena no llevar bañador debajo de la ropa. —Gabriel rompió el silencio y rebuscó dentro de mi mirada perdida.

—Eso habría estado genial —admití.

Tiré de la tela de mi vestido que me cubría de forma ligera las rodillas con un deseo frustrado de rasgarla para acortarla un par de palmos. Me conformé con abrir dos botones desde abajo.

—Yo sí que vengo aquí con frecuencia. Mirar el mar me ayuda a despejar la mente.

Asentí en silencio. Yo miraba al horizonte, más allá del mar, como si buscase una ruta de escape en el infinito.

—No soy muy bueno dando consejos, pero sí que soy aceptable escuchando. Quería decírtelo por si en algún momento lo necesitas. —Gabriel carraspeó, sacó un cigarro y le propinó un golpe seco a la cajetilla de tabaco.

—¿Quieres decir que puedo acudir a ti en algún momento de los pocos días que te quedan como chófer de mis padres? Qué suerte tengo...—respondí con un bufido irónico.

—Piénsalo de esta forma, me iré y tus secretos desaparecerán conmigo. —Echó hacia atrás la silla en la que había estado sentado, se separó de la mesa y me ofreció su mano.

Esa mano suspendida en el aire hacia mí fue otro gesto cargado de confianza y descaro que me descolocó. El único chico al que había agarrado la mano era Nick, pero a pesar de mi reticencia inicial, se la acepté a Gabriel y juntos cruzamos el paseo marítimo para adentrarnos en la arena de la playa.

—¿Y qué es lo que harás cuando tu padre vuelva a ser nuestro leal y prudente chófer de toda la vida?

Gabriel hizo un gesto de dolor que evidenció que sabía que su comportamiento excedía las maneras en las que habría debido mantenerse encorsetado delante de mí.

—Aún no lo he decidido.

Aquella vez fue él quien esquivó mi mirada antes de tumbarse en la arena y colocar su antebrazo sobre los ojos. Acepté aquella respuesta vacía de contenido porque no tenía motivos para pensar que detrás del silencio había algo más, y también eché mi cuerpo hacia atrás. El sol traspasó mis párpados, sentí la arena ardiente bajo la espalda y el barullo de la gente mezclarse en mis oídos con el sedante sonido métrico del mar.

—Quiero estudiar Historia del Arte. Aunque soy una artista terrible, tengo buena memoria —le confesé a él, aunque también me lo revelé a mí misma.

—Querrás decir que quieres estudiar Historia del Arte porque te gusta el arte.

Giré la cara hacia él.

—¿Qué otra cosa podría estudiar que tuviera sentido?

¿Acaso él vivía en otro planeta diferente al mío? Pensé que así debía de ser, porque, si no, habría sabido que alguien de mi posición no estaba destinada a ejercer la medicina, a hacer cálculos matemáticos para la NASA o a levantar puentes. Sin embargo, estudiar arte o literatura era algo que conservaba cierto respeto condescendiente para las mujeres, aunque tras finalizar los estudios no usáramos el título para nada.

—Deberías estudiar lo que en realidad te guste —contestó él con vehemencia—. ¿Qué es lo que más te gusta, Sybile?

Abrí mucho los ojos cuando oí la pregunta. Nadie jamás se había molestado en preguntármelo. Mi nombre había sonado fuerte en su voz y casi no lo reconocí como propio. Arrugué el ceño y analicé los rasgos latinos que tenía enfrente: unos labios gruesos estirados con rebeldía, unos ojos algo rasgados y oscuros como un vinilo, las mejillas rasuradas y brillantes por el sudor.

—La música.

—Pues estudia música —sugirió con obviedad.

—¿Y quién vive de la música? —Sin pretenderlo, respondí como si hubiese una oportunidad de futuro para mí.

—Los compositores y los profesores de conservatorio. Hay pianistas en las clases de *ballet*, ¿cierto? Y los cantantes, por supuesto. ¿Cantas bien?

Gabriel había ido desplegando los dedos de la mano uno a uno en su recuento, y yo, en un impulso, se los agarré y le pedí entre risas que parase.

—No suelo cantar. Me gusta escuchar música, es lo que más me gusta del mundo, pero creo que no hay un trabajo remunerado para eso. Y tampoco podría dedicarme a ello.

—¿Por qué? Si existiera un trabajo así, ¿por qué no podrías?

—Porque no soy libre.

Cuando dije esas palabras, sentí que las entrañas se me contraían y expandían de forma violenta. Me incorporé y comencé a sacudirme la arena del pelo, como si no acabase de compartir con un desconocido algo que me atormentaba. Con un empleado. Peor, con el hijo de un empleado.

Gabriel también se incorporó y se agarró con los brazos las rodillas tras recogerlas.

Apoyó la mejilla en sus piernas y me miró de lado.

—Yo no veo que lleves cadenas en los tobillos ni bridas en las muñecas.

Lo miré y, sin saber el motivo, le sonreí. Pensé que él no entendía nada de nada, pero quise aferrarme a la posibilidad de todo lo que él me ofrecía en ese momento exacto.

—Escribo poemas —le confesé también.

—¡Lo sabía! —exclamó al erguirse. Se atusó el pelo dejando un rastro de arena en él y se puso en pie—. ¿Quieres ponerles música?

—¿Acaso quieres enseñarme ahora mismo a tocar la guitarra? —Me reí y me levanté también.

—Como si hubiese una en el maletero del coche de tus padres... —El chico negó con la cabeza y se rio—. Se me ocurre algo mejor. Voy a llevarte a un lugar donde hay un montón de artistas de verdad y verás que son tan de carne y hueso como lo eres tú.

No hizo falta que mirase mi reloj de muñeca para saber que en casa se estarían preguntando ya dónde estaba, pero algo dentro de mí se había prendido al sacar aquel deseo de entre mis costillas. Por eso, volví a aceptar su mano y echamos a correr de regreso al coche ignorando que al sol le quedaban un par de minutos antes de hundirse en el mar.

Capítulo 5
Lennon

No fastidies. No puede ser... ¿En serio? Acabo de leer toda la escena en el hotel Chelsea y la envidia recorre mi cuerpo como punzantes descargas de electricidad. ¿Qué podría sonar de fondo mientras esos dos están allí dentro subiendo y bajando escaleras?

¿Llegaría alguna de aquellas figuras icónicas a cantar en algún momento o solo bebían sangría y comían gambas con salsa verde en El Quijote?

Me duele un poco la cabeza, es la mezcla de falta de sueño y de la excitación, del miedo y de la ansiedad, de fijar la vista en la letra Courier en tamaño doce y de rebuscar en los archivos musicales de mi mente. El guion tiene ciento veinte páginas y una página de guion a interlineado 1,5 con alineado a la izquierda equivale a un minuto de metraje en cine, estimo que la película durará ciento veinte minutos. ¿En qué parte del proceso estará Dustin? ¿Habrá comenzado el rodaje? ¿Habrá terminado de filmarla? ¿Quién interpretará el papel de Sybile? Supongo que ella es *La chica de Woodstock*, que en algún momento y de alguna forma esa chica de la alta sociedad neoyorquina terminó con los pies metidos en el fango del festival de música más famoso de la historia. O puede que me esté adelantando a los sucesos, quizá fue alguien que ella conoció en algún momento de forma que ambas historias se entrecruzaron.

No puedo evitar sentir cierta simpatía por el personaje que ahora mismo lleva el timón de la película. Claramente, ella vivía la música de una forma parecida a cómo la experimento yo. Su forma de expresarse con ella, de encontrar refugio en unas estrofas, de relacionar a personas con determinados grupos de la época... Todo eso es tan mío. Quizá Dustin quiere que le ayude porque Sybile le ha hecho pensar en mí y no por mi infancia en la comuna.

Necesito un descanso. Abro un armario situado sobre la encimera y paseo la vista por los múltiples paquetes de cereales que destacan con sus variados colores entre la estantería llena de sobres de ramen y la que está a rebosar con barritas energéticas. Elijo Lucky Charm y me los como con grandes cucharadas de leche fría mientras escucho en la radio el debate actual que hay sobre el envío de cereales transgénicos a África. Es algo que debe aburrirme porque la mente vuelve a llevarme a él, a Erick, y regresan las arcadas.

Tengo que ver a Margot, me dirá exactamente lo que necesito oír. Ella lo sabe todo, conoce mi historia al completo y siempre me ha dado buenos consejos. Y, además, son consejos gratis.

La conocí el mismo mes en el que comencé a tocar en el Jazzie's Bar. Allí tenían un piano en medio de las mesas del comedor disponible para todo aquel que quisiera tocarlo y pasara la prueba de Job, el dueño, que consistía en tocar correctamente los primeros compases de *As times goes by*. Yo ya había perdido el carné de estudiante, por lo que no podía usar los pianos de la universidad, y comprarme uno era impensable en aquel momento de dificultades económicas por las que pasaba. Ir allí era un desahogo, un lugar donde poder gritar a través de las teclas del piano, de que su sonido llorase por mí. La gente dejaba su propina en una lata titulada de forma apropiada para su fin. Yo nunca recogía el dinero, aunque lo necesitase. No tocaba por eso, no habría usado ese dinero manchado con el dolor de mi corazón; obviamente, Job levantaba a quien fuera que estuviese tocando en el momento en el que yo entraba por la puerta para cederme la banqueta «libre». Job ganó pasta gracias a mí en aquella época.

Me di cuenta de que Margot venía a comer todos los lunes, que su *modus operandi* era ocupar la mesa de dos asientos pegada al gran ventanal y poner frente a ella, en el espacio del acompañante, un portarretratos con el que charlaba durante toda la comida. Desde mi posición, sentada al piano, no lograba ver la fotografía, pero mi mente se distraía imaginando que era la foto de un caniche. Algo así conjuntaba con la estrafalaria ropa de colorines con la que vestía la señora, con los collares largos de cuentas que rodeaban su cuello y la sombra de ojos verde intenso de sus párpados.

Finalmente, un día de los malos, de los peores, de los que dolían tanto que sentía que respirar era un esfuerzo sobrehumano, decidí dejar de tocar y sentarme en esa silla vacía tras el portarretratos. Al hacerlo, Margot me miró durante unos minutos sin parar de masticar su bocado. No me pidió que me levantase, ni me preguntó por qué me sentaba en su mesa. Lo que hizo fue coger el marco de fotos para moverlo a un lado y presentarse.

—Hola, preciosa. Me llamo Margot y él es Bernie. —Señaló el portarretratos con la barbilla.

—¿Por qué hablas con una foto? —le pregunté a bocajarro mirando por fin la imagen de un soldado que seguramente debió de caer en Corea.

—¿Por qué lloras mientras tocas el piano? —me preguntó como réplica.

—Porque echo de menos a alguien —le confesé.

—También por eso hablo yo con la foto de Bernie.

—¿Y te funciona? Quiero decir, ¿así le extrañas menos?

—¿Te funciona a ti tocar el piano? —Me miró de soslayo, aguantando en el aire el tenedor con una patata frita bañada en kétchup.

—Me consuela un poco.

—Exacto.

Recuerdo que asentí y que ella siguió comiendo sin prisa su plato combinado. Y, sin ser consciente, con sus preguntas lanzadas como pelotas rebotadas contra una pared, Margot logró que le contase absolutamente todo. Todo de Erick, todo de Dustin. Mi todo.

Ya no tengo que ir a Jazzie's Bar para hablar con ella, sé dónde vive y tiene un diván de terciopelo morado en el que suelo tumbarme mientras ella escucha mis desvaríos. Es la mejor terapeuta no titulada de Los Ángeles y, además, en lugar de cobrarme cien pavos la hora, me prepara té de crisantemos o mimosas.

Cojo mis pantalones de cintura baja, el chaleco de punto que me deja el ombligo al aire, una camiseta vaquera ancha y mi boina verde militar con visera. Echo el guion dentro de mi bolsa de tela junto con el teléfono móvil y las llaves de casa, una botella de Energy y un bálsamo labial con sabor a piña colada. Dejo el bol sucio en el fregadero y la cama sin hacer, pero, con el bolso ya colgado en el hombro, barro el suelo limpiando las pisadas de mis sandalias hasta la reja del ascensor. En cuanto salgo a la calle, el sol de la costa oeste me obliga a ponerme las gafas de sol porque sigo con los ojos irritados tras pasar la noche en vela.

Soy de las pocas personas que no tiene coche en Los Ángeles. Cojo el autobús que me llevará hasta Santa Mónica y aprovecho para seguir leyendo durante el trayecto mientras me pregunto si de verdad lo que tengo entre manos es la verdadera historia de *La chica de Woodstock*. ¿Qué tipo de evidencias fidedignas encontró Dustin para querer llevar adelante este proyecto? Releo los últimos folios en los que se desarrollaba la escena en la que Gabriel llevaba a Sybile a El Quijote, el famoso bar ubicado junto al hotel Chelsea, que servía comida tradicional española, hogar temporal de artistas, escritores y pensadores como Mark Twain, Leonard Cohen, Arthur Miller, Simone de Beauvoir... ¡De tantísimos! Al parecer, esa noche coincidieron allí con los músicos. Grace Slick, que estaba con Jefferson Airplane, y también vieron a Janis Joplin con su banda. El guion sitúa a Jimi Hendrix sentado solo, en uno de los sillones rojos del fondo, lo que me hace chasquear la lengua. Habría estado genial que Dustin hubiese hallado pruebas de algún tipo sobre la rumoreada relación entre él y Janis Joplin desde que alguien dijera que habían tenido un encuentro sexual en los baños de los camerinos de Fillmore. Pero bueno, eso es demasiado pedir.

En esa escena de El Quijote, es donde la historia enlaza con Woodstock, es el momento en el que prende la llama del guion porque todos esos músicos estaban en ese bar aquella noche por el festival. La música que suene de fondo en ese momento debe ser original, la que luego sirva de cordón umbilical para el resto de la película. Tendré que hablar de ello con Dustin y con el encargado del *score*. Se me retuercen las tripas inmediatamente al pensar en eso.

Erick. Erick. Maldito Erick, sal de mi mente. Regresa al lugar oscuro en el que te tenía enterrado.

¿A quién habrá elegido Dustin para componer la música incidental? Recuerdo lo quisquilloso que era con el trabajo de su amigo, por eso me genera mucha curiosidad saber en qué compositor habrá pensado esta vez para toda esa música de fondo que creará la atmósfera de finales de los sesenta. ¿Con qué productora va a trabajar? Son tantas las preguntas que se me indigestan entre las costillas que compruebo con ansiedad una y otra vez cuánto falta para llegar a casa de Margot. Así me resulta difícil concentrarme en la lectura.

Veamos... Sybile y Gabriel se han sentado en una mesa y piden dos sangrías. Él lleva la voz cantante y le presenta al dueño, como si fuesen viejos conocidos. Ella odia estar allí con su ropa de color pastel, mire a donde mire ve vaqueros desgastados, chicos con chalecos de cuero, chicas luciendo vestidos de india llenos de flecos, cuellos decorados con collares y colgantes de calaveras, y músicos con camisetas rasgadas y desteñidas. El departamento de vestuario se lo va a pasar bomba buscando en las tiendas de ropa *vintage*.

Todo esto me hace pensar en el tipo de chica que fue Margot en aquella época. Voy a pedir que me enseñe fotos suyas. Apostaría un riñón a que fue alguien nada convencional.

¡Oh! Esta es mi parada.

Me apresuro a guardar el guion en el bolso y me bajo del autobús de un salto. Para llegar al apartamento de Margot solo hay que seguir la hilera de palmeras hasta meter los pies en la arena caliente de la playa. Ella cree que bromeo cuando le digo que debe meterme en su testamento como legítima heredera de esa casa porque soy con diferencia quien más la visita. Desde luego, mucho más que las sanguijuelas de sus sobrinos.

No hace falta llamar a la puerta porque al bordear la casa pintada de color verde menta la encuentro dormitando en una de sus tumbonas del porche trasero con un libro reposando sobre el pecho.

—¿Te quedaste dormida aquí fuera anoche o es que estás tan vieja que vuelves a dormirte al poco de haberte levantado? —le digo al otro lado de la verja de madera.

A sus sesenta años, Margot no se sobresalta con facilidad y al oírme tan solo eleva una ceja.

—¿Te preparo una mimosa? —le pregunto, levantándole las enormes gafas de sol hacia la frente con mi índice.

—Ya sabes dónde encontrar todo lo necesario —contesta adormecida con los ojos aún cerrados.

Me despide con aspavientos de mano y entro en su casa dispuesta a emborracharme a las once de la mañana. Cuando tengo una enorme jarra preparada con la mezcla de zumo de naranja y *champagne*, cojo dos copas elegantes de la vitrina de Margot y me lo llevo todo a su coqueto salón, cuyas paredes están decoradas con enormes abanicos japoneses.

—Hacía mucho que no veía esa cara —me espeta ella, fingiendo estar de mal humor.

Arrastra sus pies enfundados en unas zapatillas de tela sedosa y brillante hasta el sofá, y se deja caer en él con la elegancia de una pluma.

—Ni me has mirado a la cara aún.

—Claro que te la he visto y también he oído esos zapatazos tuyos, como si cargases con el peso del mundo en tus hombros. Seguro que has dejado un reguero de arena a tu paso desde la cocina. —Acepta la copa espumosa que le ofrezco y, tras dar un pequeño trago, por fin me sonríe.

—¿Diván o tumbona?

—Tú eres la que ha dicho que traigo esa cara. —Voy directa al diván y me dejo caer en él vencida.

—¿Te han despedido? ¿Van a tirar tu edificio por estar lleno de amianto? ¿O te han diagnosticado lupus?

—Peor, lo peor de todo, Margot. —Resoplo con los ojos clavados en el techo.

—¿Él ha vuelto a Los Ángeles?

—Bueno, quizá no es lo peor de todo, pero casi... Dustin se ha puesto en contacto conmigo.

—¿Dustin? —pregunta ella, confusa—. Pero tu cara no es de Dustin, tu cara es de Erick.

—¡Ese es el problema! ¿Por qué siguen siendo un *pack* indivisible para mí?

—¿Por qué crees tú que lo son?

—Oh, vamos, Margot. No empieces con las preguntas rebotadas.

—Bueno, ¿y qué es lo que quiere Dustin después de tantos años?

—No lo sé con exactitud. Me ha enviado un guion.

—¿Quiere que vuelvas a trabajar con él en una película?

—Eso parece. Me ha enviado un billete de avión para que vaya a verlo a Nueva York el próximo sábado. La historia es para mí, Margot. Es mía, lo era antes de que me la enviase. De veras que la quiero.

—¿Y tú deseas volver a todo eso? Después de lo que os pasó...

Resoplo con fastidio.

—¿Por qué te crees que estoy aquí?

—Por la mimosa gratis.

Nos miramos y tras un par de segundos nos reímos juntas.

—Tú no tuviste la culpa, Lennon.

—Lo sé.

—Dustin tampoco la tuvo.

—También lo sé. Y también sé que trabajar con él fue la mejor época de mi vida.

—Ocurrieron muchas cosas importantes para ti estando a su lado. Al margen de todo lo que sucedió después, lo que hicisteis los tres juntos fue extraordinario.

—Lo fue. Y fui feliz con ellos.

—¿Por qué no intentas volver a ser feliz? Al fin y al cabo, Dustin fue el primero.

—Entonces, crees que debo ir, ¿verdad?

—Yo solo digo que mereces ser feliz. Tú eliges si buscas el camino de la felicidad aquí conmigo dentro de esta jarra o allí, en Nueva York, junto a Dustin.

—Pero ¿y Erick?

—Cielo, él es el pasado.

Capítulo 6
Sybile

Sentía que el corazón se me iba a salir por la boca. Me aferré al vaso de sangría con las dos manos mientras miraba una y otra vez hacia la mesa que tenía a mi derecha sin poder disimular la excitación.

—¡Es Janis Joplin! ¡Janis Joplin!

—¿Quieres que nos acerquemos a pedirle un autógrafo? —Gabriel hizo amago de levantarse, pero logré frenarlo.

—¡No te muevas! ¿Estás loco? No podemos molestarla, está con sus músicos. Sería descortés. —Me mordí el labio inferior e intenté esconder parte del rostro tras mi melena semirrecogida con horquillas.

—Yo creo que el hecho de que te pidan un autógrafo debe sentirse como un halago.

—Pero ella estará cansada de cosas así. Yo solo quiero escucharla hablar. Su voz suena diferente a como lo hace cuando canta, ¿no te parece?

Gabriel se encogió de hombros y se rio. Le dio un trago a su sangría y acercó su cuerpo hacia delante un poco para susurrarme algo al oído.

—Lo que me parece es que tú eres mucho más guapa que ella.

Me eché hacia atrás apoyando la espalda por completo en el respaldo acolchado de mi silla y alcé las cejas. No solo estaba sorprendida por el descaro del chico, sino porque sentía que él no era consciente de la suerte que teníamos de estar compartiendo el mismo aire que esas personas. Uno cargado de tabaco y aromas exóticos.

—¿A quién le importa ser más guapa o menos guapa? ¡Nadie canta como ella!

Gabriel torció la boca con fastidio. Yo era una niña rica que estaba machacando todos sus prejuicios. Ni era tonta ni parecía ser tan sumisa como yo misma creía que era. Tampoco me dejaba seducir con facilidad ante una frase que a él siempre debía funcionarle. De hecho, le dejé claro que me importaba un rábano que acabase de decirme que era guapa.

—Es un poco gritona para mi gusto —replicó él.

Le tapé la boca con la mano y lo fulminé con la mirada. Me preocupó con verdadera vergüenza ajena que ella hubiese oído semejante blasfemia.

—Si vuelves a decir algo así, me levanto ahora mismo y me voy —le amenacé.

—Tú misma, yo voy a pedirme otra sangría.

—¿Te recuerdo que si te digo que me lleves a casa, tienes que hacerlo porque eres mi chófer?

Él resopló porque quizá sí que fuera una déspota niña rica después de todo. Se abrió otro botón de la camisa blanca dejando entrever la camiseta interior de tirantes que llevaba debajo y con su dedo índice le dio unos golpecitos a su reloj de muñeca.

—Me temo que, en realidad, estoy ya fuera de mi horario de servicio.

—Pero, pero...

En ese instante tuve miedo. Me pregunté si Gabriel sería capaz de no llevarme de vuelta a casa. En ese caso, me planteé la posibilidad de tener que coger un taxi, pero ni siquiera sabía si pasarían taxis por esa zona a esa hora, e intenté recordar cuánto dinero exactamente llevaba encima.

—Relájate y disfruta, Sybile. Prometo no volver a abrir la boca. También prometo no pedir ningún autógrafo a nadie. —Gabriel se apoyó en la mesa con las dos manos y volvió a acercarse demasiado a mí—. ¿Quieres probar un poco de paella?

—Creo que es tarde, demasiado tarde ya. —Me había vuelto a echar un poco hacia atrás, pero no lo suficiente. Algo dentro de mí se rebelaba si quería alejarme de ese empleado descarado.

—Precisamente por eso. Tus padres ya te van a regañar de todos modos si te pillan. ¿Por qué no tardar un poco más?

Sentí que mi corazón se saltaba latidos y que en la comisura de mis labios se concentraba un cosquilleo que me obligaba a sonreír con un sentimiento de precipitación.

—¿Me llevarás de vuelta a casa después?

—Te llevaré donde me pidas, Sybile. Aunque sea fuera de horario. —El chico me guiñó un ojo y alzó la mano para llamar al camarero.

Le sonreí y acepté porque no quería irme de allí. No podía dejar de mirar hacia los cantantes, de imaginármelos sobre un escenario, de fantasear con que yo era una más del grupo de músicos con los que habíamos coincidido allí precisamente esa noche.

—¿Por qué están todos estos aquí hoy, José? —le preguntó Gabriel en un español perfecto al dueño, cuando este nos sirvió los platos típicos.

—¡Por qué va a ser, hombre! Todos ellos van a tocar en Woodstock.

—¡Ah! Es cierto, se ha estado hablando mucho del festival por el barrio estas últimas semanas.

Al escuchar aquello abrí mucho los ojos.

¡Woodstock!

Mi mente me refrescó la imagen del anuncio a toda página en el *New York Times* de mi padre que yo había rescatado de la basura y que desde entonces colgaba en la pared interna de mi armario, justo detrás de los pantalones de invierno. Yo estaba sentada a su lado en una butaca del salón de casa, cuando tuve que ocultar el rostro tras mi ejemplar de *Cosmopolitan* para que él no percibiera la risa que me había producido escucharle mascullar entre dientes la locura que era que esa gente, que parecían seguidores de Manson, hubiese logrado las licencias finalmente.

El brutal asesinato acontecido en la casa de Roman Polanski había revuelto también mis entrañas, pero mi padre llevaba el asunto a otro nivel. Para él, todos los jóvenes que escuchaban música reivindicativa no eran más que otro tipo de cerebros lavados por una secta musical llamada Contracultura. Aquella horrible noticia había conmocionado a medio mundo, era desgarrador pensar sobre todo en Sharon Tate embarazada, pero no era justo meter a toda una generación en el saco de los seguidores de Charles Manson. Y la realidad era que la gente que mi padre tildaba de descerebrada, que consideraba ilusos, holgazanes y antipatrióticos, era la tribu a la que yo quería pertenecer, y aquella música que escuchaban, los tambores que yo ansiaba seguir.

—Dicen que comenzó a llegar gente a Bethel hace ya una semana y que la zona designada dentro de la finca lechera donde lo montarán todo ni siquiera está vallada aún. No sé cómo van a controlar todo aquello, aunque estos de aquí no parecen estar preocupados.

José miró de reojo hacia los músicos, chasqueó la lengua y se rio antes de dejar en la mesa una ración de paella y dos vasos más de sangría.

—No puedo creer que hayamos tenido tanta suerte. Cuando supe del festival, lloré de frustración por no poder asistir. Pero, fíjate, ahora estoy cenando mientras veo cómo Jimi Hendrix flirtea con esa rubia —le comenté a Gabriel, a riesgo de resultar alguien patético, pero me dije a mí misma que era mucho más patético llorar sin consuelo después de probarte un vestido de novia, y eso ya lo había visto.

Gabriel miró por encima de su hombro hacia la mesa del final y luego me devolvió la sonrisa.

—¿No te han dejado ir? —se dirigió a mí con un tono mucho más tierno, como si estuviese haciendo el intento de comprender la realidad de mi vida.

—¡Ni siquiera se me ha ocurrido pedir permiso! Mi padre piensa que toda la gente que escucha ese tipo de música es comunista.

—Pero si solo es música.

—No es solo música. Ahí también te equivocas tú. ¿No has visto el musical *Hair*?

—¿Ese en el que salen los actores al escenario tal y como vinieron al mundo?

—Bueno, sí... —Me distraje solo un segundo de mi discurso, pero recuperé con rapidez la concentración—. Pero lo importante es que la temática trata la deserción al reclutamiento masivo del año pasado. La música fue el medio de transmisión, ¿no ves la importancia y la fuerza que tiene algo así?

—Vale, sí, pero no todo lleva un mensaje político oculto. Hay música que solo es eso, música. No creo que todo el mundo que tenga pensado ir a Woodstock pertenezca al Comité de Movilización de Estudiantes. —Alzó las cejas y apuró su vaso.

—Pues estaría genial que, cuando lleves a mi padre al bufete, se lo expliques con esas mismas palabras. —También le di un trago a mi sangría y luego hice una mueca—. ¿Quién sabe? Quizá a ti te deje opinar.

—Parece que no os lleváis muy bien.

—No es eso. Mi padre es buena persona y un buen padre. Es cariñoso, nunca me ha faltado de nada y estoy segura de que, si necesitase un riñón, él me daría el suyo; pero yo tengo opiniones diferentes sobre temas que para él son indiscutibles. Pero es bueno, de verdad. —Hablé atropelladamente al sentir urgencia por defender a mi progenitor.

—Vale, te creo. Tranquila. —Gabriel me sonrió con ternura—. Mi padre también habla bien de él. Es solo que...

Él se detuvo mientras removía los granos de arroz amarillo que quedaban en su plato e hizo una mueca de contradicción con los labios.

—Dilo.

—Es solo que parece que tus padres no te dejen ser tú y que te estén obligando a ser otra persona.

Estiré el cuello, puse una mano sobre la otra en el regazo, bajo la mesa, y desvié la mirada.

—Bueno, sé de otras muchas personas a las que no les dejan ir tampoco a ese festival. No soy la única.

—Sí, supongo que habrá más. Pero...

—Pero ¿qué? Suéltalo, prometo no enfadarme. Quiero saber qué imagen proyecto. —Alcé los ojos para enfrentarme a él.

—Parece que te estuviesen obligando a casarte y estamos ya en 1969 como para que esas cosas sigan sucediendo.

Esa respuesta hizo que los músculos de mi mandíbula se endurecieran e inspiré de forma violenta. Había prometido no enfadarme, pero quise gritarle con fuerza que él no sabía nada de nada.

—Nadie me está obligando y mucho menos mi padre. —Mi mirada se había encendido de forma involuntaria.

«Quiero a Nick —pensé—. Nick es bueno».

«Nick me quiere. Nick puede morir».

«Nick puede estar ya muerto», volví a pensar.

—Vale, de acuerdo. Supongo, entonces, que antes llorabas de emoción en el coche.

—Gabriel soltó aquellas palabras con una ironía cargada de superioridad.

Me centré en sus ojos oscuros y algo dilatados, y en un gesto de rabia, le lancé la servilleta a la cara. Pero Gabriel tenía buenos reflejos y la cazó al vuelo, y sin pensárselo ni medio segundo, me la devolvió de igual forma. Y esa vez, sí que aterrizó contra mi cara. Yo, que había prometido no enfadarme, me sentí realmente molesta, por lo que metí la mano en el plato de paella y agarré un puñado de arroz que lancé sin contemplación a mi acompañante. Mientras planeaba levantarme y cortar de una vez esa especie de cita absurda, recibí de vuelta un puñado de arroz directo a mi pecho.

—¡Idiota! —exclamé tras levantarme y lanzarle lo que me quedaba de sangría a la cara.

Gabriel miró entonces su vaso vacío y alzó los brazos, declarándose así perdedor de la batalla sin desdibujar la sonrisa de su rostro.

Noté cómo todos nos estaban mirando: Jimi, Janis, Grace... Cogí apurada mi bolso del respaldo de la silla y me giré dispuesta a marcharme de ese lugar absolutamente avergonzada por el espectáculo que acabábamos de protagonizar. Sin embargo, Gabriel me agarró de la muñeca y me detuvo.

—Habías prometido no enfadarte. Si te vas así, tu palabra vale menos que el humo.

Lo miré con frustración, y aunque deseaba salir huyendo, no me moví.

—Todos nos miran. Me estoy muriendo de vergüenza ahora mismo —le susurré.

—Está bien, entonces no me queda otra opción que hacer algo al respecto para cambiar el ambiente de forma radical.

Gabriel se levantó mientras aún caían al suelo gotas de sangría de su pelo, se colocó frente a mí y, en un movimiento que no vi venir, agarró mi cuello y se lanzó a capturar mis labios en un beso que hizo que el interior de El Quijote estallase en silbidos, vítores y aplausos, junto con un grito eufórico de «¡Haz el amor y no la guerra!».

Los escasos segundos que duró el beso no fueron suficientes para que me diese tiempo a cerrar los ojos, ni siquiera fui capaz de parpadear mientras sentía el contacto cálido y decidido de sus labios gruesos sobre los míos. Mi atención no solo se centraba en la sorpresa de tener nuestras bocas pegadas, sino en la mano que sujetaba con firmeza mi cuello y que mantenía nuestras caras tan pegadas como lo estaban nuestros vientres, que se habían aproximado tanto que llegué a sentir como si por dentro de mi cuerpo se hubiese producido una fusión nuclear.

Cuando Gabriel se separó, no me miró a los ojos, sino que se giró con rapidez a un lado y saludó a todos los espectadores formando el símbolo de la paz con los dedos. Luego sacó de su bolsillo unos billetes arrugados para dejarlos sobre la mesa y agarró mi mano con la familiaridad que le concedía el haberlo hecho ya antes. Le seguí sin reaccionar y muda hasta que salimos juntos de El Quijote, y ahí, en la acera frente a la fachada del hotel Chelsea, aliviados por la brisa fresca de la madrugada, desprotegidos de cualquier compañía, nos paramos y nos miramos de verdad a los ojos.

Capítulo 7
Lennon

Nueva York se esconde bajo un tapiz gris salpicado de relámpagos atormentados.

Menudo recibimiento.

He cometido el error de emprender el viaje sin comprobar antes la predicción meteorológica, por lo que mi vestimenta ligera delata que vengo de la costa oeste, de un lugar en el que el paraguas se usa tanto como la calefacción central.

Mientras mi taxi amarillo atraviesa Williamsburg rumbo a la dirección en Tribeca que tengo anotada en un papel, pienso en cómo y cuánto han cambiado las cosas en los últimos años. Sobre todo, para Dustin.

La única vez que estuvimos juntos en Nueva York visitamos a su madre, que vivía en un pequeño adosado a las afueras de Nueva Jersey. Su madre, una famosa modelo de desnudos en los setenta, regentaba una pequeña tienda de abalorios que ella misma fabricaba y en cuya trastienda solía leer las cartas del tarot a quien se lo pidiera. Era un lugar que debía darle pocas ganancias en realidad. Dustin se avergonzaba de ella con la misma intensidad que la adoraba. Particularmente, a mí, Cora Davis me pareció en aquella ocasión alguien de carácter arrollador, auténtico, vibrante, pero, a la vez, extenuante. Alguien que tomar en pequeñas dosis. Por aquel entonces, yo aún estaba colada por él, y Erick era solo el mosquito molesto que se había incorporado a un dúo perfecto para desestabilizarlo. Esos días en Nueva York fueron los últimos de mi enamoramiento unilateral, porque, cuando Erick regresó de su propio viaje, lo hizo con el humor cambiado, las ideas muy claras y la intención de darle un vuelco a todo entre los tres.

La tormenta se desata por fin cuando vamos por Park Row. La lluvia es tan intensa que los transeúntes buscan cobijo en las cafeterías o bajo los andamios que se alzan sobre las fachadas de algunos edificios en remodelación. Incluso los viandantes que llevan paraguas aceleran el paso hacia sus destinos porque la lluvia rebota en los charcos que se están formando de forma rápida en las aceras.

La lluvia fue la llave que me abrió la puerta al mundo de Dustin. La lluvia...

Yo había comenzado la universidad solo para poder escapar de la comuna.

Conseguí entrar en Berkeley aun cuando jamás había tenido un piano propio porque mi memoria musical y mis dedos sobre las teclas eran un regalo genético, y finalmente terminé especializándome en gestión y marketing musical, porque el que era mi casero por aquel entonces siempre me decía que era una negociadora imbatible cada vez que le pedía un aplazamiento en el pago de la mensualidad.

Mis decisiones nunca se habían basado en la búsqueda de un gran sueño, se debían tan solo a cuestiones de supervivencia, de golpes de suerte, de lo que me resultaba más fácil de superar, de lo que pensaba que me haría ganar más dinero. Hasta que en la sala de audiovisuales de la facultad vi aquel corto galardonado con el premio fin de carrera de la promoción del 91 de Harvard.

Dustin Davis era un nombre que corría de boca en boca entre los aspirantes a pertenecer al mundo del cine desde que uno de sus guiones, escrito antes de acabar sus estudios, terminase en la Black List, una lista donde se encuentran los mejores guiones sin producir de cada año. Después de eso, había escrito el guion de *Escalera al primer sueño*, logró financiación para rodar el cortometraje, terminó dirigiéndolo e incluso hizo un cameo en él como actor secundario. ¿Cómo no iban a darle el premio?

Y, diantres, era tan endemoniadamente guapo que, por primera vez en mi vida, tras ver unas pocas escenas de aquel corto, la superficialidad de un rostro atractivo se apoderó de mi razón. Se me coló dentro, puso del revés mis hormonas y se convirtió en una especie de obsesión. Me convertí en fan de alguien. Fan de todo un mundo profesional en el que quería zambullirme y al que quería poner música. Fan del hombre más guapo que jamás había visto. Casi dos metros de altura, cabello trigueño abundante y sedoso, unas líneas faciales marcadas como si alguien hubiese tallado su cara en mármol, los labios gruesos más deseables que había visto jamás y unos ojos de un color esmeralda traslúcido que se comían la pantalla.

Erick también había formado parte de aquel proyecto y, aunque reconocí que aquella banda sonora original era digna del premio que había recibido, su rostro había permanecido oculto tras un simple nombre más de los que se alineaban en los créditos finales. De igual modo, aunque él hubiese hecho un cameo apareciendo en el corto tal como había hecho Dustin, mi atención no se habría detenido en él, porque, desde el primer segundo, mis ojos solo dejaban de parpadear cuando aparecían en la pantalla las piernas largas y las gafas de pasta negra de Dustin.

Yo, que jamás había tenido un sueño, una intención clara

de algo o un rumbo motivador que seguir, salí de aquella proyección con el convencimiento de saber todo lo que quería de la vida. Le quería a él, quería trabajar a su lado, aunque fuera llevando café o sosteniendo un paraguas abierto sobre la cabeza del prometedor guionista y director de cortos recién salido de Harvard.

Investigué. Pregunté y me preparé. En cuanto supe que estaba a punto de comenzar un nuevo proyecto, uno que contaba con una producción independiente, hice todo lo posible por formar parte de él. Fui una ingenua al pensar que mi portafolio destacaría entre los demás simplemente porque yo lo deseaba más que nadie. No tenía experiencia alguna que ofrecer, mi trabajo de fin de carrera no había ganado ningún premio, y no tenía contactos en el mundo cinematográfico. Nada de nada. Solo tenía mis dotes de negociadora y un cerebro lleno de música pendiente de ser abierto como si fuese un melón, una base de datos llena de archivos de audio. La llamada no llegó y no tenía ni idea de cómo acceder a él. Parecía que su círculo laboral fuese tan estrecho e inaccesible como la entrada al Pentágono.

Y un día lluvioso, simplemente, me topé con él en un cibercafé. Me había encerrado allí pensado que, si encontraba en la red el nombre del profesor que había dirigido a Dustin en su trabajo de fin de carrera, podría buscarlo, y, de alguna manera, sacarle la información de cómo llegar hasta el propio Dustin. Recuerdo que escuchaba a través de mis auriculares de diadema Sony *Definitely Maybe* de Oasis, por su sonido neopsicodélico nutrido de los años sesenta y setenta, y que le estaba dando un trago a mi café helado, cuando alguien abrió la puerta del local. Desvié la mirada de la pantalla del ordenador hacia la entrada y no tardé ni medio segundo en reconocerlo. Miré a mi alrededor, busqué en los chicos que ocupaban los ordenadores próximos a alguien para que fuese cómplice de semejante momento extraordinario, pero nadie reparó en él. El corazón se me disparó y tuve que aferrarme con fuerza al borde de la mesa con las manos para controlar el grito de emoción que luchaba por salir de mi boca. Dustin, que hablaba por su teléfono móvil, se fue directo a la barra, donde pidió un batido de fresa. Me quité los auriculares e intenté alisarme el pelo, quise recordar cuándo me lo había lavado por última vez y si esa mañana me había puesto al menos crema hidratante en la cara. Qué más daba, no podía perder esa oportunidad. Por eso, recogí mi libreta y mi bolígrafo, que eché dentro de mi bolso con urgencia, y me aproximé a la barra.

—Los quiero a ellos. No pueden ser otros. Si la película no suena a ellos, será otra cosa totalmente diferente a la que hablamos.

Dustin no parecía estar incómodo con la camiseta empapada pegada a su torso, ni siquiera parecía ser muy consciente del lugar en el que se encontraba. Estaba tan metido en la conversación telefónica que tuve que moverme varias veces detrás de él para no ser golpeada por el brazo libre que movía al ritmo de la conversación.

El muchacho de la barra me miraba a la espera de que le pagase la tarifa correspondiente a mi tiempo de uso del ordenador, pero yo le pedía que esperase una y otra vez con la mano.

—¿Que cómo vamos a contactar con Youth Nation? ¡Y yo qué sé! ¿Quién es el representante de Jared Crolby? Eso es cosa tuya, Erick, eres el encargado de la música. Sí, ya sé que eso no es exactamente tu responsabilidad, pero ¿quién quieres que se encargue, si no? ¿Royer?

Dustin soltó una risa irónica, se giró y su codo elevado pasó a un centímetro de mi nariz.

—¡Ostras! Lo siento. ¿Estás bien?

Por fin. Lo tenía frente a mí, mirándome a los ojos. Pude comparar mi escasa estatura con su metro noventa y ocho, y reconocí al instante aquel gesto tan particular, el que mostraba en las escenas de él en su corto que circulaban con rapidez por mi cabeza. Y aunque asentí con vehemencia, igualmente me toqué la nariz con la punta de los dedos.

—¡No es a ti! Luego te llamo, Erick.

Dustin cerró su teléfono móvil y volvió a mirarme con cierta incomodidad, porque yo me había quedado petrificada frente a él.

—¿Cuánto es? —le preguntó al chico de la barra tras coger su batido.

Tras darle cinco dólares volvió a mirarme de reojo, supongo que decidiendo si debía volver a preguntarme si de veras estaba bien o si era mejor alejarse prudencialmente de mí.

—Soy Lennon Park. —Alargué mi mano hacia él cuando parecía que estaba dispuesto a dar un paso hacia atrás—. Y voy a conseguirte a los Youth Nation para tu película.

Dustin abrió mucho sus preciosos ojos esmeralda, y yo esbocé una sonrisa. Él alzó una ceja, y yo estiré aún más los labios. Él ladeó un poco la cabeza, y yo alargué mi cuello todo lo posible hacia su interminable altura.

—Ah, ¿sí? ¿Y cómo vas a conseguirlos?

—Ya sabes, estamos en Los Ángeles. Conozco al primo de alguien, que conoce a alguien, que conoce a Jared. Voy a conseguírtelos.

—Pero ¿tú sabes quién soy yo?

—He visto *Escalera al primer sueño*. Yo habría usado *Use the Girl* de Loeb en lugar de *Don't Blame Me* en la escena de la azotea, pero todo lo demás creo que fue algo magistral.

—Gracias, supongo... —Dustin miró entonces también a su alrededor.

No supe descifrar en ese momento si se sentía incómodo

o si quería deshacerse de mí. Luego descubriría que tan solo intentaba gestionar su timidez.

—Contrátame —le pedí de forma impetuosa.

—¿Que te contrate?

—Sí, bueno. Ya te he dicho que podré conseguirte al grupo. —Abrí el bolso, cogí mi libreta y le quité la tapa al bolígrafo con los dientes—. ¿Qué canciones en concreto te interesan de Youth Nation?

—Bueno, es que en realidad yo... —Dustin dio otro paso atrás.

Dejé de disimular y avancé hacia él recortando la distancia entre nosotros que él había ampliado.

—¡Lo haré gratis! No necesitas pagarme. Puedes hacerme un contrato en prácticas.

Dustin frunció los labios y negó con la cabeza. Tiró el batido de fresa intacto a una papelera y me miró molesto.

—Lo siento. Me tengo que ir.

Miré hacia la calle a través del gran ventanal del cibercafé. Seguía lloviendo a mares, pero él se fue sin titubear hacia la puerta, la abrió y salió.

—¡Mierda! —exclamé.

—Son seis pavos —me dijo el chico de la barra, en un intento por reclamar mi atención.

—¡Mierda! —solté de nuevo.

Rebusqué las monedas en el bolsillo de mis pantalones de cargo verdes y luego eché a correr. Miré a derecha e izquierda, y cuando lo divisé ya un poco alejado en la acera de enfrente, le pedí a mis piernas cortas que hiciesen el mayor esfuerzo físico de toda su vida.

Corrí, crucé la calzada esquivando los coches y, cuando logré darle alcance, me puse delante de él y lo detuve poniendo mis dos manos sobre su pecho. Sí, aun sigo sin dar crédito por haber hecho eso.

—Le dejé mi currículo a la productora hace más de un mes y llevo buscando desde entonces la forma de poder contactar contigo. No soy una pirada, soy buena. ¡Soy tremendamente buena! Haré y conseguiré lo que necesites, solo dame una oportunidad.

Dustin me agarró de las muñecas y retiró mis manos de su cuerpo con suavidad. La lluvia caía sobre nosotros sin piedad. Me costó abrir los ojos para poder mirarlo a la cara porque debía enfrentar mi rostro de forma directa a la lluvia para hacerlo, pero estaba decidida, poseída por las ganas, entregada a los latidos de mi corazón, desesperada por hacer realidad lo que se había convertido en una verdadera obsesión para mí.

—No me fío de la gente que quiere trabajar gratis —contestó con franqueza.

—¿Ese es el problema? ¡Pues págame! —me reí.

—Nunca vayas por ahí diciendo que estás dispuesta a trabajar sin cobrar nada. Es un consejo. —Dustin intentó huir de nuevo, dando un paso adelante, pero yo volví a impedírselo.

—Acabo de terminar la universidad. Quiero aprender del mejor. Tú eres el mejor.

Mi voz hizo énfasis en ese *tú* y logré que por fin me mirase con otros ojos.

Me cogió del brazo y me obligó a meterme con él en el rellano del portal de un edificio para protegernos un poco de la lluvia.

—¿Dices que has dejado ya tu currículo en la productora?

—Sí. Y también he dicho que puedo conseguirte al grupo de música.

Dustin resopló, negó con la cabeza, se retiró el pelo empapado de la frente con un movimiento cinematográfico perfecto, y finalmente me miró de verdad.

—Quiero treinta y tres segundos de *Ultraviolet*. Si los consigues, te haré un contrato en prácticas de... ¿Qué es exactamente lo que quieres aprender de mí?

—Quiero hacer películas; es decir, quiero ponerles música. Haré cualquier cosa, lo que necesites, cuando me necesites. Seré alguien multiusos, tendrás lo que quieras antes de pedirlo, antes siquiera de que sepas que lo quieres.

Dustin arrugó la nariz y dejó escapar por fin una risa por ese par de orificios nasales.

—Será entonces como personal de apoyo, porque yo ya tengo alguien encargado de la composición musical, supongo que eso ya lo sabes.

—Sí, pero no tienes a nadie que te consiga el resto de la música que no es original, ¿me equivoco? Haré eso, y todo lo demás.

Hasta ese momento yo no sabía qué es lo que quería hacer, no sabía qué nombre darle y tampoco que se me daría tan bien. Dustin y yo estrechamos la mano y compartimos nuestros números de teléfono bajo la tormenta más oportuna y perfecta de la historia. Ese número de teléfono no ha cambiado, ha estado guardado en mi agenda de contactos desde entonces como «Dustin Davis *director*» (con una estrella dorada a su lado).

Ahora, cinco años después, vuelvo a él. Me bajo del taxi exponiendo a la lluvia mis pies enfundados en unas sandalias de tiras cruzadas de piel marrón y cuelgo al hombro mi pequeño bolso en el que ni siquiera recuerdo bien si llegué a meter alguna muda de recambio. Solo será una noche en Nueva York como mucho, con suerte podré incluso cerrar la vuelta del billete que Dustin me envió abierto y coger el último vuelo de hoy de regreso a Los Ángeles. Siento que los nervios me estrangulan las tripas y decido presionar de una vez el número del apartamento en el interfono del edificio para ricos en el que Dustin Davis *director* «estrella dorada» vive ahora.

Capítulo 8
Sybile

—¿Por qué has hecho eso? Podría haberte abofeteado ahí dentro, ¿sabes? ¡Tengo novio! ¡Voy a casarme!

Me solté del agarre de Gabriel y lo enfrenté, aunque parecía impasible ante mi enojo.

—Solo ha sido un beso. Y nos han aplaudido. —Se encogió de hombros con cierto toque de orgullo.

—¿Solo ha sido un beso? —repetí molesta.

¿Solo un beso? Yo sentía que los labios aún me ardían, que sobre ellos quedaban restos de un aroma a azafrán y a nicotina que no era mío, que no podía recuperar aún el aliento que había perdido durante esos largos segundos.

Gabriel rebuscó en el bolsillo de su pantalón oscuro la cajetilla de cigarros y sacó uno para llevárselo a los labios. Le observaba incrédula, me preguntaba cómo podía volver a usar su boca para hacer una cosa totalmente distinta después de lo que había sucedido entre nosotros.

—Creo que es hora de que me lleves a casa —le dije, cruzando los brazos debajo del pecho antes de mirarme la punta de mis zapatos blancos de tacón bajo.

Me sentía algo mareada, sabía que había bebido demasiado, pero también era consciente de que mi azoramiento se debía a algo más que al alcohol.

—Está bien, aunque... —Gabriel alzó la mirada al cielo y comenzó a lanzar al aire aros de humo del tabaco.

—Aunque ¿qué?

—¿Quieres pasar la noche conmigo? —me preguntó bajando el tono de voz.

Sí, lo había oído bien. Quise abrir la boca, deseé soltarle algún improperio, sentí ganas incluso de abofetearlo, pero no hice nada de eso, tan solo torcí la cabeza. Él seguía mirando hacia el cielo esperando una respuesta, y yo era incapaz de descifrar qué quería decir la mirada torturada con la que se enfrentaba a las constelaciones invisibles desde el corazón de Manhattan. Percibí que algo no estaba bien en él tampoco, y supe que me tenía que quedar. O quizá solo inventé una excusa para que aquella noche no terminase, ignorando todo lo que se suponía que yo debía o no debía hacer.

—¿Me das uno?

Avancé hacia él y perdí la mirada en el mismo punto celeste en el que estaban fijados sus ojos oscuros. Gabriel sacó otro cigarro de la cajetilla, se lo puso en los labios y lo encendió con la punta incandescente de su pitillo. Luego me lo alargó y yo le regalé una sonrisa furtiva. Yo no sabía bien cómo agarrar el cigarro. Sentía que si lo colocaba entre dos dedos, iba a temblar y que acabaría en el suelo, por eso lo agarré con tres y le di una calada demasiado profunda para alguien que jamás había inhalado humo. Tosí, sentí que el aire alquitranado se me había colado por alguna vía respiratoria equivocada, que el humo me salía hasta por el lagrimal, pero insistí. Repetí y volví a toser. Lo hice otra vez, más suave, e intenté retener el humo dentro de la boca un momento antes de soltarlo poco a poco. Entonces, noté que los dedos de Gabriel se acercaban con cautela a los míos, y que finalmente los entrelazaba. Seguimos durante un rato fumando en silencio, mirando el cielo, con las manos agarradas y la sensación continua de experimentar una descarga eléctrica directa al corazón.

Ese silencio entre nosotros me generaba un ruido ensordecedor en la cabeza.

Me preguntaba por qué nunca había sentido algo así con Nick cuando él me tocaba, cuando me besaba. Él siempre había ido con cuidado, sus besos solían ser roces respetuosos, caricias superficiales, agarres en los que era yo quien intentaba apretar más. Pero lo cierto es que yo le quería, estaba convencida de que le quería.

Nick era bueno. Nick era guapo. Nick era listo y valiente. Nick era prácticamente perfecto. Seguramente, Nick estaba esperando a que estuviésemos casados para agarrarme con decisión por el cuello para besarme, para obligarme a abrir más los labios usando la fuerza de su lengua, para reclamar mi mano tan solo como preludio de todo lo demás que quería tocar. Sí, me dije a mí misma que era eso, y que cuando él lo hiciera, sentiría el mismo escalofrío que estaba sintiendo con la proximidad de mi cuerpo al de Gabriel.

Pero... ¿y si no era así? ¿Y si no volvía a sentir exactamente eso jamás? ¿Y si esa noche era la única oportunidad que iba a tener en toda mi vida de experimentar esa sensación?

Antes de que pudiese encontrar respuestas a todas las preguntas que me sacudían por dentro, Gabriel comenzó a andar y a tirar de nuevo de mí. Me dejé llevar como si fuese un perrito al que él estaba paseando.

Mientras ascendíamos por la 23, recordé que mi madre me había obligado a tomarme la píldora desde hacía una semana y me pregunté si era tiempo suficiente para que aquello hiciera efecto. Me pregunté a mí misma si estaba leyendo bien las intenciones de Gabriel. Si, en efecto, él había insinuado lo que yo creía que había insinuado. El corazón me latía apresurado, pero al mismo tiempo sentía una especie de seguridad en el agarre firme de su mano. Continuamos caminando en silencio, bajo una noche ya asentada que parecía estar al margen del paso de las horas, de un tiempo con reglas y vetos, lleno de imposiciones y de palabras calladas retenidas dentro.

—¿Me vas a llevar a El Barrio? —le pregunté con timidez.

Había oído hablar de esa zona del este de Harlem. Sabía que donde vivía Miguel, nuestro chófer, había muchos puertorriqueños y también algunos mexicanos como él. Sabía que se habían derrumbado muchos de los edificios antiguos para una supuesta renovación urbanística que se detuvo cuando Nueva York comenzó a sufrir déficits. Sabía que era una zona peligrosa, con frecuentes disturbios raciales y peleas de pandillas, drogas y pobreza.

—No —me contestó él, arrugando el labio superior—. Vamos a por el coche.

Esa vez, Gabriel me abrió la puerta delantera en lugar de la trasera y yo acepté la nueva ubicación con una sonrisa temblorosa. Se colocó de tal forma que apenas me dejaba espacio para entrar, obligándome así a acercarme a su pecho.

—¿Estás segura? —me susurró cuando nuestros cuerpos se rozaron.

Me detuve, percibí su aroma a nicotina y a alguna colonia con toques cítricos que había debido rociarse a primera hora de la tarde, antes de enfundarse en el uniforme de chófer, y finalmente giré mi cabeza hacia él. Demasiado cerca, demasiado rápido.

—Sí —contesté sobre sus labios.

Descendimos por el West Village hasta Washington Square; yo miraba con curiosidad aquella zona en calma que de día solía estar llena de estudiantes universitarios cruzando la plaza de un lado al otro. Alguna vez había pensado en cómo debían de sentirse los músicos callejeros que tocaban junto a la fuente central, mientras la mayoría de la gente que pasaba por su lado ignoraba que estaban abriendo su corazón, sus miedos y sus ganas ahí en medio, a la espera de captar la atención de alguien. Me pregunté si yo sería capaz de hacer algo así, de alzarme sobre un banco para recitar alguno de mis poemas, si le gustarían a alguien mis versos; si, como había sugerido Gabriel, podrían convertirse en canciones.

—Aquí al lado vive un amigo de la universidad.

—¿Vamos a ver a un amigo tuyo? —pregunté confusa.

—No, no está en Manhattan ahora. Consiguió un empleo de verano de jardinero en una casa de gente rica, en Los Hamptons, y estará allí hasta finales de mes.

—Ah... —contesté, arrugando la falda de mi vestido entre las manos. Estaba nerviosa y a la vez me sentía valiente, era un guiso de emociones en ebullición.

—Pero sé dónde esconde la llave del apartamento y podemos entrar. Tengo permiso para ir cuando quiera. —Buscó la complicidad de mi mirada moviendo la cara hasta conseguirla y entonces le sonreí—. Robbie tiene una guitarra y voy a enseñarte a tocar tres acordes con ella. Me ofrecí a hacerlo el otro día, ¿recuerdas?

Entreabrí la boca, solté la tela de mi vestido y relajé los hombros. Pensé que quizá mi mente había hecho suposiciones más atrevidas de las que debía. Una mezcla de alivio y decepción se enganchó entre mis costillas, pero salí del coche y acepté su brazo.

—¿Acaso no has sentido algo especial al ver a todos esos músicos en El Quijote? —Quiso saber él mientras andaba a un paso acelerado que me forzaba a dar pequeños saltos de vez en cuando.

—Pues claro, ha sido lo más emocionante que me ha pasado en la vida.

—Puedo ver en tus ojos que quieres formar parte de ese mundo. —Apretó mi mano al decirlo, la sacudió y ese gesto llegó hasta el centro de mis deseos.

Dejé escapar una carcajada tan sincera que terminé respirando por la nariz y haciendo un ruidito vergonzoso. Me tapé la boca con las manos e intenté detener mi risa.

—¿Formar parte de su mundo? —Negué con la cabeza—. Como si algo así fuera posible.

—También al principio debió de ser un sueño para ellos.

—Hay todo un universo entre ellos y yo.

Gabriel se detuvo y me agarró por los hombros con visible frustración.

—¿Sabes lo único que te separa de ellos, Sybile?

Contuve el aliento al enfrentarme a su cara y él inspiró antes de contestar.

—Tres acordes.

Echamos a correr por una calle perpendicular a uno de los edificios de la universidad. Yo le seguía con una sonrisa en la cara, me aferraba a una mano que intentaba guiarme a un mundo lleno de unas posibilidades que para mí se pintaban con el color de los sueños. Cuando nos paramos frente a la fachada trasera de un edificio surcado por escaleras de incendios del siglo anterior, Gabriel dio un salto y tiró del extremo extensible.

—Espérame aquí un minuto.

Vi su cuerpo delgado y ágil trepar con soltura por el enredado metálico hasta la primera altura y aproximarse a la única ventana que había. Pude ver cómo movía la esquina inferior del marco de madera para descubrir un hueco, en el que encontró una arandela de metal de la que colgaba una llave que me mostró triunfal desde arriba. Gabriel regresó abajo con rapidez y ambos rodeamos el edificio para entrar por el vestíbulo.

Dentro olía a humedad y a tabaco rancio, pero me pareció que el pasillo estaba relativamente limpio y me relajó el hecho de no cruzarme con alguien en las escaleras. Tímida y algo temerosa, lo seguí hasta la última puerta. Miré una y otra vez hacia atrás porque sentía como si en cualquier momento fuese a aparecer una pareja de policías para arrestarnos por intentar invadir la casa de alguien; pero Gabriel abrió la puerta sin problemas y entró relajado. Comprobé que se movía con familiaridad por la pequeña sala. Era evidente que conocía bien el lugar porque me guio por el interior con soltura. Me condujo hasta la única ventana que había en el salón y bajo la que destacaba un poyete lleno de velas. Sacó del bolsillo de su pantalón el mechero y comenzó a encenderlas.

—Le cortaron la luz antes de irse por retrasarse en el pago de la factura. —Acompañó la explicación con una sonrisa y me instó a ayudarle a encender el resto usando una vela ya encendida.

Conforme la estancia salía de la penumbra, sombras alargadas comenzaron a danzar por las paredes y los objetos que las adornaban se hicieron visibles: un póster de efecto psicodélico, un pañuelo de tela con dibujos indios y una estantería llena de pipas de fumar.

Gabriel sabía qué armario abrir para coger un vaso, dónde encontrar una Coca-Cola para ofrecérmela, y, por supuesto, la esquina exacta en la que estaba la guitarra de su amigo.

Me senté en el único lugar que había disponible, un colchón tirado en medio de la habitación y alrededor del cual giraba la poca decoración de aquel diminuto apartamento. Sonreí interiormente al pensar que toda esa vivienda no era más grande que mi dormitorio, pero aquella noche me pareció un lugar con magia. Resultaba agradable e íntimo. Secretamente romántico.

Gabriel se sentó a mi lado con las piernas cruzadas y con la guitarra recolocada entre sus brazos. Tocó algunas cuerdas y las ajustó haciendo girar las clavijas, y cuando estuvo convencido del sonido afinado, se volvió hacia mí con una evidente disposición a enseñarme lo poco que sabía.

—Fíjate bien cómo se coge, la forma en que se colocan las manos. Hay seis cuerdas y dependiendo de a qué altura las presiones, formarás acordes diferentes y sonará distinto.

Gabriel debió percibir que yo miraba con atención el instrumento porque sonrió satisfecho. Rasgó las cuerdas con soltura e hizo sonar un do suave y preciso.

Enseguida me cedió la guitarra y cogió mi mano izquierda para intentar colocármela de forma correcta.

—Este dedo va aquí, el otro ahí y este...

—¡Esto es imposible! —exclamé entre risas provocadas por el cosquilleo que me producían sus dedos instructores.

—Espera, me sentaré de otra forma para ayudarte mejor.

Gabriel se colocó detrás de mí, agarró mi cuerpo como si fuera ligera como una hoja de papel y me recolocó entre sus piernas. Mi corazón se disparó de forma instantánea porque aquella posición era demasiado íntima, podía sentir su respiración a la altura de mi oreja y sus brazos rodeándome. No pude más que aferrarme a la guitarra con fuerza.

—Relaja los dedos y deja que te los coloque bien —me dijo, con una evidente intención de serenarme.

Se separó cediendo espacio entre nuestros cuerpos. De igual forma, sentía que el pecho de Gabriel rozaba un poco mi espalda, cómo nuestras manos izquierdas estaban en contacto directo y que su cara asomaba por mi hombro cerca de mi mejilla. Recuerdo que me mordí los labios y que temí que él pudiera percibir mis latidos atropellados si volvía a inclinar su cuerpo hacia mí unos milímetros más.

Me enseñó tres formas diferentes de colocar los dedos sobre el mástil y, tras varios intentos fallidos, logré finalmente combinarlos con acierto.

—Y ahora, intenta seguirme. Solo tienes que cambiar de nota a tiempo, yo rasgaré las cuerdas. Veamos si tienes buen oído. —Se aclaró la garganta y arrancó con decisión a cantar—. *Para bailar la bamba...*

Rompí a reír y el primer intento nos salió terriblemente mal.

—¿En serio vas a enseñarme esa canción?

—¿Tienes algo en contra de Ritchie Valens? —Se aproximó, me abrazó más, me miró sin pestañear.

—No, nada en absoluto. Pero la letra está en español —protesté, sin poder controlar el temblor de mi cuerpo.

—Por eso la voy a cantar yo. ¿No te gusta mi voz?

—Es aceptable —bromeé, y volví a colocar los dedos sobre las cuerdas.

En realidad, me había parecido que entonaba muy bien y también me había gustado cómo sonaba su idioma paterno. Me pareció exótico, armónico y sorprendentemente sexi.

—Venga, probemos otra vez.

No tardé en coger el ritmo y en acertar con los cambios de acordes según avanzaba la armonía de la canción. Nos reímos y cantamos juntos. Habíamos anulado el paso de aire entre nuestros cuerpos, nos rozábamos y balanceábamos sin pudor mientras compartíamos una botella de Coca-Cola a tragos alternos.

—Mira, estos mismos acordes valen para un montón de canciones. Por ejemplo... —Gabriel arrugó el labio superior y desvió de forma fugaz la mirada al techo mientras rebuscaba en el almacén de canciones que había en su memoria—: Por ejemplo, *Cumpleaños feliz, cumpleaños feliz...*

Volvimos a estallar en carcajadas, pero lo cierto es que me sentí motivada ante la oportunidad de aprender a tocar con la guitarra la melodía más cantada en la historia de la humanidad.

—Otra, enséñame otra —le pedí, mirando por encima de mi hombro.

Él aproximó su mejilla a la mía y comenzó a rasgar la guitarra.

In the midnight moonlight
I'll be walking a long and lonely mine
And every time I do
Here comes my baby, here she comes now
And it comes as no surprise to me, with another guy
Here comes my baby, here she comes now
Walking with a love, with a love that´s all so fine
Never comes my baby, here she comes now
Walking with a love, with a love that's all so fine
Never could be mine, no matter how I try...

Esa versión lenta y tan próxima de la canción de Cat Stevens cantada a mi oído me estremeció. Me hizo pensar en Nick y el miedo se apoderó de mí.

With another guy... Never could be mine, no matter how I try.

Miedo al ver que las agujas del reloj iban más rápido de lo que quería. Miedo del abrigo que sentía mi corazón en los brazos de ese chico, que era casi un desconocido; pero al que, al mismo tiempo, deseaba con unas ganas que no sabía que podía llegar a sentir.

Miedo a ser valiente. Miedo a ser cobarde. Miedo a que la canción terminase y él decidiese llevarme de vuelta a casa, a mi vida, a mi futuro. Por eso, antes de que él comenzase la última estrofa de la canción, giré la cabeza y busqué con decisión sus labios. Interrumpí su voz con un beso.

Mi impulso le debió coger por sorpresa porque tardó un par de movimientos musicales más hasta que logró frenar la mano con la que rasgaba las cuerdas. Pero, en cuanto su mente procesó que tenía mis labios sobre los suyos, me agarró la cara con la mano libre y de alguna forma se las apañó con la otra para retirar la guitarra a un lado.

Entonces atrapó mi cuerpo con decisión. Mi beso largo e inmóvil se transformó en pequeños besos rápidos, urgentes y abiertos que llenaron el silencio de la habitación.

Jamás me habían besado así. Nadie me había abrazado con tanta fuerza, ni siquiera Nick el día que se marchó a Vietnam. Era la primera vez que una mano se aventuraba con tanta rapidez por debajo de mi ropa y fue toda una novedad oír jadeos de urgencia entonando mi nombre. Por eso, tras solo unos minutos, lo único que sabía es que quería más, mucho más.

Me sorprendí queriéndolo todo.

Capítulo 9
Lennon

Dustin vive en el último piso. Es un apartamento que abarca al completo la planta décima y última del edificio. Un hombre trajeado me abre la puerta y me conduce a través de un salón diáfano y exageradamente enorme hasta una terraza abierta, llena de vegetación, que parece tener aún más metros que el salón. Cuando soy consciente de dónde estoy me pregunto cómo no me estoy mojando, miro hacia arriba y veo un techo acristalado que supongo que se repliega sobre sí mismo cuando hace buen tiempo.

Por todos los demonios, Dustin es asquerosamente rico. Menuda casa.

—¡Lennon! —me saluda el director de cine al aparecer por fin formando arruguitas alegres a ambos lados de sus ojos e inflando el pecho.

Me levanto del sillón lleno de almohadones con torpeza y noto que me tiemblan las manos. No ha cambiado nada. Sigue llevando pantalones vaqueros y jerséis de cuello de pico, aunque quizá ahora sean de alguna firma carísima.

—¿Debería hacer una reverencia o algo por el estilo? —Hago el intento de bromear para esconder mi nerviosismo.

Él detiene su avance hacia mí y finalmente me estrecha

entre sus brazos. Sigue igual de guapo, de alto, de arrollador. A duras penas consigo alzar las manos para corresponderle, porque Dustin me agarra de los brazos echándome hacia atrás mientras se inclina hacia mí para situar sus ojos a la altura de los míos.

—Estás genial, Lennon.

—Bueno, sí. Ya sabes, mi belleza es incuestionable y eterna.

Mi viejo amigo suelta una carcajada y me invita a sentarme de nuevo.

—¿Quieres un café o una infusión?

—¿Tienes *champagne*? —le pregunto con sorna.

—Por supuesto. —Alza los ojos y conecta la mirada con el hombre que me abrió la puerta, que debe haberlo seguido hasta aquí, y con ese simple gesto mi petición pasa a ser procesada.

—Era una broma, pero me lo beberé... —susurro con timidez mientras mis ojos hacen una inspección detallada de la azotea ajardinada.

—¿Te parece demasiado este lugar para alguien como yo?

Lo miro y tuerzo la cabeza. ¿Demasiado para él? En absoluto, él merecería un apartamento entre el cielo y el infinito. No hay nadie que lo merezca más por talento, esfuerzo y entrega. Y porque él es... Dustin es... Simplemente, un ser perfecto.

—Supongo que el helipuerto estará en la otra ala de la casa —le respondo burlona.

Él se desternilla, porque conmigo siempre se ha reído. Dustin no es gracioso ni ingenioso en las conversaciones. Sin embargo, escribiendo historias es un pozo de sentimientos, detalles y frases épicas. Tiene una mente llena de vida, de personajes y de emociones. Quizá por eso, en su vida real, es alguien solitario, casi aburrido.

Miro el que es su hogar ahora y pienso que, si yo viviera sola en un lugar así, la soledad me aplastaría con cada paso resonando en los metros vacíos. En cierto modo, me siento orgullosa de mi pequeño estudio sin paredes, y me doy cuenta de que no siento la menor envidia. Bueno, quizá un poquito. Qué demonios, me mudaría aquí mañana mismo.

—Espero que no hayas hecho ninguna reserva en un hotel. Como te dije, aquí hay sitio de sobra. Tienes preparada ya una habitación.

—Muchas gracias, pero no creo que sea necesario. Además, a las novias de mis amigos no suelo caerles bien si me quedo a dormir en sus casas —tanteo el terreno con disimulo—. Ya sabes, por mi belleza arrebatadora e intimidante.

Dustin vuelve a reír y niega con la cabeza.

—No hay ninguna novia a la que molestar ni intimidar.

Retengo la sonrisa que me nace dentro y me limito a poner los ojos en blanco.

—¿Y tú? ¿Cómo te va la vida? —me pregunta, echándose un poco hacia delante.

—Vayamos al grano, Dustin. No me has hecho venir hasta aquí para saber cómo va mi vida amorosa. Háblame de ella, de *La chica de Woodstock*, y dime qué es exactamente lo que quieres de mí.

El hombre con chaqueta llega para descorchar la botella de *champagne* y servirlo en dos copas alargadas antes de retirarse.

—Está bien, Lennon. Solo pretendía romper un poco el hielo antes de hablar de trabajo. —Me acerca la copa burbujeante y pone esa expresión inocente en la mirada que le hace aparentar diez años menos.

—No hay necesidad de eso. Para mí, es como si nos hubiésemos visto ayer mismo. Supongo que es lo que les pasa a los amigos que son del tipo que somos tú y yo.

—Tienes razón. Es como si hubiese sido ayer. Y la verdad, Lennon. Ojalá hubiese sido ayer de verdad.

—No, por favor, no vuelvas a las disculpas. Sabes que nunca te culpé de nada. Aunque no te negaré que me sorprendió mucho que te pusieras en contacto conmigo ahora. Así que, dime. ¿Por qué ahora? ¿Qué es lo que quieres de mí?

—Quiero que vuelvas a trabajar conmigo. Te necesito en este proyecto. A ti, que eres la única que puede hacerlo.

Dustin ha puesto los brazos sobre la mesa y se ha inclinado hacia delante. Me pide que trabaje con él de manera vehemente.

—Pero ¿por qué? Hay un montón de gente con mucho más reconocimiento que yo en este nuestro mundillo. De hecho, mi nombre está ligado al fracaso. —Dejo perder la mirada en el líquido dorado y hago una mueca.

—No digas eso. Si fuera así, el mío también habría estado condenado al fracaso y, sin embargo, mira dónde estoy. —Alza los brazos y señala hacia arriba con las manos. Sí, no hay nada por encima, él está justo en el cielo.

—¿Dices que si yo lo hubiese intentado de nuevo también estaría al mismo nivel que tú? Eso es absurdo, Dustin. Yo no soy como tú. Soy buena, pero tú eres de otro planeta.

—Tonterías. Eres la persona que necesito a mi lado ahora, la única que quiero que me ayude y la única que puede hacerlo. —Me parece percibir un poco de desesperación en su voz.

—¿Y se puede saber por qué? No es que quiera que me regales el oído, ya he leído parte del guion y sé que podría hacer un buen trabajo. Pero también por eso sé que no tenías necesidad de llamarme precisamente a mí.

—Pues sí. Tienes que ser tú. Eres una experta en los sonidos de los sesenta y los setenta, la mejor. Solo dime una cosa, ¿qué te ha parecido la historia? ¿Cómo ves el guion?

—No he terminado de leerlo aún.

—¿Has venido sin haberlo terminado de leer? —Dustin tensa la mandíbula.

—No quiero sentir cosas por un proyecto sin tener la seguridad de que voy a formar parte de él y sin la certeza de que va a llevarse a cabo. Supongo que lo entiendes después de lo que pasó la última vez. Pero lo que he leído es bueno, muy bueno. Todo el mundo querrá conocer esta historia.

—Creía que, si aceptabas venir, lo harías porque lo habrías deducido todo, por las semejanzas. Ya sabes... —Parece aturdido, contrariado. Ha comenzado a crujirse los dedos de la mano y sé lo que significa eso.

—¿Qué tengo que deducir, Dustin? —Por algún motivo comienzo a ponerme en alerta.

—El motivo por el que os necesito a los dos.

—¿A los dos? —Abro mucho los ojos porque no me gusta el camino que parece seguir esta conversación.

—Sí. Bueno, han pasado cinco años. Hay que dejar el pasado atrás, ¿no crees, Lennon?

—Dustin... —Me levanto y lo amenazo con la mirada y la voz.

Entonces, ambos giramos la cabeza hacia el hombre con chaqueta que ha hecho entrada de nuevo en la azotea para anunciar que el otro invitado está esperando en el salón.

Dustin me sonríe tembloroso, esconde un secreto en la mirada, uno por el que podría matarlo ahora mismo. Siento que me mareo, que todo me da vueltas, y me fuerzo a respirar. No es posible. Ahora no. Aún no estoy preparada. No quiero estar preparada nunca. No quiero verlo. ¿Cómo me ha podido hacer algo así Dustin? El mareo cede paso a un enfado monumental.

—Lennon, prométeme que no te vas a enfadar conmigo.

—¿Enfadarme contigo? —Suelto una carcajada sarcástica

y busco a mi alrededor otra salida de esa azotea que evite pasar por el salón, pero parece que tirarme al vacío es la única alternativa posible.

—Pensé que te habrías leído el guion antes de acudir a mi encuentro, que lo habrías comprendido ya todo.

—¿Comprender?

Dustin se levanta y veo que su intención es que lo siga al interior del salón. Me ajusto el bolso en el hombro y aprieto los puños. Asumo que tengo que cruzar una habitación en la que está él, pero puedo hacerlo rápido. Ando veloz, tanto que adelanto a Dustin y entro al salón antes que él.

No tenía intención de detener mis pies, pero es que ahí está él. Él.

Erick.

Lo miro de arriba abajo con rapidez y me sorprende encontrar a alguien vestido como Ringo Star en su viaje a Rishikesk. Se me escapa una carcajada.

¿De qué va disfrazado?

Veo que él no me sonríe, que también tuerce el gesto, como si tampoco esperase encontrarme allí, y eso hace de mecha que prende toda la rabia acumulada en mi interior durante estos cinco años.

¿Cómo se atreve a mirarme así?

Alargo la mano y cojo lo que tengo más cerca de una estantería. Le lanzo con furia el objeto de cristal, pero lo esquiva con rapidez y termina estrellándose en la pared junto a un cuadro que debe de valer más de lo que ganaré en toda mi vida. Pero no me rindo, así que cojo el siguiente objeto que alcanza mi mano y cuando estoy a punto de lanzárselo noto que alguien me agarra el brazo a la vez que ambos gritan con fuerza.

—¡El óscar no!

Miro mi mano y veo que estoy aferrando con mucha fuerza la estatuilla dorada. La imagen de Dustin recogiendo el premio en la gala de los Óscar del año pasado cruza mi mente. Estaba muy guapo, enfundado en un traje de terciopelo negro, con el pelo hacia atrás y una pajarita al cuello. Dejo que Dustin me abra la mano dedo a dedo y que rescate su preciado premio. Estoy respirando agitada, frenética. Estoy demasiado enfadada para sentirme avergonzada. Erick permanece con los hombros caídos a unos tres pasos de mí y sus ojos entrecerrados denotan enfado, como si él también quisiera lanzarme algún objeto a la cabeza.

¿En serio?

Me giro para localizar a Dustin, que transmite verdadero pesar en el gesto, pero me importa un cuerno lo que esté sintiendo ahora mismo. No tenía que haber provocado un encuentro así. Él, sobre todo él.

—Adiós, Dustin —le digo con gravedad, y avanzo como un búfalo en estampida hacia la salida del apartamento sin mirar a Erick al pasar por su lado.

Siento la bajada en ascensor de los diez pisos como un viaje al espacio sin oxígeno. Me duele el pecho, el corazón me late a saltos irregulares y las piernas me tiemblan. Cuando se abren las puertas tomo una gran bocanada de aire y salgo corriendo a la calle. Me lanzo como una loca en busca de un taxi, pero no consigo ver ninguno, y hasta que no estoy empapada del todo no me doy cuenta de que en ningún momento ha dejado de llover.

—¡Lennon! Espera, por favor.

Dustin se pone delante de mí bajando a la calzada y recibe el pitido de un coche.

Esta vez es él quien corre bajo la lluvia para darme alcance.

Esta vez es él.

—Déjame que te lo explique. No te vayas así. No sabes cuánto lo siento.

—¡Me importa un carajo cuánto lo sientas! —le grito enfurecida.

—Sí, lo sé. Pero te necesito, de veras que te necesito. Déjame explicártelo. Por favor, solo escúchame. Hazlo, aunque solo sea por aquella vez en la que yo te di una oportunidad.

—Oh, Dustin. Eso es jugar sucio.

—Por favor —me suplica.

Le miro por fin a los ojos. Él también se está empapando y la desesperación parece consumirlo.

—No pienso volver adentro mientras él esté ahí —digo con dificultad, porque, al fin y al cabo, eso es reconocer una debilidad enorme.

—Está bien. Le pediré que se marche. Quédate esta noche en mi casa, escúchame y luego decide si quieres marcharte o no. Te prometo que entonces no intentaré retenerte.

Me muerdo el labio inferior porque noto que soy incapaz de contener las lágrimas dentro de mí, que no son solo gotas de lluvia lo único que moja mi cara.

Mierda.

He visto a Erick. ¡Le he visto! Después de cinco malditos años, y mi corazón ha regresado al mismo latido doloroso con el que nos separamos.

Maldición.

Dustin alza los ojos y mira por encima de mi hombro. Me agarra por los brazos e intenta que no me gire.

—No te muevas. Erick acaba de salir.

Solo intenta que él no me vea llorar y eso hace que me sienta patética. Dustin asiente con la cabeza, se está comunicando con él de algún modo.

—Se ha subido a un taxi, ya se marcha. Creo que él también estaba furioso conmigo. —Y me suelta por fin.

Así que es él quien finalmente se va, otra vez.

¿Se ha enfadado? ¡Pues que le parta un rayo!

Dejo que Dustin me guíe de nuevo a su casa porque he decidido escuchar lo que sea que es tan importante, lo que ha hecho que este idiota haya intentado juntarnos de nuevo. Le escucharé y así estaré en paz con él. Como bien ha dicho, él me dio una oportunidad aquella primera vez bajo la lluvia. Hoy seré yo quien se la dé a él, y ya no le deberé nada.

Lluvia, maldita lluvia.

Capítulo 10
Sybile

No fue como esperaba. En realidad, yo no sabía qué esperar, pero tuve la sensación de que no había experimentado lo que debía. Nuestras lenguas habían danzado, había sentido el calor concentrado y latiente entre mis muslos, sus dedos habían llegado a zonas inesperadas, pero había mantenido los ojos cerrados con fuerza todo el rato. Había enfrentado la vergüenza de mi desnudez a las ansias que tenía de sentir, de rebelarme, de volar, aunque fuera una sola vez en mi vida. Había resultado intenso y abrasador. Invasivo, apresurado, muy sexual. Literalmente, me había sentido deseada por primera vez en mi vida; pero también había sido un acto demasiado rápido para lo que mi mente podía procesar y, en cierto momento, me pregunté si a Gabriel no le hubiese dado igual que hubiera sido cualquier otra chica esa noche, y no específicamente yo, la que hubiese calmado su deseo. En ese momento no reconocí la desesperación que había dentro de él en la forma de aferrarse a mí. Estaba tan centrada en mis ganas de ser otra persona que no presté atención a las señales que después me parecieron tan claras... Sin embargo, aquella noche yo pensé que todo lo ocurrido no era trascendente para él, porque se había quedado dormido sobre mi espalda a los pocos minutos de terminar.

Me pregunté cómo podía conciliar el sueño después de lo que había pasado entre nosotros, cuando, contrariamente, yo permanecía más lúcida que en toda mi vida. Me parecía tan increíble lo que habíamos hecho, tan trascendental, tan único, tan..., que mis labios danzaban entre la sonrisa y el suspiro mientras sentía su respiración pesada y rítmica detrás de mi hombro. Una mano de Gabriel reposaba sobre mi cadera desnuda mientras que yo tenía ambas manos refugiadas en el calor que aún salía de mi pecho. No quería despertarlo, porque estar así, con él, seguía siendo algo íntimo y cálido, pero no comprendía que él no tuviese la necesidad de permanecer el resto de la noche mirándome en silencio, acariciándome, regalándome más besos. Estaba claro que, a diferencia de mí, esta no era su primera vez.

También me pregunté qué significaba toda esa mezcolanza de sentimientos que sentía hacia él. Sabía identificar con claridad el deseo y la atracción, también sentía algo de envidia y hasta un punto de admiración. Había sido un acto desesperado, una única oportunidad de experimentar algo así en mi vida. No era amor, no se parecía a lo que sentía por Nick. Pero lo cierto era que, en ese momento, también me cuestioné si no había estado engañada todo ese tiempo pensando que lo que me unía a mi novio era un sentimiento tan verdadero, tan intenso y sincero como se le presuponía al amor.

¿Seguiría Nick vivo? ¿Estaría cubierto de barro, con el rostro lleno de costras y herido? ¿Estaría pensando en mí mientras hacía la vigilancia nocturna? ¿Tendría hambre en ese preciso instante allá donde estuviera?

Mi reloj de muñeca marcó las cinco de la madrugada. Aunque sabía que mi madre solía perder la conciencia tras acompañar sus pastillas para la jaqueca con *chardonnay*, era más que probable que en medio de su embriaguez se hubiese dado cuenta de que su hija no había regresado a casa y que hubiese llamado a la policía. Seguramente ya barajaban un accidente de tráfico, ya que tampoco había regresado Gabriel con nuestro coche. Mi padre también podría haber regresado de su viaje antes de lo previsto y quizá hasta el ejército estaba movilizado en mi búsqueda. Sin embargo, la certeza de que nadie me iba a encontrar allí, en ese minúsculo apartamento próximo a Washington Square, hacía que no quisiera pensar en las consecuencias que me esperaban con la llegada del amanecer. Así que aparté todos y cada uno de esos pensamientos de mi mente y me centré en escuchar la respiración profunda de Gabriel.

Algunas velas se habían derretido por completo y otras se habían apagado. De pronto, sentí una sed apremiante y decidí levantarme para servirme un poco de agua del grifo. Conseguí deslizarme bajo el cuerpo pesado de Gabriel sin perturbar su sueño, por lo que le lancé una mueca de fastidio y crucé en solo tres pasos la habitación hasta el fregadero. A pequeños sorbos me bebí el vaso de agua mientras observaba el rostro sereno de Gabriel. La guitarra seguía a un lado del colchón y sonreí al recordar cómo habíamos cantado juntos la canción de Cat Stevens. Deseé volver a cogerla, salir a la escalera de incendios y hacer sonar el instrumento como si fuera Holly Golightly*. Decidí coger la ropa para vestirme y no tener que enfrentarme a la vergüenza que me suponía que él volviese a ver mi cuerpo desnudo tras abrir los ojos. Luego, cogí la de él para doblarla y se la dejé a los pies de la cama. Inquieta, le di un par de vueltas de puntillas al colchón. Pensé en la posibilidad de marcharme, de llamar un taxi y regresar a casa.

* Protagonista de *Desayuno en Tiffany´s* de Truman Capote.

Sopesé la opción de hacer como si nada hubiese pasado, aunque, si me escapaba, era más que probable que no volviese a verlo después de esa noche.

Hacer como si no hubiese pasado...

Pero había pasado y yo no era ya la misma. Algo revoloteaba en mi interior, algo que quería salir disparado hacia fuera. En la penumbra logré distinguir una libreta sobre la mesa que el amigo de Gabriel debía usar tanto para comer como para estudiar. Anduve con cautela sobre el suelo de madera rasposa y arranqué la última página con cuidado de no hacer ruido. Escogí un bolígrafo del envase de mermelada que hacía las veces de lapicero y que estaba lleno de pinceles desgastados, y luego tomé sin detenimiento uno de los libros de la estantería, *La noche* de Elie Wiesel, para usarlo como apoyo. Me aproximé a la ventana para sentarme en el suelo junto a la luz de las pocas velas que quedaban encendidas y me di cuenta de que en ese instante no necesitaba absolutamente nada más del mundo. Volví a mirar de reojo a Gabriel para comprobar que con mis movimientos no había interrumpido su pacífico sueño y que podía entregarme al folio en blanco para escribir la primera palabra: «Libre».

Libre.
Ni los pájaros son libres porque tienen un límite hasta el que poder ascender.
Ni tú eres libre porque tu ropa te dice quién puedes ser.
Tampoco tú eres libre, aunque elijas a quién disparar.
No hay libertad en el fondo de una botella.
Tus horas dentro de un reloj prisioneras están.

—¿Qué haces? —La voz de Gabriel irrumpió en medio de mi caudal de palabras.

—No podía dormir.

—Ya veo... —Alargó la mano para agarrar uno de mis pies desnudos—. Anda, ven aquí.

Me sentí un poco cohibida. Volver a él, a su cercanía, a su olor, a las emociones que él me despertaba. Pero cedí, me recosté a su lado y me dejé abrazar por su cuerpo aún desnudo.

—¿No tienes ni un poquito de sueño?

Negué con la cabeza, pero mi boca me traicionó con un enorme bostezo.

—¿Necesitas que te meza como a los bebés para conciliar el sueño? —Él comenzó a moverme entre sus brazos provocando mi risa.

—No quiero dormir, quiero ser consciente de cada minuto de esta noche —le confesé.

—¿Cada minuto? Caray, ¿aún le pides algo más a hoy?

—Quiero un trozo de tarta de queso con confitura de moras. —Me relamí al tiempo que mis tripas rugieron como si no hubiese cenado horas atrás.

—¿Me estás pidiendo que te lleve a estas horas a una cafetería? —Gabriel apoyó la cabeza sobre mi hombro, besó mi mejilla y sonrió—. Quédate entre mis brazos hasta que comience a salir el sol y entonces te llevaré a donde quieras.

—¿Tengo que esperar a que vuelva a comenzar tu turno de chófer? —protesté con poca convicción.

—Exacto. —Gabriel buscó mi boca para dejar en ella un beso fugaz con el que dar por zanjada la conversación.

Me acurruqué en el hueco que formaba su cuerpo recogido y me quedé mirando cómo las velas se apagaban una a una hasta que el sueño me venció.

*

Una hora después bailábamos sobre las primeras horas de la mañana en un Manhattan que ya vibraba como si el sol reinase en lo alto del cielo. Había un bullicio por las calles algo más colorido de lo normal y, conforme avanzábamos con el coche hacia el norte, el tráfico se tornaba más lento. El pitido sonoro del claxon de una furgoneta multicolor al adelantarnos al cruzar el Hudson nos hizo mirarnos y sonreír.

—¡Sígueles, Gabriel!

—¿Quieres salir de la ciudad para comerte un trozo de tarta? —me preguntó desconcertado.

—Quiero ir a donde sea que vayan ellos. ¿Cuál crees que es su destino?

—¿El festival de Woodstock?

—Woodstock... —Me mordí el labio inferior y me ratifiqué en mi petición—. ¡Sígueles!

—¿Vuelves a dar órdenes a tu chófer?

—Por favor —le pedí, juntando las manos.

—¿Quieres ir al festival? Es inútil, he oído que se han vendido todas las entradas.

Claro que había soñado con ir, pero era consciente de que era imposible, aunque sí que podía acercarme un poquito a ese mundo tan alejado de mi realidad.

—Solo quiero seguirles un rato.

—Y luego nos tomamos la tarta —me advirtió.

Omití que deseaba fingir que era como una de esas chicas durante un rato, formar parte de ese plan, de su alegría, de esa libertad.

—¿Esperas encontrarte con más músicos por la carretera? No creo que volvamos a tener tanta suerte.

—No, solo quiero ver a esos *hippies* —dije divertida.

—Lo dices como si quisieras ir al zoo a ver nutrias. Solo es gente normal, como tú y como yo.

«Como tú y como yo».

Yo sabía bien que no era como ellos, precisamente porque ellos no eran normales.

Pero, de pronto, me lamenté por sentirme alguien que encajaba a la perfección en la definición de normal. Alguien corriente, una copia de otra copia. Me pregunté qué era ser normal. Si normal era seguir las reglas, regirse por lo establecido, pasar las diferentes etapas de la vida sin alterar el orden de las cosas. Si todo eso era ser normal, sonaba tan aburrido y opresivo como un corsé.

—Yo no quiero ser *normal* —confesé.

—¿Y cómo quieres ser, Sybile?

—Única.

Gabriel se rio y buscó mi mano para besarla.

—Pero tú ya eres única. No hay nadie como tú, al igual que no hay nadie como yo. Todos somos únicos. No hay dos personas iguales en todo el mundo.

—Pues a mí me parece que hay un montón de gente anodina, gris y uniformada. Copias sin voz ni voto, sin propósitos. Seres que respiran y andan por las aceras, que esperan ver la luz verde de los semáforos para cruzar y a que salga la luna para dormir.

—No te conozco mucho todavía, Sybile. Pero puedo decir que, según lo que enumeras, tú no eres para nada normal. —Elevó una ceja y desplegó una sonrisa ladeada—. Tú quieres tomarte el postre de la cena al amanecer.

Le sonreí y alcé la barbilla satisfecha. Definitivamente, no me sentía como alguien normal. No quería serlo. Me gustó que alguien lo reconociese, aunque fuera de esa manera tan absurda. Y por eso, porque desde que lo había conocido Gabriel parecía un soplo de aire fresco que me elevaba, me aproximé a él y dejé caer la cabeza en su hombro.

Conforme avanzábamos por la Thruway el tráfico se volvía más lento. Gabriel vio evidente que algo de dimensiones inconcebibles iba a ocurrir en las montañas de Catskill. Él sabía que, durante los fines de semana, esa carretera la transitaban solo maridos que acudían al encuentro de sus familias judías que pasaban el verano en las cabañas de las montañas con otras familias con las que compartían actividades y entretenimientos. Me contó que había pasado un par de veranos allí antes de que falleciese su madre y que lo recordaba como un sueño lejano en el que aprendió a nadar en el lago y a disparar con el tirachinas. Por eso conocía bien qué camino tomar y decidimos dejar de seguir aquella furgoneta de color verde chillón para tomar la vieja ruta 17. Los dos coches que nos seguían imitaron nuestra maniobra. Eché un vistazo por el retrovisor a los ocupantes de esos vehículos y comprobé que eran jóvenes con melenas enredadas, camisetas desteñidas, chalecos de hilo tejido, que nos saludaron con pitidos y brazos agitados por fuera de las ventanas bajadas. No había duda de que todos íbamos al mismo lugar y no era precisamente a los campamentos vacacionales de las montañas.

Sintonicé en la radio una emisora que nos regaló *Mr. Tabourine Man*. Sonreí feliz, incluso me animé a cantar el estribillo y, finalmente, bajé la ventanilla para sacar medio cuerpo afuera. Se lo había visto hacer a una chica un par de kilómetros atrás y yo también quise gritar de aquella manera.

—¿Qué haces? —Gabriel me agarró por el vestido al darse cuenta de mi movimiento rebelde.

—Vas a veinte kilómetros por hora. No creo que vaya a salir despedida —le grité entre risas. Era delicioso sentir el viento fresco del amanecer alborotando mi melena, que había intentado recoger de nuevo con las horquillas lo mejor posible—. ¡Pruébalo! ¡Saca la cabeza por la ventana, Gabriel!

—¿Acaso quieres que nos estrellemos?

—Pues déjame a mí llevar el coche para que puedas hacerlo. ¡Es liberador!

—¿Sabes conducir? —preguntó burlón.

—No creo que sea tan complicado.

—No lo es. Pero hay que aprender.

—Pues enséñame. —Regresé a mi asiento para agarrarle la camisa remangada con ambas manos y darle pequeños tirones.

—¿Ahora?

—¿Por qué no?

—¿Porque estamos en medio de ningún sitio?

—Mira, en ese cartel pone que faltan seis kilómetros para la zona de descanso del Red Apple. Podemos tomar un trozo de tarta allí, y después puedes enseñarme a conducir en el aparcamiento.

—Solo por curiosidad, ¿por qué quieres aprender a conducir si tienes un chófer? Mi padre necesita mantener su trabajo.

—Mis padres son los que tienen un chófer. Yo dejaré de vivir con ellos pronto. Así que estaría bien saber conducir para manejar un coche propio.

La referencia velada a mi matrimonio inminente estableció un repentino silencio frío entre ambos durante unos minutos.

—Por cierto, cuando te comas el trozo de tarta, ¿no crees que debería llevarte de regreso a casa? No van a estar nada contentos con ninguno de los dos.

—Solo quedan unos cinco minutos para llegar. —Señalé el siguiente cartel donde destacaba la enorme manzana roja y dejé en el aire de forma consciente la respuesta a la pregunta de Gabriel.

Quería un poco más. Solo las primeras horas de aquel día.

Capítulo 11
Lennon

Salgo del baño de mármol de Dustin tras haberme secado el pelo con una toalla tan gruesa como una manta y tan suave como el pelo de una chinchilla. He dejado el vestido colgado de la barra de la ducha para que se seque y me recrimino a mí misma no haber estado nada centrada en lo que hacía cuando me preparaba para el viaje, porque el único recambio de ropa que me he traído a Nueva York es una camiseta talla XL que compré en el concierto de REM. Como mido un metro cincuenta y seis me cubre hasta las rodillas, pero, aun así, atravesar de esta guisa el largo pasillo que une la elegante habitación de invitados con el gran salón me hace sentir que estoy demasiado expuesta, con total ausencia de decoro y elegancia. Aunque, para ser sinceros, yo no soy alguien demasiado elegante. No soy alguien que pegue con el suelo pulido y los amplios ventanales. Pero podría acostumbrarme.

Al llegar a la estancia central del apartamento me topo con el trabajador de chaqueta, quien está claro que es una especie de mayordomo, recogiendo los trozos de cristal en los que convertí algún premio de Dustin hace unos minutos. Me mira de arriba abajo y se detiene al final de mi camiseta con cierto gesto de desaprobación. Creo que incluso acaba de hacer un chasquido reprobatorio con la lengua, pero antes de que pueda mandarle al cuerno, el gran director de cine entra en escena portando una taza humeante en cada mano.

—He preparado un poco de té de jengibre con limón —dice empleando un tono demasiado conciliador.

—Habría preferido una copa de la botella de *champagne* de antes —expreso mi deseo sincero, pero solo consigo arrancarle una risa nerviosa.

Para no hacerle sentir peor le cojo la taza de las manos, y antes de que me conduzca a los sillones, lo freno. Sigue tan despistado como siempre, sin fijarse lo más mínimo en mí.

—¿Podrías prestarme unos pantalones? Yo... —Dustin por fin repara en mi atuendo. Su escrutinio termina con un acaloramiento concentrado en sus mejillas, una retirada de la mirada hacia un lado, una sacudida de brazos absurda y un giro de pies con el que se tambalea. Creo que yo también me he acalorado un poco y eso me conduce siempre a una verborrea innecesaria—. No tenía planeado quedarme esta noche en Nueva York y, como comprenderás, aún menos dejarme empapar por la lluvia esta tarde. De hecho, ni siquiera miré la previsión del tiempo antes de venir porque en Los Ángeles hacía un día precioso, ¿sabes? Un sol radiante. Fíjate que incluso he venido en sandalias, aunque estemos en octubre, pero así es aquello. Aunque eso ya lo sabes porque también has vivido allí durante mucho tiempo. Quiero decir que ya sabes cómo funciona el tema meteorológico en la costa oeste. Y bueno, que como mi intención no era quedarme a dormir, me eché solo esta camiseta sin pensar porque soy así de poco previsora y de despistada, pero eso también lo sabes de sobra.

—Ahora mismo te traigo algo que puedas ponerte, Lennon —dice comprensivo.

Sostengo también su infusión y desaparece apresurado

por el otro pasillo gemelo que hay en la dirección opuesta a mi cuarto. Si hubiese la más mínima posibilidad de que su nerviosismo estuviese relacionado con un sentimiento romántico hacia mí, consideraría su actitud encantadora, pero eso es algo más lejano de la realidad que los viajes turísticos a Marte. Sé que tan solo está apurado por todo lo que ha sucedido. Por eso, le espero paciente de pie, junto a la mesa doble de madera maciza, sobre la cual hay un ejemplar de la revista *Forbes* con su cara en la portada, delante de un jarrón de flores secas que seguramente es obra de su madre.

A los pocos minutos, reaparece con un pantalón de algodón gris, que, según me informa, suele usar para jugar al baloncesto, y que, a mí con seguridad, va a cubrirme los tobillos. Me lo pongo delante de él mientras se bebe la mitad del té sin respirar.

Pobre solterón, me pregunto si ha llegado a tener siquiera una sola cita en toda su vida. Tan guapo e inaccesible.

«¿No te das cuenta de que él solo siente y sentirá amor por el cine?».

La voz de Erick resuena en mi cabeza desde el pasado. Otra vez él. Siempre él.

—Y bien. —Me siento por fin frente a mi amigo, aunque lo cierto es que nos separan varios metros y una figura con forma de obelisco que el mayordomo (¿de dónde sale este hombre ahora?) se apresura a retirar de la mesa con temor—. Suéltalo todo de una vez, Dustin.

—Primero quiero pedirte perdón otra vez. Sé que lo de antes ha sido toda una encerrona.

—Bueno, yo también siento haber hecho añicos tu premio. ¿Era de los importantes?

—Era de la Asociación de críticos de Los Ángeles, pero a mí me importan un comino los premios. Los tengo expuestos en el salón porque a mi madre le gustaba verlos cuando venía por aquí. Sobre todo, el óscar. —Dibuja de forma fugaz una sonrisa en los labios y luego recupera su gesto de disculpa.

—Oh, esa vieja loca. —Me rio con cariño al recordarla—. ¿Te sigue prediciendo el futuro con las cartas del tarot?

Dustin inspira con cierta dificultad y comienza a darse golpecitos acompasados en la pierna con el puño.

—El caso es que mi madre falleció hace dos años.

La sonrisa se me desdibuja como si me hubiesen dado un bofetón con la mano abierta.

¿Muerta?

—¿Cómo? ¿Por qué no me avisaste? Podría haber venido a su funeral. ¿Qué le ocurrió? ¿Estaba enferma? ¿Fue un accidente? Pero si aún era joven... —Mi aturdimiento es más que evidente.

—Fue un cáncer fulminante. —Dustin tuerce la boca, aún debe de tener demasiado reciente el recuerdo de todo—. Solo duró un mes, pero se fue en paz, en casa. Yo estaba con ella. Y Erick sí que...

—Él vino al funeral porque vuestras madres eran muy amigas y por eso no me dijiste nada —afirmo como si comprendiese la situación y le disculpase por ello, pero no es así.

Dustin le da otro trago a su bebida y aprieta los labios. Me duele que prescindiese de mí en un momento tan íntimo a pesar de la falta de contacto. Su madre me caía realmente bien, aunque fuera una pitonisa terrible que falló de forma garrafal al predecir que la llama del amor que yo sentía por aquel entonces no se apagaría nunca.

Pero no he hecho este viaje para lamentarme por cosas del pasado y supongo que prescindió de mí porque seguramente temiese que al encontrarme con Erick pudiese montar un espectáculo en el sepelio de su madre, alguno parecido al que he armado aquí hace un rato. No voy a negar que eso sí es algo justificable.

—No pasa nada. Lo siento muchísimo, Dustin. —Me levanto y prácticamente tengo que tumbarme boca abajo en las enormes mesas para llegar a alcanzar su mano y estrechársela durante exactamente tres segundos.

—Antes de fallecer me entregó esto.

Dustin coge su cartera del bolsillo del pantalón vaquero, la abre y saca una foto doblada del compartimento de los billetes. La desdobla con sumo cuidado y me la entrega. La sostengo con respeto y una curiosidad que me cuesta controlar. Al verla, abro los ojos como si acabasen de decirme la ubicación exacta de la Atlántida. Es una foto en la que salen tres personas, dos chicas y un muchacho entre ambas. Por los rasgos que recuerdo, una de las dos debe de ser la madre de Dustin, pero lo cierto es que las dos chicas se parecen bastante. Los tres posan en un descampado fangoso atestado de gente.

¿Eso es...? No puede ser. Ese parece el festival de Woodstock, y Cora, ella...

—¡Ella lleva el collar de las tres balas! —Alzo la mirada hacia Dustin y él asiente con la cabeza sonriente—. ¿¡Tu madre era *La chica de Woodstock*?!

—Desde luego eso es lo que podría pensar uno al ver esta foto, porque en ese momento ella lleva puesto el collar de las tres balas; pero no, mi madre no era la de la foto que todo el mundo conoce. Pero Lennon, hay algo más importante. Mi madre me dio esta foto para decirme que ese de ahí es mi padre.

—¿Tu padre? Ese del que nunca has sabido nada, del que nunca te habló tu madre... ¿Y justo antes de morir te da una foto suya? —Creo que estoy un poco indignada.

Dustin vuelve a asentir con la cabeza, reclama que le devuelva la foto para volver a guardarla y me habla esperanzado.

—Espero poder encontrarlo a través de esta película.

—Pero todo esto es muy fuerte. —Resoplo y alzo la mirada al techo—. ¡Tu padre es Gabriel! Entonces, *La chica de Woodstock*, tu guion, ¿es sobre ellas? Pero ¿cómo sabes que esa otra chica es ella? Que es la Sybile del guion, ¿cómo sabes que es su historia? ¿Es que la has encontrado?

—Porque mi madre no me dio solo la foto, también me entregó el diario de Sybile y me pidió que contase al mundo esa historia que también la incluía a ella. —Deja escapar una media sonrisa ladeada.

También sonrío y asiento. Sí, eso le pega a la Cora que conocí.

—La historia de *La chica de Woodstock.* —Sacudo la cabeza porque es demasiada información—. Uff, no esperaba algo así de esta conversación, la verdad.

—Dime qué piensas de todo esto, Lennon.

—Dios —me lamento. Debí haber leído el guion entero antes de venir aquí. Hago un repaso de todo lo que sé de la historia hasta ahora y niego con la cabeza—. Pero ¿y si la verdadera Sybile sigue viva? ¿No crees que puedes tener problemas al desvelar su identidad sin tener su permiso?

—La he buscado incansablemente, Sybile Walton es como un fantasma. El edificio donde vivían los Walton ardió en los setenta. Su padre murió en el incendio y, al parecer, su madre ya se había divorciado de él antes de eso, recuperando así su apellido de soltera, el cual desconozco. Y del que se supone que es mi padre, tan solo tengo un nombre sin apellido. La película está basada únicamente en lo que hay escrito en ese diario. Es como si quien escribió las memorias no hubiese querido revelar la información del todo.

Dustin se remueve en el asiento, es evidente su desesperación. Todo esto no es solo trabajo, no es únicamente cine, no se trata exclusivamente de desvelar la historia que hay detrás de un icono.

Todo esto es personal para él.

—Espero que ahora quieras terminar de leer el guion y que también quieras unirte a mí en este proyecto. Te necesito a ti y a él. —Prácticamente me lo implora.

—¿Por qué? A ver, entiendo que quieras a Erick como compositor para el *score* porque es un genio, aunque negaré haber dicho eso en cuanto salga de aquí. —Me encojo de hombros e inspiro antes de continuar porque las palabras se me atascan en la garganta—. Puedes tenerlo a él, pero ¿por qué yo? ¿Por qué a los dos juntos? Eso es algo cruel, Dustin. No puedes pedirme una cosa así.

—Le quiero en este proyecto, Lennon. Ha sido mi mejor amigo desde que tengo uso de razón.

—¡Pues pídeselo! Cuéntaselo todo tal y como me lo estás contando a mí.

—Él no querrá volver a trabajar conmigo a menos que... —Hace una mueca con los labios, alza una ceja y me señala de forma sutil con la punta de su barbilla.

—A menos que ¿qué...? —Niego con la cabeza desesperada y, cuando las piezas encajan en su lugar dentro de mi cerebro, abro la boca—. ¿Insinúas que él no querrá a menos que yo participe también? ¡Estás loco! —Se me escapa una carcajada de incredulidad.

—Lo dejó, Lennon. Sabes que él también dejó el cine a un lado cuando os separasteis.

—¿Por qué debería saberlo? Hace cinco años que no sé absolutamente nada de él. Y quiero seguir sin saberlo.

—Me niego a creer eso.

—Puedes creer lo que quieras, pero él me dejó. Y sabes que no soy de las que se quedan llorando a la espera de un cambio de opinión.

Dustin se reajusta el pelo hacia atrás y resopla, parece que comienza a desesperarse. No sé en qué momento se le ocurrió semejante idea absurda y en qué momento creyó que saldría bien.

—Erick me culpó de todo lo que ocurrió porque yo te separé de él con la película. —Me lo recuerda como si yo pudiese haber olvidado algún detalle de mi propia historia—. Yo tampoco he tenido más contacto con él que en el día del funeral de mi madre. Cuando le localicé y pude hablarle de este proyecto, prácticamente me mandó al cuerno. Le importaba un rábano la historia de mi posible padre. Incluso llegué a enviarle el diario, pero no fue hasta que le dije que tú también estarías trabajando con nosotros que aceptó... Y sí, sé que me eché un farol, pero bueno, ya has visto que funcionó porque él ha venido hasta aquí.

—¿Crees que ha venido por mí? ¿Para verme? ¡Eres idiota, Dustin! —Me levanto del sillón y ando hacia él dando un rodeo a las inmensas mesas de madera—. Si ha venido, habrá sido porque en el fondo le ha interesado la historia de *La chica de Woodstock*, el proyecto en sí. O incluso solo para reírse de mí. Para vengarse, para volver a decir cosas absurdas sobre lo que pasó entre nosotros cuando la única verdad es que fue él quien se marchó.

Él se marchó.

Esa afirmación es un aullido que sale de mis entrañas rasgándolas a su paso hacia fuera. Estoy gritando, el pecho me duele, tengo las manos cerradas en dos puños llenos de rabia, pero los pantalones de Dustin están a punto de escurrirse por mis caderas hacia el suelo. Me los sujeto con furia y termino sentándome en la mesa frente a él. Cara a cara.

—¿Ha venido a sabiendas de que yo estaría trabajando junto a él en el proyecto? —pregunto con ironía—. ¿Qué sentido tiene eso, Dustin? Dímelo.

—Quizá solo haya venido a reírse de ambos, a vengarse como dices. Pero prefiero pensar que es porque ha superado el pasado y quiere hacer las paces con ambos. Quiero pensar que querrá ayudarme a encontrar a mi padre. —Hace una pausa e inspira—. Podemos volver a ser solo tres amigos que hacen buen cine juntos.

Arrugo la frente como si estuviese hablándome en chino. Me parece tan absurdo, tan surrealista, tan inesperado, tan...

Aunque...

¿Será posible eso que sugiere? No, de ningún modo. Sé que Erick no ha vuelto en modo Gandhi para poner paz donde hubo odio. Ha venido en busca de una absurda venganza, y, de hecho, si eso es lo que quiere...

Los acordes de *Bitch* de Meredith Brooke resuenan en mi cabeza y no es que yo suela recurrir a éxitos de finales de los noventa. Me obligo a retener una sonrisa maliciosa, a cambiar el gesto de indignación por una expresión calmada y entonces busco los ojos color esmeralda del galardonado director de cine. Me importa un rábano su historia familiar o su relación de amistad; sin embargo...

—Está bien —digo tras una larga pausa silenciosa.

—¿Está bien? —Dustin a estas alturas parece haber colapsado.

—Estoy dispuesta a trabajar con él. De hecho, ahora que lo pienso, creo que es una idea fabulosa.

—¿Fabulosa? —Dustin está tan confundido que respira con dificultad—. Lennon, no quiero que pienses que solo te he llamado para conseguir a Erick. Te he llamado porque te quiero a ti y le quiero a él en este proyecto. Os necesito a ambos.

—Nah... Déjate de palabrería. Esto es trabajo, Dustin. Y yo necesito dinero.

Siempre lo necesito.

Avanzo mi cuerpo hacia él y lo miro tan fijamente que parece asustarse.

—Tú tienes una película con un guion cuya historia vale su peso en oro. Ambos sabemos que Erick es el adecuado para hacer el *score* y, sin lugar a duda, yo soy la mejor en lo mío, aunque muchos en la industria me hayan olvidado. —Le ofrezco mi mano para cerrar el trato cargado de intenciones ocultas—. Trabajemos juntos.

Juntos. Los tres.

Prepárate, Erick.

Capítulo 12
Sybile

No éramos los únicos que a esa hora de la mañana querían llenarse el estómago.

Decenas de habitantes locales, viajeros que se dirigían al norte del estado y una gran avalancha de jóvenes que iban a Woodstock querían tortitas, huevos revueltos o un simple café. Algunos solo hacían cola para poder entrar en los aseos. Todos los mostradores del Red Apple tenían filas de cinco o seis personas de profundidad que demandaban sus comandas con gritos a las pobres dependientas que cobraban y devolvían el cambio al mismo tiempo. No había ni una sola mesa libre en el comedor, así que decidimos tomarnos el desayuno en el aparcamiento. Gabriel, que a esas alturas llevaba la camisa blanca del uniforme desabrochada mostrando su camiseta interior de tirantes, avanzó hacia mí con el trozo de tarta, los dos cafés en vasos de plástico y el plato de albóndigas con queso que se le había antojado. Se sentó a mi lado sobre el capó del coche y puso el desayuno entre ambos.

—Acabo de ver a Richie Havens entrar en el aseo de caballeros. Le habría pedido un autógrafo para ti, pero luego he recordado que tú no quieres...

—¿A Richie Havens? —pregunté incrédula.

—Si quieres ver su mano llena de anillos, deberías entrar.

—Oh, ahora mismo ver al mismísimo Richie Havens no supera las ganas que tengo de comerme esta tarta. —Hundí el tenedor de plástico en la cremosidad y con la boca llena quise dejarle claro a Gabriel lo buena que era presagiando cosas—. ¿Ves como sí que podíamos encontrarnos con más músicos en la carretera?

Y lo cierto era que, fuera del restaurante, la animación no era menor que dentro de aquel oasis de descanso de la ruta 17. Frente a nosotros aparcó un autobús escolar reciclado en el que destacaba el símbolo creado para el desarme nuclear, pero que se había convertido en el estandarte de la paz *hippie*. De él comenzaron a bajar chicas que habían decidido vestir todas igual, con sujetadores de piel y faldas indígenas. Comenzaron a deshojar margaritas mientras recitaban «me quiere no me quiere» como si fuera un mantra, dejando a su paso un reguero de pétalos. Vimos pasar por delante de nosotros una ranchera familiar que circulaba con dos personas sentadas en el techo, coches con el maletero abierto para hacer las veces de asientos extra, mientras que el arcén se había convertido en una fila organizada de personas que caminaban hacia el gran evento que estaba aún a una distancia considerable de allí.

Todo era un espectáculo, algo al margen de la realidad. Estábamos en la antesala de un escenario mucho mayor.

—Esto es una locura. No imaginaba que la carretera estaría así —confesó Gabriel.

—No creo que toda esta gente tenga entrada para el festival —dudé yo, con un pensamiento aún tímido dentro de mí.

—Yo tampoco lo creo. Supongo que intentarán acercarse todo lo posible, quizá esperan poder escuchar la música por fuera del recinto.

—Oh. No es mala idea. Podría ser posible. —Sopesé con interés.

—Ahora, viendo a toda esta gente... —Gabriel inspiró con lentitud y asintió con la cabeza—. Ahora creo que todo esto, tal y como me dijiste anoche, no tiene que ver solo con la música.

Tres días de paz y música. Ese era el eslogan que destacaba en el cartel rojo promocional de Woodstock en el que aparecía media guitarra con un ave posada sobre su mástil. Aquello era una llamada de atención al *statu quo*, una forma de transmitir un mensaje a la sociedad conservadora, a los violentos que salían a las calles, a la clase política que separaba a sus votantes por niveles sociales. La mayoría de los grupos que iban a actuar en el festival luchaban con las letras de sus canciones por la igualdad y la libertad.

La persona que yo quería ser luchaba ferozmente contra lo que se suponía que debía ser o lo que se esperaba de mí que fuese. Esa lucha suponía un enfrentamiento tan directo contra todo lo que conocía y me rodeaba que mis gritos ahogados en el fondo de mi pecho me habían terminado por quemar por dentro. En aquel momento sentía tanta envidia, tanta cobardía, tal deseo de gritar que quise aferrarme con fuerza a quien pensaba que me estaba abriendo las rejas de mi prisión.

—¿Has participado en alguna de las manifestaciones que se han hecho, Gabriel? —le pregunté con ganas de que siguiese siendo él mi liberador. Alguien al que admirar y seguir. Creía que una persona como él, alguien que gozaba de libertad, tenía la obligación de luchar por extenderla, por mantenerla, por protegerla.

Él elevó una ceja y negó con la cabeza.

—¿Crees que tengo tiempo para esas cosas? —Pareció algo molesto por mi pregunta.

—Yo solo pensaba que alguien como tú...

—¿Alguien como yo? —Soltó una risita sarcástica—. Alguien como yo ha tenido que dejarse el alma estudiando los últimos cinco años para no entrar en las listas de reclutamiento forzoso. Alguien como yo ha tenido que trabajar mientras estudiaba para poder seguir en la universidad. Alguien como yo, con la piel tostada, tiene que pasar desapercibido para que nadie piense que voy a robarle la cartera por detrás; así que, ¿cómo alguien como yo va a meterse en manifestaciones antipatrióticas? Nunca seré lo suficientemente americano para algunos, aunque haya nacido en este país.

—Lo siento, yo solo... —Sentí cómo me sobrecogía palabra tras palabra, sorprendida, culpable, desconcertada ante su arranque a la defensiva.

—¿Y tú? ¿Has ido a alguna manifestación? —se burló con un meneo de cabeza.

Negué avergonzada. Había querido ir cuando reclutaron a Nick, pero en mi casa veían todos esos gritos por la paz y los mensajes antibelicistas como una ofensa hacia nuestro ejército y hacia nuestro país. Yo pensaba que era un modo de defender a los combatientes, de lograr que regresasen a casa y dejasen de luchar en una guerra a la que muchos no le veíamos ningún sentido.

—Nick está allí. —Le dije como toda contestación.

—¿Y con eso qué diantres quieres decir?

—Pues que quizá él se sentiría dolido si me viese manifestándome junto a alguien que lleva una pancarta que los tilda a él y a sus compañeros de asesinos de bebés.

—Pero en cambio sí piensas que yo debería salir a la calle y llevar una. —Gabriel elevó una ceja y torció los labios.

—No, desde luego que no. —Me giré hacia él frustrada porque no sabía bien cómo expresar lo que pensaba—. Yo solo te veía como alguien que tenía opción de elegir. Yo no puedo elegir, cualquier cosa que haga repercute en mi familia o en mi novio.

—¿De verdad piensas que yo soy más libre que tú?

—Lo pensaba, Gabriel. Ahora veo que tú también tienes tus propias cadenas.

Él apuró su café y en silencio recogió la basura para tirarla a un contenedor.

—¿Quieres saber si iría a una manifestación si no fuera un cobarde? —me preguntó por fin.

—No te he llamado cobar...

—Iría, Sybile. Iría y gritaría para que esta mierda de guerra parase. Pero también te diré que no sé si sirven de mucho las manifestaciones. Y tampoco sé si en verdad los políticos saben más de lo que sabemos nosotros o si lo que han decidido hacer es lo correcto. Estoy seguro de que no estamos allí para defender a los pobres vietnamitas del Sur, sino por nuestro propio interés. En todas las guerras lo hay. Quizá sí que debamos estar allí luchando, quizá las consecuencias de dejar ese país del demonio a su suerte sea algo contraproducente contra la libertad de América en el futuro. Nadie quiere tener más puntos estratégicos en el planeta desde el que nos apunten con misiles. La amenaza del comunismo, ya sabes... —Soltó una risa cansada—. Yo, lo único que quiero es fumarme este pitillo. ¿Entiendes?

—¿Solo quieres fumar? —Mi tono estaba bañado de decepción.

También me sentí ignorante. ¿Acaso me había parado a pensar en los porqués y en las consecuencias de la guerra que se libraba en aquel país bañado por el mar de la China Meridional?

—Quiero vivir, Sybile. Supongo que eso me convierte en un cobarde a tus ojos.

Se alejó con los desperdicios entre las manos, con la cabeza gacha, sorteando chicas cantarinas y conductores desesperados que luchaban por incorporarse a la carretera.

Me sentí mal, muy mal. Aquella conversación había sido como una discusión sin gritos, pero había resultado igual de hiriente. Yo no había querido llamarle cobarde, pero de alguna forma él lo había sentido así. Cobarde por no estar luchando como lo estaba haciendo Nick, cobarde por no estar gritando en manifestaciones como muchos de aquellos jóvenes que se dirigían al concierto. En el intento de aclarar mis miedos, de expresar mis deseos, de buscar respuestas, había provocado que él se sintiese mal. No había sido justo hacerle sentir exactamente de la misma forma en la que yo me sentía.

Le vi hablar con dos chicos, cambiar el gesto molesto por una sonrisa forzada y regresar hacia mí acompañado de ellos.

—Sybile, estos son Pet y Luke, me han preguntado si vamos hacia Woodstock y si podemos llevarlos con nosotros.

Miré sorprendida a Gabriel. Se suponía que tras desayunar daríamos media vuelta hacia Manhattan, pero con esa pregunta me ofrecía la posibilidad de dirigirnos hacia todo un universo nuevo. Sí, él volvía a hacerlo.

Fue el momento exacto en el que me di cuenta de que mis pasos querían desafiarme. Quería seguir, avanzar. Gabriel me miraba fijamente, como si en realidad me estuviese preguntando si yo aceptaba seguir tal y como era, o si por fin quería romper barreras y ser valiente. Él podía ayudarme a mí. Deseaba que me manifestara allí, en ese preciso momento.

—Por supuesto, claro que podemos llevarlos con nosotros.

Al decirlo lo miré a él, solo a él, directo a sus preciosos ojos oscuros.

Gabriel no pestañeó cuando contestó:

—Como ordene la señorita.

Los nuevos dejaron en el maletero sendas tiendas de campaña enrolladas y las mochilas con sacos de dormir que llevaban enrollados sobre ellas. Me senté en el asiento delantero mientras los chicos lo hacían en los traseros felicitándose por su suerte. Nuestro Bentley no era precisamente el tipo de coche que circulaba por aquella carretera esa mañana.

—¿Desde dónde venís? —les pregunté animada, nerviosa, efervescente.

Ellos se habían preparado a conciencia para pasar aquel fin de semana acampados en el festival, mientras que Gabriel y yo ni siquiera llevábamos comida para aquel día. No teníamos nada previsto, ni siquiera para la hora siguiente.

—Somos de Filadelfia. Hemos llegado hasta aquí haciendo autostop —contestó orgulloso Pet, un chico con algo de sobrepeso, gafas de pasta, el pelo como el difunto presidente Kennedy y una camisa de cuadros abierta hasta el pecho.

Era gracioso verlos juntos porque no tenían mucho en común en apariencia. Luke tenía el pelo rizado y largo, lo sujetaba con una bandana morada a juego con los tonos de su camiseta *tie-dye*, y con sus pantalones vaqueros anaranjados que se le escurrían por las caderas y que hacían destacar su delgadez.

—¿Qué es esto? —dijo Luke recogiendo la corbata y la chaqueta de Gabriel del asiento trasero y encasquetándose la gorra—. ¿Es un disfraz rollo sexual o en serio eres el chófer de la chica?

—Dámelo, será mejor que lo guarde en el maletero para que no se me estropee —contestó mi conductor con rapidez.

—Dámelo a mí. Yo lo llevaré sobre las piernas, no me molesta. Tú, arranca ya, es mejor que nos pongamos en marcha. Parece que el tráfico va cada vez más lento, ¿no crees?

Quería pedir perdón a Gabriel, quería reconciliarme con él. Deseaba que entre él y yo volviese a instalarse el cosquilleo y que desapareciese la incómoda tensión que se había interpuesto entre nosotros. Por eso fui rápida y atrapé sus cosas girándome veloz.

Gabriel se incorporó con algo de dificultad a la carretera y dejamos atrás el Red Apple. Enrollé la corbata para que no se arrugase y luego busqué el bolsillo de la chaqueta para guardarla dentro, pero al meter la mano descubrí que ahí ya había algo. Saqué lo que mis dedos habían tocado con disimulo mientras los tres chicos comenzaban a hacerse preguntas para romper el hielo.

En realidad, no sé por qué lo hice. No sé qué motivo me llevó a coger aquel sobre del bolsillo, algo que no era mío, pero lo hice como si una voz dentro de mí me advirtiese de que debía verlo. El caso es que lo hice, y al descubrirlo, sentí un disparo directo al corazón porque era una carta de reclutamiento.

> *La ley requiere que tenga este aviso además de su certificación de registro en su posesión en todo momento y que lo entregue al ingresar al servicio activo en las fuerzas armadas.*

—Gabriel... —Ahogué un gemido en la garganta, pero no pude evitar abrir los ojos con espanto ante mi hallazgo.

Él, que sonreía por algo que habían dicho los chicos, alzó las cejas e hizo una mueca al percatarse de mi descubrimiento. Alargué mi mano con rapidez para agarrar la suya, para apretársela como si así lo retuviese del todo. De pronto comprendí el motivo por el que se había molestado con la conversación de antes.

—Lo siento —le dije creando un silencio incómodo en el interior del coche.

Los chicos de atrás se miraron entre sí sin comprender y fueron testigos del tirón que Gabriel me dio para que me aproximase a él. Pasó su brazo por mis hombros y me atrajo hacia su costado.

—Está bien, Sybile. —Me apretujó contra él aún más y me besó la coronilla—. Pon la radio, escuchemos algo de música y vayamos a Woodstock. ¡Que le den a todo lo demás!

Recuerdo que asentí y que le sonreí con complicidad, porque acababa de darme cuenta de que aquella huida no era solo mía.

Capítulo 13
Lennon

Tengo que conseguir treinta segundos de *Let's Live For Today* de los The Grass Roots para que salga por la radio en ese momento de inflexión. Mientras que Sybile prácticamente ha decidido en ese instante fugarse de casa con el chófer, se revela que Gabriel también necesita unos últimos días de vida emocionantes antes de ir a Vietnam, o quizá, antes de desertar. Es un momentazo.

When others plan their future
I'm busy loving you.
Shah-la la-la-la live for today...

Lo anoto en el margen del guion y después me estiro en esta cama de dos por dos metros en la que podrían dormir cuatro personas como yo.

Antes, mientras Dustin y yo cenábamos *sushi* en el salón, dejamos algunas cuestiones claras. No iba a aceptar el trabajo así como así. Hay cosas en las que no volveré a equivocarme. Mientras yo hacía mi lista de requisitos, él intentó hablar varias veces con Erick por teléfono, pero este no se dignó a coger ninguna de las llamadas. Maldito orgulloso... Finalmente, recibió contestación aceptando vernos mañana, pero esta vez, en una cafetería. Un lugar público no es mala idea, pues controlará nuestras respectivas ganas de gritarnos.

La verdad es que tengo curiosidad por saber si Erick ha leído las memorias o el guion. Siento un poco de celos, porque a mí Dustin solo me envió el guion.

¿En serio la madre de Dustin vivió en primera persona parte de la historia de la fotografía americana, mientras que mis padres, miembros de una comuna *hippie*. Quedaban relegados simplemente a algo anecdótico?

Nunca hablé demasiado con Dustin sobre su padre en el pasado, tampoco sentí curiosidad por él entonces. Pero sí que sabía que su madre había huido de su casa de joven por problemas con su familia y que, tras vivir unos meses en el hotel Chelsea, había terminado enamorando a las personas adecuadas e incluso el fotógrafo Mapplethorpe la inmortalizó, que sus fotografías de desnudos estando embarazada habían dado la vuelta al mundo y que había ganado mucho dinero con todo eso. Sabía que eso era algo que avergonzaba y enorgullecía a partes iguales a Dustin, quien había pasado su infancia en un internado elitista en el que había coincidido con Erick.

Erick. Menudo pelo traía. Y esa vestimenta, ¿acaso venía directo de Bombay? Y esa mirada de odio al verme, como si hubiese sufrido una reacción alérgica y sus ojos se hubiesen escondido detrás de unos párpados hinchados.

Es difícil justificarme a mí misma los latidos aturdidos que he sentido en el corazón al verlo después de cinco años, aunque voy a convencerme de que ha sido adrenalina pura, generada desde el epicentro neuronal donde nace mi odio hacia él.

Puedo verme a mí misma, con una caja de dónuts en la puerta de su apartamento esperando a que abriese. Y también puedo recordar con claridad cómo a la semana siguiente, cuando intenté verlo de nuevo, encontré frente a su puerta la caja llena de dónuts enmohecidos en el mismo sitio donde la había dejado siete días atrás. Ahí fue cuando supe que se había marchado, sin un adiós, sin una explicación, sin romper oficialmente. Maldito egoísta orgulloso.

¿Cómo se atreve a mirarme él a mí con odio? ¿Cómo?

Tras saber que Elephant Productions, una productora fiable y económicamente saneada, está detrás del proyecto, procedí a pasarle a Dustin mis exigencias. Entre mis requisitos está que la comunicación entre Erick y yo sea principalmente vía correo electrónico, como mucho alguna llamada telefónica y encuentros presenciales solo si es cuestión de vida o muerte. Le he dejado claro a Dustin que trabajaré desde Los Ángeles salvo cuando tenga que volar para cerrar alguna licencia, pero si Erick pretende que me quede en Nueva York para tenerme metida con él en el estudio de grabación, se va a llevar un chasco tremendo. Dustin también ha querido dejar cerrado el contrato, me ha puesto sobre la mesa una cifra que me ha hecho tener que controlar todos los músculos de la cara: ¡doscientos mil puñeteros dólares! El veinte por ciento por adelantado. He fingido no estar absolutamente impresionada, porque solo podía pensar en el cochazo que voy a comprar con esa pasta. Quizá incluso le compre el piano a Job, el dueño del Jazzie's Bar, para ponerlo justo en mitad de mi *loft*.

Ahora que sé todo lo que se esconde detrás de esta historia y todo el dinero que me hará ganar, estoy dispuesta a ahogar con mis propias manos a Erick si rechaza trabajar conmigo. Tiene que aceptar, porque además pienso hacer que se arrepienta hasta las lágrimas de haberme abandonado de una forma tan despiadada.

Aún me queda bastante guion por leer, pero el reloj marca ya las dos de la madrugada y pretendo que mi cara esté radiante mañana. Por eso, saco de mi bolso lo que nunca olvido, una mascarilla de hidratación profunda con efecto calmante para la piel, y me duermo boca arriba justo en el medio de este enorme colchón.

Sueño con él, con nuestro pasado, con el día en el que conocí a Erick; o quizá no sea un sueño. Puede que dormite en mis recuerdos incapaz de conciliar un sueño profundo presa de la anticipación que me remueve por dentro.

❋

Dustin me había citado en el jardín de la universidad. Yo llevaba cinco tipos de cafés y el contrato de la licencia de los Youth Nation bajo el brazo.

—No sabía qué tipo de café te gustaba, así que he traído un café solo, uno con mucha leche, otro con poca, otro con leche de almendras y uno con hielo. —Le sonreí nerviosa cuando apareció, sintiendo todo un enjambre de abejas zumbando dentro de mis tripas.

—Oh, pero yo no tomo café. —Las cejas de Dustin se juntaron mostrando su desconcierto—. Lo siento, soy demasiado sensible a la cafeína.

—Claro, por eso pediste un batido de fresa... —dije castigándome por no recordar antes lo que él había pedido aquel día en el cibercafé.

—Yo cogeré el café con hielo.

Una mano apareció de la nada y tomó sin permiso el recipiente transparente desestabilizando la bandeja de cartón en mis manos.

—Tu puntualidad me deja estupefacto —bromeó de pronto el director.

—Aún no he pasado por casa —contestó el molesto extraño que interrumpía el primer encuentro oficial con mi adorado ídolo.

—No quiero saber los detalles. —Dustin negó con la cabeza y luego me miró—. Lennon, él es Erick. Trabajarás con él. Y aunque soy consciente de que es algo que en algún momento te parecerá una condena, es el mejor.

—¿Con él? —pregunté intentando ocultar mi decepción y desconcierto.

—Soy el mejor —reafirmó con seguridad el chico de cabello encrespado, ropa arrugada y gafas de sol opacas para ocultar los signos de una noche turbulenta.

—Es el compositor del *score* de *Escalera al primer sueño* y un buen amigo mío.

—¿Un buen amigo mío? —repitió con sorna el chico desgarbado del café con hielo—. Soy tu mejor amigo. Podría afirmar incluso que soy el único, pero no quiero dejarte en mal lugar delante de nuestra primera asistente con contrato.

—¿Soy tu primera asistente con contrato? —le pregunté a Dustin emocionada, sonriente, embobada.

—Bueno, tengo aquí el contrato para que lo firmes, pero ¿has conseguido...?

Decidida y sin contemplación forcé al compositor a que cogiese la bandeja de cafés y me giré completamente hacia mi adorado Dustin para mostrarle la rúbrica que destacaba sobre el contrato de licencia.

—¿En serio que lo has logrado? Pero cómo... ¡Esta chica lo ha conseguido, Erick!

Dustin se movía con pasos adelante y atrás, en círculo, admirando el contrato con verdadera sorpresa mientras yo apostaba una sonrisa ladeada en mis labios, totalmente satisfecha al ver su reacción.

—Ya sabes, te dije que conocía al primo de alguien.

—Al primo de alguien... —repitió con sorna Erick a mi lado, recordándome que él también estaba allí—. Espero que no nos hayas endeudado para conseguir esa firma.

—En absoluto, la licencia para los segundos que necesitáis de *Ultraviolet* es de sesenta dólares.

Erick alzó las cejas y sorbió de forma ruidosa su café helado.

—Ahora solo falta tu firma en nuestro contrato y todo será oficial —dijo Dustin, pletórico.

Me senté en el banco de madera sobre el que también apoyé el folio en el que deslicé la bolita impregnada de tinta sellando una unión que no podía llegar a imaginar en ese momento cuán intensa llegaría a ser.

❋

A las seis me despierto sobresaltada, con una sensación incómoda.

Soñar de forma tan vívida con este recuerdo es desconcertante. Mi corazón ha reaccionado más allá de lo que le tengo permitido, como si en el plano onírico fuera posible ignorar todo el sufrimiento posterior que me causó. Como si aún tuviese algún tipo de poder sobre mí ese gesto tan suyo de desplazar los labios hacia afuera, esa melena castaña siempre presa de la humedad que se alzaba rebelde sobre sus orejas, o su desgarbada silueta que resultaba inconscientemente tan masculina y atractiva.

Aunque en ese momento no le hice caso porque solo tenía ojos para Dustin, ahora en mi sueño solo he podido reparar en él, en sus pocas palabras, en sus gestos condescendientes, en su sonrisa escondida y pícara. Es un asco ser presa de los sueños, de mi subconsciente, de mi pasado.

Me escabullo de la habitación y cruzo el solitario pasillo infinito para llegar al salón y desde ahí investigo la localización de la cocina para prepararme un café. Ya que no puedo dormir más (o más bien que no quiero volver a soñar), voy a aprovechar el tiempo para avanzar todo lo que pueda con el guion.

Cuando por fin doy con la cocina, encuentro todo un variado bufé ya preparado sobre la mesa. Sonrío pensando que esto es como estar en un hotel de cinco estrellas, pero gratis. Por eso cojo un plato y lo lleno con un poquito de todo. Cuando estoy a punto de meterme el primer tenedor en la boca, aparece de la nada el mayordomo, que primero mira mi plato y que luego alza una ceja con censura, seguramente porque no he esperado a Dustin para desayunar.

—¿Hay café? —pregunto con la boca llena—. Sé que Dustin no bebe nunca café, así que...

—Por supuesto que hay café. Ahora se lo preparo.

Se lo agradezco con mi mejor sonrisa y abro el guion por la señal que dejé anoche.

Capítulo 14
Sybile

La presencia de Pet y Luke en el coche hizo que mi descubrimiento pasara a un segundo plano, al menos, en apariencia. Yo seguía con el corazón encogido, presa de un miedo que me mantenía rígida bajo el brazo con el que Gabriel me pegaba a él. Fingí y me reí cuando ellos comenzaron a hacer una especie de espectáculo de comedia relatando su viaje desde Filadelfia hasta Nueva York en autostop. Se habían cruzado con todo tipo de personajes en el camino: con una familia de mormones, con una persona llamada Diamond que llevaba pestañas postizas y a la que le salía pelo del pecho, incluso con un pervertido que les había ofrecido veinte pavos por echarles un vistazo íntimo.

—El mundo se va al carajo —condenó Pet.

—Pero hay mejor música que nunca, ¿verdad, Sybile? —Gabriel intentó que mi mente regresara allí, con ellos, a ese instante.

—Solo hay que escuchar a Ray Davies. The Kinks es mi respuesta. —Le sonreí temblorosa pero convencida de mi credo.

Entrelazamos los dedos de la mano y volví a sentir el cosquilleo ascender desde mis tobillos hasta el ombligo. Una especie de urgencia por volver a sentir su cuerpo se desató dentro de mí. Quería protegerlo, sujetarlo con fuerza, retenerlo. Maldita guerra. Me obligué a alejar la palabra Vietnam de mi mente porque no podía permitir que su sombra amenazase con echar por los suelos nuestro momento de liberación. Tuve que volver a empujar a Nick fuera de aquel instante, por eso me aferré a aquella mano que me conducía lejos de la realidad de nuestras vidas.

—¿Cuánto crees que nos faltará para llegar? —preguntó Luke, inquieto.

—Pfff. —Gabriel resopló con pesar—. Estimo que en un par de kilómetros el tráfico no va a moverse más. Nos vamos a quedar aquí atascados y es probable que estemos a más de una hora andando del recinto del festival.

Me giré hacia atrás y me mordí el labio inferior consciente de que la decisión arriesgada que habíamos tomado de ir hacia aquel lugar estaba resultando desastrosa.

—Es imposible dar marcha atrás —confirmé, observando por el retrovisor la larga caravana de coches que nos seguía.

—No podemos avanzar ni retroceder. Nos vamos a quedar aquí atrapados —corroboró Gabriel, pensativo—. Pero...

—No me digas que a este coche le salen alas si aprietas un botón —bromeó Luke, que acababa de encenderse un canuto de marihuana.

—Podemos aparcar en el arcén, es lo que están haciendo muchos —propuso el conductor.

—¿Pretendes dejar el coche de mis padres abandonado aquí?

—Haré lo que la señorita mande. —Me miró imperturbable, con un brazo apoyado en el volante y las gafas de sol descolgadas hasta la punta de la nariz.

Mire a mi alrededor. Estábamos en medio del campo, aún faltaban varios kilómetros para llegar a Bethel, aunque lo cierto era que había muchos coches aparcados en ambos laterales de la carretera. Evalué qué podría enojar más a mi padre, que yo me hubiese fugado de casa o que su coche pudiera terminar destrozado. También pensé en Gabriel, hasta ese momento no había tenido en cuenta cómo podía afectar a su progenitor nuestra escapada. Miguel no era culpable de nuestros actos, pero mis padres bien podían culpar al padre en lugar de al hijo si así lo consideraban. Por eso, le lancé una mirada llena de preocupación.

—No, Gabriel. A estas alturas no soy la única que decide. ¿Qué quieres hacer tú?

—Quiero dejar de pensar que me queda menos de una semana.

Liberó de mi mano la carta de reclutamiento que yo continuaba aferrando sin haberme dado cuenta durante todo ese tiempo. Se echó un poco sobre mí y abrió la guantera para dejarla allí dentro, y antes de regresar a su asiento, me dejó un beso en los labios.

No habíamos vuelto a besarnos desde la noche anterior. A plena luz del día, sentí aquel roce de labios de nuevo como un primer beso. Apoyó su frente en la mía e inspiró con profundidad.

—Quiero pasar el fin de semana contigo, quiero ir a Woodstock. Es lo que quiero de verdad —susurró sobre mi boca.

Le sonreí porque me di cuenta de que ya no le veía como a alguien vestido a medias con el uniforme de chófer, en ese instante para mí era simplemente Gabriel, un chico atractivo e irresistible que aquel día de agosto de 1969 estaba dispuesto a llevarme de la mano hasta el mismísimo centro de Acuario.*

* Se denominó Era de Acuario a los años del movimiento *hippie*, caracterizados por el despertar y la liberación de la mente, el renacer y la renovación.

Pet y Luke se bajaron del coche detenido, supongo que decidieron hacerlo cuando comenzamos a besarnos con un poco más de intensidad tras su abierta declaración de intenciones. De hecho, creo que habríamos vuelto a hacer el amor en ese mismo instante sobre los asientos de piel del Bentley si no nos hubiésemos encontrado en medio de un enorme atasco, rodeados por cientos de personas.

Finalmente, dejamos aparcado el coche detrás de unos árboles y nos unimos a la caravana de gente que caminaba por el arcén. Recuerdo con claridad la sensación tan poderosa que sentí de pertenecer a algo. Nos mirábamos los unos a los otros y nos saludábamos sin conocernos, sonreíamos sin tener un motivo concreto, tan solo un destino común. Aquella marcha lenta y alegre, con un sol bajo en el que todos parecíamos brillar, se convirtió en mi camino de baldosas amarillas.

Al poco rato, a pesar de mi subida de adrenalina, comenzaron a torturarme los pies enfundados en aquellos zapatos de salón blancos. Notaba cómo la piel de los talones se me inflamaba hasta rasgarse y sangrar. Sopesé la posibilidad de hacer el camino descalza, al fin y al cabo, a mi alrededor había mucha gente que avanzaba campo a través sin zapatos.

Afortunadamente, nos topamos con una furgoneta de venta ambulante llena de ropa, calzado y abalorios que estaba haciendo su agosto inmovilizaba por el atasco en la 55. Y fue allí donde la conocí.

Podría llamarse casualidad, pero ese tipo de cosas solo pasan porque están escritas en el mapa de tu historia. Ese preciso instante estaba en mi destino y también en el suyo. El momento exacto en el que ella llegaría a mi vida para no salir jamás, porque estaríamos unidas por un secreto el resto de nuestros días.

Gabriel y yo entramos en aquel bazar con ruedas regentado por una señora parlanchina que gritaba con unos potentes pulmones las maravillas que escondían los percheros que tenía bien colocados en los más que aprovechados metros interiores de su furgoneta.

—No hace falta que me digas que necesitas deshacerte de esos zapatos, querida —me dijo al aproximarme.

—Dígame que tiene algunas zapatillas suaves y blanditas.

—Si fuera tú, también cambiaría ese vestido arrugado por algo más cómodo. —Con un rápido movimiento descolgó unos *shorts* vaqueros y una camiseta de rayas.

La ropa que tenía a la venta eran prendas en su mayoría destinadas a las amas de casa asentadas en los campamentos de verano que había desperdigados por aquellas montañas, batines cómodos de algodón y camisas de manga corta sin entallar. Yo estaba a punto de aceptar su sugerencia cuando alguien se interpuso entre nosotras y me encontré con una prenda de ropa superpuesta por delante.

—Mírate al espejo. Esto sí que te quedaría de fábula. Rose tiene la ropa interesante escondida, pero yo me muevo como pez en el agua en los mercadillos. Siempre encuentro lo mejor.

Una despampanante rubia oculta tras unas gafas con pequeñas margaritas naturales pegadas en las esquinas de los cristales acababa de colocarme un chaleco de croché para mostrarme cómo me quedaría delante del espejo.

—Estoy segura de que no quieres quitarte un vestido de rayas para ponerte una camiseta de rayas. ¿O tienes algún fetichismo raro por el estilo carcelario? —continuó diciendo la chica.

—Es muy bonito, pero necesitaría algo que ponerme debajo. —Hice el intento de rechazarlo de forma educada.

Era algo moderno, ciertamente con un toque *hippie* y un fin que yo no veía muy claro. Ni era una prenda que abrigase por la noche ni una realmente fresca para el día. Era algo con un fin más bien estético.

—Cielo, tus chicas gritan dentro de ese sujetador puntiagudo que las liberes.

La desconocida se acercó a mi oído y me susurró aquello con picardía en la mirada. Yo alcé las cejas y mi propia imagen enfundada en aquel chaleco lleno de grandes agujeros sobre mis pechos desnudos se asomó por mi mente provocándome un cierto azoramiento y excitación.

—Por la noche podría refrescar. —Gabriel intervino con poco éxito.

—¿Y tú quién eres? ¿El novio aburrido o el hermano coñazo? —La chica se descolgó las gafas hasta la punta de la nariz descubriendo unos preciosos ojos esmeralda y alzó desafiante una ceja hacia él.

—Soy el chófer. Y tú eres... ¿la desconocida que se lleva algún tipo de comisión aquí por vender las prendas más complicadas?

—Cariño, yo soy Sky.

Aquella chica despampanante se presentó a Gabriel como si su fama la precediera y él fuera un ignorante. Después, su atención regresó a mí.

—Hazme caso, pruébatelo. Y esto, y también esto.

La chica descolgó una falda étnica rizada con goma elástica en la cintura y un pañuelo morado con ondas celestes. Me dio empujoncitos hacia el probador y se instaló al lado como un guardián custodiando la puerta de la alcoba real.

Creo que desde el primer segundo supe que la quería en mi vida. Era todo lo que yo quería ser: lanzada, atrevida, desafiante. Parecía alguien divertido, una chica con la que debía de ser imposible aburrirse. Y era tan guapa... Cielos, era la chica más guapa que había visto jamás. Sí, quise ser ella. Quise convertirme en ese tipo de chica, por eso me dejé llevar y cedí a sus empujoncitos sin resistencia y me probé aquella ropa tan diferente a las prendas que colgaban de mi armario de puertas venecianas. Y, al hacerlo, me sorprendí.

Retiré de mi cabello las horquillas que mantenían mi melena semirrecogida, la sacudí y dejé que los mechones se desparramasen por mi espalda, que me enmarcasen la cara y que la perfecta raya a un lado desapareciese.

—¡Mucho mejor! —exclamó asomando la cabeza por una abertura de la tela, que, enganchada de un precario riel al techo, creaba el probador dentro de aquella furgoneta.

Puse mis manos sobre mis senos para ocultárselos y ella se rio.

—¿Cómo te llamas, cielo? —quiso saber—. Oh, no me lo digas. ¡Lo adivinaré! Tienes cara de Davinia o de Helena. Sí, te pega algún nombre derivado del griego. ¿No serás de Grecia por casualidad?

En ese momento fui yo quien me reí ante su ocurrencia. ¿De dónde había salido aquella loca? ¿Por qué me esperaba ahí fuera sentada y charlando como si no tuviera otra cosa que hacer?

—Me llamo Sybile y soy de Nueva York, pero por tu culpa ahora quisiera llamarme Helena y ser de Grecia. Suena infinitamente mejor.

—Sybile también es bonito. Pero si no te gusta, miente. Yo tampoco me llamo Sky ni vengo de San Francisco, pero ¿acaso importa? —dijo eso último bajando el tono como si acabase de compartir un secreto importante conmigo.

—Supongo que no. Aun así, llámame Sybile. Es el nombre de mi abuela y ella era maravillosa. —Salí del probador con los *shorts* vaqueros y la camisa de lino puesta.

—¿No vas a llevarte el chaleco? —protestó al verme, aunque a la vez comenzó a darle movimiento a mi cabello recolocándolo adelante y atrás.

—También me lo voy a llevar, junto con la falda y esta

camiseta de rayas. —Apreté los labios reteniendo una sonrisa que no me lanzaba aún a desplegar del todo.

—Pero ¿te atreverás a ponértelo ahí fuera sin...?

Asentí y le mostré el sujetador enrollado en la palma de mi mano. Entonces, agité un poco mis hombros y me confesé.

—Las he liberado.

Sky sonrió de oreja a oreja, me cogió el sujetador de la mano y lo lanzó al suelo detrás de un montón de vestidos veraniegos de algodón.

—¿En serio ese es tu chófer? Porque en verdad parece un guardaespaldas. No serás alguien famosa, ¿verdad? —me preguntó de pronto señalando a Gabriel con la barbilla.

Él había decidido salir de la furgoneta y esperarme fuera. Tenía las manos metidas en los bolsillos de su pantalón de tela oscura, la espalda muy recta marcando los dorsales en su camiseta interior de tirantes y la mirada perdida en el desfile de personas que avanzaban hacia las montañas de Catskills. Me mordí el labio inferior porque de espaldas resultaba tremendamente atractivo.

No era mi guardaespaldas, y no, ya no era mi chófer. Y no lo era porque hubiésemos dejado el coche abandonado unos kilómetros atrás, ni porque solo conservase del uniforme aquellos pantalones de pinzas. No lo era porque ahora él y yo éramos libres. Dos personas liberadas unidas por una misma mentira, por una misma necesidad, por un deseo tan primitivo y urgente que nos hacía avanzar hacia delante, hacia un lugar que parecía contener el oxígeno que ambos necesitábamos en ese momento tan crítico de nuestras vidas.

—Es mi amante —dije en voz alta.

Puede que incluso lo gritase como una declaración al universo porque la señora de la furgoneta me censuró con la mirada y Gabriel se dio la vuelta con una sonrisa burlona y al mismo tiempo de agrado en los labios.

—Oh... Tal y como sospechaba. —Sky me miró con astucia durante un par de segundos y yo reí.

Luego ella descolgó los hombros e hizo un mohín con la boca. Me recolocó con ternura el último mechón de pelo detrás de la oreja y suspiró.

—Es mono —resolvió antes de engancharse de mi brazo.

Pagué por unas sandalias de piel marrón y por el resto de las prendas de ropa.

Intercambié mi bolso de firma por una rústica bandolera de tela que podía colgarme en los hombros y le regalé a Sky el pañuelo morado que ella había elegido para mí como agradecimiento por ayudarme a escoger mi vestimenta.

—¡Stuart!

Haciendo aspavientos con el brazo alzado, Sky llamó la atención de un chico de pelo rizado y camisa vaquera que estaba al otro lado de la carretera.

—No me llamo Stuart —le contestó él a gritos con las manos a ambos lados de su boca.

—¿Cómo estoy, Steve? —le preguntó ella también a gritos, e ignorando la protesta del chico comenzó a girar sobre sí misma, luciendo el pañuelo morado que se había ajustado en la cabeza dándole el aspecto de una zíngara húngara.

—Tampoco me llamo Steve.

—¡Hazme una foto, reportero!

El muchacho sonrió embobado, cruzó la carretera y la enfocó con la cámara de fotos que llevaba enganchada al cuello frente a sus ojos.

—Preciosa.

No sé si se refirió a que la instantánea quedaría preciosa o si le declaraba a Sky lo bonita que era, pero, tras eso, el fotógrafo se acercó a ella, le ajustó el pañuelo sobre la frente y volvió a disparar para obtener un primer plano de aquella cara con rasgos felinos.

—Me llamo Stanley. S-T-A-N-L-E-Y —deletreó él con empeño después.

—¿Y qué quieres que haga si todos los nombres me recuerdan a ti, cielo?

Sky silenció al chico desarmado con un beso en la punta de la nariz y luego nos presentó.

—Querida Sybile, este es...

—Hola Stanley. —No pude evitar reírme al repetir su nombre de forma enérgica, pero al ofrecerle la mano él la aceptó sonriente—. Él es Gabriel.

—El amante —bromeó el fotógrafo aprovechando su oportunidad. Entonces volvió a ponerse la cámara frente a la cara muy profesionalmente y nos enfocó—. ¿Sabéis que os parecéis un montón?

Sky y yo nos miramos. Yo solté un bufido de incredulidad. Sí que éramos de altura semejante y que al soltarme el pelo mi melena caía en surcos como la suya, pero ella era tan, tan, tan... tan diferente a mí.

—Tú sí que sabes mirar con el objetivo adecuado, querido Stanley.

Antes de que pudiera replicar aquella observación, Pet y Luke reaparecieron de la nada y se presentaron también a la nueva pareja con cierto temblor en la voz cuando intercambiaron palabras con Sky. Fue obvio que ellos también la veían a años luz de mí.

Era alguien tan vibrante, viva y enérgica que lograba que todos a su alrededor se tambaleasen quisieran o no. Yo no podía dejar de mirarla, de observar sus movimientos, sus gestos, de imaginar los colores que desprendía su aura. No. No solo me ocurría a mí. Todos se detenían a mirarla así al pasar por su lado. Y Gabriel no fue una excepción, él también la miró embobado durante un buen rato mientras nos dábamos a conocer frente a la tienda ambulante, en medio de aquel atasco kilométrico lleno de jóvenes como nosotros que formaban un caleidoscopio generacional que marchaba hacia Woodstock. Hacia algo mucho más grande de lo que podíamos llegar a imaginar en aquel momento.

Capítulo 15
Lennon

Estamos sentados en una mesa del Dean & Deluca que hay en el Soho, en el cruce de Prince y Green. Hace cinco años, el olor a café recién molido y a pan acabado de hornear solía atraer a mucha más gente a pesar del elevado precio de sus productos exclusivos. Ahora todo el mundo prefiere ir a Whole Foods o a Eataly. Aun así, ahora mismo todas las mesas están ocupadas, lo que convierte este lugar en el escenario adecuado para nuestra reunión. Es un campo de batalla en el que destaca una pica con un pañuelo blanco ensartado en lo alto.

Frente a mí está Dustin, y a mi lado, a una distancia prudencial, está Erick con los brazos cruzados y el cuello rígido. El camarero con el icónico uniforme de camiseta y gorra negra deja sobre la mesa el batido de fresa de Dustin y mi *macchiato* doble acompañado de un *muffin* de Oreo. Erick no ha pedido nada. Es idiota, porque paga Dustin.

—¿No es genial volver a estar los tres juntos otra vez?

Dustin rompe el silencio de una forma tan torpe que a Erick se le vence la cabeza a un lado mientras con la lengua empuja hacia fuera su carrillo izquierdo. Yo resoplo una risotada.

«Genial», eso ha dicho. Con un par de narices.

—Ha pasado ya mucho tiempo y creo que esta es una oportunidad muy buena para superar el pasado. Confío en que los dos podáis ser lo suficientemente profesionales para trabajar codo con codo. El proyecto merece que forméis parte de él. Yo necesito que forméis parte de él, quiero que estéis en él. Creéis que podéis trabajar juntos, ¿verdad?

—¡Por supuesto! Yo no tengo ningún problema —afirmo sonriente.

Erick gira todo su cuerpo como si fuera una sola pieza soldada y me mira con una ceja alzada.

—¿Que no tienes ningún problema?

Su voz. Mierda, su voz...

—No —repito sin mirarlo, y aprovecho para sorber un poco de café.

—¿Entonces por qué intentaste abrirme la cabeza lanzándome ese premio?

—Eso fue ayer. Hoy no le veo ningún problema a trabajar contigo.

—¿Y se puede saber qué ha cambiado de ayer a hoy?

—Que Dustin me va a pagar un pastizal por hacerlo. —Despliego una sonrisa y muerdo mi *muffin* con placer.

Cometo el error de mirarlo mientras mastico. Ahí están sus ojos oscuros llenos de incredulidad, rencor y superioridad. Y un poco más abajo están sus labios, entreabiertos, mullidos y temblorosos. El estómago se me retuerce y tengo que disimular el dolor punzante con una sonrisa tan falsa como la seguridad que desprenden mis palabras.

—Yo tampoco tengo ningún problema en trabajar con Lennon, Dustin. En realidad, me da igual la supervisora musical que elijas.

Escuchar eso hace que el espasmo de mis tripas sea tan intenso que cierro los ojos por un segundo. Pero él no me ha visto hacerlo porque ha vuelto a mirar al frente como si yo no estuviese sentada a dos palmos de su corazón. Yo le dije a Dustin que él era el mejor, que entendía que le quisiera como compositor para la película, pero parece que el que fue el gran amor de mi vida ahora considera que yo soy tan sustituible como un estropajo desgastado.

—Ambos sois los mejores en lo vuestro —señala Dustin con mucha intención.

Le dedico una sonrisa llena de agradecimiento al gran director de cine que tengo delante y recupero la compostura.

—Trabajar juntos siempre fue fácil —añade—. Nuestras mentes se entienden y se conocen. Laboralmente los tres somos totalmente compatibles, y sé que vamos a hacer algo muy grande.

—¿La cinta está terminada? —pregunta Erick.

—A falta de algunas escenas, sí. Necesitaré tenerte con las cámaras el día de la grabación con la cantante, Lennon —me dice Dustin.

—Sí, ya he visto que tengo que conseguirte una canción original que habrá que grabar y rodar.

—¿Cuándo podremos hacer el visionado de lo que tienes ya listo? —vuelve a preguntar ansioso Erick.

—Esta misma semana.

—Pero yo tengo que regresar a Los Ángeles, Dustin. Tengo que dejar zanjados un par de asuntos allí antes de meterme de lleno en esto —le recuerdo.

—Yo no tengo ningún problema, puedo empezar ahora mismo.

Arrugo la nariz y pongo los ojos en blanco. Hay que fastidiarse, ahora es Erick el que se ha apoderado del papel de encantado con la idea de formar parte del proyecto.

Parece que es él quien tiene prisa por ponerse a ello e intenta que parezca que soy yo la que antes de comenzar a trabajar ya pone problemas.

Así era él al principio, alguien al que mi presencia parecía fastidiarle. Alguien que me hacía sentir que por respirar ya hacía demasiado ruido. En aquella época, yo ansiaba aprenderlo todo mientras que para él era un molesto mosquito que quitarse de encima. En cuanto podía, me enviaba a por cafés alejándome de la sala de mezclas, o me encargaba afinar las guitarras del estudio cuando discutía con su amigo sobre el discurso expresivo que querían dar a la película y en el que yo deseaba contribuir con mis ideas. Ni siquiera cuando contrataron a Richard, aquel chico enorme, bonachón y amante del cine, que se convertiría en el cuarto mosquetero, me liberó de las tareas tediosas como ser la que sujetaba los focos o la que sostenía un ventilador delante del actor para que no sudase entre toma y toma. Mientras que todo lo que yo quería era poder estar detrás de la cámara, junto a Dustin, simulando que aprendía a encuadrar mientras suspiraba con amor por él. Y lo cierto es que, mientras aquel estúpido compositor de fama emergente se esforzaba por desinflar mis ganas de trabajar con ellos, yo luchaba por superar las ganas que nacían en mí por aprender de él cosas como identificar puntos de sincronismo.

Cómo le odiaba, cómo me fastidiaba admirarle. Aún no puedo comprender que todo aquello estuviera solo a un giro a la derecha del amor.

—Tan solo necesito un par de días y... —Me apoyo en la mesa con los dos codos, ladeo un poco la cabeza sobre mis manos como si fuera una gata en celo y miro desde abajo a Dustin con un lento batir de pestañas—. ¿Crees que podría quedarme en tu casa los días que tenga que permanecer en Nueva York?

—¡Por supuesto! —contesta raudo.

A Erick se le escapa un bufido y es incapaz de callar lo que piensa.

—Dices que vas a cobrar un pastizal, ¿por qué no te alquilas un lugar en el que quedarte?

—¿Y a ti qué te importa?

—Dustin es demasiado educado para decirte que tenerte en su casa será un puñetero incordio.

—Te equivocas, Erick. Porque yo...

Dustin estira el cuello para hablar, pero lo hace demasiado lento y no dejo que mi nuevo casero le ofrezca explicaciones.

—Erick, me parece que estás confundido. —Sonrío condescendiente—. Dustin te quiere contratar como compositor, no como portavoz de sus puñeteros supuestos deseos.

—De veras que me encantará tenerte... —intenta aclarar de nuevo nuestro director.

—Yo misma se lo diré a Bastian, para que no cambie las sábanas de mi cama, Dustin.

—¿Quién demonios es Bastian? —Erick hace una mueca de desagrado.

—El mayordomo que te abrió la puerta el otro día. Me ayuda con las cosas de la casa —le explica Dustin visiblemente nervioso porque sorbe de forma ruidosa de la pajita de un batido consumido ya hasta las burbujas.

—Es encantador. —Sonrío a Erick con tanta malicia en la mirada que podría envenenarle.

—Como sea... ¿Cuándo haremos la primera sesión de *spotting**? ¿Quién va a ser el editor musical?

—Amy McDonald —le aclara Dustin a Erick.

—Oh, vaya... No sabía que seguías en contacto con ella.

Erick ha elevado una ceja, ha dejado caer la espalda en el respaldo de la silla y ha cruzado los brazos sobre el pecho. El despliegue de su sonrisa ladeada me hace desear abofetearle.

* Reunión entre director, compositor, editor musical y otros, para decidir qué formará parte musicalmente del filme.

—Bueno, sí. Al final, ya sabes... Somos siempre los mismos en este negocio —responde Dustin con tono de excusa.

—¿Quién es Amy McDonald? —pregunto intrigada ante la actitud interesada de Erick.

—Alguien encantador —se apresura a imitarme Erick al contestar.

—Como sea... —repito yo esta vez mientras sacudo la cabeza para echarme hacia atrás unos molestos mechones de pelo y para dejar de pensar en hamburguesas—. ¿Cuándo será la primera sesión?

—Podemos fijarla para el próximo viernes, ¿os parece bien a los dos? Hablaré con Amy.

Conformes los dos, asentimos con la cabeza a la vez. De pronto, ambos parecemos ansiosos por comenzar a trabajar mientras que los ojos de Dustin danzan llenos de desconfianza del uno al otro.

—Todo va a funcionar, ¿verdad, chicos? —pregunta con cierto temblor en la voz.

—Por supuesto.

—Sin lugar a dudas.

Ahora mismo estoy segura de ello y así ha sonado mi afirmación. Sé que Erick va a dar lo mejor de sí tan solo por demostrar una vez más ante mí que es un astro de la música tan cegador como el sol. Y él, seguramente, ya imagina que quiero machacarle, que quiero hacer que se arrepienta de haberse ido, que voy a ser una puñetera diosa ante la que tendrá que arrastrarse para rogar perdón porque soy capaz de conseguir lo que nadie más es capaz de conseguir.

¿Quiero que se vuelva a enamorar de mí?

Sí, rotundamente sí. Quiero romperle el corazón en mil pedazos, pisotearlo y dejarlo agonizando al menos durante cinco años. Entonces, y solo entonces, estaremos en paz y podremos hablar de dejar el pasado atrás.

Capítulo 16
Sybile

Stanley era fotógrafo para la *Billboard* y había conocido a Sky tan solo unas horas atrás cuando ella intentaba convencer a un grupo de *hippies*, junto a los que casualmente él estaba, de que la llevasen a California.

—Nueva York está agónico. Todos se van a la costa oeste, los músicos, los artistas... ¡Es el verdadero punto cardinal del cambio!

La pasión con la que ella les hablaba llamó la atención del fotógrafo de treinta y pocos años. Sin embargo, minutos después, Sky no estaba rumbo a Laurel Canyon, sino sentada sobre las piernas de Stanley en una furgoneta sin techo que aseguraba ir al gran acontecimiento musical del siglo.

—Lo cierto es que Los Ángeles no se va a mover de su sitio de aquí al lunes, y Stanley parecía tan convencido de que este fin de semana será histórico, que no tuve otra opción que hacerle caso. Al pobre se le había pinchado una rueda, por eso iba en la furgoneta de esos chicos a los que yo intentaba unirme. ¿No es sorprendente el destino? —Sky no paraba de hablar mientras comprábamos algo de comer en un pequeño ultramarinos en el último pueblo que veríamos antes de llegar al festival.

En Bethel faltaban muchos alimentos en las estanterías. Se notaba que por allí ya había pasado buena parte de aquella riada humana, porque muchos establecimientos ya habían colgado un cartel avisando de que no les quedaba nada. La gente del pueblo nos miraba con curiosidad y aprensión. Llevaban días siendo testigos de lo que parecía una migración humana hacia la granja de Yasgur. Aunque el ambiente general era pacífico y educado, el tránsito de personas era incesante. Hubo jóvenes que durmieron en los jardines delanteros de algunas casas, y se notaba la preocupación creciente por parte del vecindario por cómo apañárselas para lograr alimentar a tantas bocas, ya que las carreteras de acceso al pueblo estaban al borde del colapso. Aunque por otra parte hubo vecinos que aprovecharon la situación para hacer negocio, vendiendo agua embotellada a los jóvenes a un precio desorbitado.

—Pero ¿vosotros tenéis entradas? —le pregunté ansiosa a la rubia.

—Yo no, pero quizá me pueda colar él con su pase de prensa.

Sky se enganchó melosa del brazo de Stanley que venía de registrarse en el motel de Bethel en el que su revista le había reservado una habitación para poder dormir durante esos tres días.

—He logrado llamar con el teléfono que había en la recepción a mi contacto de la organización del festival. Se está rumoreando que la entrada será finalmente libre. Al parecer, no les ha dado tiempo de rodear por completo el recinto con la valla de seguridad. Y por donde ya estaba colocada, la gente la está derribando a pisotones. Los organizadores han asumido que el festival será gratis para todos. Qué desastre...

El reportero se atusaba con nerviosismo las largas patillas que le llegaban hasta la mandíbula y hacía anotaciones en una pequeña libreta mientras nos informaba.

—Pues a mí me parece una noticia increíble, ¡un golpe de suerte! —Imité a Sky y me agarré con entusiasmo al brazo de Gabriel.

—No sé cómo esa gente va a recuperar el dinero invertido.

—Oh, no todo tiene que ver con el dinero, querido Stanley. ¿No te das cuenta de cuánto amor van a recibir esas personas a cambio?

—Como si el amor diera de comer, Sky. —Stanley negó desolado con la cabeza.

—Ay, querido mío, ahora entiendo que tengas cara de necesitar ser besado con frecuencia —dijo ella antes de cogerlo por las mejillas y estamparle un beso en los labios.

Gabriel y yo nos miramos, sonreímos y sentí cómo él me echaba el brazo por encima de los hombros. Me mostró una bolsa de patatas fritas con sabor a pollo y yo asentí con la cabeza. Compramos también algunos sándwiches, batidos de leche con chocolate, galletas saladas y manzanas. Lo metí todo en mi bolsa de bandolera nueva y luego Gabriel insistió en colgársela al hombro para cargar con todo el peso. Sky se hizo con dos botellas de vino y logró que le regalasen unas fresas. Los demás también compraron algo de comida pensando en las largas colas que podrían formarse frente a los puestos de comida dentro del recinto del festival, y como si hubiésemos hecho algún tipo de pacto no hablado, los seis retomamos el camino hacia el evento juntos. De forma inesperada, éramos una pandilla dentro de un enorme grupo.

Se suponía que Sweetwater, la primera banda del cartel de artistas, abriría el festival a las cuatro de la tarde. Teníamos un par de horas para llegar y encontrar una buena ubicación frente al escenario. Aunque esa cuestión solo me importaba a mí. Creo que yo era la única que realmente ansiaba ver a todos esos cantantes y músicos actuar en directo. Stanley estaba demasiado estresado con hacer buenas fotos del festival, aunque él tenía asegurado un lugar privilegiado dentro del recinto privado para los medios de comunicación. Sky solo quería ser testigo del acontecimiento, Pet y Luke miraban absolutamente a todas las chicas con las que nos cruzábamos, y Gabriel... Creo que él solo fue a Woodstock porque yo quise ir allí. Si le hubiese dicho de ir a Colorado, allí es donde habría ido conmigo. Por todo eso, recuerdo que yo encabezaba con mis pasos apresurados el grupo y que les apremiaba constantemente para que acelerasen la marcha.

Llegó un momento en el que nuestra senda de guijarros llegó a un cruce de caminos. Había un cartel pintado a mano clavado en un árbol que los nombraba: Camino Alto, Camino Amable y Camino Maravilloso. Nos decantamos por seguir este último porque la mayoría de los campistas iban hacia allí, e hicimos bien. Al poco, nos encontramos con un terreno salpicado con decenas de tiendas de campaña como si fuera una pequeña aldea. Estaba junto a un campo de maíz al final del cual pudimos ver por fin el escenario. Recuerdo que, al verlo, apreté fuerte los puños. Ahí, justo ahí era donde quería estar.

—Tengo que llegar hasta allí —dijo Stanley sobrecogido, señalando hacia el epicentro de la acción.

Era una construcción de madera clara que se levantaba del suelo unos ocho pies, parapetado por unos imponentes andamios de hierro naranja en los que habían instalado los grandes altavoces. Frente a él, había ya centenares de personas sentadas sobre mantas, plásticos o manteles, a la espera de que todo comenzase.

La imagen que se extendía ante nuestros ojos era abrumadora. Había cientos de miles de personas en la granja de Yasgur, cuando se suponía que el festival era solo para cincuenta mil, por lo que toda esa masa humana se veía como un hormiguero gigante. Cabezas y más cabezas era lo único que se distinguía allá donde mirásemos. El festival de Woodstock parecía una ciudad bulliciosa sin edificios, una que se había convertido de forma inesperada en la segunda ciudad de Nueva York con más población.

—¿Volveré a verte? —le preguntó Sky al fotógrafo formando un puchero con los labios.

—Ya sabes que tengo una habitación en el hotel. Si esta noche necesitas, ya sabes, un lugar para dormir... Me refiero si aquí en el campamento no encuentras sitio o estás incómoda.

Gabriel y yo nos miramos y aguantamos la risa. El muchacho se debatía entre la recta llamada del deber y los abrasadores ojos color esmeralda de Sky.

—Eres un encanto, Stanley. —Le besó de forma fugaz en los labios y le deseó buena suerte.

La chica se despidió propinándole una palmadita en el trasero y comenzó a andar como si fuera una mariposa revoloteando sobre un prado de flores. Avanzó hacia los campistas que se convertirían en sus vecinos durante los siguientes tres días. Gabriel se despidió de Stanley con urgencia y me apremió para que siguiéramos los pasos de Sky.

Yo tampoco quería perderla de vista. Quería seguir junto a Pet y Luke, pero, sobre todo, con Sky. Me hacía sentir que permanecer a su lado era estar en el lugar adecuado. En ese momento pensaba que, si permanecía junto a ella, yo también parecería ser alguien especial. Como si la chica fuera un gran foco de luz y su brillo me iluminase de refilón. De hecho, cuando la vi alejarse entre las tiendas, me solté del brazo de Gabriel y eché a correr hacia ella. Cuando la alcancé, ella agarró mi mano y juntas avanzamos entre toda aquella gente. Jamás antes había olido aquel aroma acre que flotaba en el aire, pero fue algo que perfumó el ambiente durante todo el festival.

Pet y Luke eligieron un lugar en el que montar sus tiendas de campaña y se pusieron de inmediato a la tarea. Necesitábamos reclamar un par de metros de tierra para convertirlos en nuestro kilómetro cero desde el que movernos con libertad dentro de aquel lugar. Gabriel se ofreció a ayudarles mientras nosotras entablábamos conversación con los que teníamos al lado. Todos tenían una historia que contar sobre su peregrinación hasta allí. Algunos llevaban ya un par de días instalados en aquella explanada, había familias acompañadas de sus hijos pequeños, otros se habían conocido en el camino y se habían convertido en amigos. Como nosotros.

Tras socializar un poco, regresamos junto a los chicos. Sky y yo nos tumbamos sobre la hierba mientras ellos compartían unas cervezas.

—Son las cuatro, deberíamos estar escuchando ya a los Sweetwater —dijo Pet.

—Pero aún no hay nadie en el escenario, ni nada preparado. Vengo de allí —le contestó un chico al pasar a su lado.

—Quizá el grupo esté en medio del atasco —dije yo mordiéndome el labio inferior, pensando si debería ir hacia el escenario para encontrar un buen sitio. Pero los chicos merecían descansar unos minutos después del esfuerzo, por eso no me moví.

—O quizá lleguen en alguno de todos esos helicópteros —replicó optimista Gabriel.

El ensordecedor ruido de las hélices sobrevolándonos sin tregua le daba un tono algo bélico a un evento del que precisamente se decía que era una enorme manifestación contra la guerra. Pero la verdad es que, con las carreteras colapsadas, a la organización no le quedaba otra forma para hacer llegar a los grupos de música hasta allí.

—¿Desde cuándo estás liada con tu chófer? —me preguntó Sky en voz baja.

—No es mi chófer. En realidad, su padre es el chófer de mi familia. Y tampoco es que estemos liados. Es solo... —No sabía cómo explicarlo. Tampoco quería que Gabriel nos escuchase. Arranqué un trozo de hierba y comencé a enrollarlo alrededor de un dedo.

No podía evitar sentirme un poco culpable por lo que Gabriel y yo estábamos haciendo, pero lo cierto es que tampoco tenía fuerzas para pararlo, ni deseaba hacerlo.

—Así que tu familia tiene pasta. —Sonrió condescendiente al percibir la rigidez de mis labios—. Tranquila, eso no es un pecado. —Rio y yo sonreí porque era absurdo negar algo así. Supongo que nada más verme lo supo, la apariencia con la que me había conocido era la de ese tipo de chica. Y de alguna forma, ella también supo desde el primer momento que era una imagen de la que yo quería escapar—. Entonces tenéis una aventura —susurró divertida.

—Una aventura... Supongo que sí. —Aquello sonó como algo excitante, único, pecaminoso y efímero. Y sí, exactamente, eso es lo que era.

—No te sientas mal por ello, Sybile. Nadie comienza algo así sin un motivo. Aunque no lo veas ahora, lo tienes. Está escondido dentro de ti —estiró su dedo índice para tocarme sobre el pecho—, y antes o después, entenderás por qué ha ocurrido.

Se había bajado las gafas hasta la punta de la nariz para mirarme de forma directa a los ojos y, gracias a eso, pude ver con claridad que no era quien aparentaba ser. No lo ocultaba, ya me había dicho que su verdadero nombre no era Sky, y por un momento pensé de qué imagen huía ella en realidad. Había algo más detrás de aquel brillo cegador, algo mucho más profundo y complicado.

—En realidad, no me siento tan mal, ¿sabes? Además, para él, yo también soy una aventura. No es que me esté aprovechando de sus sentimientos ni nada de eso. Digamos que él también necesita esto que tenemos ahora mismo.

Sky se incorporó un poco y se apoyó sobre los codos. Echó un vistazo de arriba abajo a Gabriel y entonces acercó su boca a mi oreja.

—¿Vas a pagarle por acostarse contigo?

—¡No! ¿Estás loca? —Me reí.

—Bueno, esas cosas también pasan...

—Pero esto no es así. —Divertida, negué con la cabeza—. Él me gusta y yo le gusto. Y ahora mismo, ambos nos necesitamos.

Sky cogió un mechón de mi pelo entre sus manos y comenzó a trenzarlo.

—¿Y tú exactamente por qué le necesitas?

—Supongo que ayer lo necesitaba principalmente para llegar hasta aquí. —La miré y las dos reímos, pero luego desvié la mirada a lo lejos y le hablé con sinceridad—. Sin él no lo habría hecho. Ahora mismo él es mi ventana abierta, ¿sabes? Esa ventana por la que escapar de casa por la noche.

—¿Una ventana por la que entrarás de nuevo cuando se haga de día?

—Debo hacerlo así. —Inspiré con pesadez.

Sky se encogió de hombros, como si no comprendiese lo que quería decir la palabra *deber*. Ella no parecía estar ligada a algo así, ella era libertad. Era un colibrí.

—¿Y tú? ¿Cuál es tu historia, Sky? ¿Por qué querías ir a Los Ángeles?

—Ya te lo he dicho, allí es donde está todo lo interesante ahora.

—Pero ¿qué es lo que quieres hacer cuando llegues allí? ¿Acaso quieres ser actriz?

—Mi familia cree que solo valgo para poner las zapatillas en los pies a mi futuro marido cuando llegue del trabajo, y eso es porque no saben que a mí me gustan las chicas. Así que he decidido marcharme para potenciar mi verdadero talento.

—¿Y cuál es tu talento? —le pregunté algo aturdida ante su declaración abierta.

—¿Y cómo voy a saberlo si ellos dicen que no tengo ninguno?

Volvimos a reírnos porque eso me resultaba muy fácil con ella. Reír, hablar, confesar. A pesar de parecer que éramos tan diferentes como la Luna y el Sol, en aquel momento me sentí identificada con ella. Mi familia tampoco me permitía descubrir o potenciar mi talento porque simplemente era una pérdida de tiempo. Mi vida ya estaba planificada y estaba al margen de cualquier cosa que yo quisiera hacer por mí misma.

«Wyatt Germ, Holly tiene tu medicina en el puesto de información».

«Ellen Savage, por favor, llama a tu padre al motel Glory de Woodridge».

Un montón de avisos comenzaron a escucharse a través del sistema de sonido del escenario. Aquello hizo que me mordiese el labio inferior con temor de que en cualquier momento uno de esos mensajes fuese para mí. Sabía que, a esas alturas, en mi casa debían de estar alarmados ante nuestra desaparición, pero dudaba de que fueran capaces de imaginar dónde nos encontrábamos con exactitud Gabriel y yo. Era más probable que en sus mentes nos localizasen más bien cerca de la frontera con México que a pocos kilómetros de casa.

«Interpretad como os guste el siguiente aviso: el ácido marrón que está circulando no es bueno. Os sugerimos que lo evitéis. Vosotros mismos».

Aquel tipo de avisos por megafonía solo eran una excentricidad más dentro de todo un mundo de novedades que mantenían mis sentidos tan despiertos como excitados. Me sentía transportada a un universo paralelo, lleno de colores y sonrisas. Y en verdad, la música era lo único que ese mundo podía tener en común con mi vida real.

—Ojalá encuentres lo que buscas en Los Ángeles, Sky.

—Tú también puedes hacerlo, Sybile. —Se acercó con tanta rapidez y decisión a mi cara para depositarme en los labios un beso tan rápido como ligero que no tuve tiempo de reaccionar—. Incluso puedes hacer autostop conmigo hasta Los Ángeles.

Sky volvió a tumbarse a mi lado como si lo que acababa de hacer no tuviese importancia, pero yo miré a ambos lados para comprobar si alguien nos miraba, si Gabriel lo había visto. Y luego miré a Sky, que ocultaba sus ojos esmeraldas tras las gafas de margaritas, sin saber qué sentir al respecto. Nunca me había besado una chica, pero pronto descubriría que el festival de Woodstock iba a ser para mí un montón de primeras veces.

Capítulo 17
Lennon

Lo primero que hago tras aterrizar en Los Ángeles es visitar a Margot.

Soy un manojo de arrepentimiento e indecisión. Toda mi fuerza y valentía se han quedado en Nueva York, en el apartamento de lujo de Dustin. Mi vengativa decisión comenzó a flaquear en cuanto Erick dio media vuelta a la salida del Dean & Deluca, sin siquiera mirarme para despedirse. Yo sí que me quedé mirándolo mientras se alejaba con andares altaneros hasta desaparecer entre la multitud. Estoy segura de que él solo fingía, que por dentro debía estar lleno de un injustificado enfado. No me creo lo más mínimo la indiferencia con la que ha intentado tratarme.

Jamás le seré indiferente. Es imposible, porque hubo un tiempo en el que yo lo fui todo para él. Yo fui todas las canciones de amor de la historia de la música para él. Algo así no se esfuma del corazón tan solo porque hayan pasado cinco años. Aunque, por esa misma razón, yo tenga que reconocer ahora mismo que estoy a una peligrosa aproximación del recuerdo de lo que yo misma sentí por él en aquella época.

Pero mi caso es diferente, yo sí que tengo motivos para despreciarle, para hacer que todo ese amor del pasado permanezca bajo una tupida tela de odio. Yo sí que podría tratarle a él con indiferencia. Podría... pero por algún motivo, ahora que nos hemos vuelto a separar, siento un tremendo vacío en el pecho. Quiero llenarlo con deseos de venganza porque sentir vacío es infinitamente peor, pero ahora mismo me reconozco débil.

—Me quedaré en casa de Dustin el tiempo estrictamente necesario. No creo que deba ver demasiado a Erick en realidad. Supongo que él se alquilará algún apartamento.

—¿Qué te importa a ti dónde él se vaya a quedar? —replica Margot puntillosa como un alfiler.

—No me importa, solo te lo estoy contando. —Escupo dentro de la copa el cubito de hielo que daba vueltas en mi boca.

He venido a verla para recuperar la cordura y la valentía. Si bien sé que no va a decirme lo que quiero oír, seguro que me dice lo que necesito escuchar.

—Claro...

—Casi he terminado de hacer la lista inicial de propuestas musicales. Mi trabajo con él será breve.

—Claro...

—Apenas lo veré. Y lo bueno es que voy a poder disfrutar de la compañía de Dustin. Es un gran amigo y tiene un apartamento literalmente en el cielo. —Alzo la copa, la pongo entre mis ojos y el sol, y entorno un párpado para poder ver cómo los rayos dorados atraviesan las burbujas.

—Ya veo.

—Voy a ganar un montón de dinero. Y si la película triunfa, quién sabe... Quizá pueda volver a trabajar en esto. Si comienzan a contactarme otros directores, podría dejar el trabajo en la emisora de una vez.

—Si eso es lo que quieres...

—¿Por qué narices estás tan escéptica? —Dejo la copa de

mimosa a un lado y me siento recta en la tumbona gemela a la de Margot.

—¿Y tú por qué puñetas estás tan nerviosa si tu plan es tan perfecto?

—Pues... ¡porque es Erick! Ha vuelto, ha querido verme. Se ha reunido conmigo y está dispuesto a trabajar a mi lado. ¿Cómo se atreve a hacer algo así?

—¿Cómo te atreves tú?

—¡Porque no puedo evitarlo! —Esta confesión que acaba de fugarse de mi boca me pilla desprevenida. Creo que es efecto del enfado que me está provocando Margot con sus jueguecitos psicológicos.

—Pues quizá a él le pase igual.

—Y un cuerno. Pásame la botella y pásame a Bernie. Él siempre está de mi lado, siempre me sonríe.

—Es que él siempre sonreía, Lennon. —Margot coge el retrato del guapo soldado y acaricia sus labios con la punta de sus dedos.

—Pues no entiendo cómo pudo elegirte y aguantarte como esposa. Eres exasperante.

—Porque no podía evitarlo. —Sonríe al repetir mis palabras con retintín, besa el retrato y vuelve a colocarlo en la mesa que hay junto a ella ignorando mi petición.

—Que te den, Margot.

Como no he encontrado consuelo ni comprensión en la peor terapeuta falsa de Los Ángeles, decido ir en busca de Richard. Él nos conoce, estuvo al principio de todo con los tres. Por ello, su opinión puede ser mucho más fundamentada que la de esta vieja arpía sin corazón a la que no sé por qué aprecio tanto.

Cuando me siento en el autobús recibo un mensaje de Dustin que me hace sonreír y calmar un poco mi enrabietado espíritu.

¿Blue Mountain, etíope o de Colombia?

¿Huevos revueltos, benedictinos o cocidos?

¿Filete hecho, al punto o crudo?

Leo un cuestionario con un total de veinte preguntas sobre mis preferencias culinarias que me mantiene entretenida durante la mitad del trayecto, hasta que finalmente Dustin me arranca una sonrisa con un último mensaje.

Si no me contestas a esto, creo que Bastian puede sufrir un cortocircuito, dice que necesita planificar el menú según tus gustos. Los dos queremos que te sientas cómoda cuanto estés en casa. Estoy deseando tenerte aquí.

Con que lo está deseando... ¿Será posible que Dustin después de tanto tiempo...?

No. Imposible. Aunque...

Le contesto a todas las preguntas y termino el cuestionario con un «Yo también lo estoy deseando». Guardo el teléfono en el bolso y reprimo una sonrisa detrás de las palmas de mis manos. Cuando llego a la parada del Baldwin Cinema me bajo rauda y veloz, y llego hasta las taquillas dando saltitos alegres.

—¿Quién eres y qué has hecho con mi amiga Lennon? —me dice Richard asomando sus ojos saltones por la ventanilla.

Me acerco, acuno parte de sus mofletes entre mis manos y aprieto hasta sacar sus carnosos labios hacia fuera.

—¡Estoy contenta! —exclamo mientras balanceo su cabeza entre mis manos.

—¿Habéis vuelto Erick y tú?

Freno en seco al escucharle decir eso, le suelto la cara y retrocedo dos pasos como quien se prepara para coger carrerilla antes de propinar una tremenda patada de kárate.

—¡No! ¿Por qué narices dices algo así?

—Porque estás sonriendo y tú... Bueno, la última vez que te recuerdo sonriendo...

—¿Acaso sabías que le vería en Nueva York?

—¿Has ido a Nueva York, Lennon?

—Pues sí, y sí que he visto allí a Erick.

—¿Has ido a Nueva York para encontrarte con él?

—No, él ha sido un daño colateral de mi viaje.

—¿Y por qué has ido entonces? —Richard sacude la cabeza con desconcierto.

—Porque Dustin me lo pidió.

Mi amigo abre mucho los ojos, con una expresión de asombro enorme. Cierra la ventanilla y se apresura para salir de la taquilla.

—No me digas que vais a volver a trabajar juntos —dice emocionado.

—Vamos a volver a trabajar juntos —afirmo con severidad.

Richard suelta un enorme grito rockero y comienza a mover los pies en un baile entusiasta. Obviamente, Elvis Presley salta a mi cabeza siempre que estoy con él. Y eso también hace que la gramola que hay en mi cabeza seleccione para este momento *Hound Dog*.

—¿Y Erick también forma parte del proyecto?

—Desgraciadamente.

—Oh, pero eso es fabuloso. —De pronto, sus ojos comienzan a bañarse de lágrimas—. Es como si mi sueño volviera a hacerse realidad. Veros a los tres trabajando de nuevo juntos es... es...

—Vamos, hombre. Que no es para tanto. —Le doy unas palmaditas en la espalda y busco su mirada—. Voy a ganar mucha pasta —añado canturreando feliz.

—¿Y qué hay de Erick? ¿Cómo es que tú y él...?

—No hay ningún problema, está todo superado por ambas partes.

Richard deja de llorar de forma radical, se sorbe los mocos y me mira con la frente arrugada.

—¡Ja! ¿Superado, dices? ¿Con qué te han drogado en Nueva York?

—De veras, Richard. Nos reunimos con él en una cafetería, hablamos cordialmente y acordamos dar lo mejor de nosotros mismos para sacar adelante el proyecto. Porque, por cierto, el proyecto es sobre...

—Dime ahora mismo qué le lanzaste a la cabeza. —Richard avanza un paso hacia mí, colocándose tan cerca que me tapa la luz del sol.

—Un premio de cristal de Dustin. En su casa. El primer día —susurro mientras intento mirarlo de reojo antes de inspirar para coger fuerza y defenderme—. Pero eso fue el primer día, el segundo de veras que me comporté bien. Tenía derecho a lanzarle algo después de practicarlo con las palomitas tantas veces en tu cine, ¿no crees? Pero una vez hecho, pues no veo razón para no poder trabajar juntos.

—Lennon estás pirada. Pero que muy pirada. Y Dustin... Oh, Dios mío. Pobre Dustin. —Richard se acaba de tapar los ojos con su manaza y está negando con la cabeza.

—Es él quien quiere trabajar con nosotros. Nos llamó, engañó incluso a Erick para hacerle ir a Nueva York.

—Pobre Dustin —repite mi amigo, y empiezo a enfadarme igual que me ha ocurrido con Margot.

—¡Va a salir bien! La película va a ser un éxito y Erick... Él...

Él va a arrepentirse. Es el pensamiento que se atasca en mi garganta, mi deseo profundo, mi propósito, la que será mi verdadera recompensa más allá del dinero que Dustin quiere pagarme. Pero no puedo decirlo en voz alta, porque entonces Richard me mirará con pena. Como si yo fuera alguien que no ha superado el pasado, como si aún tuviera sentimientos que resolver con Erick, como si siguiera anclada al momento en el que dos años de amor increíbles se derrumbaron.

—Solo he venido para decirte que no creo que esté de vuelta para el próximo primer lunes de mes. No podré ir al cine. Y también porque tenía que darte recuerdos de parte de Dustin.

—Ajá...

—Eso es todo.

—Pues muy bien.

—Pues me voy. A casa. Te llamaré cuando esté en Nueva York de nuevo. —Estiro una sonrisa y doy un paso hacia atrás para demostrarle que de verdad me voy.

—No lo harás.

Aprieto los labios, desvío un poco la mirada pensativa y finalmente le doy la razón.

—Es cierto. No creo que vaya a llamarte. Pero cogeré el teléfono si me llamas tú.

—Oh, claro que voy a llamarte, Lennon. No lo dudes ni un instante.

❋

Es raro, pero vuelvo a casa con las manos vacías, sin pollo frito, y con una gran sensación de incomprensión. Pero qué se le va a hacer, ellos no pueden entenderme.

Pongo agua a calentar en la tetera eléctrica y cojo un paquete de ramen al curri. Es pronto para cenar, pero no hay otra cosa que me apetezca hacer ahora mismo. Sé que si me tumbo en la cama para descansar, mi mente me llevará directa a recuerdos que brotan sin permiso de los recovecos más profundos. Como el de cuando me quedé encerrada en el ascensor de aquel edificio viejo que Dustin se había empeñado en usar para las escenas de la infancia del protagonista. Habíamos ido la noche anterior a la grabación inicial para comprobar cómo era el sonido ambiente en aquella azotea y decidir cuál sería la posición de los micrófonos. En aquella época lo hacíamos todo nosotros mismos, no había presupuesto para más. No había ingenieros de sonido, ni ayudantes, ni un director de escena más allá de Dustin. Nosotros éramos todo eso, además de compositor y asesora musical. Trabajábamos como animales, pero la ilusión nos alimentaba. Nos sobraban las ganas y lo cierto es que nos entendíamos muy bien; al menos, laboralmente. Por aquel entonces, Erick había comenzado a soportarme un poco, supongo que había reconocido ya que mi ayuda era necesaria y que no hacía nada mal mi trabajo.

—¿Has cenado? —me preguntó al bajarnos de su Ford descapotable.

—No, pero no importa. Cuando terminemos pasaré por un 7-Eleven.

—No creo que tardemos mucho. No deberíamos. —Se aseguró de que la capota se había cerrado correctamente revisando con la mirada varias veces la silueta del automóvil y se cargó al hombro el equipo de sonido.

—¿Has quedado con alguien? —le pregunté intentando entablar una conversación menos profesional.

Solo quería hacerme amiga suya, caerle bien: me había propuesto fingir que él también me caía bien si así podía pasar más tiempo junto a él aprendiendo. A esas alturas ya había asumido que Dustin me necesitaba bien poco a su lado, que no solía reclamarme y que a menudo se olvidaba de mi existencia. Pero quizá, si me hacía amiga de su mejor amigo, tendría la oportunidad de acercarme más a él. Sin embargo, Erick no me lo ponía nada fácil.

—¿Y a ti qué te importa si he quedado con alguien? ¿O eres tú la que tiene prisa en realidad porque tienes una cita?

—No, yo no he quedado con nadie porque no sabía cuánto tiempo íbamos a tardar —le respondí torciendo la boca.

Era tan insoportable y difícil de leer... Sus gestos eran siempre contradictorios, como en aquella sonrisa de satisfacción repentina cuando dos segundos antes parecía estar de mal humor.

—Pues entonces, habla menos y anda más rápido. Cuanto antes terminemos, mejor para ti, ¿no es eso lo que has querido decir?

—No es... Pues sí, obviamente. Pero solo porque hoy ya llevamos trabajando juntos más de diez horas.

—¿La princesa está cansada?

—Solo de estar contigo —ahogué bajito en los labios.

—Vamos, entra en el ascensor con el equipo y ve preparándolo todo arriba. Yo voy a hacer unas mediciones rápidas aquí abajo y subo enseguida.

Recuerdo que yo cargaba con varios micrófonos, unos cuantos trípodes, la cámara de mano y la mochila con el portátil. Era un ascensor pequeñito que olía a pis de rata, con la pintura de la pared descascarillada y con la mitad de las luces fundidas de los botones que debían iluminar los pisos. Entré con todo no sin dificultad y a mitad de trayecto, en el tercero, fue cuando sentí un golpe seco en las rodillas. La cabina se había detenido y la bombilla del techo había comenzado a parpadear.

Me crie en el campo, en un lugar donde no se solían cerrar las puertas y siempre estabas rodeada de gente. Quizá por eso nunca me han gustado los lugares estrechos, las habitaciones sin ventana, los techos demasiado bajos y mucho menos los edificios deshabitados. Y allí estaba yo, atrapada, con un teléfono móvil que había perdido la cobertura en cuanto las puertas se habían cerrado y con un compañero indeseable unos metros más abajo. Comencé a gritar pidiendo ayuda, aunque sabía que era bastante improbable que Erick pudiera oírme, pero en algún momento él intentaría también coger el ascensor para llegar hasta la azotea. Los minutos se me hicieron horas y quizá esa fue la razón por la que en cuanto oí su voz al otro lado de la puerta del ascensor rompí a llorar como una niña pequeña.

—¡Socorro! Estoy atrapada, ¡socorro!

—Tranquila, Lennon. Voy a llamar a la compañía de ascensores para que venga alguien enseguida.

—Tengo claustrofobia, ¡no te vayas, por favor!

—No voy a irme. Bueno, tengo que moverme un poco para conseguir cobertura en el móvil, pero no voy a dejarte aquí.

—No te vayas —seguí repitiendo, presa del pánico.

—Estoy aquí, sigo aquí —le oí decir desde un poco más lejos.

Pude escuchar su conversación con la compañía de ascensores mientras el calor se apoderaba de mi cuerpo y sentía la necesidad de desprenderme de capas de ropa, aunque no era nada fácil moverse entre los trípodes y las mochilas en aquel espacio tan estrecho.

—Tengo mucho calor, Erick. Creo que voy a morir aquí dentro. No me dejes, por favor.

—No vas a morirte, Lennon, y yo no voy a irme de aquí hasta que salgas. Solo tienes que mirar hacia arriba, seguro que ves unas rendijas. Por ahí te entra aire, no tienes por qué morir ahí dentro solo por estar un ratito de nada.

—¡Y una mierda un ratito de nada! Llevo ya una hora.

—Solo han pasado diez minutos, Lennon.

Proferí un alarido de desconsuelo y me escurrí hasta el suelo del ascensor para sentarme. Todo el material que transportaba se resbaló golpeándome en la cabeza y volví a llorar ruidosamente.

—Se me acaba de caer encima uno de los trípodes.

—Pues ten cuidado porque valen una pasta.

—¡Vete al cuerno, Erick! —maldije mientras me quitaba la sudadera.

—Pero ¿no me has dicho que no me mueva de aquí hasta que salgas?

—Sí, no te vayas. Por favor, no me dejes.

—No voy a irme, Lennon. Sigo aquí y seguiré aquí cuando salgas. Y luego te compraré algo para cenar, ¿te parece?

—Yo solo quiero irme a mi casa. —Me quedé en sujetador mientras las gotas de sudor surcaban mi espalda.

—¿Me estás invitando a tu casa?

—No, para nada. Solo digo que quiero irme a mi casa ya.

Yo seguía llorando, pero no me sentía sola ni desprotegida. En verdad, quería que aquellas puertas se abrieran de una vez para poder respirar aire fresco y para lanzarme a los brazos de aquel odioso compositor que de una forma retorcida velaba por mí.

—Menos mal que no había quedado con nadie esta noche. Habría tenido que darle un buen plantón por tu culpa, Lennon.

—Yo no tengo culpa de que se haya estropeado el ascensor... Pero gracias por quedarte ahí. —Tenía las palmas de las manos y la cara pegadas a la puerta, podía notar que él estaba al otro lado.

—Sigo aquí, Lennon. Sigo aquí.

Y siguió ahí hasta que el técnico abrió las puertas y le di a Erick un abrazo de exactamente tres segundos antes de que notase que estaba medio desnuda entre sus brazos. Entonces, me separó de él de un empujón y señaló con desconcierto mi ropa hecha un ovillo en el suelo del ascensor. Nervioso, me ordenó recoger con cuidado todo el equipo. Después de eso, me metió en un taxi y me envió a casa mientras él subía por las escaleras con todo el equipo para hacer solo las mediciones en la azotea. No supe que había hecho todo el trabajo él solo hasta un par de días después y, para entonces, ya había vuelto a odiarlo demasiado.

Capítulo 18
Sybile

Cuando habían pasado siete minutos de las cinco de la tarde comenzamos a escuchar el sonido de una guitarra frenéticamente rasgada con una púa. Abrí los ojos todo lo que pude para identificar al responsable, pero estábamos demasiado lejos. El escenario era solo un bulto que se alzaba sobre el hormiguero humano que cubría toda la extensión del terreno. Me puse en pie como si la música tirase de mí hacia arriba. La emoción chisporroteaba dentro de mí, por lo que miré a Gabriel con urgencia. No me hizo falta ir en su busca, él ya venía directamente hacia mí apremiante con la mano extendida y las cejas alzadas.

—¡Vamos, corre!

No miré atrás. Olvidé a Luke y a Pet, dejé tirada la bolsa en bandolera junto a las tiendas recién montadas, ni siquiera esperé a ver qué quería hacer Sky. Simplemente, echamos a correr hacia el escenario, esquivando personas, saltando por encima de obstáculos, riendo pletóricos de felicidad. Un instinto primario se había encendido dentro de mí, solo quería ir hacia la música.

—¡Vamos, Sky! —grité al aire sin mirar atrás.

Sin embargo, ella no nos siguió, y yo no fui consciente de

ello hasta que ya era demasiado tarde para regresar. Sky no sentía el mismo interés que yo por la música. No necesitaba verlo todo de cerca. Ella prefirió pasear por el recinto, mezclarse con toda aquella gente normal y extraordinaria, y, seguramente, experimentar con todo aquello que le pareciese novedoso y excitante.

Gabriel y yo serpenteamos entre el público hasta alcanzar un hueco con visibilidad aceptable y nos sentamos en el suelo. Muy juntos, sonrientes, con la sensación de estar en el ombligo de nuestro propio mundo.

Otra guitarra y algo de percusión acompañaban a Richie Havens. Lo habían subido al escenario en lugar de los Sweetwater que aún no habían logrado llegar hasta Woodstock, y se notaba que el músico afroamericano estaba algo inseguro porque tocaba mirando hacia el suelo, como si le intimidase la estampa que se extendía a sus pies colina arriba.

—Esto es increíble, Gabriel.

Mantenía las manos apretadas frente al pecho, pero en realidad lo que quería era dar palmadas de alegría. El corazón me bombeaba tan rápido que parecía seguir el ritmo frenético de las manos del guitarrista. Recuerdo que no podía parar de sonreír.

—Y pensar que ese tipo y yo estábamos juntos hace unas horas dentro del Red Apple. —Gabriel chascó la lengua y me miró con regocijo.

—Míralo, debe de ser abrumador estar ahí arriba delante de esta multitud. Hay que ser muy valiente. —Giré la cabeza a un lado y a otro, con las cejas alzadas, sobrecogida ante la visión.

Gabriel y yo solo éramos dos entre miles y miles de personas.

—Bueno, si yo fuera él... —Gabriel balanceó pensativo la cabeza—. Creo que sentiría mucha responsabilidad. Me sentiría en la obligación de dar un buen espectáculo para satisfacer a todo el público que, de entre todos los sitios en los que podrían estar y de entre todos los planes que podrían tener, eligieron venir a verme. Me subiría al escenario dispuesto a darlo absolutamente todo de mí, ¡lanzado como un cohete!

—¡Como el Apolo 11! —exclamé divertida.

—Exacto. Pisaría el escenario como si fuera Neil Armstrong conquistando la Luna.

—Pues a mí solo de pensarlo me sudan las manos.

—Y, aun así, te gustaría vivir todo esto desde ahí arriba, ¿cierto?

Apreté los labios y asentí con complicidad. Sabía que quería formar parte de todo eso, pero no si era concretamente como cantante. Me gustaba tanto la música y todo el mundo que giraba en torno a ella que no podía quitarle ojo a nada. Mis pupilas danzaban de los micrófonos que se alzaban en mitad del escenario y a los que Richie Havens entregaba su voz y su guitarra al escenario de madera con sus torres para el sonido que parecían estar aún a medio construir; de los focos a los *buffers*; del guitarrista acompañante a los hombres descamisados que estaban subidos en la plataforma trasera.

Richie Havens tocó más de cuarenta y cinco minutos. No solo hizo un repaso por todo su repertorio, sino que también tocó dos canciones de los Beatles que nos animaron a todos a cantar sin complejos y terminó empapado de sudor con una composición improvisada que nos unió en una plegaria y que pasaría a ser un tema legendario: *Freedom.*

Aquella palabra se repetía una y otra vez al ritmo de sus cuerdas, en una melodía ascendente que nos hizo gritar con todas nuestras fuerzas. Una sola palabra como letra para una canción que nos unió a todos con un mismo deseo: hacer del mundo un lugar mejor lleno de paz y amor, y, quizá, también con un mismo pensamiento: que terminase la maldita guerra en Vietnam. Porque yo pensé en Nick y en Gabriel, pero quién no tenía a alguien luchando allí, o a alguien a punto de alistarse o a alguien atemorizado cada vez que abría su buzón. ¿Quién podía culpar a esas madres que hacían como que habían extraviado las cartas de reclutamiento en el servicio de correos si así proporcionaban unas semanas más de libertad a sus hijos, con la esperanza de que la guerra terminase en ese espacio de tiempo, tal y como Nixon había prometido?

Yo no podía dejar de mirar a todos lados. Sería un error por mi parte expresar que vivir aquello fue como un sueño, porque jamás habría podido soñar con algo así, y mucho menos con ser parte de ello. Más bien, estar allí me hizo sentir en otra dimensión, en otra vida, con el mismo cuerpo, pero a años luz de mi realidad. Y aquel sentimiento extraño creció cuando en el escenario apareció un anciano de etnia india, con una barba larguísima y un precioso sari, que se sentó en posición de loto sobre un pedestal para orar *Hari Om* frente a todo el público.

—Me invade la alegría cuando veo a muchos de los jóvenes de Estados Unidos aquí reunidos en nombre del hermoso arte de la música —comenzó a decir Swami Satchidananda con su cara llena de serenidad y sabiduría.

En verdad, aquel maestro espiritual y filósofo del yoga de la India estaba frente a medio millón de jóvenes llegados de todas partes del país, con la única intención de disfrutar de unos días de buena música, juntos en armonía. Todos nos unimos a su canto con respeto, aunque no lo entendiésemos muy bien, porque el sentimiento de unión era más poderoso que la barrera del idioma o de las costumbres. Yo no había practicado yoga jamás, pero me entregué a su mantra hindú y sentí paz dentro de mí. Me sentí aturdida, liviana... Aunque quizá aquello era efecto del humo de la marihuana que flotaba a nuestro alrededor.

Recuerdo muy bien el recelo que sentí cuando me ofrecieron ácido por primera vez aquel fin de semana. Apenas llevábamos allí unas horas y parecía como si consumir alguna de aquellas sustancias fuese una parte natural de toda la experiencia. Para mí, las drogas estaban asociadas a prácticas censurables, pero Gabriel me miraba de reojo como si esperase el momento exacto en el que mis ganas de experimentar con ellas aflorasen. No decía nada, él solo sacaba cigarrillos de su paquete de Kent y me ofrecía alguna calada que otra. De vez en cuando, también notaba los roces intencionados de su cuerpo con el mío. Me recordaba con ellos que él y yo estábamos allí unidos a los demás, pero más unidos aún entre nosotros. Supongo que en aquel momento yo había sucumbido a la música y él seguía enganchado a mí como principal fuente de liberación.

—¿Qué crees que estarías haciendo ahora si no hubieras tenido que sustituir a tu padre y no me hubieras conocido? —le pregunté a Gabriel mientras había un cambio de músicos sobre el escenario.

Él alzó las cejas y apretó los labios con un gesto pensativo, luego esbozó una sonrisa algo avergonzada.

—Antes de recibir la notificación, había planeado ir con Fred a los Hamptons. Es fácil encontrar trabajo allí en verano como camarero, conductor, jardinero, limpiapiscinas... Pensaba ganar algo de dinero para luego ir a México. Nunca he estado, ¿sabes?

—¿Tienes aún familia allí?

—Sí, claro. Un montón de primos y un abuelo al que solo conozco por carta.

—Siento mucho que no puedas ir a conocerlos. —Apoyé mi cabeza sobre las rodillas recogidas y le sonreí con tristeza.

—Bueno, estoy aquí contigo. Este también me parece un buen plan.

—¿En serio? ¿Te alegras de estar aquí conmigo?

Gabriel cogió el pitillo que tenía detrás de la oreja y lo agarró con unos labios que sonrieron con picardía.

—Alguien tenía que abrir la puerta de tu jaula, pajarito.

—Sí, supongo que eso es lo que soy para ti, tu última buena acción.

Gabriel me miró de reojo antes de alzar la barbilla y lanzar el humo al cielo.

—Qué equivocada estás, Sybile. Eres demasiado guapa para ser la buena acción de nadie. Mis intenciones no han sido nada honorables.

Torcí la boca en una mueca y luego sonreí, porque esa declaración había sido demasiado abierta y tuvo un efecto abrasador dentro de mí.

—Bueno, supongo que mis intenciones contigo tampoco lo son.

Le quité el cigarrillo y le di una calada con una soltura que ya había logrado alcanzar, pero no lo miré a los ojos. A pesar de mis últimos actos impulsivos y atrevidos, mi interior seguía siendo un pozo de inseguridades e inexperiencias.

Antes de que Sweetwater saliera por fin al escenario volvimos a oír la voz de Chip, el chico de los anuncios por los altavoces:

«Ahora, vamos a encarar la situación. Miles y miles de personas han venido hoy aquí. Muchas, muchas más de las que esperábamos o incluso podíamos soñar que sería posible. Vamos a necesitar que todos os ayudéis unos a otros para que funcione porque estamos poniendo a prueba todo el sistema que organizamos. Vamos a traer comida, pero lo más importante que debéis recordar esta noche cuando volváis al bosque a dormir o si os quedáis aquí es que la persona que tenéis a vuestro lado es vuestro hermano, y más vale que os tratéis como hermanos porque, si no, lo arruinaremos todo».

Cambiamos de lugar para la siguiente actuación en el intento de alcanzar una mejor visión y volvimos a repetirlo un par de veces más a lo largo de la tarde. En cada nuevo emplazamiento, conocíamos gente. Parecía como si todo el mundo tuviese ganas de hacer amigos, ya fuera compartiendo su tabaco, sus drogas o sus bebidas.

Durante las primeras horas me pregunté varias veces por Sky. Si se habría quedado con Luke y con Pet, si se habría atrevido a ir a la zona reservada para la prensa en busca de Stanley, o si quizá estaba danzando sola de un lado a otro. No me preocupaba lo que pudiera ocurrirle porque no se me pasaba por la cabeza que algo malo pudiera suceder allí dentro, pero me inquietaba no volver a verla.

Nos ofrecieron uvas y semillas de girasol, bebimos cerveza tibia de una botella que continuó su recorrido colina arriba y vimos caer las luces de la tarde poco a poco mientras Tim Hardin relajaba el ambiente eléctrico con sus canciones melódicas de ritmos acogedores. Recuerdo que Gabriel pasó su brazo por mis hombros y me atrajo hacia su cuerpo cuando sonó *Reason to Believe*. Le miré a los ojos mientras nuestros cuerpos se balanceaban de derecha a izquierda al ritmo de la guitarra. Había sido tan fácil encajar con él, soltarme, entregarme, ceder. Gabriel era un lugar cómodo en el que estar, ese campo infinito lleno de margaritas con el que había soñado durante mucho tiempo sobre el que podía correr libre. Yo apenas sabía nada de él, pero en aquel momento sentía que él me conocía mejor que nadie, que había llegado con facilidad hasta el lugar más profundo de mi alma, donde nadie más había entrado antes. Y con esa licencia, con su aprobación de mi verdadero yo, sentí que podía extender los brazos y alzar el vuelo.

—Gracias, Gabriel. Creo que... ¡No! —me desdije tajante y expandí los labios para expresarme con vehemencia y entusiasmo antes de continuar—. *Sé* que jamás me he sentido así de feliz antes.

Él inclinó un poco su cabeza y sonrió negando.

—No te sientes así por mí. Es por todo esto. —Miró alrededor, hacia la inmensidad de cabezas, hacia el escenario convertido de pronto en un faro que iluminaba la oscuridad, hacia el cielo del que comenzaron a caer gotas de lluvia.

Estaba equivocado. Porque, aunque me sentía así por el lugar, por el momento, por la música, todo aquello no habría sido ni de lejos lo mismo si Gabriel hubiera sido Nick. Él lo habría mirado absolutamente todo con los labios apretados, me habría censurado con la mirada cada uno de los pasos inesperados que estaba dando, habría insistido en regresar nada más pisar el recinto y me habría prometido entradas de primera fila para ver a quien quisiera del cartel de artistas cuando dieran un concierto en un local decente. Yo tampoco habría sido la misma con él, no habría sentido todo aquello de la misma manera. Habría estado cohibida, insegura, juzgada y censurada. Definitivamente, Gabriel fue la llave que abrió una puerta a mi propia felicidad, una que yo misma había mantenido cerrada.

Debería haberle dicho todo eso en aquel momento, pero un aguacero se desató sobre nuestras cabezas. No teníamos con qué cubrirnos, no sabíamos si reír o salir corriendo para ponernos a resguardo, pero lo cierto es que nadie quería moverse de su sitio. La actividad continuaba sobre el escenario, la lluvia solo era un invitado inesperado que había que acoger. Terminamos cobijados bajo la manta de alguien junto a varias personas más que se apretaron a nosotros como si fueran viejos amigos.

—¿Quién es ella? ¿La has escuchado antes?

A Gabriel pareció gustarle la cara bonita de la cantautora que se enfrentaba a la lluvia solo con una guitarra y una voz llena de personalidad que alargaba las sílabas. No podía culparle, yo misma estaba absolutamente conquistada por su valentía y por aquella manera de versionar el *Mr. Tambourine Man* de Bob Dylan. Me sentía agradecida a su determinación porque, si ella hubiera renunciado a tocar bajo el agua, nuestras ganas de todo se habrían embarrado como comenzaba a hacerlo el suelo bajo nuestros pies.

—Es Melanie. Su voz es muy auténtica, ¿verdad?

Gabriel asintió tras mi respuesta, también lo hizo el chico que tenía a mi lado. Sentí que había captado la atención de ambos y pensé que debía darles algo más de información:

—Escuché su álbum en la tienda de discos y me pareció muy diferente a cualquier otra cantante folk. Es increíble que siendo prácticamente una desconocida esté ahora mismo ahí arriba.

—Pues deberíamos animarla, ¿no creéis?

Gabriel sacó su encendedor del bolsillo del pantalón y lo encendió alzando la mano. Inmediatamente, todos los que estaban alrededor le imitaron. Aquel gesto se contagió tan rápido que, en pocos minutos, todo aquel que tenía una cerilla, velas o un mechero los encendió. La hondonada fangosa que se había sumido en la oscuridad de una noche encapotada se convirtió en un cielo estrellado que señalaba así su apoyo hacia la joven chica que interpeló a todos a comer galletas de animales* hasta la medianoche.

—Me pregunto cómo le irá a Sky. ¿Crees que volveremos a verla?

* «Animal Crackers», pista siete del álbum *Born to Be* de Melanie.

Gabriel no podía saberlo, era una pregunta que hacía más al aire que a él, con un deseo profundo de que, al expresar mi inquietud en voz alta, la oportunidad ocurriera.

—Estoy seguro de que se ha adueñado de una de las tiendas de Pet y Luke. No se habrá mojado ni un poco. Se nota a leguas que tiene la inteligencia de una gata callejera.

—Sí, seguramente se esté bebiendo ella sola una de las botellas de vino.

—¿Sola? —Gabriel alzó una ceja con dudas razonables. Me reí. Sí, ella no estaba sola. Nunca estaba sola, y jamás lo estaría.

—¿Quieres ir ya a la zona de camping?

—¡Ni hablar! ¿Estás loco? De aquí no nos movemos hasta que salga Joan Baez. Gabriel asintió risueño y me recolocó un mechón de pelo mojado detrás de la oreja.

Estábamos empapados a pesar de la colcha que durante un rato intentó protegernos, llevábamos despiertos prácticamente cuarenta y ocho horas, y nuestros estómagos rugían de hambre, pero él no se movió de mi lado. Solo se encendió el último cigarrillo que le quedaba y le dio una calada profunda.

—Como desee la señorita.

Capítulo 19
Lennon

Cuando comencé a trabajar para Dustin hace siete años, su película estaba aún en preproducción. Viví con él todo el proceso de diseño y planificación para la realización del rodaje. Vi cómo se hacía el tratamiento gráfico y cómo elaboraba el presupuesto final de gastos. Me sentí satisfecha de ser la responsable de disminuirlo un poquito con la ventajosa obtención de la licencia de esos segundos de *Ultraviolet* que luego se convertirían en una de las escenas célebres de *Baile en la luna*. La fase de producción dio mucho trabajo, no solo estuvimos a cargo de la parte creativa, sino que lo hicimos prácticamente todo entre los tres; pero esos meses serían la zona donde reconocí que me movía con soltura y confort, a pesar de ser poco más que la esclava de Erick. El papeleo se me daba bien, conseguir cosas y lugares a buen precio era pan comido para mí, lograr los permisos administrativos o la firma necesaria en el documento imprescindible me dio crédito ante los dos amigos, y mi disposición imperturbable para aceptar cualquier tarea les hizo no dudar de su apuesta por mí ni una sola vez. Aunque Erick se esforzara en hacerme pensar lo contrario constantemente... Aun con todo, había días en los que era posible estar junto a Dustin, y eso hacía que todo lo demás valiese la pena.

Luego llegó el rodaje y con él más gente, entre ellos, Richard. Él fue el tipo grandullón que conducía, que cargaba con el peso, el que se encargaba del atrezo e incluso a veces del maquillaje. Se convirtió en el nuevo chico para todo dejando que yo me ocupase por fin de las partes técnicas y creativas junto a los otros dos. Y también encontré un amigo con el que podía compartir mis deseos locos de pegarle un puntapié a Erick y mi frustrante amor por Dustin.

Aún sigo sin creer cómo algo con tan poco presupuesto, con un personal tan reducido, con tan poca logística y ayuda, logró salir tan rematadamente bien y llegar tan lejos. Supongo que se debió a lo que después se conoció como «el toque mágico de Dustin», convertir lo imposible en posible. Que, en realidad, no fue más que invertir cada respiración de su vida en ello.

Mi admiración por él tenía fundamentos sólidos. Mi enamoramiento, sin embargo, no se diferenciaba del de cualquier chica con hormonas revolucionadas a la que se le cruzó una cara irresistible, una espalda infinita y un trasero para protagonizar anuncios de Levi's.

Pero era amor, al fin y al cabo, lo que me alimentaba las ganas de continuar al lado de ambos.

Supongo que con el transcurso del tiempo fue inevitable lo que ocurrió entre Erick y yo. Aquel día en el estudio de edición noté el primer indicio, aunque fue tan desconcertante que mi mente quiso bordear ese sentimiento y darle una patada para lanzarlo lejos. Dustin me había enviado junto a Erick para ayudarle con el desglose del guion para marcar con exactitud las partes donde debíamos insertar la música. Cargué con una mochila llena de másteres y un montón de papeles hasta allí, y me las apañé para llegar al estudio de grabación con dos cafés helados sin derretir porque sabía que Erick llevaba dos días encerrado.

—Ya he llegado. Lo traigo absolutamente todo —le dije al entrar.

Él desvió un segundo la mirada de la pantalla del ordenador y siguió tocando el teclado mientras en el monitor aparecían de forma inmediata cada una de las notas. Llevaba los auriculares puestos, por lo que me ahorré el esfuerzo de iniciar una conversación con él y directamente me senté a su lado en el escritorio. Comencé a sacar todo el material de trabajo y cuando estuvo dispuesto en la mesa de forma ordenada me giré hacia él con el gesto apremiante. Cuando por fin terminó, bajó los auriculares hacia su cuello y alargó su mano en un movimiento que yo debía traducir como «pásame el café».

—¿Has comenzado a insertar tu composición sin mí?

—Solo estoy haciendo pruebas con lo que grabé anoche. —Erick le dio un trago tan largo al café que el líquido dejó al descubierto la mitad de los cubitos de hielo dentro del vaso transparente de plástico.

—¿Puedo escucharlo?

Él se encogió de hombros y me cedió sus auriculares, presionó el *play* e hizo rodar su silla para apartarse un poco de delante del monitor. Era el comienzo de la película, por lo que la melodía debía expresar lo que sería el tono general de la historia, que era una oda a los sueños imposibles. Debía transmitir esperanza, fuerza e ilusión, y no necesité más de dos segundos para sonreír al reconocer en aquella melodía las ganas de los protagonistas por encontrar su hueco dentro del mundo complicado en el que vivían. Estaba claro que, si bien Dustin era bueno con las palabras y las imágenes, Erick lo era transmitiendo con la música. Como el presupuesto no alcanzaba para contratar una orquesta, lo había hecho todo él solo. Había tocado cada instrumento, había mezclado las pistas y había insertado la grabación en los primeros fotogramas de un modo tan perfecto como lo habría hecho el mejor ingeniero de sonido. Ese era su idioma. Pero alabarlo se me atragantó como a un gato una bola de lana en la garganta.

—Está... muy bien. —Alcé las cejas y evité mirarlo a los ojos.

Estaba conmovida y, sin embargo, se lo oculté. Descubrir de pronto cómo iba a sonar aquella historia me había entusiasmado tanto que quería sonreír, pero no me atrevía a hacerlo delante de él para que luego pudiera usarlo en mi contra. ¿Por qué debía endiosar aún más al Apolo de las bandas sonoras? Por ello me quité los auriculares, los dejé sobre la mesa y me giré con indiferencia para sacar mi portátil de su funda.

—Pero ¿qué demonios es esto? —rugió a mis espaldas.

Al girarme le vi pinzar con dos dedos los auriculares mientras los inspeccionaba con cara de asco.

—Déjame ver.

Se puso en pie, avanzó hacia mí y de un tirón me sentó en mi silla, luego me agarró por el cuello con ambas manos e inclinó mi cabeza hacia él.

—Tienes diarrea de pájaro en la cabeza y me has manchado los auriculares.

—¿Qué? —exclamé horrorizada.

—Pues que se te ha caga...

—Ya te he oído, pero ¿dónde? —Llevé la mano hacia mi cabello para intentar localizar la zona bombardeada, pero él me la retuvo por la muñeca.

—Vayamos al baño.

Sin soltarme, tiró de mí hasta que por fin dejé de rodar con mi silla y pude levantarme para seguirlo hacia los aseos del estudio.

—Déjame, puedo hacerlo yo sola.

—¿Cómo demonios te vas a ver la coronilla? Vamos, agáchate e inclina la cabeza a este lado del lavabo.

Me colocó la cabeza junto al grifo de agua como si estuviese manejando un melón y pude oír cómo presionaba varias veces el pulsador del jabón de manos. Me mojó el cabello y comenzó a frotar entre blasfemias y sonidos que evidenciaban el desagrado que le producía hacer aquello. Pero no tenía por qué haberlo hecho, podía haberme dejado hacerlo por mí misma, podía haberme enviado de vuelta a casa, podía haber guiado mi mano hacia la zona exacta de mi pelo sucio para que me lo lavase sola... Pero no. Él frotó y enjuagó mi pelo una y otra vez, para luego lanzarme la toalla de manos a la cara y ordenarme que me secara el pelo.

Era tan contradictorio... Cómo podía saber yo en aquel momento que le había dolido que me mostrara indiferente ante su composición, cómo podía saber yo que quería demostrarme que le importaba tanto como para quitarme caca de pájaro del pelo con sus propias manos. Cómo podía saber yo que cada vez que me hablaba mal era porque antes me había visto suspirar por Dustin delante de él. Yo no tenía ni idea, solo veía a alguien con tendencias volátiles y un ego del tamaño de Alaska.

Cuando regresé a la sala de edición después de secarme el pelo con ayuda de la toalla y del secador de manos, me lo encontré acurrucado en el sofá de piel del estudio, aferrando el vaso de café helado vacío y con la boca abierta mientras roncaba.

—¿Cómo narices puede dormirse después de beber medio litro de café? —murmuré para mí.

Entonces, miré de nuevo hacia la pantalla de su ordenador, vi la pista recién grabada y volví a ponerme los auriculares para escucharla una vez más. Le miré dormir durante aquel par de minutos que duraban los créditos iniciales y tuve que reconocer que sentí aún más admiración. Él también estaba trabajando como si su vida dependiera de aquella película y debía reconocer que también estaba aprendiendo mucho de él. Pero no solo sentí admiración, sino que, por primera vez, al poder mirarle a la cara con detenimiento, descubrí que había algo en él que me hacía sentir un cosquilleo extraño. Algo interesante. Algo que me hizo recorrer su perfil con lentitud hasta detenerme en su boca entreabierta, a inspeccionar la silueta de sus brazos cruzados sobre un pecho que se elevaba un poco con cada inspiración, a evaluar cómo de bien le sentaban aquellos vaqueros desgastados. Algo que me hizo acercarme aguantando la respiración para quitarle el vaso vacío de la mano con cuidado.

—Ponte a trabajar —refunfuñó sin abrir los ojos—. Solo necesito cinco minutos más.

Me sorprendió al hablar justo cuando mi cara se había aproximado a la suya con curiosidad, pero volvió a roncar al segundo siguiente. Me alejé de inmediato sorprendida y alcé la cabeza en el intento de recuperar la compostura.

Siempre se ha dicho que el amor está a un paso del odio. Creo que aquel día yo puse los pies justo en la frontera entre ambos.

Capítulo 20
Sybile

La voz cristalina de una Joan Baez embarazada de seis meses nos deseó a todos los buenos días. Ciertamente, ya era la una de la madrugada cuando se subió al escenario.

Comenzó cantando *Oh, Happy Day* y yo me sentía tan despierta como si acabase de levantarme de la cama. Si bien me fascinaba la voz rasgada de Janis Joplin y sus canciones llenas de fuerza, Joan Baez era todo lo que yo admiraba en el mundo de la música y fuera de ella. Era una de las pioneras de la escena folk del Greenwich Village, había salido en la portada del *Times* seis años atrás y había cantado en la Marcha sobre Washington después del famoso discurso de Martin Luther King. Las letras de sus canciones eran inspiradoras y estaban llenas de honestidad, aunque también solía versionar canciones de Bob Dylan, de los Birds o incluso de los Rolling Stones.

Mientras estuvo sobre el escenario canté tan alto, tan fuerte y con tanta pasión que más tarde Gabriel me diría que parecía una tortuga con el cuello estirado fuera de su caparazón.

Joan Baez habló aquella noche en el escenario sobre la encarcelación de su marido. Él llevaba ya dos meses en la cárcel como objetor de conciencia por evadir el reclutamiento para ir a Vietnam. Nos contó que había iniciado una huelga de hambre tras los barrotes y, aunque pensé que debía de ser duro vivir aquello mientras llevaba a su hijo en el vientre, también sentí que su situación habría sido mucho peor si su marido hubiese estado en medio de la jungla esquivando balas y sorteando minas en lugar de estar ingresado en la prisión federal.

Ella cerró el cartel de ese primer día de festival cuando eran más de las dos de la madrugada. Y como si incluso los fenómenos meteorológicos la respetasen, la lluvia no regresó hasta que se bajó del escenario. Eso sí, justo después comenzó a llover con fuerza y la mayoría de la gente se retiró a los campamentos para cobijarse. Gabriel y yo no teníamos tiendas en las que refugiarnos, pero teníamos la esperanza de que Pet y Luke nos devolvieran el favor haciendo un hueco para nosotros. Por eso, nos levantamos y comenzamos a andar hacia el bosque bajo una sábana de plástico que encontramos abandonada en el camino.

—Ha sido increíble, Gabriel. ¡Estaba tan cerca de nosotros!

—Bueno, muy cerca no estaba, Sybile. De hecho, nos habría venido genial tener unos prismáticos a mano. —Se rio mirándome de forma divertida.

—Pero se podía sentir su pasión al cantar igualmente.

—Eso sí, ha sido extraordinaria. Y valiente, dado su estado.

A pesar del aguacero, caminábamos sin prisa. Íbamos pegados el uno al otro, mientras sosteníamos sobre nuestras cabezas el plástico por el que resbalaban las gotas de lluvia.

Era increíble cómo, en solo cuarenta y ocho horas, había pasado de sentarme en el asiento trasero del coche, guardando las distancias y las formas con él, a tener más cercanía con su cuerpo de la que jamás había tenido con nadie.

—Gabriel, ¿qué vas a hacer tú?

No es que quisiera sacar el tema de Vietnam, no quería pensar en eso; pero me sentía egoísta evitándolo cuando era algo que debía de estar atormentándole.

—¿Hacer con qué?

—Con tu orden de reclutamiento.

—¿Me estás preguntando si voy a declararme objetor de conciencia como el marido de Joan Baez?

Lo miré y arrugué la frente. No tenía idea de qué pensaba o cómo se sentía, pero vi que resoplaba y dirigía la vista a un cielo cubierto, tan oscuro como parecía ser su futuro inminente e igual de desolador.

—No soy un tipo valiente, ¿sabes? Y hay que ser valiente tanto para ir a la guerra como para ir a la cárcel.

—¿Piensas huir a Canadá o a México entonces?

—Sybile, son casi las tres de la madrugada. Soy incapaz de hablar de eso ahora.

—Claro, es solo que yo quería... Quiero que cuentes conmigo. Ayer me dijiste que sabías escuchar, que podía contarte cualquier cosa porque pronto desaparecerías y te llevarías mis secretos contigo. Yo también puedo hacer eso por ti. —Logré que se detuviera y le abracé.

Él, inmóvil, sostuvo la sábana de plástico por los dos sobre nuestros cuerpos y se dejó abrazar.

Apreté mis labios contra su cuello e inspiré. Busqué su mejilla y allí le dejé un beso más suave, y en cuanto separé mis labios de su piel algo rasposa, él solo tuvo que salvar unos milímetros para alcanzar mi boca con la suya. Nos besamos bajo la lluvia con besos limpios que acariciaron mi alma, ajenos a la gente que a su vez pasaba a nuestro lado sin inmutarse, más interesados en meterse en sus sacos de dormir que en nuestro momento romántico. Sin embargo, esos besos fueron para mí, y sé que también para él, diferentes a todos los anteriores. No hubo deseo ni pasión. Aquellos besos fueron un refugio del mundo, un abrazo profundo. Fueron los besos de un amor que moriría antes de que comenzara a latir.

Cuando llegamos a las tiendas de los chicos de Filadelfia, ya había dejado de llover y los rescoldos de una hoguera flotaban sobre un charco de agua. Había un bullicioso murmullo en el aire que intentaba respetar a los que ya descansaban y lo cierto era que no percibimos el más mínimo ruido dentro de las tiendas.

—Podríamos avivar el fuego y dormir junto a él. Si extendemos el plástico sobre el suelo... Espero que no vuelva a llover. —Comencé a sentir frío y un poco de desolación.

—No creo que haya necesidad de eso —dijo Gabriel mientras subía la cremallera de una de las tiendas y descubría que en su interior no había nadie.

—¿No están? —pregunté extrañada, pero con un tono de alivio en la voz muy evidente.

—Creo que hay alguien en la otra. Voy a mirar...

—¡No les molestes!

Gabriel le quitó importancia a lo que iba a hacer con un chasquido de la lengua y adoptó una mirada de confianza. Subió con cuidado la cremallera de la otra tienda y pude ver cómo alzaba las cejas y aguantaba la risa con su descubrimiento.

—Es Sky. Está en medio de dos chicas, con la botella de vino vacía entre sus brazos. Están dormidas y prácticamente sin nada de ropa —susurró.

Me acerqué a él con dos zancadas rápidas, volví a cerrar la cremallera y le puse la mano en la boca para que no se riera en voz alta.

—Sky... Me besó antes, ¿sabes? ¿Crees que es...?

—¡Y qué más da! Anda, metámonos en la otra tienda.

Pet y Luke han debido encontrar un lugar mejor en el que pasar la noche. Seguramente, sin ropa también.

Volví a tapar la boca de Gabriel, aunque yo también me reí. Nos besamos mientras nos aproximábamos a la tienda gemela, nos besamos mientras entrábamos en ella y nos besamos al caer sobre el saco de dormir desenrollado que había dentro. Sin embargo, el agotamiento del día hizo que, en cuanto nuestros cuerpos se acoplaron en brazos del otro, nuestras respiraciones se acompasasen a un ritmo sedante.

Aquella noche no tuvimos sexo, pero dormimos abrazados. Pude sentir su respiración sobre mi hombro, el calor de su cuerpo acogiéndome desde atrás y una sensación de seguridad que hizo que conciliara el sueño como si estuviese en mi propia cama y no en medio de un prado de pasto para vacas, en una tienda de campamento que no era mía y a varios kilómetros de mi casa.

❋

El sol no tuvo piedad con los que nos habíamos acostado tarde, por lo que aquel 16 de agosto de 1969 cumplió con su función de despertador natural y pronto flotó en el aire el aroma a huevos revueltos y a beicon frito. De hecho, el rugido de mis tripas avisó a Gabriel de que yo ya había abierto los ojos.

—Buenos días, preciosa.

—Lo siento, es que me muero de hambre.

—¿Y por qué lo sientes? Yo también tengo mucha hambre. Anoche no cenamos más que aquellas pocas pipas de girasol.

—Lamento haber salido a la carrera ayer como una loca. No sé dónde puede estar mi bandolera con las manzanas y los batidos de chocolate.

—Miremos fuera.

Salimos de la tienda y me alegró encontrarme con la cara sonriente de Sky junto a la hoguera que ya había reavivado.

—He pensado en asar manzanas, ¿qué os parece?

Me alivió ver junto a sus pies mi bolsa. Estaba claro que ella también estaba hambrienta porque había rebuscado en su interior.

—Suena bien.

Contesté mirándola sin evitar sentir algo de curiosidad y vergüenza, como si ella pudiese leer en mi cara que su beso me había desconcertado, que era la primera vez que conocía a una chica que besase a otras chicas. Al menos, que yo supiera.

—Deberíais ir al lago a asearos. Parecéis dos puercos salidos de una cochinera.

—¿Hay un lago?

—Sí, un poco más abajo, por allí. —Sky señaló hacia el bosque.

Gabriel y yo nos miramos y nos reímos al descubrir que estábamos llenos de barro reseco y briznas de hierba. Mi aspecto debía de ser lamentable, pero no me alteré por ello, me sentía relajada en aquel ambiente. Sin embargo, mi olor corporal sí que me preocupaba. Por eso, la idea de asearme un poco me pareció fabulosa.

Cogí la ropa que me había comprado en la furgoneta para cambiarme y, mientras dejábamos a Sky a cargo del desayuno, Gabriel y yo nos dimos un paseo matutino hacia el lago Filippini, que en realidad era un estanque rodeado de vegetación lo suficientemente grande y profundo como para albergar a varias decenas de *hippies* desnudos a esa hora de la mañana. Fue la primera vez que veía tantos triángulos morenos y tantos pechos desnudos de aspectos tan variados, y ni qué decir de mi descubrimiento de la anatomía masculina aquella mañana. Apenas había visualizado a Gabriel desnudo porque yo misma había censurado la mirada la noche en el estudio de su amigo, pero en el lago era imposible que mis ojos no se toparan con algún miembro descubierto y con más de uno endurecido sin pudor. Y, aun así, no podía dejar de pensar que en cuanto me quitase la camiseta expondría mis senos ante los demás, lamentándome por haber dejado mi sujetador en la furgoneta de venta ambulante.

—Son solo cuerpos, Sybile —me dijo de pronto Gabriel mientras se tiraba de la camiseta de tirantes desde atrás para sacársela por la cabeza.

—Ya, si yo no estoy mirando...

Gabriel soltó una carcajada, se aproximó a mí y agarró el borde de mi camiseta.

—¿Te ayudo a quitártela?

—No, ocúpate de lo tuyo. —Lo empujé un poco y me di la vuelta.

El simple roce momentáneo de sus dedos en mi cintura me produjo un vuelco en el corazón. Aunque ya nos habíamos acostado, había sido de una forma física, llena de ansia, falta de sentimientos y fugaz. Sin embargo, tras nuestros besos bajo la lluvia, habían aparecido emociones románticas que volvían a colocarnos en la casilla de salida. Un solo roce en aquel momento no solo removió mi cuerpo, también agitó mis latidos.

Dejé la ropa limpia sobre un arbusto, me desprendí de todo, cogí la sucia para lavarla en el agua y eché a correr como un caballo desbocado hacia las aguas algo turbias del estanque. En la orilla, el agua apenas cubría mis tobillos y pasé junto a unos niños de unos cuatro años que chapoteaban junto a una mujer embarazada cuyos senos estaban hinchados y algo descolgados. Avancé haciendo todo lo posible por no fijar la mirada en los cuerpos desinhibidos hasta que el agua me alcanzó la cintura. Allí me sumergí hasta los hombros. No estaba muy fría, y me alivió sentir cómo el barro se desprendía de mis piernas y de mis brazos.

—¿Quieres un poco? Me lo han prestado. —Gabriel me ofreció una pastilla de jabón.

A través del agua percibí que él también se había metido completamente desnudo. Desvié la mirada, sintiendo que mi cara revelaba todo el azoramiento que sentía por dentro, porque era pleno día y parecía como si el sol se reflejase en todas y cada una de las gotas de agua que se escurrían sobre su pecho, y a su vez, él podía ver todo mi cuerpo con claridad a través del agua. Como no le contesté, comenzó a frotarse con el jabón haciendo aparecer una capa espumosa y blanca sobre su piel.

—Sí, claro —logré balbucear—. Cuando termines tú. Huele bien.

Me sumergí por completo en el agua durante unos segundos, decidida a emerger con una expresión menos ridícula en la cara. Me dije a mí misma que, en realidad, allí todos iban a lo suyo. Yo no era ni tan importante, ni tan guapa, ni tan especial como para que todos en el lago me prestasen atención. Gabriel, se esforzó por mantener la mirada fija en mis ojos, parecía querer transmitirme todo el esfuerzo que estaba haciendo por hacerme sentir cómoda y terminamos riéndonos como dos tontos.

Me lavé el pelo y el cuerpo, froté los *shorts* vaqueros y la camisa de lino, y luego esperé a que Gabriel terminase de enjuagar su ropa.

—Salgamos juntos, no hace falta que corras como si te quemasen las plantas de los pies sobre el suelo. —Giró su mano hacia mí, solicitando la mía.

—Piensas que soy una mojigata, ¿no es cierto?

Gabriel negó con la cabeza y entrelazó sus dedos con los míos.

—Eres alguien que está saltando vallas a toda carrera.

—Mientras tropiezo y tiro alguna de ellas. —Hice una mueca antes de sonreír.

—Pero sigues adelante de forma honesta. Me gusta eso de ti, Sybile. Eso, y que eres preciosa.

El sol comenzaba a tomar fuerza, brillaba sobre su pelo negro, relucía en las gotas de agua que resbalaban sobre su pecho e iluminaba su gesto provocador.

—Salgamos de una vez a secarnos —le contesté nerviosa, sintiendo regocijo y una seguridad que me permitió tumbarme sobre una roca, algo escondida del resto, mientras se evaporaba la humedad de la ropa extendida a nuestro lado.

La falda nueva resultó ser cómoda y ligera, y en un ataque de valentía, me convencí de que podría lucir el chaleco calado sobre mis pechos desnudos porque yo simplemente era otro cuerpo más. Y según Gabriel, era un cuerpo precioso. Aquello ya no se trataba de hacer algo con desesperación por miedo a no volver a tener otra oportunidad. Tampoco era ya mirar la escena desde fuera con curiosidad. Había subido un escalón más. Había comenzado a liberarme, me estaba atreviendo a hacerlo.

Aun así, no pude evitar dar un vistazo a mi alrededor para comprobar si alguien me miraba, pero quién iba a sorprenderse por un par de pechos semiexpuestos cuando había tantos paseando con libertad sin pudor alguno. Pensé que aquello era como estar en el edén y tuve que reprimir la risa cuando de pronto se paró frente a mí un Hare Krishna para pedirme dinero. Lo primero, porque el monje con su túnica naranja ignoró totalmente mi atuendo, y segundo, porque a mi alrededor había pocos bolsillos de los que sacar monedas.

—Creo que he echado a perder los pantalones del uniforme. Mi padre va a matarme. —Gabriel negó con la cabeza y torció la boca.

Yo le miré con condescendencia. ¿Cómo podía pensar que su padre se enfadaría con él por unos absurdos pantalones cuando estaba a punto de alistarse? Odié con todo mi corazón tener esa sombra sobrevolando sobre nosotros.

—Colega, ¿los quieres?

Un chico de color con los ojos entrecerrados y el pelo con rastas sujetas por una bandana verde, roja y amarilla, visiblemente drogado y aturdido, le ofrecía a Gabriel unos pantalones vaqueros.

—Pero si me los das, ¿qué te vas a poner tú?

Tan solo llevaba puestos unos calzoncillos y unas sandalias negras. No parecía estar muy consciente de la realidad, pero nos sonreía mostrando sus relucientes dientes blancos.

—Los necesitas más que yo —dijo arrastrando las palabras.

—Pero tú...

—Cógelos, son tuyos. —Se acercó a Gabriel tambaleante y se los puso en las manos.

—Pero...

—Paz, amigo.

El rastafari le puso una mano en el hombro y creó una V con los dedos de la otra. Luego se incorporó, dirigió la mirada al lago y avanzó hacia él sin perder la sonrisa.

Gabriel y yo nos miramos y rompimos a reír.

—¿Crees que si pido un millón de dólares también me los pondrá alguien en la mano?

—Lo que creo es que estás teniendo mucha suerte este fin de semana. —Elevé una ceja y vi cómo asentía mirándome de arriba abajo.

Debía de tener un aspecto muy diferente de la chica a la que había recogido en la casa de modas tras probarse su vestido de novia. Llevaba el pelo despeinado y suelto en cascada sobre mi espalda y lucía como una hija de las flores con aquel conjunto.

Él no parecía alguien tan diferente, porque incluso con el uniforme de chófer, Gabriel había tenido desde el primer instante un punto de rebelde sin causa. Él irradiaba masculinidad, con su forma de moverse despreocupada y algo desgarbada, por su manera de hablar pausada y confiada, con ese estilo que tenía de fumar descolgando los pitillos en la punta de sus labios. Él era alguien sexi con y sin ropa.

Regresamos al campamento con nuestras tripas rugiendo. Gabriel me llevaba agarrada por el cuello con un brazo. Los vaqueros prestados le sentaban increíblemente bien y paseaba con el torso descubierto mientras balanceaba con la otra mano su camiseta interior de tirantes para secarla. Cuando llegamos, Pet y Luke ya habían vuelto. Aún llevaban la misma ropa del día anterior, por lo que agradecieron que les indicásemos el camino para llegar al lago. Sky había conseguido de algún modo unas rebanadas de pan con unas tiras de beicon frito y sobre eso había abierto las manzanas asadas. Nos pareció un desayuno de reyes.

Eran las nueve de la mañana, los conciertos darían comienzo alrededor de las doce del mediodía, pero antes de que Quill se subiera al escenario armonizando vocalmente *They Live the Life* durante diez minutos, a nosotros nos pasarían una serie de locuras que aún intento recordar con claridad.

Capítulo 21
Lennon

Dediqué las dos semanas en Los Ángeles a desglosar el guion para buscar posibles canciones y a compilar carpetas de música para los temas y géneros que podrían ser aplicables a la producción. También negocié una excedencia para mi puesto de locutora en la emisora de radio, y me acerqué a Buddy's para avisar a Patty de que no iría por allí en algún tiempo. Otra de las cosas que hice fue pasarme por una inmobiliaria para ofertar mi *loft* como lugar para alquiler de turistas durante el tiempo que había calculado que estaría fuera. Siempre está bien conseguir algo de dinero extra.

El día que regresé a Nueva York, Dustin se tomó la jornada libre. No pensé que fuese capaz de hacer algo así. Dustin y día libre eran dos cosas incompatibles, por lo que el hecho de que quisiera dedicarme veinticuatro horas fue más inquietante que glorioso. Y cuando digo inquietante, me refiero a que comenzó la mañana sentándose en una de las butacas del dormitorio para escuchar con verdadera atención el relato de cómo habían sido mis últimos cinco años mientras yo colgaba mi ropa en el armario. Luego apareció con una cesta de pícnic que había preparado Bastian para nosotros y se empeñó en almorzar en Central

Park, y allí me escuchó atento charlar acerca de Richard y Margot.

Después, insistió en alquilar unas bicicletas para dar un paseo y, tras eso, tuve que frenarle cuando estaba dispuesto a remar para mí en uno de los botes del lago. En nuestro posterior *tour* por las carísimas tiendas neoyorkinas le saqué prácticamente a patadas de Tiffany cuando hizo el intento de comprarme un colgante en el que mi vista se había detenido un par de segundos, porque hasta yo tengo un límite por mucho que me gusten las cosas caras y gratis. Para terminar el día, me llevó a cenar al Essex House, donde el chef Alain Ducasse le hizo firmar con una pluma de ave una cuenta de ¡novecientos dólares! Juro que en ese instante regurgité el *vacherin* de fresa.

Si hace siete años hubiese tenido un día así con él, habría podido morir en paz al acostarme por la noche. Sin embargo, ahora sé que esta escapada de su zona de confort es una evidencia de lo desesperado que está Dustin porque esta película funcione. Y para que eso ocurra, me necesita. Por eso, me he esforzado en elegir mi vestimenta para la reunión de hoy. Casual pero profesional, y con un toque roquero que evidencia que estoy aquí por mi amplio conocimiento de la industria musical.

Entro en la sala de Elephant Productions con paso firme sobre mis tacones rojos que afilan mis piernas enfundadas en unos pantalones vaqueros desgastados dentro de los que me he remetido una camiseta blanca de los Rolling Stones. La chaqueta negra con tachuelas plateadas en las mangas remata el estilo de mi melena corta de puntas castañas y desfiladas.

Erick ha llegado antes que yo e intento ocultar mi sorpresa, porque él era de los que siempre llegaba tarde. Quizá ha venido con la chica que está sentada a su lado y que le está hablando sin parar mientras él me sigue con la mirada sin disimular lo más mínimo hasta que me siento enfrente de él.

—Buenos días, soy Lennon Park. —Le ofrezco la mano a la desconocida que no puede ser otra que la editora de sonido.

—Oh, ¡he oído hablar tanto de ti que es como si ya fuésemos amigas! —Sonríe y acepta mi mano para no soltarla.

«Amigas», ha dicho.

—Y, tú eres... —Alzo una ceja con fingida inocencia.

—Soy Amy McDonald, es un verdadero placer, Lennon.

—Lo mismo digo. —Hago fuerza para escurrir mi mano y logro liberarla—. Espero que nos llevemos bien trabajando juntas.

—No lo dudes, Lennon. Amy es la mejor. ¡Todos sois los mejores! —replica Dustin, cuya presencia había olvidado detrás de mí.

—Sí, haré todo el trabajo sucio. Mezclaré, editaré y sincronizaré toda la música increíble que pongáis en mis manos.

Amy es bonita. Rematadamente bonita y sonriente. Ya me cae fatal. Los dos chicos la miran sin pestañear y eso que lleva puesto un poncho de color rosa chicle y el pelo tan lacio que se le pega a ambos lados de la cara como las hojas de un sauce llorón. Aunque tengo que reconocer que tiene unos enormes y preciosos ojos azules, hoy esperaba que los ojos de Erick solo se posaran en mí.

Respiro y mantengo la sonrisa hacia ella porque, al fin y al cabo, es una compañera de trabajo más y todos somos piezas de un engranaje. No hay uno más importante que otro, el trabajo de Erick no destaca sobre la aportación de Amy porque aquí no importamos a título individual. Aquí lo importante es la película, todos somos sus servidores, porque el fin es que brille la historia que vamos a contar.

—¿Nos ponemos manos a la obra? —pregunto sonriéndole con toda la amabilidad que puedo, tras asumir que ella solo es una pequeña distracción dentro de mi plan de venganza.

Con el rabillo del ojo veo cómo Erick eleva incrédulo una ceja. Sé que está intentado leer mis gestos, pero ha pasado mucho tiempo desde la última vez que estuvimos juntos. Ya no es capaz de leerme la mente.

—¡Sí! Comencemos, tenemos mucho trabajo por delante y el tiempo es oro.

Dustin está sonriente. Es la primera vez que va a enseñar la película sin editar y los nervios se evidencian en los tirones continuos que le da al cuello del jersey, como si le costara trabajo respirar porque la lana le aprieta la nuez. Se aclara la voz y todos desplegamos frente a nosotros nuestros guiones, libretas de notas y portátiles.

—Esta es una sesión de *spotting* algo peculiar porque ninguno habéis visto aún nada de la filmación. Habéis trabajado solo sobre el guion, por eso hoy no nos vamos a reunir con Eli Hocker, la productora principal de Elephant Productions, sino que vamos a estar solo nosotros cuatro. —Dustin le da un trago a su vaso de agua, vuelve a tirarse del cuello del jersey y continúa—. Antes de comenzar el visionado, me gustaría saber vuestras primeras impresiones y propuestas generales. Comencemos por ti, Lennon.

Me sorprendo al escuchar mi nombre antes que el de Erick, por eso miro al frente esperando encontrar algún tipo de expresión contrariada. Sin embargo, mi ex está impasible y alza las cejas evidenciando que me he quedado congelada un par de segundos en silencio.

—Sí, claro. Tengo una lista bastante amplia de canciones y grupos que proponer, pero he pensado que estaría bien si asignamos a cada personaje un estilo de música o cantante dentro de toda esa amplitud de grupos de música de finales de los sesenta. Por ejemplo, Nick, que digamos que es un secundario fantasma en la película, Sybile lo asocia al comienzo de la cinta con Tommy Roe, con los Beatles... Pero todos sabemos que conseguir algo de los Beatles es tan difícil como respirar bajo el agua, así que los Birds o Bread irían en la misma línea para definir a este personaje. ¿Me comprendes? Mientras que Sybile estaría ligada a Joan Baez, Janis Joplin, Melanie... que son además cantantes de Woodstock.

—Me gusta la idea, creo que es una forma de perfilar a cada personaje. Podemos ver cómo funciona —acepta Dustin.

—Yo creo que solo debería haber música en las escenas en las que aparecen los personajes. —Amy interviene sin que Dustin le de paso, pero mi adorado director es tan humilde que acepta su comentario con una sonrisa—. Para las tomas de transición entre escenas funcionaría el sonido atmósfera para darle realismo.

Erick no habla, espera paciente con una seguridad que solo tiene alguien con una absoluta confianza en sí mismo, en su capacidad y talento. Escucha a todos, toma notas en silencio y solo habla cuando Dustin se dirige por fin a él.

—Erick, sé que no te pondrás a trabajar hasta que confirmes el tono de la narrativa conmigo, pero quiero que me digas primero qué has sentido con la historia. ¿Cómo ves el discurso expresivo?

—Es un despertar, un momento de ganas, de valentía para arriesgar, para experimentar... Veo el *score* con una misma melodía de base que tendrá bastante cuerda eléctrica para las escenas más intensas, y cuerda acústica y flauta travesera para las escenas introspectivas. También debe tener notas románticas, no solo por la historia de amor, sino por el espíritu romántico del momento que viven.

—¿Como la parte instrumental de *Lay Lady Lay* de Bob Dylan o *The Boxer* de Simon & Garfunkel? —Me sorprendo a mí misma hablando con entusiasmo en el momento justo en que dentro de mi cabeza se conecta el reproductor de música haciendo sonar esas dos canciones y proyectándolas sobre las escenas que mi mente ha imaginado tras la lectura del guion.

Erick me mira, deja escapar también una sonrisa cerrada y asiente. Y es que nosotros siempre nos hemos entendido a la perfección al hablar el idioma de la música. Pero tras esas dos milésimas de segundo, retiramos la mirada y recuperamos la seriedad en el rostro en cuanto somos conscientes de lo absurdo que es que nos sonriamos el uno al otro. Porque, al menos yo, lo que quiero es arrojarle mi vaso de agua a la cara. Rellenarlo y volver a tirárselo. Así, hasta vaciar la jarra de cristal que hay en medio de la mesa de reuniones.

—Me gusta. ¡Me gusta! Esto es lo que pasa cuando eliges trabajar con los mejores.

Sin embargo...

Ahora es cuando aparece Dustin «el director», el creador que deja que expreses tu visión para luego dejar claro que todo deberá ajustarse a la suya.

—Sin embargo, ¿no crees que el *score* quedará muy flojo si lo basas solo en cuerdas y flautas? Me gustaría una buena melodía orquestal principal que identifique la película, que haga de bastión insignia.

—¿Y que gane de paso algún Óscar? —pregunta Erick, irónico.

—Una que sea digna de ganarlo.

—Te daré lo que quieres, aunque no puedo asegurarte que los de la Academia sean lo suficientemente inteligentes como para valorarlo así.

—Yo creo que sí... Pero ahora, ¡comencemos!

Dustin presiona una tecla y aparece la imagen del filamento de una bombilla transformando la energía eléctrica en luz. Siento mariposas en la tripa, hace tanto tiempo de la última vez... No puedo ocultar la emoción que me produce este momento, es como cuando le estás quitando el envoltorio de plástico a un CD nuevo.

—Lo primero que vamos a escuchar es el sonido de la electricidad en esa bombilla oscilante del techo del armario. Quiero un chisporroteo más fuerte del que la cámara ha podido captar. —Amy toma nota.

—No quiero *score* ni música mientras Sybile llora, quiero que la música comience tras el sonido de la aguja posándose sobre la pletina del disco, con el corte de luz en la escena que es donde comienza a oírse su voz recordando la carta de Nick, sobre la secuencia en Vietnam. De ahí hasta el corte —indica Dustin.

Amy está concentrada anotando los efectos de sonido que le están indicando y no sé por qué Erick la mira todo el rato cuando soy yo a la quc tiene enfrente. Así que alzo la voz y reclamo la atención de todos.

—Sybile, según el guion, escucha *Dizzy* de Tommy Roe dentro del armario. Y me parece adecuada, sobre todo la parte en la que la letra dice que él quiere a la chica para tenerla como su mascota, porque creo que así es exactamente como ella se siente con Nick. Creo que estaría bien ser fiel a esa canción que aparece en el guion.

—Necesitamos esa licencia, Lennon. —Ahora soy yo la que asiente obediente mirando y confiada porque no creo que tenga ningún problema para conseguirla—. Y en las tomas desde fuera del armario debe de escucharse la canción, pero atenuada.

Necesitamos también ese efecto ahí, Amy. Envíale a ella la música original en bruto para que la mezcle, Lennon.

—Anoto: 2m 55 *Dizzy* Armario de Sybile. Eso es del 01:27:09 al 01:81:35.

La actriz que han seleccionado para interpretar a Sybile me sorprende. Dustin no ha elegido a una superestrella, es una absoluta desconocida, pero encaja a la perfección con la idea de Sybile que yo tenía en la cabeza. Su rostro es dulce, con redondeces aniñadas, pero al mismo tiempo resulta sexi. Quizá por eso la cámara enfoca sus labios carnosos e hinchados por el llanto. Ahora que la veo en la pantalla puedo imaginar la transformación de imagen que sufrirá a lo largo del largometraje. Ahora la historia es mucho más real.

—Se llama Greta Plane, y su prima Stephanie Plane interpreta a Sky.

—¡Dos primas! —repito, divertida.

—Sí, se parecen lo suficiente, pero ya verás cómo en pantalla sus interpretaciones son totalmente perpendiculares.

Al actor que da vida a Gabriel sí que lo he visto antes en alguna película independiente. Sin embargo, este es su primer papel protagonista. Es un latino de sonrisa embaucadora y unos tremendos abdominales que harán las delicias de las espectadoras en los primeros planos que mi mente está adelantando ahora mismo. Esta película podría ser el nacimiento de varias estrellas si funciona bien.

Las horas pasan sin darnos cuenta. Tan solo cuando una secretaria de la productora entra para preguntarnos qué queremos de comer, nos damos cuenta de que llevamos encerrados en la sala más de seis horas.

—¿Quién quiere salir a estirar las piernas un poco? —pregunta Amy, animada.

—Yo voy a llamar a la discográfica de Tommy Roe —rechazo su oferta con rapidez porque no tengo ninguna intención de estirar ninguna parte de mi cuerpo junto a ella.

—Está bien. Vayamos a por unos perritos calientes —le contesta Erick.

—Me apunto —añade Dustin.

Mierda. No pensé que Dustin querría también tomarse un descanso y ahora soy la única que se va a quedar aquí encerrada.

—¿Quieres que te traigamos un perrito? —me pregunta al menos Dustin.

—No, gracias. Le pediré una ensalada a la chica de antes.

Amy sale de la sala parapetada por los dos chicos, sonriente, saltarina.

En el silencio que de pronto inunda la sala de reunión, no puedo evitar recordar aquella vez en la que Erick me sacó del estudio para echar unas canastas en la pista que había junto al estudio porque llevábamos demasiadas horas trabajando. Yo no paraba de echarme lágrimas artificiales en los ojos resecos y él de tirar hojas de partituras a la basura. A esas alturas empezábamos a soportarnos bastante bien y «estirar las piernas» en aquel momento con él no me parecía tan mala idea.

—¿Uno contra uno? —me preguntó.

—Mejor solo tiros libres.

—Vamos, Lennon. ¿No se supone que lo único que hacías en la comuna era recoger manzanas y jugar al baloncesto con tus hermanos? —Me dedicó una mueca desafiante y volvió a enfrentarme el balón—. Un uno contra uno.

—Soy demasiado rápida para ti. Te arrepentirás.

Le quité el balón de las manos y comencé a botarlo corriendo hacia la canasta para terminar encestando sin dificultad. Se aproximó con un gesto guasón apostado en los labios y entonces alzó los brazos como un buen escolta.

—Ahora no lo tendrás tan fácil —me dijo provocador.

Comenzamos a jugar sin piedad. Con empujones, robos, saltos y carreras cortas que aceleraron nuestro pulso hasta extenuarnos.

—¡Tiempo! No puedo respirar —me pidió él sosteniendo

el balón con los brazos estirados por encima de sus pelos alborotados.

—Yo puedo continuar —le desafié casi sin respiración—. Venga, pon en juego el balón.

Sin embargo, él lo mantuvo en alto mientras yo saltaba de forma inútil para intentar quitárselo de las manos. Era demasiado alto, yo demasiado bajita. Él estaba disfrutando al verme saltar a su alrededor. Yo solo quería dejar claro que era mejor que él.

—Si logras quitarme el balón, serás la ganadora indiscutible y podrás elegir la cena. Puedes hacer lo que quieras para conseguirlo, menos usar la violencia —dijo con los ojos cerrados y soltando un bostezo fingido tras recuperar el aliento.

—¿Cualquier cosa?

—Ajá.

Entonces estiré los dedos y comencé a atacarle por los costados siguiendo un camino ascendente hacia su pecho y descendente por su estómago con lo que creía que serían cosquillas para él, pero no fue así. Lo único que conseguí fue que él abriera mucho los ojos, que echase la barbilla hacia atrás, se alejara de mí de un salto y me preguntase con un tono chillón qué demonios estaba haciendo.

—¿Me estás sobando?

—¡No! Yo solo quería que soltaras el balón...

Su rostro se relajó. Me miró sacudiendo la cabeza.

—Eres una tramposa —sonrió.

Pero el tramposo resultó ser él.

Capítulo 22
Sybile

No había rastro de las acompañantes nocturnas de Sky. Imaginarme aquellos tres cuerpos femeninos desnudos y acurrucados dentro de la tienda me perturbaba de una forma que no supe definir en aquel momento. Supongo que así es lo desconocido, de primeras te golpea con una mezcla de sensaciones entre las que destacan la curiosidad y el miedo. Gabriel, que había sido testigo de aquella escena sugerente, confusa y enredada, tampoco se atrevió a preguntarle a Sky por ellas. Quizá no le importaba en absoluto su vida sexual o puede que solo fuera respetuoso.

—Chip, el de los anuncios por megafonía, ha dicho hace un rato que hoy el titular del *Daily News* era «Tráfico tenso en el festival de *hippies*». —Sky movió su mano de izquierda a derecha como si estuviera desplegando la frase ante nuestros ojos y dejó escapar una risita divertida—. Al parecer todos los que estamos aquí somos *hippies*. Incluso tú, princesa.

Le saqué la lengua y me reí con ella.

—Pues ahora Chip acaba de llamar a un médico porque alguien se ha puesto de parto frente al puñetero escenario. —Pet apareció con el pelo mojado y en calzones, con la ropa escurrida y enrollada al hombro.

A esas alturas todos sabíamos que Chip era el nombre de la voz que transmitía todos los anuncios desde la megafonía del escenario y se había ganado sin pretenderlo el aprecio general.

—¿Alguien va a dar a luz aquí, en medio de la nada? —pregunté horrorizada.

—Cielo, así se ha hecho toda la vida antes de que existieran las salas esterilizadas. —Sky volvió a soltar una risita despreocupada y desapareció dentro de una de las tiendas para cambiarse de ropa.

—¿Por qué sigues negando con la cabeza? —me preguntó Gabriel cerca del oído.

—No estoy negando con la cabeza.

—Sí que lo haces. Se te mueve con pequeñas sacudidas. Son casi imperceptibles, pero yo las noto. —Se sonrió sacando sus labios gruesos hacia fuera.

—Es que creo que yo me moriría si tuviera que dar a luz aquí, en medio de este hormiguero humano.

—Bueno, estoy seguro de que tú jamás tendrás que enfrentarte a algo así. Dudo que a alguien más en lo que queda de historia de la humanidad pase por algo igual de nuevo. —Rio—. Así que, piensa en otra cosa. ¿Qué quieres hacer hasta que comiencen los conciertos? Porque supongo que hoy deseas quedarte también aquí, ¿no es cierto?

Abrí mucho los ojos, como si por un segundo volviera a ser consciente de que nos habíamos escapado. Volví a sentir en la boca del estómago el pellizco de emoción, de miedo, de velocidad, de ganas por un poco más antes de despertar.

—Sigamos, Gabriel. Un día más, solo otro más. ¿Podemos? —Me aferré a su camiseta de tirantes con las manos, me acerqué a su cuerpo y elevé mi barbilla hacia él.

—Lo que en realidad no podemos hacer ahora es regresar. ¿Acaso no has escuchado lo que ha dicho Chip de la autopista? —Torció la sonrisa y aproximó a mis pupilas su mirada llena de posibilidades—. Así que me alegro de que tu respuesta sea que quieres más.

—Más de todo esto —afirmé.

—Está bien.

—Más de ti. —Inspiré llena de atrevimiento.

—Me parece genial. —Puso sus manos en mis caderas y me aproximó aún más a su torso.

—Más. Más. Más —susurré sobre sus labios.

Entonces, noté cómo alguien nos separaba para colocarse en medio y enlazarse a nuestros brazos.

—Oh, vamos. ¡Es muy temprano para presenciar esta escena para mayores! Vayamos a ver un poco de todo esto. ¿No queréis más? ¡Pues vayamos a por más!

Sky había hecho su reaparición con un conjunto tan espectacular que pude ver cómo incluso Gabriel aguantaba la respiración al verla. Unos vaqueros ajustados con una tira frontal de botones que terminaban en la parte alta de su cintura realzaban su figura de forma espectacular. Al igual que había hecho yo, había usado un pañuelo como si fuera una bandana tras el flequillo para sujetarse el pelo, y mientras que mis pechos desnudos lucían camuflados tras el chaleco de croché, ella sujetaba los suyos con un extraño y sugerente sujetador hecho con monedas de un centavo.

—¿Os gusta? —preguntó al captar la dirección exacta de nuestras miradas—. Lo he hecho yo misma. Todas son monedas de la suerte.

—¿De las que encuentras tiradas en las aceras? —preguntó incrédulo Luke, con la mirada también hipnotizada sobre sus senos.

Sky asintió sonriente y agitó sus pechos para hacerlas tintinear, lo que provocó un rubor instantáneo en Luke.

—Las de la gargantilla también lo son —señaló Sky, resuelta, estirando el cuello.

—¿En serio alguien puede encontrarse con tantas monedas por la calle? —soltó Luke con una risita nerviosa.

Sky llevaba unos pendientes de aro enormes que enmarcaban su rostro y otro collar largo del que pendían tres balas que debían de haber salido de alguna metralleta.

—¿De dónde has sacado esto? —Toqué uno de los colgantes con la punta de un dedo.

—Encuentras genialidades en las tiendas de segunda mano. Ya te dije que soy muy buena buscando en los mercadillos todo tipo de accesorios para hacer mis propios abalorios.

—¿En los mercadillos? —pregunté inocente. Jamás había estado en uno y supongo que el tono de mi voz al hacer la pregunta reveló mi curiosidad de inexperta.

Algo que debía sobrevolar la cabeza de Nick con tanta frecuencia como lo hacían los mosquitos en medio de la selva, debería haberme provocado un rechazo instantáneo, pero la realidad era que deseaba tocarlo. Quería sentir el frío del metal, quería ver cuánto pesaba sobre la palma de mi mano. Admiré la valentía y la genialidad de Sky de coger algo tan horrible que quitaba vidas para darle otro uso.

—Creo que esto es... ¡arte! —le dije con admiración.

—Aquí llevo muchas más cosas hechas por mí. —Alzó su bolsa de tela sin darle importancia a lo que acababa de decirle y la agitó para producir un tintineo enredado en su interior—. Pensaba sacar algo de dinero con esto para comenzar en California, y supongo que este es un sitio perfecto para iniciar con el negocio. Me han dicho que hay una zona donde la gente está vendiendo de todo.

—Sé dónde está. Anoche terminamos con unas chicas cerca de...

—No entres en detalles, Luke. —Pet le dio una colleja a su amigo—. Te llevaremos hasta allí.

Sky se soltó de nuestros brazos para enlazarse a los otros dos chicos y todo lo que pudimos hacer Gabriel y yo fue mirarnos, y asentir sonrientes antes de seguir sus pasos.

En nuestro camino a través del bosque dejamos un rastro de «buenos días» a desconocidos con los que parecíamos hacer establecido algún tipo de unión por el simple hecho de estar todos metidos en aquella enorme parcela. El ruido atronador de helicópteros sobrevolándonos era más intenso que el del día anterior y Chip pronto nos aclaró por megafonía el motivo:

«Algunos de vosotros habréis reconocido esos helicópteros por su color familiar. La Armada de Estados Unidos nos ha prestado algo de personal médico. Están con nosotros, colegas, no contra nosotros. Ellos están con nosotros y merecen vuestra ayuda. Son cuarenta y cinco médicos o más. Yo sé al menos de cuarenta y cinco que nos van a ofrecer voluntariamente su tiempo en las tiendas hospital. Están aquí sin cobrar porque ellos saben de qué va todo esto, por eso, si hay gente que necesita ayuda, id a las tiendas. Están a la derecha, detrás del escenario. Si me estáis mirando a mí, están a la izquierda».

También había helicópteros del Ejército que estaban soltando provisiones como comida, ropa y productos para la higiene.

—Si el Gobierno está enviando ayuda es porque el gobernador Rockefeller debe haber declarado este lugar como zona catastrófica. —Luke soltó una carcajada.

Incluso a los que estábamos allí dentro nos parecía surrealista la situación. ¿Todos los que estábamos allí amábamos tanto la música? ¿Todos sentíamos que debíamos protestar contra la guerra en Vietnam? ¿Todos y cada uno de nosotros queríamos dar un vuelco al *statu quo*? Me pregunté conmovida si todos nosotros éramos la versión buena, la correcta y por la que merecía la pena luchar, mientras que el resto permanecía ciego en un mundo lleno de engaños, opresivo y limitante.

—¡Venid! Escuchad esto... —Pet se había parado junto a una caravana que tenía sintonizada la radio en las noticias de la mañana.

> «... se ha convertido en una gran ciudad. Sin comodidades y poca policía, pero no se ha reportado nada de violencia, ni peleas, incluso a pesar de las doce horas de atasco que hay en la autovía. No puedo ni siquiera imaginar cómo sería si cuatrocientos cincuenta mil empresarios bien vestidos se juntaran en una situación semejante... Hay marihuana y música, pero hay que mencionar que no hay disturbios. Esos *hippies* están atrapados allí sin suficiente comida, agua o ayuda médica adecuada, pero su buen ánimo les está haciendo pasar todo eso como si fuera una extraña forma de diversión...».

Nosotros no lo percibíamos así. Es cierto que conseguir comida era complicado, pero nos habíamos podido asear en el lago, habíamos desayunado como reyes y, por el momento, ninguno había necesitado ayuda médica. Sentíamos que estábamos en un país llamado Woodstock, donde la expresión «sentirse uno mismo» cobraba sentido.

Al salir del bosque, cruzamos las tiendas hospital que acababa de mencionar Chip y vimos que había bastante gente en su interior. Atendían cortes, vómitos, torceduras y muchos malos viajes causados por las drogas. Los ojos desencajados y los delirios también eran Woodstock en esa parte del recinto, aunque para la tranquilidad de muchos padres en ese momento, nadie habló abiertamente de eso en la radio.

—Los puestos de venta están al otro lado de la carretera, detrás de la otra zona de tiendas médicas —indicó Luke—. Es como una especie de exposición de artesanía y...

—¡Y de venta de drogas! —exclamó, divertido, Pet—. ¡Un ácido por un dólar!

Alcé las cejas y miré a Luke. Él me respondió encogiendo los hombros con diversión.

—Genial, algunos de mis diseños necesitan ser vistos con un poco de psicodelia mental para ser apreciados.

Todos rompimos a reír con el comentario de Sky, sobre todo porque ella lo había dicho totalmente en serio.

No había mucha opción a la hora de llegar hasta el lugar al que queríamos ir porque la circulación humana se restringía a un camino que fluía como el agua de un río por un cauce creado entre la gente acampada. Era un flujo lento, bañado por un sol tímido que no terminaba de coronar un cielo surcado por nubes dispares. Pero la verdad es que nadie tenía prisa por llegar a ningún lugar. Paseábamos complacidos al ritmo general, observadores, perceptivos. La gente fumaba marihuana sin miedo, absolutamente desinhibida. Se ofrecían caladas con total naturalidad que se aceptaban de igual modo. Todo lo que nos rodeaba era en sí un espectáculo con el que deleitarse. Aquello no se trataba solo de música, aquello era un camino conjunto que te llevaba a un lugar fuera de lo establecido, era un movimiento cultural, un sitio en el que buscar y hallar respuestas.

Cuando logramos llegar al bazar, vimos puestos levantados sobre piedras amontonadas o tablones de madera, al cobijo de árboles o escondidos estratégicamente tras ellos. No eran comercios convencionales para nada, las transacciones incluían el trueque o el intercambio. El que parecía tener más éxito era uno que exponía tapetes *tie-dye* sobre el mostrador, camisetas multicolores colgadas de una cuerda de árbol a árbol y bufandas enrolladas a ambos lados del puesto. Nos internamos un poco más en la arboleda y allí descubrimos otro tipo de puestos de venta, de los que había hablado Pet. Paseé por ellos mirando con curiosidad. Estos eran más rudimentarios y vendían todo tipo de material para fumar, como pipas de agua o papel de liar, y, de forma algo más discreta, también ofrecían las drogas necesarias para poder usarlos.

—Pero ¿todo esto es legal? —le pregunté a Gabriel, como si él pudiera saber más que yo.

—¿Por qué crees que están medio escondidos aquí dentro? —Me sonrió con indulgencia.

Antes de instalarse, Sky paseó por todos ellos. La estuve observando moverse por aquel ambiente como si perteneciese a él. Nadie diría que venía de una familia parecida a la mía, que solo unos días atrás llevaba rebecas con botones perlados al igual que yo. En ese momento, yo tampoco era capaz de imaginarlo. Intercambió impresiones con absolutamente todos los vendedores y volví a envidiar su frescura, su impulso, su independencia y aquella seguridad en sí misma. Después, se situó entre un puesto de venta de miel y otro de pipas para fumar, estratégicamente lejos de los otros vendedores de baratijas.

—Quédate conmigo, Sybile —me pidió señalando un hueco al lado tras el pañuelo que había extendido en el suelo y en el que comenzó a exponer su bisutería.

Lo cierto es que me apetecía quedarme allí, jugar a los puestos de ventas con ella un rato, observar a toda aquella gente variopinta con calma y poder charlar mientras los compradores se decidían por unos pendientes o un collar con el símbolo de la paz.

—Nosotros nos vamos a acercar a la zona donde Hog Farm está repartiendo comida.

—¿Hog Farm? —pregunté ignorante.

—Son un montón de gente, una comuna itinerante, que ha venido desde Nuevo México para evitar que haya altercados en el festival. Van por ahí transmitiendo buen rollo, ¿sabes? En plan, «colega, somos hermanos, vamos a llevarnos bien». Y tienen por allí su campamento —me explicó Pet.

—Nosotros vamos a darles algo de lo que trajimos, tenemos demasiadas latas de jamón en conserva y creo que con este bote de crema de cacahuete se podrían hacer un montón de bocadillos —dijo Luke mientras nos mostraba el alijo de comida que llevaba en el interior de su mochila—. Antes, en el lago, nos dijeron que la gente del pueblo ha vaciado sus propias despensas para hacernos llegar comida a todos los que estamos aquí. Ayer ya se agotaron todas las provisiones que tenía la organización para todo el fin de semana y no sé si será suficiente con lo que ha traído la Armada en los helicópteros.

—Claro, toda esta multitud no son las cincuenta mil personas que esperaban.

Todos miramos hacia atrás, al campo que se extendía hacia el escenario. A izquierda o derecha, allá donde pusiéramos la mirada, solo se veían cabezas y más cabezas de personas, como si la granja lechera se hubiera convertido en un gigantesco hormiguero humano.

—Iré con vosotros, quizá también pueda echar una mano por allí —se apuntó Gabriel—. ¿Te recojo más tarde para ver los conciertos?

Asentí con la cabeza sin prestarle mucha atención porque ya estaba ayudando a Sky a colocar bien su material, pero me pareció percibir una sonrisa en el chico del que hasta ese momento no me había querido separar. Confiaba en él, en que regresaría a por mí, por eso me permití disfrutar de algo que me apetecía mucho. Porque eso era dar otro pasito más para alguien como yo, el sentarme allí en un pañuelo extendido sobre el terreno y ponerme a vender abalorios entre una marea de *hippies* y jóvenes. Aquello no era para nada como organizar rifas benéficas a las que había que asistir con las mejores joyas puestas. No estaba allí para hacer una obra solidaria ni en un acto pretencioso, aquello era tan real como que era el único medio que tenía Sky para subsistir en su escapada hacia California.

—¿Estás segura de que quieres quedarte conmigo en lugar de ir con tu amante de fin de semana? —me dijo Sky con una media sonrisa en los labios.

—Quiero que me enseñes a hacer collares —le contesté, sin ocultarle la emoción que me producía aquella idea.

Vi que Sky sonreía con satisfacción y continué colocando los collares sobre la tela sin siquiera fijarme en la dirección por la que desaparecía Gabriel. Supongo que había llegado a un punto en el que sentía que ya no le necesitaba tanto, que podía seguir adelante con aquel escape de la realidad con o sin él. Claro que deseaba estar con él, quería que regresase a por mí, pero había comenzado a sentirme un poco más valiente, algo más independiente, mucho más segura de mi decisión de vivir aquella locura con la misma intensidad que tendría alguien al que le conceden un último deseo antes de morir.

Allí, sola entre extraños, sentí por primera vez en mi vida que nadie me observaba, que mis extremidades no pendían de hilos de los que alguien tiraba para hacerme bailar a un ritmo impuesto, que el cielo era infinito y que podía respirar todo el oxígeno que quisiera de él.

—¿Dónde aprendiste a hacer todas estas cosas?

—Preguntando aquí y allá, fijándome en las cosas que ya tenía en mi joyero, en cómo estaban hechas. Es muy fácil, ya lo verás.

—No sé si yo tengo las manos tan delicadas como para lograr enzarzar cosas tan pequeñitas —le repliqué mostrándole unos pendientes alargados hechos con estrellas diminutas.

—Solo hay que tener paciencia.

—Paciencia —resoplé.

La paciencia era una virtud que jamás había logrado desarrollar. Reconocía que había conseguido perfeccionar cómo vivir con la frustración sin que se me notase. Había sido capaz de resignarme, de agachar la cabeza aunque deseara alzarla constantemente, pero nunca lo había hecho de forma paciente. Me había enfrentado a ello siempre con el sentimiento de que el tiempo corría rápido, de que mi vida se me escapaba entre los dedos, apretando la mandíbula, estrangulando mis entrañas, ahogando gritos dentro de mí, aguantando la respiración tanto tiempo a veces que terminaba por marearme. Y en aquel momento de rebeldía hacia todo aquel comportamiento de anulación personal, tampoco sentía la calma interior suficiente como para enfrentarme a algo nuevo con paciencia.

Quería dar pasos de gigante, lanzarme de cabeza a todas aquellas experiencias nuevas, a aquellas sensaciones excitantes. Sí, quería aprender a hacer collares, pero me reí al darme cuenta de que no podría porque, en aquel momento de mi vida, yo no tenía la paciencia necesaria. Yo sentía una enorme urgencia.

—¿De qué te ríes? —me preguntó Sky sentada, en sus piernas dobladas, con las manos sobre las rodillas.

—Porque, si hay que tener paciencia, entonces esto es imposible para mí. ¡No tengo tiempo suficiente! —Volví a reír con una mezcla dispar de frustración y alegría, y mi nueva amiga arrugó la frente.

—Tu carruaje no tiene por qué volver a ser una calabaza cuando todo esto termine, ¿sabes?

—Ojalá fuese como tú, Sky.

—Sybile, yo tampoco lo tengo fácil —me aclaró ella con énfasis.

—Oh, sí. No me malinterpretes. Lo que quiero decir es que ojalá fuese tan valiente como tú.

—Pero ¿a qué le tienes miedo?

Habíamos terminado de colocar todos los objetos, algunas personas comenzaban a detenerse frente a nuestro más que modesto puesto de venta y el ambiente era de todo menos íntimo para mantener aquel tipo de conversación, pero estar frente a Sky tenía en mí un efecto extraño. La miré y todo lo que nos rodeaba desapareció. Solo estábamos ella y yo, su pregunta y un campo de margaritas apacible e infinito.

—A hacer daño, a decepcionar a los que quiero.

Ella se acercó a mí, me cogió un mechón de pelo y se lo enrolló con suavidad en su dedo antes de liberarlo con mimo.

—Eso es muy noble, princesa. Pero... ¿no crees que es más importante no hacerte daño y no decepcionarte a ti misma?

Torcí la boca, esperé a que Sky le dijera el precio de una pulsera a una chica, a que hiciera su venta y a que recolocase los objetos de alrededor para que no se notase el nuevo hueco que la pulsera vendida había dejado en la tela.

—No sabría ni cómo comenzar a hacerlo, Sky —le confesé.

—Yo creo que ya lo has hecho. Estás aquí.

Dejé escapar el aire que había contenido sin darme cuenta en los pulmones y la miré con esperanza. Entones ella cogió una cuerda del interior de su bolsa de tela y la estiró frente a mí.

—Y para hacer el collar más simple, solo tienes que hacer este nudo una y otra vez.

La miré durante unos segundos manejar aquel cordón de cuero marrón y luego repetí sus movimientos sin problema con mi propio trozo de cordón.

—Paso a paso, Sybile.

Sky me guiñó un ojo antes de levantarse para ponerse en mitad del camino y atraer a la gente hacia sus abalorios con su encanto desenvuelto.

Paso a paso.

Tan solo unas semanas atrás, el hombre había logrado llegar a la Luna después de veinticinco intentos fallidos y ciento veintiocho horas de viaje en el Apolo 11.

Seguí haciendo nudos mientras observaba a todas aquellas personas con historias propias que jamás conocería y me pregunté por primera vez en mi vida hacia dónde exactamente quería ir yo. Si era hacia California como Sky, lejos de Vietnam como Gabriel, al apartamento que daba al lado este de Central Park como Nick o hasta el mismísimo mar de la Tranquilidad como Neil Armstrong.

Capítulo 23
Lennon

Si dudaba frente a la máquina de refrescos un par de segundos, Erick aparecía detrás de mí y presionaba el botón para el lineal que contenía bolsas de frutos secos. Siempre he detestado los frutos secos. Y casi siempre que hacía aquello, era mi última moneda.

Si me retrasaba más de cinco minutos en el punto de encuentro, él cogía un taxi y se marchaba sin mí hacia el lugar al que debíamos ir juntos.

El día que se me cayeron las copias de los guiones al suelo, él los retiró a un lado del camino con el pie y siguió hacia delante por el pasillo hacia la sala de reuniones con los actores.

No me dejaba cambiar de emisora cuando íbamos en su coche. Si le interrumpía mientras hablaba, él simplemente volvía a comenzar su discurso desde el principio sin atender a mis interpelaciones. Si no quería compañía, a pesar de que yo solo acudía a su lado porque Dustin así me lo pedía, él me cerraba la puerta en las narices o echaba el pestillo sin atender a mis llamadas insistentes.

Pero aguanté... Fui capaz de hacerlo hace cinco años y seré capaz de hacerlo ahora. Los tres regresan con el estómago lleno y las sonrisas apostadas en los labios.

Dustin me tiende una chocolatina y Amy me ofrece una detallada reseña del italiano al que finalmente han ido. Erick mantiene su irritante sonrisa mientras no malgasta ni un segundo en mirarme. Se ha sentado frente a mí, ha desplegado su portátil y no ha abierto la boca hasta que Amy se ha recolocado a su lado y ha continuado con ella una conversación privada que al parecer se había interrumpido al entrar en la sala.

Puedo aguantarlo. No me importa de lo que hablen. Ellos no me importan. Dustin me ha regalado una chocolatina.

—Hablemos sobre la actuación en el escenario libre. ¿En quién has pensado, Lennon?

Es mi gran momento, vengo tan puñeteramente bien preparada que me pongo muy derecha apoyándome en el respaldo del asiento y les pido con solemnidad que presten atención a la pantalla. Entonces presiono la barra espaciadora y comienza el espectáculo.

Ella es Lauryn Jean, estaba cantando sobre el pequeño escenario de Buddy's cuando me pasé el otro día a recoger los últimos CD que habían dejado para mí. Nadie me esperaba por allí un miércoles cualquiera, pero la chica había insistido en cantar a pesar de que Patty, la dueña, le había quitado todas las ganas de hacerlo al repetirle que yo solo iba por allí el primer lunes de cada mes. Supongo que imitar caminos nunca fue el truco de nadie a la hora de conseguir resultados idénticos, porque Lauryn Jean, que no tenía dinero para grabarse una maqueta decente, a la que su jefe solo le había dado permiso para faltar específicamente esa noche de su puesto y que había tenido que pedir prestada aquella guitarra porque a la suya se le había roto una cuerda mientras la afinaba, estaba en el momento exacto y en el lugar adecuado. Contra todo pronóstico, yo fui esa noche, llegué justo cuando comenzaba la última de su repertorio de cinco canciones y definitivamente aquella Gibson era mejor que su Epiphone, más propia para sonido country. *Cuando terminó, me acerqué a ella y le hice la proposición.*

—Me gustan tu voz y tu estilo. Eres justo lo que estoy buscando. ¿Estarías interesada en ponerle música a un poema? Es para una película que podría cambiar tu vida.

¿Quién rechazaría algo así? Le di cuarenta y ocho horas, tiempo de sobra para comprobar si merecía la pena. Quedamos en mi loft, *la grabé mientras interpretaba su composición musical y juro que tuve que controlar mis labios para no sonreír hasta que firmó el maldito contrato. Estoy segura de que la mismísima Sybile la habría elegido a ella de entre todas las cantantes del planeta, por su voz rasgada, fluctuante y sensual, por la melodía que ha creado llena de largas frases musicales que terminas por memorizar porque fluyen de manera natural, porque en cuanto la miras reconoces que toda ella es una marca propia sin pretenderlo.*

Supongo que aprendí algo después de estar dos años junto a Dustin porque este plano de su cara que estamos viendo en la pantalla de la sala de reuniones me ha quedado genial. Las pequeñas trenzas que cubren toda la parte izquierda de su cabeza se abren en lo alto para explotar en una cascada mullida sobre la parte derecha y sus ojos oscuros brillan como si estuviese a punto de llorar todo el puñetero rato. Esa cara, que expresa cada palabra del poema de Sybile como si lo hubiese escrito con su puño y letra, mantiene a los tres absolutamente hipnotizados hasta la última nota rasgada de su guitarra. Y a mí, con una sonrisa triunfal.

—¿De dónde la has sacado?

—Secreto profesional —me burlo de Dustin con suficiencia.

—Admito que tiene el timbre, el ritmo y la melodía perfecta para ese poema y para esa escena en concreto. —Erick escribe algo en su cuaderno mientras nos ofrece su opinión. Sigue sin mirarme a los ojos.

—¡Es buenísima! —Sin duda, esta aportación de Amy es de un contenido incalculable.

—Y... —me muerdo el labio inferior— creo que el *score* debería contener alguna semejanza de fondo con esta canción.

¡Boom!

Acabo de soltar la bomba. Ahora sí, este es justo el momento en el que Erick eleva a cámara lenta sus pestañas, levanta la barbilla para apuntarla hacia mí y tuerce el labio superior antes de hablar.

—¿Cómo? ¿Estás sugiriendo que base toda mi composición en la canción de una artista novel?

—¿Le contesto yo al Dios del Olimpo o lo haces tú, Dustin? —Estiro el cuello y miro hacia nuestro director.

—Es una opción que estudiar, Erick. Esa canción es muy buena. Sin duda, al escucharla sientes que estás en 1969.

—Yo puedo lograr eso sin necesidad de usar esa melodía como patrón. Si lo hago, el *score* será una simple prolongación de la canción principal de la banda sonora, ¿lo entiendes? Esa canción será la banda sonora.

—Te recuerdo que no es tu ego lo que nos importa, sino el resultado final de la película.

—Vete a la mierda, Lennon —me espeta Erick, y se levanta de la mesa muy enojado.

—Solo estoy diciendo que puedes probar a ver qué resulta, no te estoy exigiendo que lo hagas así y punto. —Dustin intenta calmarlo, pero Erick ya ha terminado de meter todas sus cosas en su mochila desgastada y cierra la cremallera tan fuerte que rompe el tirador.

—Creo que por hoy hemos trabajado más que suficiente.

Sale de la sala con pisadas de hipopótamo y yo sigo sonriendo, aunque no debería, porque nuestro director lo está pasando visiblemente mal.

—Sabes que mi idea es muy buena, Dustin. Solo tienes que dejar que gestione ese amor propio tan exagerado que tiene.

—Maldita sea, Lennon... ¿Tenías que hacerlo así?

Alzo las cejas y finjo no entender qué he hecho mal, luego pongo morritos de chica inocente.

—¿A qué te refieres?

—Amy, ¿te parece bien si seguimos mañana? Te mando un mensaje para fijar la hora de la reunión.

Amy, que se ha quedado como una aguja al finalizar el disco, asiente y recoge tan rápido como puede. Sale dando unos saltitos parecidos a los que dio a primera hora de la mañana, pero con menos alegría.

—Lennon, sabes de sobra que te llamé porque necesitaba que tú estuvieses en este proyecto, para que estuviera él. Demonios, sabes que esto es personal tanto para mí como para él, pero no lo habría hecho si no te hubiese considerado alguien profesional.

Dustin se levanta de su sillón de jefe y rodea la mesa para llegar hasta mi asiento, y desde su altura interminable, que me hace echar la cabeza para atrás, continúa sermoneándome.

—Lennon Park es organizada, detallista y capaz de gestionar el flujo de mucha información. Es diplomática, hábil en la lectura y en la formación de consensos y sabe leer los gustos y tratar con muchos tipos de personalidades. —Sonrío ante el despliegue de halagos, pero como él no me devuelve la sonrisa, tuerzo la boca y espero a que termine—. Eso es lo que le dije a la productora sobre ti y no me cuestionaron que te eligiera de supervisora musical.

—Gracias, Dustin.

—Si tuviera que venderte ahora mismo con ese discurso, no sé si lo haría.

—Pero Dustin...

—Lennon, si no vas a poder superar el pasado, si eres incapaz de perdonar a Erick, si la herida sigue abierta y todo esto te produce dolor o rabia, dímelo ahora porque aún estoy a tiempo de buscar a otra persona. Pero no vuelvas a hacer algo así.

—Pero ¿es que acaso no he dicho algo que sería bueno para la película?

—Tú sabes perfectamente quién es Erick. No puedes soltar algo así en la primera reunión de *spotting*. Sabes que deberías habérmelo dicho en privado, que luego yo lo habría soltado un poco más adelante para convertirme así en la diana de su enfado, porque ese es mi papel como director. Todos sabéis que, al final, la última palabra la tengo yo.

Esa última frase me hace sonreír porque, aunque es cierto y todo el mundo lo sabe, que él lo diga en voz alta no le pega y resulta gracioso. Él también cede a la sonrisa.

—Lo siento, Dustin. Tienes razón. Me he dejado llevar por algo que debería haber mantenido a raya dentro de mí.

—Pues, contenlo o sácalo todo de una vez, pero resuélvelo antes de mañana, ¿de acuerdo?

Asiento y comienzo a recoger mis cosas para marcharme junto a él. Mierda, ahora mismo preferiría no estar hospedada en su casa, me gustaría poder coger un taxi y no tener que mantener ante él una actitud de alguien arrepentido que ha aprendido la lección y que no va a volver a cometer un error semejante. Porque claro que sé lo importante que son para Erick sus composiciones, cómo se entrega en cada una de ellas, cómo deja un trozo de su alma en cada proyecto nuevo, cómo quiere dejar su huella en el mundo de este modo. Pero, precisamente por eso, no me arrepiento en absoluto, porque he disfrutado en grande viendo hasta qué punto se ofendía con mi propuesta (una absolutamente válida), y porque pienso que esta noche le va a costar mucho conciliar el sueño, ya que mi cara se le va a aparecer cada vez que cierre los ojos.

Capítulo 24
Sybile

Un par de horas después, sobre las doce del mediodía, Gabriel regresó a por mí tal y como había prometido. Lo hizo con urgencia, con una sonrisa llena de entusiasmo que ocultaba algo.

—¡Tienes que venir, Sybile! Hay algo que debes ver. —Tiró de mi cuerpo para levantarlo de la piedra en la que me había sentado junto al puesto de Sky.

—Pero es que a Sky le está yendo genial. Ha vendido un montón de cosas ya...

—¡Tonterías! Ya venderé todo esto en otro momento. —Sky cogió las cuatro esquinas de la tela y tiró de ellas hacía arriba con energía convirtiendo lo que había sido su mostrador en una bolsa con la que transportar todas sus creaciones—. ¡Vayamos a ver eso tan emocionante!

Acepté entonces la mano de Gabriel y le ofrecí la que aún tenía libre a Sky. Los tres salimos del bazar en fila todo lo rápido que pudimos, tropezando, riendo sin más motivo que la urgencia que Gabriel parecía tener y que nos hacía avanzar ciegamente. Nos guio a través de la arboleda sin tregua. Dejamos atrás grupos de fumadores, de individuos que como efecto de sus viajes mantenían verdaderas conversaciones con troncos de árboles o con el mismísimo cielo.

—Pero ¿a dónde nos llevas? —grité.

—Al otro lado de los puestos de comida. He conocido a alguien.

—¿A alguien? —pregunté extrañada.

—¡Vamos, corre! Le quedaba poco para comenzar.

—¿Para comenzar qué?

—¡Tu chico está loco! —exclamó Sky con la respiración entrecortada por el esfuerzo.

Pasamos frente al campamento de Hog Farm, donde el olor a comida que salía de sus tiendas atraía a las personas por docenas. Yo aún sentía el estómago más que satisfecho con el desayuno, por lo que seguimos adelante sin detenernos frente aquel despliegue solidario en el que se repartían verduras y bocadillos.

—¡Ahí está! —exclamó de pronto Gabriel.

Se había levantado un pequeño escenario en aquella zona bastante apartada del principal foco de atención de aquel fin de semana. En ese momento, había un grupo de mimos haciendo algún tipo de representación.

—Al parecer, algunas pequeñas bandas de la zona, poetas y algún músico poco conocido se están subiendo ahí para entretener a otra parte del público.

Miré al frente y vi que había pequeños grupos de espectadores diseminados a sus pies y miré interrogante a Gabriel porque no entendía su urgencia por llegar allí.

—He preparado una sorpresa para ti. —Volvió a tirar de mí con entusiasmo—. Vamos, sentémonos por el centro.

—¿Una sorpresa? Uhhhh —coreó Sky, que nos seguía de cerca muy interesada en aquello que Gabriel prometía ser tan emocionante.

—Me han dicho que Joan Baez tocó aquí ayer justo antes

de subir al escenario principal —me contó Gabriel, a sabiendas de que con eso captaría mi atención de inmediato.

—¿Aquí?

—Supongo que no habría mucha gente, todo el mundo estaba pendiente de las primeras actuaciones allí abajo, pero esa chica de ahí la vio.

Miré hacia la chica que él señalaba. Tenía una guitarra colgada del cuello y esperaba a un lado del escenario de pie. Supuse que era la siguiente en subir para actuar.

—¿Y quién es?

—Solo sé que se llama Winnie y que es capaz de componer una canción en menos de media hora.

—¿Cómo sabes que ella...?

—¿Quieres? —Un chico que había sentado frente a mí se giró y me interrumpió para ofrecerme una calada de su cigarro que emanaba un humo dulzón que ya era capaz de reconocer.

—No, gracias.

—¡Yo sí quiero, hermano! —exclamó Sky con alegría.

Gabriel también aceptó y yo me sentí de nuevo la chica de la rebeca con botones de perlas a pesar de llevar los pechos al aire. Me mordí el labio, sopesando mis decisiones, mis miedos, mis ganas, mis tabús, mi todo.

—No tienes por qué fumar, Sybile. No llenes tu cabecita de pensamientos sin importancia. ¡Es solo humo! —Gabriel parecía ser capaz de leerme la mente a esas alturas.

No era solo humo. Se trataba de tener actitud, de ser valiente o cobarde, de ser capaz de descifrarme por dentro, de comprenderme, de saber poner mis propios límites sin acomplejarme o de querer saltarlos con seguridad.

Él pasó su brazo alrededor de mi cuello y me atrajo hacia su costado. Me besó y saboreé lo que acababa de rechazar.

—Ni serás una mala chica por probarlo, ni una tonta por rechazarlo. No es LSD, ¿sabes? Es solo hierba.

—También está prohibida —le recordé.

—Creo que ya sabes lo que quieres hacer. —Se sonrió.

—Aunque solo por una vez... ¿Seguro que no es peligroso?

—Creo que una sola calada no ha matado jamás a nadie.

—Oh, vamos, Sybile. Si ya has tragado más humo en el ambiente del que te entrará en una sola calada. —Se rio Sky—. Cielo, mi amiga ahora sí que quiere probar.

Sky volvió a apoderarse del pequeño cigarro, pero en lugar de entregármelo fue ella quien le dio una calada. Y después, llamó a Gabriel con su dedo índice. Este se aproximó a ella con las cejas alzadas, expectante, y antes de poder reaccionar se encontró con la boca de Sky sobre la suya, descargando en ella su contenido. Gabriel intentó no reírse, pero aquello le había cogido desprevenido y terminó por ahogarse. Me miró de reojo y se encogió de hombros.

—Seguro que así no te asusta tanto probarlo, ¿verdad? —me preguntó ella con diversión en el tono.

Alcé las cejas porque creía que era ella la que quería besarme para hacerme pasar el humo de su boca a la mía, pero al instante le volvió a ceder el cigarro a Gabriel.

—¿Quieres o no?

Acepté la oferta de Gabriel, aunque lo cierto es que mantuve la boca cerrada con los labios mordidos hasta el instante previo a sentir sus dedos en mi cuello para aproximarme a su boca.

Un coro de silbidos para animarnos surgió a nuestro alrededor, pero supongo que entre mi nerviosismo y mi vergüenza solo logré que el humo entrase por donde no debía y terminé tosiendo entre risas. Gabriel también rompió a reír, pero no dejó de darme pequeños besos ya libres de humo.

—¿Te ha gustado?

Negué con la cabeza y volvimos a reír.

—Eso es porque no la he besado yo. —Soltó sin complejos Sky, y entonces rompimos en carcajadas los tres.

De pronto, todos a nuestro alrededor comenzaron a aplaudir y esta vez no éramos nosotros el centro de atención, sino la chica que había subido con su guitarra al escenario.

—Hola a todos, mi nombre es Winnie y soy compositora espontánea. Alguien me ha dado un poema para que le pusiera música y voy a comenzar con eso ahora. —Todos volvimos a aplaudirle—. Se llama «Libre».

La chica hizo un par de secuencias de tres acordes y luego comenzó a entonar la canción.

Libre.
Ni los pájaros son libres porque
tienen un límite hasta el que poder ascender.

Sentí que el estómago se me encogía, cómo el corazón se me disparaba, la sensación creciente de que todo el calor de mi cuerpo se concentraba en mis mejillas. Miré a Gabriel queriendo preguntarle cómo, cuándo, por qué... Ese era mi poema, el que había escrito mientras él dormía. Creí que aquel trozo de papel se había quedado en el coche o que se me había caído en algún momento a lo largo de aquel par de días. Pero no, de alguna forma y en algún momento, él lo había encontrado, se lo había guardado y ahora era una canción en la voz de aquella preciosa chica de tez azabache, cuya garganta rasgada daba vida a mis sentimientos y los elevaba al cielo con notas agudas imposibles de alcanzar para cualquier ser humano normal.

—¿Te gusta mi sorpresa? —me preguntó al oído.

Eché aire por la boca, era incapaz de describir la sensación que todo aquello me provocaba, porque, de repente, algo que había salido de las profundidades de mi alma se había convertido en lo que más amaba del mundo, en música. Aquella metamorfosis de mis sentimientos a notas musicales era sobrecogedora, invasiva, exponencial y absolutamente mágica. Quizá, si alguien diferente hubiera convertido esas palabras en otra canción, no me habría sentido igual, pero es que aquella chica había encontrado las notas exactas y la combinación perfecta para dar voz a lo que guardaba en mi interior. Miré a mi alrededor y las caras eran de auténtico disfrute, algunos asentían con la cabeza como si estuvieran de acuerdo con la letra de la canción, como si se sintiesen identificados con el mensaje, y otros solo balanceaban sus cabezas disfrutando de la melodía. Fue increíble y, cuando terminó, solo pude ponerme en pie y aplaudir tan fuerte que las palmas se me pusieron rojas.

—¿De qué va todo esto? —oí que Sky le preguntaba a Gabriel.

—Sybile se acaba de convertir en letrista musical.

—¿Era tuya la letra de la canción? —me preguntó sorprendida.

Asentí con orgullo y volví a sentarme porque Winnie iba a comenzar a tocar su siguiente canción.

—Pero ¡si eres tan buena como Bob Dylan, princesa! —Sky me abrazó. Yo sentía aún el corazón desbordado y no podía dejar de sonreír.

—¡Gracias! —le dije a Gabriel antes de abrazarlo y de recolocar mi cuerpo para ponerme sobre él y rodearlo con mis piernas.

—¿Acaso no ves que eres tú quien está logrando que yo pueda fabricar el mejor de los recuerdos al que poder recurrir en los días más oscuros?

—Vaya, tú también eres todo un poeta —le dije antes de besarle.

A esas alturas me importaba un rábano el lugar o delante de quién estaba. Quería besar y eso es lo que hice. Me había quitado el sujetador, había probado la marihuana, me había acostado con un desconocido sobre un colchón tirado en mitad de un salón destartalado, un montón de gente había escuchado cuáles eran mis anhelos más íntimos e incluso me había besado una chica. Libre. En ese momento sí me sentí total y absolutamente libre. Por eso besé a Gabriel apasionadamente durante varias canciones y noté cómo él a veces me frenaba porque comenzaba a costarle trabajo controlar las ganas de ir a más.

En algún momento, Winnie terminó de cantar y en su lugar subió un grupo teatral al escenario.

Siempre me he preguntado qué fue de aquella chica, nunca volví a escucharla en ningún lugar. Quizá ella también había escapado de su realidad ese fin de semana, quizá también tuvo que regresar a un lugar donde aquellos minutos se convirtieron en un recuerdo al que recurrir en los días más oscuros, tal y como Gabriel había dicho.

Capítulo 25
Lennon

—Ve a ponerte cómoda, te espero para cenar en la cocina. Le he pedido a Bastian que hiciera ramen de miso. Es eso lo que te gustaba, ¿verdad? —me dice Dustin al traspasar la puerta de su apartamento.

Asiento con una media sonrisa. Lo cierto es que como fideos instantáneos con mucha frecuencia porque son baratos y rápidos de hacer, no porque sea una de mis comidas favoritas. Pero no voy a contradecir a mi anfitrión después de haber sido regañada antes. Ahora tengo que ser como un corderito obediente; además, después de probar los huevos benedictinos de Bastian, estoy segura de que su ramen dista mucho del de los paquetes que suelo comprar en Little Tokyo Market.

Me doy una ducha rápida y elijo para ponerme un mono ancho de algodón gris sobre una camiseta blanca. Dustin debe de gastarse una pasta en calefacción porque la sensación térmica en su casa es siempre la de estar en primavera. Cuando entro en la cocina me lo encuentro con la misma ropa que ha llevado puesta todo el día, sentado a la mesa tecleando en su ordenador portátil.

—¿Qué haces? ¿Por qué no te has dado una ducha todavía?

—¿Es que huelo mal? —pregunta tras inspeccionarse a sí mismo con su nariz.

No puedo evitar reírme y él alza las cejas con su inocencia habitual. Me acerco y pongo con decisión las manos sobre sus hombros.

—Es hora de descansar, Dustin. Cierra el ordenador y ve a ducharte. Relájate. — Doy énfasis a la aclaración porque lo cierto es que a pocos centímetros de su cuerpo solo puedo detectar el aroma de la misma colonia que ha usado siempre y que me transporta con facilidad al pasado. Sin embargo, sí que tiene los párpados hinchados por el cansancio.

—Está bien, pero... ¿Me esperas para cenar? —Mira hacia los platos dispuestos sobre la isla frente a las sillas altas de piel oscura.

Vuelvo a asentir con la cabeza, él desaparece por el pasillo y luego miro a Bastian, que está de espaldas removiendo el contenido de una pequeña olla.

—El resto puedo hacerlo yo, Bastian. No te preocupes —le digo con toda la amabilidad de la que soy capaz.

—Yo lo serviré —me contesta con una sonrisa muy forzada.

—De veras, Bastian. Es muy tarde ya, ¿no tienes a nadie esperándote en casa?

—No —me contesta cortante, frío.

—Pero ¡si es solo servir el ramen en los cuencos! Puedo hacerlo yo, por todos los...

—Sí, y ese es mi trabajo. —Eleva las cejas como si yo no terminase de comprenderlo.

—Está bien, me rindo. —Alzo las manos y me retiro.

—¿Desea una copa de *champagne*?

Esbozo una sonrisa. Creo que comenzamos a entendernos.

—Una mimosa, gracias.

Puestos a pedir...

Me doy un paseo por el enorme salón mientras disfruto con pequeños sorbos de mi bebida y espero a que Dustin, que no es tan rápido como yo, vuelva. Inspecciono todos sus premios expuestos y siento que me lleno de orgullo por él. Es mi amigo, le conozco muy bien, le quise como si hubiese sido el amor de instituto que nunca tuve en secundaria. Le admiro sin peros y sigue siendo tan endiabladamente guapo... Siento un atisbo de culpa por habérselo hecho pasar mal hoy en la reunión cuando encuentro una foto en la que salimos los tres recogiendo el Premio de la Audiencia por *Baile en la luna* de Sundance. En ella, Dustin agarra el galardón de cristal, pero lo sostiene delante de mí, que estoy en medio de los dos, como queriendo dejar claro que el galardón no es para él, sino para los tres. Erick, con la mirada llena de autoestima, tiene una mano metida en el bolsillo de su esmoquin y la otra apenas se percibe porque está cogiendo mi cintura con ella. Aquella noche fue increíble, los tres bebimos hasta no poder más, y, después de la fiesta, Erick y yo hicimos el amor de una forma tan salvaje que rompimos la cremallera de mi vestido y un macetero. Al día siguiente, encontramos ropa interior incluso en el balcón de nuestra habitación de hotel.

No puedo seguir mirando esa foto. Un escalofrío me recorre la columna de arriba abajo y termino mi mimosa de un solo trago en cuanto escucho los pasos de Dustin aproximarse.

—¿Cenamos? —me pregunta asomando la cabeza desde el pasillo.

Tras sentarnos, Bastian nos sirve el ramen con movimientos rimbombantes y un poco de agua con gas. La verdad es que la sopa tiene un aspecto delicioso, los huevos están macerados en soja, los fideos debe haberlos amasado y cortado él mismo, el caldo es espeso y lleno de sabor, y sobre él flotan un montón de verduras cortadas en pequeñas porciones. No puedo evitar gemir de placer al sorber.

Dustin me mira mientras él aún sopla el contenido de su cuenco y se ríe.

—Hacer ruido sorbiendo no es de mala educación en los países asiáticos. Lo sabes, ¿no? —le digo con la boca llena.

—Tranquila. Da gusto verte comer.

—Supongo que me comparas con las actrices a las que invitas a cenar y que solo pedirán ensaladas con cuatro hojas de lechuga.

Vuelve a reírse y niega con la cabeza.

—Yo no tengo tiempo para esas cosas, Lennon.

—¿No tienes tiempo para vivir? —Termino de tragar medio huevo antes de *preguntarle* con los palillos señalándole—. Dustin, no puedes seguir así. Vas a terminar siendo un viejo solitario con muchos premios en las estanterías. Tienes que hacer hueco a las demás cosas que hay en la vida además del trabajo. Y sí, ya sé que tu trabajo es tu pasión, pero... ¿Es que no sientes la necesidad de...? Quiero decir que, de vez en cuando, seguro que sales por ahí y buscas a una chica para acostarte al menos, ¿no?

—¿Y tú? ¿Tú lo haces? Ya sabes... ¿Sales por ahí a buscar a algún chico con el que acostarte de vez en cuando?

Le miro sin parpadear. Me sostiene la mirada y hace una mueca.

—No pienso contestarte, no estamos hablando de mí. —Cojo el bol para beber de él sin respirar.

¿Yo? No tengo intención de decirle que Erick fue el último, que llevo cinco años sin sexo porque aún soy incapaz de verme haciéndolo con nadie más.

—Pues claro que ha habido chicas, Lennon.

Me atraganto, toso y desvío de nuevo la mirada hacia él sorprendida. Porque lo cierto es que soy incapaz de imaginármelo en esa situación. Dustin ligando con una chica, conduciéndola hacia su dormitorio, recorriendo con su boca el cuerpo de alguien...

—Pero son solo una distracción.

—Hasta que encuentres a la adecuada y te enamores.

—A la adecuada... —repite él con la mirada perdida en los tropezones que flotan en su ramen.

—Sí, a la adecuada. Así que deberías salir con muchas. No es fácil encontrar a la persona con la que encajar.

Ni retenerla. Ni superarla. Ni perdonarla.

—No, no lo es. Es más fácil escribir sobre el amor que hacer que sea algo real.

—Pero tú no deberías tener problemas. La mayoría de los hombres son incapaces de seguir los pasos básicos y lógicos que hay que dar para llegar al corazón de una chica, ¡y están en todas las películas! ¡Solo hay que verlas para saber cómo nos gusta que nos agarren por el cuello para besarnos! —expongo como ejemplo más que obvio—. Pero tú sabes a la perfección la teoría porque eres el que escribe y hace esas películas. Para ti debería ser pan comido.

—Pues está claro que no lo es.

Me bajo del taburete alto y me pongo de pie, cojo el bol vacío con ambas manos y me giro hacia él.

—Pues esfuérzate más —le ordeno con ímpetu.

Él retiene una sonrisa en los labios y asiente con la cabeza despacio.

—Recuerda que me lo estás pidiendo tú.

¿Y esa mirada? ¿Qué quiere decir exactamente eso? Le sonrío y cojo mis cubiertos para meterlo todo en el lavavajillas. El silencio se ha instalado de pronto entre nosotros. Es extraño.

Carraspeo. Él sorbe ruidosamente como si me imitase. Y yo miro su espalda ancha y ligeramente encorvada mientras vuelvo a preguntarme qué ha querido decir y por qué me ha mirado así.

—Mañana iré a primera hora a ver a Erick para disculparme.

Dustin deja de sorber. Corta los fideos con los dientes y se gira hacia mí.

—Voy a comportarme de forma profesional. Voy a ser la supervisora que sabe tratar con el compositor con mano izquierda. Voy a ir a verle para dejarle claro que tengo el hacha enterrada.

Nuestro director asiente con lentitud y por algún extraño motivo siento que me mira diferente, pero no sé leer si en su mirada hay algo de esperanza o es miedo.

—¿Puedes darme la dirección de su casa? —El corazón vuelve a desobedecerme, aumenta la frecuencia de sus latidos como si dar este pequeño paso adelante fuese en realidad dar uno enorme hacia atrás.

Dustin, sin abrir la boca, coge su teléfono. Siento una vibración en mi bolsillo. Saco mi móvil y lo agito en el aire.

—Recibido. —Sonrío antes de disimular un bostezo—. Gracias, Dustin.

—Acuéstate ya, Lennon. Ha sido un día largo. —Agita sus palillos como despedida y se concentra en terminar su cena.

—Buenas noches, eres el mejor —le digo con los ojos ya casi cerrados.

Avanzo por el pasillo arrastrando mis pies metidos en las zapatillas, con un montón de preguntas que rebotan con fastidio sobre mi cansancio. ¿Por qué demonios acabo de decirle que voy a hacer las paces con Erick? ¡Que le voy a pedir perdón! ¿Qué demonios te pasa, Lennon?

Me tiro de cara sobre la cama y a pesar de lo agotada que estoy no logro más que dormitar hasta que suena el despertador seis horas después.

Mierda. Mierda. Mierda.

Esto no es lo que tenía en mente, aunque quizá solo tenga que hacer un cambio en la estrategia. Quizá pedirle perdón sea algo con lo que pillarle desprevenido. Desde luego, es algo que Erick no se espera y así, cuando llegue el momento definitivo de la venganza, le pillará con la guardia baja y no podrá salvarse de ningún modo posible.

La dirección que me ha dado Dustin me sorprende a más no poder. ¿Erick está alojado en el Upper East Side? Camino más de lo que me apetecería hacer a las siete de la mañana de un viernes porque no logro coger ningún taxi y estas líneas de metro son enjambres confusos para mí. Cuando me planto frente al edificio de ladrillos grises no puedo más que soltar un silbido.

Pero qué narices...

Esto no es un hotel, es un edificio privado. ¿Habrá alquilado una vivienda aquí para estos días o es esta su casa? Nunca me habló mucho de su familia, pero sí mencionó alguna vez que su abuela tenía mucha pasta. Cuando conocí a Erick, él ya vivía al margen de ellos, como un espíritu libre que se mantenía a sí mismo. Supongo que ahora goza de mejores condiciones económicas si se puede permitir algo así.

Entro al *hall* de recepción y un portero con un montón de botones dorados en la levita me pregunta a quién voy a ver. La verdad es que como no me esperaba un lugar así siento que no voy bien vestida. Llevo puestos debajo de la gabardina unos pantalones grises de chándal y una camisa blanca que he anudado por encima de mi ombligo, las deportivas y un gorro de lana con un pompón. Aun así, no vengo a solicitar que me incluyan en su lista de futuros vecinos, sino a soltar una disculpa rápida.

—Vengo a ver a Erick Lauder.

El hombre parece inspeccionarme y siento la necesidad de aclararle que soy una compañera de trabajo.

—El señor Lauder ha salido a correr.

—¿A correr? Pero ¡si son las siete de la mañana!

—Sí, las siete y seis, para ser exactos —corrobora el portero, evidenciando que mi visita a estas horas es inapropiada.

—Pues le esperaré sentada ahí. —Le señalo los sofás de piel que hay frente a los ascensores dorados—. Se trata de un tema muy urgente.

Él me concede permiso con la mano, pero redirijo mis pasos de regreso al mostrador tras el que el portero está sentado.

—¿Sabe si hay alguien más ahora mismo en su casa? —le pregunto.

¿Y si Erick ha venido acompañado a Nueva York?

—No puedo dar información sobre los vecinos a desconocidos. Pero si es amiga del señor Lauder, puede preguntárselo a él en cuanto regrese de correr.

—Oh, claro. Pero yo no soy una desconocida. Fui casi de la familia, ¿sabe? Erick y yo estuvimos saliendo juntos dos años.

El hombre me mira de arriba abajo y asiente sonriente, pero no despega los labios.

—Terminó hace cinco años, pero fue una relación seria —prosigo—. Por eso quería saber si había alguien más en su casa o no, porque quizá si subo a su piso y me encuentro...

—No puedo decirle nada —me corta.

—Bien, está bien. Ya me siento allí. Pero si mientras espero alguien saliera a la calle y pasara por delante de mí y fuera...

El hombre me mira incrédulo.

—Vale, ya me callo.

La gente de Nueva York es demasiado... No sé cómo decirlo. Me dejo caer en el sillón de piel y compruebo que solo han pasado cinco minutos. Espero que no tarde mucho en llegar. ¿Desde cuándo Erick se levanta temprano para salir a correr? Él era alguien que se olvidaba de comer cuando estaba trabajando, que prefería dormir cinco minutos más antes que disponer de tiempo para desayunar con tranquilidad, de los que cogían el coche antes que ir andando cuatro calles abajo. Está claro que la gente cambia con el tiempo y es evidente que él es de los que mutan con facilidad. Pasó de amarme con locura a desaparecer como si yo le importase menos que una polilla.

Le oigo respirar de forma agitada antes de que su silueta desgarbada entre en el vestíbulo del edificio. No hace falta que el portero le avise de mi presencia, me ve nada más traspasar la puerta y se da la vuelta como si tuviese la intención de volver a salir corriendo.

—¡Erick! —lo llamo con cierto tono de enfado.

Vuelve a girarse y se dirige hacia el ascensor sin mirarme. Las gotas de sudor se escapan del pañuelo deportivo con el que se tapa el pelo como si fuera un gorro. Podrían sacarse litros de sudor de su camiseta si alguien la escurriera, por eso se le pega al cuerpo como si fuera una segunda piel y puedo descubrir que ahora tiene un contorno mucho más definido y musculoso. Por todos los... Acabo de sentir una corriente eléctrica demasiado familiar.

—He venido para hacer un pacto contigo. —Intento captar su atención.

Las puertas del ascensor se abren y él se mete dentro como si yo solo fuera una mosca que revolotea a su alrededor para molestarle. Esta sensación también es demasiado familiar.

—Reconozco que ayer no tuve mucho tacto al soltar mi sugerencia, pero creo que tú deberías trabajar con la mente abierta porque no se trata de nosotros, sino de hacer que todo en la película funcione —le digo colocándome a su lado, aunque él tiene la mirada fija en el color cambiante de los botones que indican cómo ascendemos de un piso a otro—. Quiero trabajar contigo, sabes que te admiro como compositor y no habría sugerido que usaras la canción de Lauryn si no creyera que eres capaz de obtener un resultado grandioso.

Salimos a un amplio pasillo enmoquetado y camino de forma atropellada detrás de sus pasos porque mis piernas cortas no son capaces de imitarle y continúo hablando, haciendo uso de mi extraordinaria capacidad de conciliar.

—Quiero que sepas que cuentas conmigo para lo que necesites, pero yo también voy a hacer bien mi trabajo. Si no presentas una composición que mejore cualquiera de mis ideas, siempre voy a poner la película por delante. No me quedaré callada.

De pronto se para y se gira de forma violenta hacia mí. Por fin tengo sus ojos sobre los míos y descubro que están llenos de odio.

—Lo sé, eso es exactamente lo que has hecho siempre, Lennon.

Ahora sé cuál es la puerta de su piso porque acaba de cerrármela en las narices.

Estoy en medio de este pasillo pintado en tonos ocre sin ser capaz de dar un paso adelante, sin poder alzar la mano para llamar al timbre y exigir que me abra para que me explique qué ha querido decir con eso. Me ha pillado desprevenida, se supone que esto no debía salir así. Yo me disculpaba, él lo aceptaba y después regresaba al apartamento de Dustin para ir juntos en su coche a la segunda reunión de *spotting*.

Pero ¿qué demonios ha sido ese arranque de ira?

Me sobresalto cuando la puerta vuelve a abrirse y veo a Erick con el gesto contraído. Da un paso hacia mí, me agarra una mano para abrirme la palma y me deposita en ella un USB. Y, sin más, vuelve a dar media vuelta y a cerrar la puerta de forma tan sonora que han temblado los cuadros con motivos florales que hay colgados a lo largo del pasillo.

Pero qué narices...

Me encojo de hombros y suelto un bufido al frente. Erick sigue siendo un inmaduro, por eso alzo la cabeza con la dignidad bien alta y me encamino hacia la salida. La última vez que tuve que disculparme con él las cosas terminaron de forma radicalmente opuesta. En aquella ocasión, él me permitió hablar frente a la puerta de su piso alquilado en Los Ángeles mientras me observaba sin pestañear y permanecía con las manos metidas en los bolsillos de su pantalón.

—Dustin dice que eres tú quien tiene la razón, así que lo acepto. Y como aún nos quedan un par de semanas de trabajo antes de que comience la distribución, vengo a disculparme, aunque sea yo la que merece al menos veinte decenas de disculpas de tu parte por todo lo que he tenido que aguantar trabajando a tu lado. —Cogí aire para seguir hablando—. Pero Dustin es el director, quiero seguir trabajando junto a él en este y en otros proyectos, y reconozco que, ahora que sé cómo soportarte, también sé que podría volver a trabajar contigo. Así que, démonos la mano y terminemos con esta estúpida disputa.

Y entonces, aquella vez, Erick aceptó mi mano, pero de forma inesperada tiró de ella logrando que mi cuerpo se estampase contra el suyo.

—¡Deja ya de mirarle! —me espetó.

Le escuché extrañada y tan sorprendida que no pude moverme ni para recuperar el equilibrio, por eso él me sujetó con la otra mano por la espalda.

—Dustin no te hace caso. ¡No le gustas! Pon tus ojos en mí. ¿Es que no ves que me estás volviendo loco?

Le tenía tan cerca de mi cara en ese momento, sentía con tanta intensidad su agarre a mi cuerpo, su mirada era tan desafiante y arrolladora que, con mis manos, con las que me había agarrado a sus brazos como acto reflejo para evitar la caída, me impulsé hacia arriba y por algún motivo le besé acallando sus frases.

¿Por qué le bese?

Porque sí, lo reconozco, yo le besé primero, pero fue él quien se declaró antes de que mi cuerpo reaccionara de forma irracional. Esa discusión siempre quedará sin resolverse entre nosotros, pero es evidente que mi beso nunca habría llegado si sus palabras no hubiesen sido pronunciadas antes.

Además, ese beso habría sido solo un rápido roce de labios si él no me hubiese aferrado con fuerza al instante, si él no hubiese capturado mis labios para que un beso se convirtiera en otro y en otro más. Si él no me hubiese conducido al interior de su apartamento y no hubiese cerrado la puerta de una patada. Si él no me hubiese hecho estremecer al sentir el contacto de su lengua con la mía, si él no se hubiera atrevido a desvestirme sin dejarme opción a arrepentirme porque hizo que me derritiera al poner mi piel en contacto con la suya. Porque, aún sin entender las razones por las que mi cuerpo reaccionaba a todo aquel arrebato de pasión, me entregué a él. Olvidé que estaba enamorada de Dustin o quizá descubrí en ese momento que en mi corazón ya había otro intruso.

Esta vez, él no ha tirado de mi mano, ni de mi cuerpo. Tan solo me ha dejado este USB y creo que debo parar un taxi para refugiarme del frío que ahora siento por dentro.

Capítulo 26
Sybile

Tras quince minutos de una actuación teatral que hablaba de polinizar con amor el mundo como si fuéramos abejas, Sky, Gabriel y yo decidimos abandonar el escenario libre, pero antes aceptamos unos bizcochos de chocolate que un grupo de chicas decidió compartir con todos los que tenían a su alrededor.

Nuestra intención era llegar a nuestra última ubicación del día anterior frente al escenario y, afortunadamente, allí estaban las mismas personas con las que habíamos compartido manta bajo la lluvia. Nos saludaron con alegría y asumieron con gusto que debían hacernos hueco de nuevo a su lado. Al mirar aquel escenario principal después de lo ocurrido sentí otro tipo de emoción, una más real. Creo que en ese momento me sentí hermanada con todos los que se subían a él. Diría que llegué a sentir que era posible llegar a formar parte de aquello. Me permití fantasear con algo así.

Nos sentamos allí justo cuando Country Joe McDonald, al que la organización del festival había logrado convencer para que actuase tras encontrarlo en la zona del escenario, introducía la que sería su última canción animando al público a deletrear el título. Los allí presentes rugimos con furor cada una de las sílabas que, finalmente, en lugar del título de su canción *The Fish Cheer*, dieron como resultado un desahogo general, un grito de lucha.

—¡Dadme una F!, ¡dadme una U!, ¡dadme una C!, ¡dadme una K! *¡F U C K!*

Inmediatamente después todos cantamos febriles la serie de cifras que formaban aquel estribillo.

> *And it's 1, 2, 3 what are we fighting for?*
> *don't ask me I don't give a damn,*
> *the next stop is Vietnam,*
> *and it's 5, 6, 7 open up the pearly gates,*
> *well there ain't no time to wonder why,*
> *WHOOPEE we're all gonna die.*

Aquella canción protesta afectó a Gabriel sobremanera. Cantó con rabia, pero también con diversión. Supongo que en su interior había una lucha de pensamientos y emociones, mucha impotencia y un mundo de miedos.

Los tres seguimos riendo como tontos después de que el cantante ya se hubiese bajado del escenario. Era una risa absurda, sin sentido y bastante descontrolada.

—¿Qué habéis fumado? Debe de ser una hierba de las buenas —nos dijo de pronto el chico que el día anterior había compartido conmigo su cerveza.

Nos miramos extrañados y negamos con la cabeza. ¿Una sola calada podía producir aquel efecto? Yo era una absoluta ignorante en cuando a sustancias psicotrópicas, pero me pareció absurdo pensar que el poco humo que había tragado de boca de Gabriel pudiera hacerme reír así.

—Creo que los bizcochos de chocolate eran de los especiales. —Sky resopló una risotada entre sus labios carnosos.

—¿Especiales?

Recuerdo que medité sobre la palabra *especial* durante un buen rato, dándole vueltas en mi cabeza, mientras ella y Gabriel se reían sin quitarse la mirada de encima. Sobre el escenario se movían pies de micrófono, se añadían grandes bongos junto a los tambores y los platos de la batería, y aparecían nuevos músicos que intentaban afinar sus guitarras.

—No te asustes, Sybile —me dijo Gabriel, acariciando mi mejilla de una forma tan acogedora y lenta que se notaba en ella el letargo con el que trabajaban sus neuronas en aquel momento.

—¿Nos han drogado? —pregunté más escandalizada que sorprendida, pero al mismo tiempo sin poder parar de reír.

—Tú solo déjate llevar, princesa. Lejos, muy lejos. —Sky alzó la mano y señaló hacia el cielo, pero sus ojos se toparon con los rayos del sol y protestó—. Mierda, me he dejado las gafas de sol en la tienda de campaña de los chicos.

Mi corazón latía rápido, una parte de mi cerebro estaba aterrorizada con la noticia de que había consumido algún tipo de droga, y la otra, flotaba en una inconexión de ideas que por algún motivo me hacían reír.

Ritmos latinos y africanos comenzaron a sonar en el escenario, era la banda Santana, unos chicos que apenas cinco días antes habían estado tocando para una asociación estudiantil de Nueva York y que en ese momento se enfrentaban a medio millón de personas. Aquel fin de semana fue algo descomunal tanto para los espectadores como para los músicos.

—¡Suena genial! —exclamé sorprendida, porque no los conocía y aquel chico de cabello ondulado y bigote espeso deslizaba los dedos sobre el mástil de la guitarra como si esta estuviese cargada de electricidad.

Cerré los ojos un momento, los volví a abrir cuando reconocí *Younger Generation*. Lo que para mí había sido un pestañeo fueron en realidad treinta minutos y una parte de mi conciencia regresó cuando sentí que John Sebastian me estaba cantándome a mí. ¡Creía literalmente que me cantaba solo a mí! Él me decía en exclusiva que todas las generaciones siempre piensan que sus padres son unos cuadriculados, pero a mí eso no me afectaría.

—¡Voy a hacerlo! —exclamé, levantándome de pronto en medio de toda esa masa humana.

Pude ver cómo algunos de los que me rodeaban asentían con sus cabezas, cómo otros me miraban como si fuera una hermana más, y reconocí a muchos que parecían tener las ideas tan dispersas como las tenía yo en ese momento. Gabriel tiró de mí y terminé sentada sobre él. Recuerdo que Sky nos ofreció un trago de vino tras abrir la otra botella que aún llevaba en su enorme bolso de tela y que bebí de ella como si fuera agua. Todo seguía circulando de arriba abajo y de abajo arriba. Un puñado de granola, una calada, un trago de bebida carbonatada, un cigarro... Seguíamos inmersos en una galaxia lejana.

—Vayamos a dar un paseo. —Gabriel tiró de mí para levantarme y no me resistí.

Había comenzado a sentir algo de náuseas y salir de en medio de aquella masa humana me pareció una buena idea.

—Pero nos perderemos los conciertos —protesté resistiéndome a mi propia angustia.

—Necesitas que te dé el aire.

Miré a Sky, pero ella se tumbó sobre las piernas de alguien y nos vio alejarnos con una sonrisa confiada en el rostro, como si supiera con certeza que nos volveríamos a encontrar. Gabriel me condujo fuera de la zona del concierto, caminamos cogidos de la mano hasta más allá del área del campamento de tiendas. Anduvimos en silencio, mirando a nuestro alrededor como si estuviéramos dentro de un gran espectáculo lleno de figurantes: un grupo de lo que parecían estudiantes salidos de la universidad, cuatro monjas muy jóvenes, un matrimonio con sus hijos pequeños subidos a los hombros, chicas con gafas de sol redondas y risas escandalosas... Comencé a sentir que mi cabeza se despejaba un poco al alejarnos del barullo atronador de toda esa gente. La música se perdió lentamente en la distancia y al rato ya pudimos oír el gorjeo de los pájaros y el sonido del viento cálido agitar el pasto sobre el que caminábamos. No sé cuánto nos alejamos, pero sí sé que llegamos a estar bastante remotos. Tan aislados que comencé a escuchar con fuerza mi voz interior.

Yo, que iba un paso detrás de él, contemplé su espalda bronceada, su pelo alborotado, indomable y oscuro. Me recreé en la sensación que me producía tener los dedos de mi mano enlazados con los suyos y me descubrí sintiendo unos enormes deseos de amarle. Gabriel me había rescatado, había sorteado todas mis capas hasta llegar al centro de mi naturaleza. Me había cuidado desde el primer minuto y aún permanecía a mi lado como si su misión ese fin de semana fuera concederme todos mis deseos. Y en ese momento, embriagada por la sensación de que con él todo era posible, de que mis sentimientos eran más reales que en toda mi vida, quise saber si él estaba dispuesto a ir mucho más lejos.

—No eres solo mi ventana abierta —le dije, deteniendo sus pasos.

—¿Que no soy tu qué? —Se giró y sonrió con el ceño fruncido.

—Porque nosotros podríamos hacer que esto no termine aquí. ¿Tú quieres que todo termine aquí? —Di un paso hacia él y respiré con ansia.

—Sybile, creo que aún sigues bajo los efectos del alcohol y la marihuana. —Rio.

—Sí, es muy posible, pero contéstame, ¿quieres que esto termine aquí?

—Sybile, vas a casarte —me recordó alzando una ceja y usando un tono de voz cansado—. Sí que soy únicamente una ventana abierta para ti.

Le puse la mano sobre la boca para callarle y lo miré con desesperación.

—¿Y yo qué soy para ti, Gabriel?

—Un sueño increíble —dijo tras retirarme la mano de su boca con cuidado—. Eres algo que no puede ser, que no puedo tener, que jamás me habría atrevido a desear. Y, sin embargo, aquí estamos tú y yo. Ahora mismo. Y demonios, odio tener que despertar porque fuera de este sueño solo tengo una realidad de mierda, un futuro aterrador. Pero eres un sueño, Sybile. Eso es lo que eres, un sueño precioso.

—Mírame, Gabriel. —Comencé a desabrocharme los botones del chaleco hasta que este se deslizó por mis brazos hacia el suelo—. No soy un sueño. No quiero ser algo de lo que tengas que despertarte. Quiero seguir adelante contigo. No quiero regresar, no quiero casarme, no quiero la vida que me obligan a tener con Nick. Ahora sé que no le quiero de esa manera. Yo no siento por él esto que siento ahora mismo por ti. Lo que de verdad quiero es seguir adelante, conocerte más hasta que todas nuestras piezas terminen por encajar, eso es lo que siento desde que estoy contigo. Quiero continuar más y más. Así que sigamos adelante, Gabriel. Juntos.

Supongo que saqué todos mis sentimientos hacia fuera con facilidad gracias a la desinhibición de mis sentidos, pero aquellos sentimientos eran muy reales. Eran un grito de socorro, una declaración de intenciones, una oferta llena de desesperación, de revelación y de deseo. Porque lo deseaba, quería volver a sentirlo en mí. Me bullían las ganas de entregarme por completo, porque él me había agitado y descorchado como a una botella de *champagne* y ahora era un río de espuma imparable. Agarré con las manos el final de su camiseta y comencé a tirar de ella hacia arriba hasta que él me ayudó para sacarla por su cabeza. Estábamos solos en medio de aquel pastizal, bajo un sol de agosto amenazado por nubes lejanas, respirando como si a nuestros pulmones les costase expandirse, con agonía y urgencia.

—No quiero que te arrepientas de todo esto cuando volvamos, Sybile —dijo Gabriel sobre mis labios, que habían comenzado a besarle.

—No volveré, Gabriel. Es lo que te estoy diciendo. Jamás volveré a ser la que era hace dos días.

No sé si mis palabras surtieron efecto o si fue la visión de mi cuerpo desnudo y deseoso de entregarse a él, lo que hizo que terminase tumbado sobre mí. Quizá Gabriel también quiso creer en ese momento que lo nuestro era posible, que podíamos dejarlo todo atrás, porque lo que teníamos juntos era infinitamente mejor que lo que teníamos por separado.

Nuestros cuerpos se atrajeron como imanes y se encendieron como bengalas. Mientras sus labios me devoraban con urgencia, una de sus manos descendió con delicadeza desde mi cuello hasta uno de mis pechos. Lo acarició, buscó su centro con la boca, seguramente percibió mis latidos acelerados y continuó adorándolo con su lengua como si fuera de cristal y pudiera romperse. Dejé escapar un gemido resultado del estremecimiento que me estaba permitiendo sentir, me estaba liberando por fin y entonces él cerró sus dedos a su alrededor y se apoderó de él con fascinación.

—Un sueño... Eres un sueño —dejó escapar antes de reconducir su boca hacia mi otro pecho.

Me agarré con fuerza a su espalda mientras sentía que debía curvar la mía y dejé que mi cuerpo siguiera con libertad las indicaciones que le marcaban el deseo que me nacía dentro. Le facilité el camino en su reguero descendente de besos, me ofrecí a él y me perdí en la desinhibición total de lo que él me hacía sentir, de lo que me descubría. Volví a ser suya. Él volvió a pertenecerme. Noté que llovían gotas tan finas que se evaporaban tras entrar en contacto con nuestra piel y que el suelo se convertía en un mullido y sedoso colchón. Cuando mis piernas se abrieron para acogerle dentro de mí, nos mecimos lento, nos aferramos fuerte, nos besamos sin prisa, nos escuchamos respirar con pesadez, pedir más y más rápido. Nos miramos a los ojos mientras nuestro interior explotaba y todo nuestro mundo real temblaba. Aquella vez fue sexo regado con una fantasía de amor.

Daba igual que yo apenas supiera cómo era su vida, cuál era su pasado o con qué soñaba. No importaba que él no tuviera idea de cuáles eran mis manías o mis costumbres. Nuestra desesperación mutua hizo que creyésemos que era posible vivir en aquel mundo ajeno a todo en el que nos habíamos encontrado, en el que deseábamos quedarnos.

Elegimos decidir que era posible.

Capítulo 27
Lennon

No dejo de mirar el USB durante el trayecto de vuelta mientras en mi cabeza se repiten en bucle dos frases musicales de Simon & Garfunkel: «*I am rock. I am an island*».

¿Habrá sido capaz Erick de pasar toda la noche en vela trabajando y de irse a correr con las primeras luces del día? ¿Tanto ha cambiado?

Hago que el taxi pare un par de manzanas antes de llegar al edificio de Dustin para comprar fresas. Voy a prepararle un batido para desayunar. Con eso y mi ofrenda de paz a Erick, mi director volverá a apreciarme un montón y reafirmará que elegirme fue una gran idea.

—Dustin no ha desayunado todavía, ¿verdad? —le pregunto a Bastian mientras dejo sobre la encimera la bolsa con las fresas.

—No, ha salido a correr. Suele comer algo después de hacer ejercicio.

—¿A correr? Pero ¿qué le ha dado a todo el mundo por correr? ¿Se trata de la crisis de los treinta?

Bastian alza una ceja y luego coge la bolsa de las fresas para escudriñar su interior como si fuese un paquete bomba.

—Voy a hacerle un batido a Dustin —le aclaro.

—No se preocupe, yo se lo preparo.

—No. —Le quito la bolsa de las manos—. Quiero hacerlo yo.

—Pero... —Me la arrebata con descaro y alza la otra ceja, por lo que ahora tiene ambas en medio de su frente—. No es necesario que se ensucie. Yo preparo siempre el desayuno.

—Y la comida y la cena. Pero —agarro la bolsa con las dos manos y abro bien los ojos para mirar al centro de los suyos— este batido es un regalo y lo voy a hacer yo.

—¿Le va a regalar un batido de fresas? —Percibo cierta sorna en su tono de voz.

—De fresas ecológicas.

—Conque ecológicas... Pues no le añada mucho azúcar a ese batido. Al señor Davis no le gustan las cosas demasiado dulces.

—Estoy segura de que mi batido le va a encantar porque hace años, antes de que contratase a un chef, barra secretario, barra mayordomo, le preparé decenas de ellos. Así que relájate, Bastian, no voy a envenenar a tu jefe. —Le doy una palmadita en el brazo y recupero la bolsa de fresas muy a su pesar.

Poco después, me siento frente a mi amigo recién duchado y observo con una sonrisa placentera cómo mi batido asciende por la pajita hasta su boca sin que él haga un solo descanso hasta vaciar el vaso alargado.

—Y tengo algo más para ti. De parte de Erick. —Le muestro el USB.

—¿Ya ha compuesto algo? —pregunta Dustin, tan sorprendido como yo.

—Eso parece.

Vamos a su despacho y abre su portátil para enganchar el USB. Segundos después escuchamos una melodía que, sin ser idéntica a la canción de Lauryn, contiene varios compases que te llevan a ella. Y es simplemente perfecta y preciosa.

—Es un genio —deja escapar Dustin como si hablara consigo mismo.

Estoy sonriendo tanto como mi amigo, estoy igual de impresionada y de conmovida. Es como si Erick no fuese humano, sino una inteligencia artificial programada para hacer puñeteras obras maestras. Lo que escuchamos está hecho a base de pistas realizadas con el ordenador, por lo que cuando todo eso se mezcle con la parte orquestal va a ser para que nos dé un infarto al corazón.

—Dustin... —reclamo su atención con la voz en calma, algo que solo me ocurre cuando estoy a punto de soltar una gran idea—. Esta puede ser la banda sonora de Sybile, basada en su canción; pero ¿qué te parece si en esta película hay dos *scores*? ¿No crees que Sky debería tener un sonido propio?

—Pero la idea de identificar a los protagonistas con grupos de la época quedaría descartada entonces, Lennon.

—Ya hay mucha música de la época de fondo, Dustin. La película está llena de grupos y cantantes de los sesenta, pero creo que esos personajes merecen su propia voz musical. Y está claro que Erick es más que capaz de dársela.

Nos miramos a los ojos durante unos segundos. Puedo ver que su mente está trabajando a la velocidad de la luz, que está uniendo escenas, sopesando presupuestos, calculando el tiempo de ejecución, visionando toda la película con ese formato.

—Estoy de acuerdo contigo. —Me pone una mano sobre la cabeza de forma paternal y sonríe—. Buen trabajo, Lennon.

—Lo que importa es la película.

*

Cuando un par de horas más tarde volvemos a reunirnos en la sala de Elephant Productions con Erick y con Amy, es Dustin quien le tiende la propuesta musical a su amigo.

Aunque Erick no sonríe ni hace el más mínimo gesto de alegría o agradecimiento, sé que él siente que ha triunfado, que me ha ganado; pero lo que él nunca ha entendido es que para mí esto jamás fue o será una competición. Mi ego no es como el suyo, que es del tamaño de un zepelín. La realidad es que los cambios son a favor de la película, aunque él crea que esto es una victoria sobre mí.

—Seguiré trabajando sobre esto para las escenas emblemáticas de Sybile —dice Erick, recuperando su USB de manos de Dustin— y encontraré la voz musical de Sky.

—También creo que sería genial si pudieras producir la canción de Lauryn. Haz los arreglos necesarios, grábala con ella, deja tu huella en la canción para que esta termine siendo una prolongación de tu *score*, y no al revés.

Erick tuerce la sonrisa, estoy segura de que está pensando que Dustin intenta darle la vuelta a la tortilla. Está pensando: «Yo no tengo un pelo de tonto», pero acepta con los labios proyectados hacia fuera.

—Poneos de acuerdo, Lennon —ruega Dustin—. Necesito esa grabación para dentro de un mes como mucho. La escena de la actuación en el escenario libre es la única que está por rodar.

—No necesitamos molestar a Lennon para esto. Puedo ponerme en contacto directamente con la chica. Es un trabajo de dos —dice Erick, cortante.

—Sin problema, te pasaré su número de teléfono —respondo complaciente, aunque sienta esto como una patada en el estómago.

—Estupendo. También necesito programar la filmación con Lauryn, Lennon. Será como he dicho, para dentro de un mes. El guion técnico está ya hecho, te lo pasaré. Te gustará verlo. —Me sonríe Dustin.

—Claro que sí, como en los viejos tiempos. —Le devuelvo la sonrisa complacida porque él sí me incluye y paseo ligeramente la vista sobre Erick—. No creo que Lauryn le ponga pegas a cualquier día, hora o momento que digas. Esta es la gran oportunidad que todo principiante querría tener.

—Pásame a mí también su número de teléfono. Si no te importa, quiero comunicarme directamente con ella para coordinarme con el equipo de grabación y también con el resto de los actores.

—Por supuesto, Dustin —asiento—. Podré estar allí, ¿verdad?

Dustin asiente con la cabeza y un movimiento de hombros casi imperceptible que me hace pensar que a él también le hace ilusión tenerme a su lado. Si bien hace siete años él me alejaba de su lado y me condenaba a estar junto a Erick, ahora me acoge con los brazos abiertos.

—Aclarado todo esto, sigamos con el *spotting*. Pasamos a las escenas del «viaje psicodélico». Aunque antes, tomad. Lennon ha preparado batidos de fresa.

Dustin, con una sonrisa radiante en el rostro, rodea la mesa colocando delante de todos pequeños envases con pajita.

—¡Oh! Qué casualidad, yo había traído café preparado con grano recién molido. —Amy se levanta de su asiento como si hubiese estado sentada sobre un muelle y se coloca detrás de Dustin para ir sirviendo café que también ha traído de casa en un termo en unos pequeños vasitos.

Erick no me mira y, si lo ha hecho de refilón en algún momento, no he podido verlo porque lleva unas gafas de sol tan oscuras que es difícil percibirle los ojos. Seguramente, los tiene agotados después de haber pasado la noche en vela frente al ordenador, y la luz de la sala de reuniones debe de molestarle. Durante un segundo de debilidad siento ganas de preguntarle cómo se encuentra, pero cuando veo cómo hace a un lado con desdén el vaso de batido de fresa y cómo le agradece complacido a Amy el café, que se bebe con un sorbo sonoro, recuerdo cuán detestable puede llegar a ser, pero también cómo de adorable y entregado resulta cuando quiere. Recuerdo muy bien cómo es capaz de enamorar a alguien.

A mí no es que me encante el batido de fresas precisamente, pero, por motivos más que obvios, ignoro el café de Amy y me bebo la mitad del vaso tras brindar al aire con Dustin. Y, sin demora, abro el portátil y clico sobre el archivo donde estoy haciendo las anotaciones sobre la película para despejar de mi mente los recuerdos que se me agolpan de forma dolorosa.

Porque aquel día, tras acostarnos Erick y yo por primera vez, cuando todo terminó, el éxtasis pasó y los latidos de mi corazón comenzaron a disminuir, cuando volví a encontrarme con sus ojos y fui consciente de que el silencio era lo único que cubría nuestros cuerpos, yo salí corriendo de su apartamento. Y a pesar de eso, de que continué trabajando a su lado como si nada hubiese sucedido entre nosotros, él sí que cambió. Fue cuando conocí su versión más encantadora. Erick comenzó a hacer cosas como abrir los botellines de agua antes de dármelos, quitarme el sol de los ojos colocándose justo delante de mí o cargar con mi parte del equipo, aunque yo insistiese en que no era necesario. Él comenzó a agarrarme de la muñeca para que no me quedase atrás cuando llegábamos a una reunión y que yo no sintiera que era alguien de importancia secundaria que no debía ponerse a su mismo nivel. Erick me obligó a ir junto a él a las entrevistas que le pidieron como compositor de la película donde comenzó a mencionarme en ellas, a hacerme un nombre como supervisora musical. Me hizo acompañarle a él y a

Dustin a las sesiones de fotos en las que me miraba más a mí que a la cámara provocándome un calor que se me propagaba por todo el cuerpo. Se esforzó mucho en hacerme saber que me quería en su núcleo.

—Esta parte es de Lennon —suelta Erick, cruzando los brazos sobre el pecho.

Aunque me sorprende que se pronuncie de este modo, concediéndome sin pelear estos minutos de película, me esfuerzo por no dejar que note mi sorpresa. Debe de estar intentado quedar bien delante de Dustin, obviamente. Esa oferta es su batido de fresa para el director. Igualmente, echo el cuerpo un poco sobre la mesa para exponer mis propuestas a todos.

—Esta parte es el sumun de desfase de la película, y creo que *My World Fell Down* de Sagittarius va perfecta, se puede jugar con sus variaciones de ritmo, Dustin. Aunque también se podría probar con *Incense and Peppermints* de Strawberry Alarm Clock o *Paper Sun* de Traffic. Si vas a ralentizar alguna escena, *Hallucinations* de Tim Buckley funcionaría. No creo que tenga problema en conseguir la licencia de ninguna de estas canciones. No es que estemos hablando de eternos números uno, pero en este caso creo que es mejor huir de los éxitos y hacer que la canción sea nuestra, de esa escena, de la película.

Probamos con todas para ver cuál le encaja más a Dustin y tras decidirse le pide a Amy que en algunas partes suba el sonido ambiente y baje el de la música, para que el ruido de los helicópteros sobrevolando la granja, el trino de los pájaros o incluso las pisadas sobre el suelo fangoso impriman más realismo a la escena.

Seguimos ubicando el sonido de la película, organizando referencias de escenas, tomas y códigos de tiempo hasta que cae la noche y en nuestras caras se evidencia el cansancio, aunque no seamos conscientes de ello. A todos los que estamos en esta mesa nos gusta demasiado nuestro trabajo, hasta el punto de dejar de sentir hambre o de no tener conciencia del paso del tiempo. Pero Dustin es un gran director, está pendiente de todo, y de pronto se levanta de su asiento y cierra su portátil con decisión.

—¡Os invito a cenar! Hemos trabajado muy duro durante todo el día y aquí al lado hacen unas hamburguesas increíbles.

—¡Genial! Me muero de hambre —acepta Amy.

Yo no contesto, solo acepto con una sonrisa porque es más que obvio que yo iré allá donde vaya Dustin y porque soy incapaz de rechazar dos veces una invitación.

—Está bien —medio murmura Erick mientras mete todas sus cosas en una mochila de cuero marrón nueva.

Me sorprende un poco que acepte venir porque parecía reacio a permanecer más tiempo del estrictamente necesario junto a mí, pero supongo que él también tiene hambre.

Amy hace que estar los tres sentados en la misma mesa no sea tan incómodo porque rellena el silencio lanzando preguntas sin cesar.

—¿Y cómo es Jessica Ridle, Lennon? Todo el mundo sabe que la descubriste tú. La verdad es que yo pensaba que estarías trabajando para alguna discográfica en lugar de en una emisora de radio. ¿O por qué no has seguido en el mundo del cine?

¿Cuántas preguntas hay ahí incluidas? Esta mujer es como un investigador de la CIA.

—Jessica es muy transparente. Y su voz, ya la has escuchado, la reconoces enseguida. En cuanto a las discográficas, sigo haciendo trabajos como *freelance*, no dejo de buscar nuevos talentos. Pero la radio es un trabajo más estable y me gusta la libertad que tengo tras el micrófono. Mi jefe es estupendo y me ha dado un espacio en el que puedo poner toda la música que quiera, que casualmente es la que le gusta a nuestra audiencia —contesto con la boca llena de patatas fritas. A la última pregunta no pienso contestarle, hay límites que no dejo cruzar a nadie.

—Erick, cuéntanos tu viaje por la India. ¿Qué has estado haciendo allí durante tanto tiempo?

La que vuelve a preguntar es Amy, desde luego hay que reconocer su capacidad para crear una charla relajada para conocernos mejor.

—Música para videojuegos. *Battle Race*, *The Prince of Waterfall*, *Ending Road*... Ha sido divertido.

—Pero ¿por qué en la India? ¿Los mejores programadores no son japoneses?

—Lo bueno de mi trabajo es que puedo componer donde me apetezca, luego solo tengo que enviar las pistas, y editores musicales como tú hacen el resto. —Le guiña un ojo y luego le da un bocado enorme a su hamburguesa como si tuviese prisa por terminarla.

—¿Y por qué la India entonces? —repito la pregunta de Amy a la que no ha contestado.

Siento curiosidad y entablar conversación con él hará que Dustin piense que por mi parte no hay ningún tipo de problema.

—Porque estaba suficientemente lejos —me contesta mientras moja en kétchup una patata frita con lentitud y termina por enfrentarse a mi mirada cuando se la mete en la boca.

¿Suficientemente lejos de mí? Eso es lo que ha querido decir, ¿verdad?

—Seguro que hay algún motivo más además de eso. Cinco años es demasiado tiempo. Seguro que sigues allí por alguien... —tantea Amy, melosa.

—Haces demasiadas preguntas, Amy —bromea Dustin con el rostro cargado de tensión—. Háblanos de ti, ¿cómo es trabajar con Peter Johnson? Admiro todo su trabajo como director.

—Sí, Amy. Sí que sigo allí por alguien —contesta Erick arrugando el papel vacío de su hamburguesa—. Lo que me recuerda que tengo que hacer una llamada. Hasta mañana.

Lo veo salir por la puerta del local, sacar su teléfono del bolsillo de su pantalón y ascender calle arriba con el aparato en la oreja. ¿La está llamando a ella? ¿En serio tiene a alguien esperándolo en la India?

Sorbo mi refresco con la pajita y veo que se ha dejado la mitad de sus patatas fritas. Menudo desperdicio. Alargo la mano y me apodero de ellas. Me doy cuenta de que Dustin y Amy me están mirando.

—¿Quieres que te pida algo más? —me pregunta Dustin.

—No, gracias. Es solo que odio que la comida termine en la basura cuando la gente deja a medias sus platos. Mentalidad de comuna *hippie*, ya sabes.

Hace tres años, Erick se pedía raciones extragrandes solo para que yo comiese más.

Hoy su ración de patatas fritas era normal, pero aun así no se la ha terminado. Me ha dejado mi parte, o quizá solo le estaban incomodando las preguntas de Amy y se ha levantado de la mesa antes de terminar de cenar para salir huyendo.

Maldito seas, Erick. Maldito seas por hacer que estas patatas se me atraganten, que ahora sienta que me cuesta respirar y que los ojos me escuecen.

Capítulo 28
Sybile

Todo fue por puro instinto. Yo no tenía más práctica ni más referente que nuestro primer encuentro. Pero si Gabriel notó ambas veces mi inexperiencia y mis nervios, no me lo hizo saber. Yo sentí que aquella tarde nos habíamos acoplado bien con el ritmo, la intensidad y, sobre todo, con las miradas. Esa experiencia sexual sí que se aproximó más a como había imaginado que era hacer el amor. No había sido un encuentro repentino, inesperado ni frenético, tampoco una simple respuesta a las ganas de nuestros cuerpos. Esta segunda ocasión había sido una reacción romántica, una decisión meditada, sin urgencia y reveladora. Me había entregado tras reconocerme a mí misma que sentía algo por él, algo real y potente.

Si lo pienso bien, creo que en realidad en ese momento yo ya sentía que estaba llena de amor y que nuestros besos lentos, con aquellas caricias cargadas de deleite y esas miradas de autenticidad, eran evidencias aplastantes de ello.

—Yo también tengo un regalo para ti —le dije tras un buen rato de reposo y silencio.

Me apoyé en su pecho para incorporarme y alargué la mano para alcanzar mi bandolera. Rebusqué dentro, entre las prendas de ropa de recambio, hasta que las puntas de mis dedos lo palparon.

—¡Tachán! —Estiré ante sus ojos el collar de cuero trenzado que había hecho por la mañana con ayuda de Sky.

—¿Lo has hecho tú?

Asentí sonriente, llena de orgullo, y me lancé a rodearle el cuello con él, pero al intentarlo comprobé con disgusto que el collar era demasiado corto. Supongo que mi gesto fue revelador porque enseguida me ofreció su brazo.

—Prefiero que me lo ates aquí.

Di un par de vueltas a su muñeca con la cuerda y le hice el nudo corredero que Sky me había enseñado para crear un cierre seguro.

—Te traerá buena suerte —le auguré.

—Entonces no me la quitaré jamás.

En un gesto rápido atrapó mi cara con sus manos, elevó su cabeza para besarme y logró que rodara de nuevo quedando debajo de él, con el pelo enredado en la hierba y el rostro iluminado de forma tenue por el sol.

—Ahora no sé si conocerte ha sido un golpe de suerte o una condena. —Negó con la cabeza y me miró desde arriba como si estuviese contemplando una obra de arte.

—Soy una condena, de por vida. Te lo aseguro.

—¿De por vida?

Gabriel alzó las cejas y apretó los labios en una sonrisa. Yo sentí de pronto que las mejillas me ardían e intenté escabullirme de su peso para recuperar mi ropa.

—No quería insinuar que pienso que tú y yo vamos a estar juntos de por vida ni nada de eso. Era solo una forma de hablar, una broma —repliqué azorada.

Gabriel me abrazó por detrás y hundió su cara en mi pelo.

—Estoy empezando a sentir que eso tampoco estaría tan mal.

Cerré los ojos con fuerza y aguanté la respiración. Supongo que en ese momento me di cuenta de la intensidad que comenzaban a tener mis sentimientos por él, a reconocer que me estaba enamorando. Porque, a pesar de haber hecho el amor unos minutos atrás, aquella declaración lograba llegar mucho más profundo en mi corazón que cualquier contacto físico previo. Sin duda, cada roce suyo ardía sobre mi piel, pero aquella escueta confesión había llegado hasta mi alma para estremecerla. Me pregunté qué pasaría si en verdad él comenzaba a sentir lo mismo que yo, si aquella alineación de planetas en Acuario que nos había llevado hasta allí era el destino hacia el que debíamos ir, si intentábamos que lo imposible ocurriera...

Quizá fui demasiado ingenua, pero me aferré con fuerza a sus palabras.

—Regresemos al festival, pronto anochecerá —me dijo tras terminar de abrocharse los vaqueros.

—Sí, tengo hambre y solo nos quedan dos barritas de cacahuete.

—Pues vayamos a por otro par de bizcochos de chocolate —bromeó.

—Oh, no. ¡Eso sí que no!

Ambos reímos y cruzamos el prado corriendo, sin perder de vista el horizonte anaranjado por el que se ocultaba la gran esfera ardiente. Comenzamos a oír el zumbido de la muchedumbre y avanzamos hasta ver desde lejos cómo las notas estridentes de las guitarras eléctricas creaban movimientos ondeantes en aquella marea humana.

—Me alegro de haber terminado aquí gracias a ti. Esto es increíble —dijo Gabriel con los ojos muy abiertos, abarcando con su mirada todo el espectáculo.

—¡Pues detén el tiempo! Haz que pare, Gabriel —le rogué, tirando de su brazo.

—Ojalá pudiera —resopló, y luego me cogió de la mano mientras descendíamos la hondonada—. Pero sí que podemos ignorarlo. Si no pensamos en horas ni en minutos. Si solo *estamos*, será como detener el tiempo.

—Sin un ayer, sin un mañana. Únicamente el ahora.

—Exacto. —Gabriel se aproximó a mi oreja y me susurró—. Solo tú.

Otra vez. De nuevo otra insinuación que se posaba sobre mi corazón.

—Espera un momento, ¿esa de ahí no es Sky?

Mi aturdimiento se despejó cuando intenté seguir la dirección que indicaba el índice estirado y en movimiento de Gabriel. Cuando por fin me di cuenta de que señalaba a alguien que se trasladaba sobre la multitud como si fuera un tablón de madera flotando en la superficie del mar, ahogué un grito. No sabría bien decir si fue de alegría o de terror.

—¿Crees que terminará en el suelo?

—Es probable, pero esa chica... —Gabriel la seguía también con la mirada—. Creo que ella es de las que caen siempre de pie.

Solté una risita al escucharlo y sentí ganas de volver a estar con ella, porque Sky era algo así como la salsa de caramelo sobre las tortitas. Su presencia lo mejoraba todo, incluso lo que ya era bueno.

—Vayamos con ella, Gabriel.

—Como desee la señorita. —Me dedicó un guiño de ojo son sorna y una vez más siguió mis pasos.

Cuando le dimos alcance tras varios saltos, avances de puntillas y un reguero de disculpas, Sky estaba en pie, entera y sin un rasguño. Estaba frente a un chico, jugándose un collar contra un paquete de galletas a piedra, papel y tijera.

—No fastidies —protestó el muchacho, que insistía en repetir el juego.

—Ya has perdido los cacahuetes y el paquete de galletas. ¿En serio que quieres ir con todo o nada? —Sky llevaba las gafas de margaritas puestas a pesar de estar en una zona prácticamente sumida en la penumbra.

—Todo lo que llevas en la bolsa a cambio de toda mi comida.

—¡Peter! —protestaron sus amigos.

—A la una, a las dos... ¡Piedra, papel o tijera!

Agitaron sus puños para luego enfrentar sus figuras. Las tijeras de Sky cortaron por la mitad el papel del chico.

—¡Sí!

Creo que grité incluso más fuerte que ella. Llamé su atención y la de todo el grupo de chicos. Sky le arrebató de las manos la bolsa de comida al chico y le lanzó un beso al aire antes de echársela al hombro y avanzar hacia nosotros.

—¿Quién quiere cenar?

Saqué las dos barritas de cacahuete y se las mostré. Ella abrió su bolsa para que las echase dentro y me miró con una enorme sonrisa en la cara.

—Aquí hay todo un banquete. —Agitó la bolsa con satisfacción.

—Estás muy loca, ¿qué habrías hecho si llegas a perder todos tus abalorios? Son tu crédito para llegar a California.

Sky soltó una risa despreocupada y se enganchó del brazo de Gabriel.

—¿Y vosotros dos qué habéis estado haciendo durante toda la tarde?

Gabriel y yo nos miramos, ninguno contestó, aunque supongo que lo llevábamos escrito en la cara. Él cogió con amabilidad la pesada bolsa de comida del hombro de Sky, ella le miró con picardía y luego hizo un repaso por mi cara.

—Pues te ha sentado muy bien, princesa. Estás radiante.

—Es imposible que puedas verme la cara, Sky —reí avergonzada.

—Te veo los dientes y eso es porque sonríes. —Estiró el cuello hacia mí, era evidente que iba un poco colocada y, aun así, había sido capaz de conseguir comida en un lugar en el que esta solo llegaba ya desde el cielo—. ¡Abramos el vino! Ese chico, Peter, dijo que aquí dentro también había una botella.

—Esperemos a llegar a nuestro sitio, ¿te parece? —Gabriel la agarró por el brazo para que pudiese andar sin perder el equilibrio.

—Tú también sonríes. —Se subió las gafas hasta la frente y agudizó la mirada sobre él—. Eres un chico bastante guapo, amante de Sybile.

—Me llamo Gabriel —le recordó él de forma condescendiente.

—Como sea, seguramente mañana habré olvidado de nuevo tu nombre. Pero no tu cara, porque tu cara es...

—Es guapo, sí, Sky. —Me reí con ella.

—Pero tú eres más guapa que él. La balanza se inclina hacia ti, princesa.

La que en realidad parecía inclinarse a un lado era ella cuando me hablaba a mí y al contrario cuando se dirigía a Gabriel. Estaba encantadoramente colocada.

—Come algo, Sky. Creo que lo necesitas. Veamos qué le has ganado a ese pobre infeliz.

—Galletas, cacahuetes, ¡sándwiches de pastrami!, tiras de cecina, terrones de azúcar, leche en polvo y ¡una botella de vino!

—Y tus dos barritas —añadió Sky.

Regresamos, no sin dificultad, a nuestra zona frente al escenario. Nuestros vecinos de conciertos se apretujaron con gusto cuando Sky les ofreció las tiras de cecina y unos buenos tragos de vino. Ella tan solo se tomó un par de galletas, pero se terminó la botella. Nos aseguró que, justo antes de ganar a ese chico, ya había conseguido un plátano y una bolsa de patatas fritas a cambio de uno de sus anillos. Gabriel y yo compartimos los sándwiches y los cacahuetes. Decidimos guardar lo restante para el día siguiente, ya que las perspectivas de volver a conseguir comida allí dentro eran poco esperanzadoras.

Terminamos de cenar cuando la voz de John Fogerty sonaba más desgarrada que nunca. Y cuando comenzó aquella versión de *Suzy Q*, me sorprendí a mí misma dando vueltas sin parar con los brazos alzados.

A esas alturas no quedaba dentro de mí un ápice de la chica que era dos días atrás. No es que me hubiese convertido en otra, pero estaba en pleno proceso de metamorfosis. Era una bonita crisálida rompiendo su capullo. Estaba llena de determinación, me sentía ligera como una pluma y con desapego a todo lo que quería dejar atrás. Incluyendo a Nick. Porque ya me había convencido de que yo no era lo que él quería, cómo iba a serlo si él no me conocía en realidad. Nick no tenía ni idea de mis anhelos, de mis agonías, de mis sueños. Estaría mejor sin mí, encontraría a alguien mejor para él. Había sido su novia por contrato, la ilusión que lo traería a casa de vuelta sano y salvo, pero llegado ese momento, él mismo comprobaría que lo nuestro era un error, el plan de otros. Tampoco le debía nada a mis padres. Mi vida era solo mía, y si no estaban de acuerdo con mi decisión, estaba dispuesta a prescindir de ellos. Aunque me diese miedo, estaba convencida de que podría hacerlo.

Paré de girar, como si hubiese terminado de centrifugar mis ideas, y me senté de nuevo entre Gabriel y Sky. Ambos me miraban sonrientes, embelesados.

—¿Acabas de darte cuenta de que puedes volar sola? —Me susurró Sky con una sonrisa cargada de confianza.

—Algo así —respondí, y me quedé mirándola porque sentía que en ella estaban escritos los pasos que debía imitar. Me inspiraba su fuerza, su descaro y aquella confianza en que todo siempre le saldría bien.

—Eres un espíritu libre. Todos lo somos. —Se acercó a mi oreja para añadir algo más—. No te ates a nada, ni siquiera a él. El mejor amor es el amor libre.

Sky rompió a reír, pero en ese momento me di cuenta de que su risa estaba cargaba de tristeza, de frustración.

—Pues yo creo que el amor es solo amor, Sky. Sin apellidos.

—Deberías escribir una canción sobre eso. —Gabriel se coló en nuestra conversación.

Había conseguido un cigarro de alguien y, tras darle una calada, me lo ofreció.

—¿Te burlas de mí?

—Hay quien escribe sobre submarinos amarillos. —Él se encogió de hombros y se echó a reír.

Le propiné un codazo en el costado y luego me dejé abrazar por él. Sky había vuelto a ponerse bien las gafas de sol, que llevaba en la frente, y parecía algo contrariada. Pero toda mi atención la captó el escenario cuando el público comenzó a aullar y a aplaudir loco de emoción.

—Janis... ¡Es Janis Joplin! —Me oí decir a mí misma a la par que intentaba ponerme en pie, pero mis rodillas cedieron por efecto del alcohol y terminé en el suelo en brazos de Sky.

—¿Te gusta Janis, princesa? —Me miró de cerca, me sujetó con fuerza, la vi sonreír con labios temblorosos.

Asentí con entusiasmo y juntas intentamos levantarnos para poder ver bien la figura lejana en la que pude reconocer los pantalones acampanados multicolores y la melena suelta y encrespada de la cantautora. Gabriel terminó también por levantarse, todo el público lo había hecho, y lo agarré de la mano queriendo transmitirle lo emocionada que estaba en ese momento. Sentí que Sky buscaba mi mano libre y que me la agarraba de la misma manera en la que yo había cogido la de Gabriel.

Allí estaba yo, unida a ambos, mientras la voz de Janis dejaba en evidencia todas las anteriores, porque ella estaba a un nivel vocal muy superior a todos. Su carisma era tan intenso y vibrante que brillaba sobre el escenario junto a todas las estrellas que se escondían tras el cielo nocturno encapotado.

—Creo que voy a buscar a Stanley —dijo de pronto Sky justo antes de soltarme para avanzar entre el público sin mirar atrás.

Era más de la una de la madrugada, me pareció una locura intentar buscarle en aquel momento, pero no intenté retenerla. Erick y yo la perdimos de vista, pero vi que a mis pies había dejado la bolsa de comida. Esa era su forma de decirme una vez más que volveríamos a encontrarnos.

Capítulo 29
Lennon

No he vuelto a ver a Erick desde que terminamos con las reuniones de *spotting* y, desde entonces, he intentado llenar un estúpido sentimiento de vacío. Supongo que es lo que me hace sentir esta pausa en mi plan de venganza.

Aun así, han sido unos días de mucho trabajo, llamadas y viajes, para iniciar los trámites con los que conseguir cada una de las licencias que necesitamos para la película. Me he reunido con representantes de licencias empleados por sellos discográficos, con editores de música e incluso con algunos de los compositores originales de aquellas canciones de los sesenta. No siempre es fácil convencer a la otra parte de que la colocación musical será exitosa y que reportará beneficio a ambas partes más allá de la exposición. Centrarme en el trabajo suele funcionarme, enfocar la mente en algo importante, imperativo, dificultoso... Todo eso no deja espacio a las dudas, a echar de menos cualquier otra cosa, a alguien, a sentir.

También tengo que reconocer que, durante este par de semanas, cada vez que regresaba a casa de Dustin, sentía que lo hacía a mi propio hogar. Su acogida es cada día más cálida. Sabía cómo es trabajar con él, en cooperación y a sus órdenes, sabía lo que es ser su amiga, desde luego sabía lo que es ser su admiradora número uno del planeta, pero hasta ahora no sabía cómo era ser su compañera de piso y esto me está permitiendo conocer una parte nueva de él. En casa no es metódico, como lo es en el trabajo, es muy descuidado. La casa se mantiene ordenada gracias a que Bastian va detrás de él recogiendo el rastro que va dejando a su paso. Ya sabía que se queda adormecido con rapidez si bebe una cerveza al final del día, pero ahora también sé que, dormido en el sofá, puede permanecer en la misma posición hasta el día siguiente, que usa pijamas de manga larga y que tiene unas gafas en cada habitación, o todas colgadas encima al mismo tiempo sin darse cuenta: subidas sobre el pelo, balaceándose sobre el primer botón de su camisa, metidas en el bolsillo delantero... Ahora también sé que se despierta antes de que salga el sol, que lo primero que hace es abrir el ordenador para escribir como si fuera un ritual y que no hace caso de nada ni de nadie hasta que no ha llenado de ideas al menos una página. Y luego sale a correr.

Hoy volvemos a cenar juntos en casa y me gusta esta intimidad en la que puedo pasearme por esta mansión sin maquillaje y con mi ropa deportiva de algodón tres tallas más de lo que necesito mientras que él no repite ni un solo día su pijama de botones.

—¿Cómo te ha ido con Norman? —le pregunto mientras soplo una crema de verduras emulsionada con mayonesa de lima que ha preparado Bastian y doy pequeños sorbos a mi mimosa.

Norman es el productor ejecutivo de Elephant Productions. Lo conocimos en la última reunión de *spotting* y lo cierto es que parecía bastante competente.

—¿Estás preocupada con la financiación?

Me encojo de hombros, porque cómo no estarlo.

—No será como nuestra última vez. —Dustin busca mis ojos y pone énfasis en esa afirmación—. En esta ocasión, todo está asegurado. El socio de Norman es un abogado del mundo del espectáculo, conoce a toda la gente necesaria. Ya tenemos todos los inversores y la película está prácticamente a punto de salir a posproducción. Esta vez saldrá adelante.

Siento un pellizco de incredulidad en el estómago, aún queda mucho por hacer.

—No fue un error intentarlo, Lennon. Nadie podía imaginar que aquel tipo era así, que de pronto saldrían tantas mujeres con sus denuncias de acoso, que su productora se iría al garete y con ello todo nuestro trabajo también. No fue culpa tuya.

—Pero yo fui quien te contó todo lo que me dijo Susan.

—Susan ya había puesto la demanda. Tan solo se habría retrasado un par de días más lo que era ya imparable.

—Y encima Erick acababa de irse cuando todo estalló por los aires. Una cosa ocurrió tras la otra. Todo se rompió..., la película y nosotros.

—Él no tenía que haberse marchado así —recalca él con el ceño fruncido—. Pero siempre ha sido un cabezota y quizá yo debí haberme esforzado más en explicarle las exigencias de la productora, que no era nada personal. Puede que así no se hubiera marchado sin despedirse de ninguno de los dos.

—No creo que se alejase de ti porque la productora exigiera que trabajases con Elliott Warren. Erick admiraba a Elliott Warren, eso lo comprendió. Seguramente le dolió, pero eso fue algo que aceptó. No se alejó de ti por eso. No te lamentes.

No sé por qué estoy disculpando a Erick cuando lo que mi corazón anhela es verlo llorar hasta que le escuezan los ojos, pero es que estos dos eran como hermanos y lo cierto es que no me gusta ver que su relación ya no es tan cercana.

—¿Entonces por qué no se despidió ni siquiera de mí?

—Ojalá lo supiera. Pero desapareció y de todo eso han pasado ya cinco años. —Me sirvo otro vaso de mimosa.

—Ahora está aquí, con eso me vale.

—Pues no debería valerte con eso. —Le señalo de forma acusadora con mi cuchara que gotea crema naranja—. Deberías enfrentarte a él, preguntarle por qué demonios se enfadó contigo, por qué desapareció, por qué...

—Dejemos de hablar del pasado, Lennon.

Respiro hondo. Me esfuerzo por desplegar una sonrisa y asiento, aunque para mí esa historia no es el pasado. Los días más grises de mi vida vuelven a ser para mí actuales, con todos sus miedos asociados, sus inseguridades y su dolor. Sí, con todo ese dolor que iba mucho más allá del fracaso laboral, mucho más allá de ver roto un sueño. Aquellos días se trataba de mi corazón resquebrajándose cada vez más y más, como lo hace un lago helado cuando depositas sobre él más peso del que su fina capa de hielo superior puede soportar.

No, para nada todo aquello es el pasado. Erick es mi presente absoluto ahora mismo, aunque la forma en la que quiero enfrentarme a él es totalmente diferente.

—¿Vemos una película? —Dustin señala hacia el salón con la barbilla.

—Pero esta vez la elijo yo. Con las historias que eliges tú, me duermo poco después de los créditos iniciales.

Dustin rompe a reír y me acusa de ser una exagerada.

—Quiero ver *Tienes un email.* Necesito a Meg Ryan —le exijo.

—Entonces, cogeré este cojín. —Dustin se lo coloca en su costado una vez sentado en el sofá y alza el brazo como si me estuviese ofreciendo ese hueco junto a su cuerpo.

Es raro y, a la vez, no lo es. Nos hemos quedado dormidos así un par de veces en las dos últimas semanas, y no es nada cómodo, al menos para mí. Pero con un cojín...

¿Por qué no? Solo somos amigos. Es Dustin. Y de todas formas hoy seguro que no me duermo.

En medio de la penumbra entreabro los ojos y noto que me llevan en brazos.

Tengo la mejilla pegada al pecho de Dustin y siento que mis pies se balancean un poco en el aire. Sin embargo, no logro despertarme lo suficiente como para protestar. Pestañeo un par de veces sin lograr mantener los ojos abiertos y tan solo cuando noto que mi cabeza reposa sobre una almohada logro articular un agradecimiento que no recibe respuesta.

¿Sigue ahí? ¿Ha salido ya de mi habitación? ¿Ha sido un beso lo que he sentido en mi cabeza? Debería haber bebido menos mimosas, pero Bastian las hace tan ricas...

*

Tras dos semanas, hoy es el día de volver a vernos las caras, muy a pesar de Erick. Aunque parte de mi trabajo es reservar el estudio de grabación y asegurar la asistencia a las sesiones de todo el mundo, él dejó claro que quería apartarme de la dirección musical de *Libre*; pero no todo en esta vida está sujeto a sus deseos y, si la cantante, que en este caso es Lauryn Jean, alguien que he descubierto yo, me quiere a su lado durante todo el proceso, su deseo está por encima de la pataleta del arreglista.

Por ello, me dirijo con Lauryn, a quien he recogido del aeropuerto, hacia Electric Lady Studios, antiguo club nocturno que Jimi Hendrix y su mánager Michael Jeffery compraron en 1970 para convertirlo en un estudio de grabación. El ambiente no podría ser más adecuado para la ocasión. Poner un pie aquí dentro es como llegar a Woodstock por un agujero de gusano. De este templo de la música emanan las vibraciones que dejaron Patti Smith, Eric Clapton, David Bowie, los Rolling... No me extraña que Lauryn esté a punto de desmayarse.

—Respira —le recuerdo.

—Puedes sentirlo, ¿verdad?

—¿Te refieres a que es como si las paredes hablasen? Pues claro. —Sonrío y la empujo para que avance. Si llegamos tarde, Erick se pondrá de mal humor.

Ellos dos han estado en contacto a lo largo de este tiempo, poniendo en común puntos de vista, tonos y ritmos, pero es la primera vez que se van a ver en persona.

Lauryn carga con su guitarra al hombro, Erick le ha pedido que grabe ella misma la pista de la guitarra acústica además de la voz. Cuando entramos en la sala de grabación ya están él y el ingeniero de sonido. Están escuchando las pistas que tienen hasta ahora montadas y eso es una bienvenida emocionante para Lauryn que, por primera vez, oye su composición como una canción de verdad.

—¿Qué te parece, Lennon?

Es lo primero que dice Lauryn, me pregunta mi opinión como si mi criterio lo fuera todo para ella. Eso no solo me llena de satisfacción, sino que, además, es un dardo lanzado hacia Erick, que en esta ocasión no ha salido de mi mano.

—Me parece que es superemocionante hacer una canción con el poema de la mismísima chica de Woodstock, me parece que la música que le pusiste es genial y... —Me acerco a la mesa de mezclas, por el lado en el que está el ingeniero, para mirar todos esos controles que me traen a la mente muchos recuerdos—. Y me parece que el compositor de la película ha hecho bien su trabajo con los arreglos.

—¿Comenzamos a grabar? —sugiere Erick, cortante, ignorando mi comentario amable.

Yo me siento en el sofá del estudio y me acomodo porque supongo que la grabación llevará su tiempo y, en realidad, tengo poco que aportar aquí más allá del apoyo moral que Lauryn necesita de mí. En esta posición tengo frente a mí la espalda y el trasero de Erick, y darme cuenta de eso hace que cierre los ojos un momento, que inspire y recuerde la caja de dónuts llenos de moho. Sin embargo, esos vaqueros algo descolgados, esa camisa de cuadros abierta sobre la camiseta gris y ese pelo imposible que se alza por encima de sus orejas...

Me levanto y anuncio que voy al baño, aunque ninguno de los dos chicos me contesta porque están ajustando la entrada de sonido del micrófono de Lauryn.

Erick es el mal. Es la encarnación del origen del mal, es peor que un dolor de ovarios y de muelas juntos, es una puñetera astilla metida dentro de una uña del pie, es...

Era insoportable, era insuperable. Era tan extenuante, arrollador y difícil de leer que te quedabas atrapada como una mosca en una telaraña. Por eso, ahora recuerdo cómo me hizo elegir entre él y Dustin. Cuando se cansó de esperar una reacción por mi parte, me forzó a dar un paso adelante hacia uno de los dos: o iba de viaje a Nueva York para promocionar *Baile en la luna* junto a mi director o de viaje a Toronto para presentar su banda sonora a unos premios junto a él.

Fui a Nueva York. ¿Qué creía que iba a elegir después de estar enamorada de Dustin durante más de un año? ¿Pensaba que tan solo por habernos acostado mi corazón podía desprenderse con facilidad de esa clase de sentimientos? Estaba confundida, frustrada porque Dustin seguía a años luz de corresponderme, porque, desde aquel encuentro apasionado con Erick, era su cara la que aparecía con más frecuencia en mis pensamientos, porque había notado que todos aquellos nervios que solían apelotonarse en mi estómago cuando estaba con el objeto de mi enamoramiento ahora se manifestaban de forma explosiva solo cuando veía aquella otra melena ingobernable. Mi mente luchaba contra mi corazón y no quería ceder, quería llegar a la meta después de correr aquella carrera hacia Dustin. Quedarme a mitad de camino en un puesto de avituallamiento lo sentía como un fracaso. Estaba totalmente obstinada y, como resultado de mi empecinamiento, mi viaje a Nueva York fue un fracaso total. Recuerdo aquel vuelo de avión en el que Dustin no despegó la mirada de su libreta de notas como una pesadilla porque Richard había ocupado mi lugar en el viaje a Toronto y aseguraba que ambos estaban ansiosos por pasar un fin de semana de desenfreno tras terminar con sus obligaciones. ¿Desenfreno? ¿Qué querían decir ellos con eso? ¿Discotecas? ¿Alcohol? ¡¿Chicas!? Imaginaba todo tipo de escenas mientras miraba por la ventanilla hacia un cielo plagado de nubes que agitaban el aparato como una coctelera. No disfruté de la presentación de la película en el Festival de Cine, ni del paseo por Manhattan. Ni siquiera conocer a la madre de Dustin me emocionó, porque, cuando me aseguró en la lectura de cartas del tarot que el amor que tenía en mi corazón sería eterno, sentí que estaba equivocada.

Pero aquel viaje fue decisivo, resultó ser el fin de todo. El comienzo del resto.

Porque aquella noche en la que regresé a California, encontré a Erick sentado en el pasillo de mi edificio, con la espalda apoyada en la puerta corredera de mi apartamento.

—¿Qué haces aquí? ¡Son las dos de la madrugada! —exclamé sorprendida, ciertamente emocionada por verle—. ¿Cuándo habéis regresado Richard y tú?

Él se puso en pie y avanzó hacia mí por el pasillo iluminado con una triste bombilla colgante y bloqueó mi boca con sus labios. La bolsa de viaje se escurrió de mi hombro, el bolso cayó al suelo después, sus manos aprisionaron mis muslos y me elevó para que le rodease con las piernas. Y obedecí, me aferré a él, respondí a sus besos furiosos y apasionados, y perdí la respiración sin que me importase un bledo porque de pronto sentía que todo tenía sentido.

—A partir de hoy somos novios. Exactamente dentro de un año, será nuestro primer aniversario. Por favor, dime que sí —me rogó jadeante separando su boca de la mía apenas unos centímetros.

—Vale.

Fue lo único que pude contestarle porque era lo que yo también quería. Entonces dejó que posase los pies en el suelo, recogió mi bolsa de viaje, me tendió el bolso y me cogió la mano dejando claro que su intención era la de pasar el resto de esa noche, y muchas noches más, en mi cama.

Capítulo 30
Sybile

—¿Crees que Sky se ha ido para intentar dormir en la habitación de Stanley esta noche?

Gabriel negó con la cabeza.

—Dudo que Stanley pueda irse de aquí para ir a dormir al motel del pueblo. Esto no tiene pinta de parar.

Aunque eran ya las tres de la madrugada en el escenario había tanta actividad como si aún fuera pleno día. La mayoría de los músicos habían consumido mescalina o heroína para aguantar hasta sus actuaciones retrasadas, por eso cuando salían a escena lo hacían desbocados, entregados por completo a la música y a un público que no se movía de su sitio.

Sly & the Family Stone hizo que los altavoces escupieran *funky* de una forma enérgica, con guitarras frenéticas y unas voces en armonía que lograron mantenernos despiertos y con ganas de seguir allí. Sly Stone logró incluso hacernos cantar y gritar cuando nuestros cuerpos estaban al borde de la extenuación.

—Me gustaría oíros cantar. Sé que a algunos no os gusta que os hagan corear, que os parece anticuado, pero es un sentimiento, y si ese sentimiento estaba bien antes, también está bien ahora.

Yo me animé, aunque recuerdo que estaba muy cansada, seguramente porque a esas horas acusaba el bajón del alcohol, el aturdimiento posbizcocho de chocolate, los efectos del humo agrio que por doquier había inhalado de forma involuntaria y toda la emoción extrapolada en la que había navegado mi mente a lo largo del día. Y, aun así, me resistía a frenar, a desperdiciar un solo segundo. Porque, por muy segura que estuviera en aquel momento de que yo seguiría hacia delante, dondequiera que fuera ese «adelante», la única seguridad que tenía en la palma de mi mano era el presente.

Decían que los siguientes serían The Who. No podía creer la cantidad de grupos importantes que estaba viendo en directo, tantas canciones que me habían servido como cuerda por la que trepar para escapar de mis horas vacías y que ahora escuchaba con interpretaciones imperfectas y cargadas de carisma. Amaba la música, necesitaba las canciones, era el oxígeno que alimentaba mis células.

Aproveché el cambio de instrumental en el escenario para recostarme un momento sobre Gabriel porque no podía evitar sentir que mi cuerpo necesitaba algo de descanso. Giré un poco la cabeza para mirarlo y comprobé que él también aguantaba estoicamente, aunque tenía los ojos cerrados.

—¿Quieres ir a dormir? —le pregunté, con temor a que me dijera que sí y nuestra noche acabara allí.

—No, estoy bien. Solo estoy descansando los ojos un momento —rumió soñoliento.

—Pues parecía que estabas incluso soñando.

—Eso ya te lo he dicho antes, Sybile. Claro que estoy soñando. Estoy contigo.

Sonreí y le acaricié el pecho con mi mejilla.

—Venga, hablemos o terminarás dormido de verdad. Dime, ¿qué estarías haciendo si no me hubieses conocido?

—Estaría durmiendo en mi cama —me contestó antes de apoyar su cara en mi cabeza.

—¡No me refería a eso, tonto! ¿Qué habrías hecho estos días?

—Me preguntaste eso mismo ayer, ya te dije que estaría trabajando en Los Hamptons —me contestó, refunfuñando.

—Es cierto... Pues, ¿por qué no me dices entonces qué harás?

Me mordí los labios y aguanté la respiración. Aquel fin de semana no era solo mío, y tras llenar los pulmones de aire, Gabriel cedió y comenzó a hablar sobre la cuestión que había estado evitando.

—La Junta de reclutamiento me cambió la categoría a mitad de este curso de II-S a I-A. —Me depositó un beso en la coronilla, como si necesitase una pausa antes de continuar—. He pasado los últimos seis meses reflexionando y, cuando el otro día recibí la orden de reclutamiento, me di cuenta de que aún no soy capaz de tomar una decisión.

—¿Tu padre sabe que te han enviado la orden de reclutamiento ya?

Pensé en Miguel, en su cara afable, en sus palabras llenas de orgullo siempre que hablaba de un hijo que hasta entonces era para mí solo un nombre con tanta consistencia como el humo.

—No, necesito más tiempo para asumir todo eso. Lo haré cuando tenga claro qué hacer. Quizá, si no te hubiese conocido... —Volvió a mi pregunta en un intento claro de relajar la intensidad de la conversación—. Puede que ya me hubiera decidido, pero te presentaste ahí detrás, con esos ojos llorosos y respirando como si te estuviesen fallando los pulmones, y qué iba a hacer yo. Te convertiste en la excusa perfecta para posponerlo todo un poco más.

Me giré, le di la espalda al escenario para poder verle bien la cara, porque lo que quería decirle era algo muy serio.

—No vayas, Gabriel. Te aseguro que es mejor que te metan en la cárcel o que cruces la frontera hacia Canadá. Nick relata en todas sus cartas lo horrible que es. Muerte y más muerte. Desfallecen de sed continuamente y patrullan bajo los monzones. Dice incluso que toman pastillas para no dormirse durante días, yo creo que los están drogando.

Gabriel inspiró y alzó la vista al cielo.

—No me da miedo ir para enfrentarme a esas cosas, Sybile. Ni siquiera creo que me costase empuñar un arma y obedecer órdenes, pero no creo que sea capaz de disparar contra alguien y me aterra no regresar. Yo solo quiero tener una vida normal. Encontrar un trabajo, aprender a tocar mejor la guitarra, enamorarme, quizá tener hijos, hacer largos viajes en coche...

Apoyé mi barbilla sobre su hombro y dejé que siguiera hablando.

—No fue fácil para mi padre llegar hasta Nueva York, literalmente se jugó la vida con dieciséis años. Tuvo un montón de trabajos asquerosos durante décadas hasta que comenzó a trabajar para tu padre. Ha luchado mucho por sobrevivir y yo he trabajado y estudiado hasta la extenuación para demostrarle que merezco todo el esfuerzo que hizo por mí. Sé que, aunque va a llorar en cuanto se entere de lo de mi reclutamiento, también una pequeña parte de él se va a sentir orgullosa porque, gracias a este reclutamiento, este país reconoce que formo parte de él.

—Pero ¡es absurdo ir a la guerra solo por hacer que tu padre se enorgullezca!

No pude evitar pensar en ese momento que sus aspiraciones no eran tan distintas de las de Nick. Ambos querían tener vidas tranquilas. Ambos querían que sus padres se sintieran orgullosos de ellos.

—Lo es. Sé que es un motivo que puede parecerte ridículo. Yo también lo pienso, pero, al mismo tiempo, pensarlo me hace sentir que soy un mal hijo. Es complicado. Es más que complicado. Es absurdo verte de pronto en una situación así. Es como si aspirar a tener una vida normal fuera algo extraordinario que no me corresponde tener.

—¡No vayas! —exclamé como si la solución fuera así de fácil.

No podía soportar la idea de volver a vivir lo mismo dos veces. Un par de años recibiendo cartas de un novio desde la guerra había sido tortura más que suficiente. Era ridículo que Nick regresase y que Gabriel se marchase en su lugar.

—Si evito ir, lo haré de forma legal. No quiero engañar al sistema para evitarlo y tampoco pienso huir de un país al que a mi padre le costó tanto entrar. Pero pasar dos años en la cárcel es algo tan absurdo como ir a la guerra. Y no pienso matarme de hambre o pegarme un tiro en el pie solo por no pasar el reconocimiento médico. Quiero hacer lo correcto, pero ¿qué es lo correcto, Sybile?

—No es justo lo que dice la gente, los soldados que están allí seguramente crean que están haciendo lo correcto, como bien dices, y con los que se quedan como desertores ocurre lo mismo. Y estoy segura de que todos, los de allí y los de aquí, están muertos de miedo. Estoy convencida de que ninguna de las dos opciones es la correcta, porque no hay nada de correcto en todo esto. —Inspiré y me controlé para no volver a proyectar sobre él mi deseo de que eligiera quedarse.

—Ojalá pudiera tomar una decisión sobre mi futuro tan rápido y con tanta seguridad como tú lo estás haciendo ahora mismo. Así que espero que tú sí aproveches tus opciones y que sigas adelante con lo que elijas, porque no me necesitas a mí para eso.

Gabriel me abrazó con fuerza, debió de notar que mi

cuerpo había comenzado a temblar porque estaba llena de frustración, de impotencia y miedo.

—Aunque no nos hubiéramos conocido, estoy seguro de que no te habrías casado con él. Tú ya habías abierto la ventana, Sybile. Yo solo te he dado la mano.

Quise rogarle que no me soltase, decirle que me aterraba no ser lo suficientemente valiente como para continuar adelante si escurría sus dedos de los míos. Yo no era como Sky, alguien que volaba ya por sí sola. Pero me mordí los labios para callar, porque la banda británica The Who había irrumpido con *Heaven and Hell* y su letra llenó nuestro silencio.

Why can't we have
eternal life
and never die?
Never die?

En algún momento nos quedamos adormilados, allí mismo, rodeados de un montón de gente, compartiendo la manta de alguien, manchados de barro y absolutamente extenuados.

Tengo que reconocer que, cuando los acordes de Jefferson Airplane nos sacudieron a las ocho de la mañana, envidié durante unos segundos a Sky solo de pensar que ella pudiera estar cómodamente dormida en el suave colchón del motel de Bethel. Pero luego sonó *Somebody to Love* e incluso Gabriel abrió los ojos sonriendo.

Yo sentía la falda acartonada y la piel tirante por el barro. El día había amanecido nublado y algo fresco. Quería asearme y quitarme el chaleco, cambiar la falda por los pantalones cortos vaqueros y el chaleco por la camiseta de rayas limpia que guardaba en la bolsa de bandolera. Me di cuenta de cuánto echaba en falta tener un cepillo para desenredar mi pelo enmarañado. Supongo que, en el fondo, una parte de mí seguía echando de menos ciertas comodidades.

—Deberíamos ir al lago para lavarnos y cambiarnos de ropa.

—Me parece bien. —Gabriel se estiró como un gato y se puso en pie de un salto.

—¿Nos queda algo ahí dentro? Me rugen las tripas.

—Yo creo que sí. —Abrió la bolsa y enumeró la leche en polvo, seis galletas y los azucarillos.

Nos comimos dos galletas cada uno de camino al lago Filippini y luego paseamos por la carretera atestada de vehículos estacionados. Había gente durmiendo sobre los techos de las furgonetas, desayunos improvisados en maleteros, gente que se cambiaba de ropa sin pudor mientras hablaba con quien tenía al lado y un montón de colores chillones que daba vida a un domingo grisáceo.

—Hog Farm está repartiendo avena y leche, han colocado uno de sus puestos por allí —oímos que una chica les decía a sus amigas.

—Deberíamos conseguir un poco de esa granola antes de que se termine, porque quizá ese par de galletas y la leche con azúcar sea lo único que tengamos para aguantar el resto del día.

Asentí conforme y nos unimos al grupo de chicos que se encaminaban hacia el puesto de Hog Farm. Hicimos la larga cola hasta obtener una ración, y luego decidimos regresar a la zona del campamento para rellenar nuestras botellas de agua.

—Estaría bien ver a Pet y a Luke. Tengo curiosidad por saber si han dormido ahí o si han vuelto a...

—¡Gabriel! Yo no quiero saberlo. —Me puse las manos en los oídos y me reí.

A las once de la mañana, el campamento era una zona tranquila. Los atrevidos que habían aguantado toda la noche para escuchar las actuaciones nocturnas habían caído redondos dentro de sus tiendas, pero cuando llegamos a las de nuestros amigos, ellos estaban terminando de desayunar. Compartimos la granola y ellos nos dieron unas rebanadas de pan con crema de cacahuete.

—Estáis hechos polvo, deberíais aprovechar para descansar un poco. Hemos oído que volverá a comenzar en un par de horas. Nosotros nos retiramos tras dos canciones de Janis Joplin.

Los miré incrédula. ¿Cómo podía alguien marcharse en mitad de un concierto de Janis Joplin? Aunque su decisión resultó ser tremendamente favorable porque, tras desayunar, ambos se marcharon decididos a encontrar a las chicas que habían conocido el viernes.

Limpios y con el estómago lleno no tardamos en quedarnos dormidos ni dos minutos dentro de la comodidad de aquella tienda de campaña que para nosotros en aquel momento era comparable a la habitación de un hotel de gran lujo. Fue agradable poder apoyarme en el pecho de Gabriel, usar su brazo como almohada, mecer mi cansancio al ritmo de su respiración pesada.

Me pregunté por qué nuestras vidas tenían que ser tan complicadas cuando en ese momento la felicidad era tan básica, tan sencilla y simple para nosotros. Quería permanecer así, con esa seguridad, con esa libertad. Quería retener agua en mis manos.

Un par de horas después alguien abrió la cremallera de nuestra tienda y oí el disparo de una instantánea. Abrí los ojos y vi a Sky con una cámara colgando de su cuello.

—Stanley, de todas las fotos que reveles, las mías serán las mejores.

—¿Stanley? —pregunté adormecida, con los ojos aún a medio abrir.

—¡Buenos días! —saludó el fotógrafo, asomando la cabeza por la abertura de la tela.

—Gabriel, están aquí Sky y Stanley. —Le di pequeños empujoncitos que lograron despertarlo.

—Oh, hola... ¿Queréis un poco de café? —ofreció él antes siquiera de levantar la cabeza del suelo.

—¿Tenéis café? —Stanley sonó ansioso.

—Luke nos ha dejado un termo ahí. También tenemos leche en polvo y azúcar en esa bolsa.

Salimos de la tienda y nos unimos a ellos.

—Dios, gracias. Me gusta el café solo. Llevo despierto dos días seguidos, haciendo fotos a músicos puestos hasta las cejas. Ojalá me hubiesen enviado a cubrir los choques fronterizos entre China y la Unión Soviética.

—Entonces no me habrías conocido, cielo —protestó Sky, que lo observaba todo a través del objetivo de la cámara.

—¿Y no has usado la habitación del motel al final? —Noté cómo Gabriel me presionaba con un dedo el costado e intenté retener la risa.

—Él no, pero yo sí. —Al escucharla, Gabriel me miró como si reconociese mis habilidades de adivinación—. Les dije que era su compañera y no lo cuestionaron al verme con esta cámara carísima colgada al cuello.

—¿Y de dónde has sacado la cámara?

—De él, estuve dentro de la zona de prensa el resto de la tarde con Stanley. Me envió al motel a por carretes de recambio.

—Y solo has tardado seis horas en regresar —aclaró el fotógrafo.

—¡Qué puedo decir! Había ducha con agua caliente y sábanas limpias.

Sky no solo se había duchado, también se había cambiado de ropa y ahora lucía sus largas piernas gracias a unos pantalones cortos similares a los míos y un sujetador de ganchillo de color amarillo. Aún llevaba puesto el collar con las tres balas colgando del cuello y las gafas de margaritas en lo alto de su cabeza para sujetarle la melena.

—¿En serio te atreviste a dejarle la cámara? ¿Y si llega a desaparecer con ella?

—Oye, ¿por quién me tomas, Gabriel? —protestó Sky.

—Tenía su bolsa de abalorios —contestó Stanley.

Gabriel y yo nos miramos y rompimos a reír al recordar lo poco que le había importado a Sky jugarse todo aquello el día anterior.

—Haznos una foto a los tres, bombón. Y esta quiero que me la envíes a California —le pidió a Stanley.

Tras posar para el fotógrafo, Sky recuperó la cámara y nosotros nos sentamos junto a las tiendas para desayunar.

—¿Quieres leche? —le ofrecí a la que ya sentía como amiga mía.

—Princesa, yo siempre quiero de todo, pero ya tomé algo antes en el motel. Guárdamelo para luego.

La música comenzó a sonar a lo lejos. Los conciertos se reactivaron en la hondonada, pero no nos dimos prisa en ir. Disfrutamos de nuestros cafés, Sky hizo varias fotos de nuestros vecinos de tiendas y Stanley nos contó algunas anécdotas que habían pasado desapercibidas para el público. Como que parte del escenario se había hundido la tarde anterior cuando subieron a él todo el arsenal de equipos de música de los Grateful Dead. Y que, como el escenario estaba mojado, no paró de haber cortocircuitos que propinaron pequeñas descargas eléctricas a los músicos cada vez que se acercaban a los micrófonos.

—Debo regresar antes de que comience Joe Cocker. Tengo que hacerle algunas fotos.

—¿Por qué no os venís con nosotros? —sugirió Sky.

Reconozco que en ese momento me molestó un poco que Sky nos hubiese cambiado por Stanley, ya que, solo unas horas atrás, ese *nosotros* se refería a nosotros tres.

—Me parece bien —contestó Gabriel, antes de tropezar con algo y dar un paso trastabillado.

Me reí de él y luego miré a mi alrededor. El campamento parecía estar despertando, aunque ya fueran casi las dos de la tarde, pero la gente iba y venía en todas direcciones.

—¿A dónde vas, Gabriel?

Habíamos llegado a la carretera, pero en lugar de cruzarla para ir a la hondonada, él seguía caminando por el medio de aquel río de personas.

Cuando se giró y le vi, con la mirada algo perdida y un poco desorientado, me alarmé.

—¿Te encuentras mal?

—No, supongo que es solo cansancio. Todo... —Vi cómo los ojos se le ponían en blanco—. Todo está un poco inquieto.

—¿Inquieto? Anda, ven por aquí. Creo que necesitas beber agua.

Gabriel asintió sin contestar y cuando intenté tirar de él me asustó ver que el suelo comenzaba a ondear bajo mis pies.

—¡Gabriel! ¿Has visto eso?

Los dos nos quedamos quietos mirando hacia el suelo. El terreno creaba olas y brillaba. Intenté agacharme para tocarlo, pero no sentía la punta de mis dedos.

—El azúcar —rio Sky.

—¿Quieres azúcar? —me di cuenta de que de pronto me costaba hablar.

—¡Princesa! ¡Los azucarillos! —ella reía sin parar.

Escuchaba su voz y la reconocía, pero no era capaz de localizarla entre un barullo de gente que se duplicaba y que perdía el perfil de sus cuerpos como si estuvieran derritiéndose.

—Creo que os habéis colocado con algo.

—¡El azúcar! —repetía medio desquiciada Sky.

—No fastidies... ¡Habéis tomado LSD!

¿Era Stanley el que hablaba? Mi mente estaba entre sorprendida de que él siguiese allí con nosotros y apabullada porque veía cómo sus gafas se proyectaban hacia fuera.

—¡Gabriel! ¿A dónde vas?

Me giré como pude y vi que Gabriel había echado a correr hacia el campamento.

—Vamos, Sybile. Corramos tras él.

Podía oír la preciosa risa de Sky y sentí que me llevaba como si mi cuerpo se hubiese despegado del suelo. Era una cometa gobernada por sus manos.

Debimos regresar al campamento porque recuerdo beber agua con ayuda de Sky antes de tumbarme sobre la tierra húmeda.

Vi cómo ella rebuscaba en la bolsa, lamía un azucarillo y rompía a reír.

—Me uniré a vuestro viaje —oí que me decía, y vi cómo se lo metía en la boca.

Mi mente no procesaba la información, pero era obvio que aquellos azucarillos estaban bañados con LSD y que Gabriel y yo habíamos comenzado a sentir su efecto. Así de ingenua e ignorante era por aquel entonces. Todo aquello era tan nuevo para mí que, hasta entonces, un bizcocho solo era un bizcocho. Una gelatina, solo una gelatina. Y un terrón de azúcar era algo que no sabía que se usaba para tomar ácido. En Woodstock hubo barriles de helado con LSD junto a los dispensadores del agua.

Recuerdo sentirme dentro de un cuadro de Dante y notar mucho calor, tanto que, en algún momento, me desprendí de la camiseta porque necesitaba que la lluvia calmase el fuego que mantenía encendida mi piel. El cielo se rasgó y un aguacero torrencial cayó sobre mí. Sé que bailé bajo él, y también que corrí bajo aquel diluvio. Tropecé con la gente que corría, resbalé sobre el terreno que volvía a ser fangoso y en algún momento mis ojos solo fueron capaces de distinguir cuerpos desnudos, ojos dilatados y de oír gritos ensordecedores o carcajadas distorsionadas. El agua se convirtió en flores que caían del cielo, aunque después supe que eso no fue una alucinación, porque lo que ocurrió en realidad fue que tras el aguacero un helicóptero las lanzó.

También guardo recuerdos como *flashes* en mi mente de hacer el amor con Gabriel dentro de una furgoneta y que ahí también estaba Sky buscando mi boca con sus labios al mismo tiempo. O quizá fuese en medio del bosque, porque también creo recordar ver ramas mientras jadeaba. Pero sí, estábamos los tres. Mis manos explorando los pechos de Sky, ella lamiendo los míos. Los dedos de Gabriel acariciando los recovecos que me daban placer, la melena de Sky agitándose sobre el pecho de él. Besos, empujes, caricias, estremecimientos que dejaron de tener dueño porque éramos tres cuerpos entremezclados en una confusión poseída por la alucinación y la lujuria. Yo no era dueña de mi cuerpo y mucho menos de mi mente, me dominaban los impulsos. Fue como si la percepción de mí misma se desvaneciese y solo existieran los lazos que me unían a los demás, a lo que había a mi alrededor. No quise pararlo, ni siquiera sé si quise comenzarlo, pero ocurrió. Puede que, en aquel momento, me sintiese más libre que nunca en mi vida.

¿Habría cambiado algo el haber sabido que era LSD? Porque creo que en ese momento habría decidido tomarlo de igual forma. Hubo tantas cosas que no sopesé aquel fin de semana... Solo tenía dieciocho años y una ignorancia tremenda sobre un montón de temas. Aunque no era capaz de evaluar los riesgos y las consecuencias, estoy segura de que en aquel momento habría elegido meterme ese azucarillo en la boca aun sabiendo lo que llevaba. ¿Habría cambiado mi vida en algo si no lo hubiese tomado? Eso es imposible saberlo, pero, sin lugar a duda, la vida de Sky sí que habría sido muy diferente si ella no hubiera querido iniciar ese viaje.

Capítulo 31
Lennon

La canción *Libre* está maquetada y, la verdad, ha quedado absolutamente increíble. Tiene el desgarro de Janis Joplin, la verdad de Joan Baez, la armonía de los Birds y el carácter de Diana Ross.

Dustin ha querido invitar a Lauryn a cenar en casa antes de que regrese a California porque justo después de la filmación tiene un compromiso previo con un grupo con el que había firmado para grabar los coros a un par de sus canciones. La invitación a esa cena, Dustin la ha extendido hasta Erick por ser el arreglista del tema central de la película y esa es la razón de que ahora mismo esté frente al espejo intentando descifrar qué significa el rictus de mi cara. ¿Es de fastidio o de miedo? ¿Es de agonía o de ansiedad? Lo cierto es que, tras terminar con las sesiones de *spotting* y con la grabación del tema principal, no habrá muchas más ocasiones en las que tenga que coincidir con Erick. Aunque a mí me quede un tiempo aún por estar en Nueva York para cerrar algunos contratos más, en sus composiciones no es algo en lo que yo vaya a participar, ni en su montaje, ni en su edición... Todas esas cosas que hicimos antes codo con codo no lo haremos juntos ahora porque Dustin cuenta con un equipo profesional para cada uno de esos procesos. Esta no es una película independiente de bajo presupuesto. *Verano en Acuario* es una superproducción, y eso quiere decir que es posible que no vuelva a ver a Erick hasta el estreno de la cinta. Hasta dentro de un año quizá.

Un año entero.

¿Eso es mucho tiempo? ¿Es poco? ¿Acaso eso debería siquiera preocuparme?

Pues sí, claro que sí. Sacudo la cabeza y alzo la barbilla, porque ¿qué clase de venganza he conseguido hasta ahora? Él se ha mantenido tan alejado de mí como ha podido a lo largo de estas semanas. Me ha ignorado, ha permanecido impermeable a todos mis comentarios y acciones. No he logrado absolutamente nada que calme el resentimiento que sigue vibrando potente entre mis costillas.

Una sensación de urgencia se apodera de mí. Sí, ahora sé que esta expresión petrificada quiere decir que necesito hacer algo, que necesito tiempo. No puedo permitir que doce meses me frenen, necesito seguir en contacto con él. No podemos volver a separarnos ahora. Pero ¿qué narices puedo hacer?

Resoplo haciendo bailar mi flequillo y luego me agarro con fuerza al mármol del lavabo. Me miro a los ojos con decisión y sonrío con malicia.

—Antes de que termine la noche habré encontrado la forma —me digo a mí misma en voz alta.

Abro el armario de par en par y miro una por una las prendas de ropa que cuelgan de las perchas. Me traje todo lo necesario para cualquier necesidad y ocasión, y esta noche estoy realmente desesperada. Necesito jugar con todo, por eso descuelgo de un tirón el vestido rojo que me deja los hombros al aire. Me subo las medias negras con cuidado de no engancharlas en las múltiples pulseras que adornan mi muñeca, dibujo con verdadera maestría una raya en mis ojos que los agranda como si fueran dos enormes faros y engroso mis labios con un brillo del mismo tono que el vestido. Tengo una boca bonita y sé cómo usarla para causar el efecto deseado. Para rematar el estilo me pongo unas gotas de Dior Addict tras las orejas y recoloco mi discreta delantera. Esta noche quiero que los recuerdos más intensos y ardientes de Erick se remuevan hasta que sienta que se le calienta hasta el alma. Me encuentro con una imagen espectacular al mirarme en el espejo de cuerpo entero del dormitorio.

Cuando oigo que llaman a la puerta principal dejo de respirar un instante.

Mierda. Estoy nerviosa y esa no es la sensación que necesito. Necesito la energía de una mujer fatal. Solo tengo que respirar profundo cinco veces.

Una, dos...

—¡Y cinco! —me digo a mí misma en voz alta para convencerme de que no requiero perder ni un segundo más.

Salgo del dormitorio y avanzo por el largo pasillo hacia la voz risueña de Lauryn a la que oigo alucinar sin tapujos con el apartamento de Dustin. Me sonrío porque comprendo a la perfección lo que siente. Me pregunto si ha venido sola porque no oigo la voz de Erick, pero las dudas se despejan en cuanto llego al salón y le veo, sentado en el sillón con una pierna apoyada sobre la rodilla de la otra y los brazos cruzados sobre el pecho. No se ha arreglado como debería. Esta noche era una ocasión especial, una cena de trabajo, profesional pero también de celebración. Sin embargo, él solo ha cambiado sus pantalones bombachos hindús y sus camisas de lino por unos vaqueros y un jersey de pico oscuro. Ni siquiera se ha peinado, y, aun así...

Sacudo la cabeza y desvío la mirada para poder ir hacia

la chica a la que voy a llevar de la mano desde el escenario del Buddy's hasta la gran pantalla.

—¡Qué guapa estás! —le digo con sinceridad, porque es una chica con estilo natural.

—Tú sí que estás despampanante, Lennon. Después de cenar, tú y yo deberíamos salir a tomar unas copas por ahí, sería una pena no sacar a la calle ese vestidazo.

—Está claro que hablamos el mismo idioma —me engancho de su brazo.

Nos reímos y Dustin alza las cejas, como si no supiera qué decir, pero estuviera de acuerdo con cualquier plan que podamos proponer las dos.

—Entonces, ¿dejarías California para venir a Nueva York? —Nuestro director sigue una conversación que había dejado a medias con la chica.

—Si con venir a Nueva York quieres decir dejar mi habitación compartida sin ventana en California para mudarme a esta casa, ¡lo haría sin pestañear!

Ahora reímos los tres, y solo los tres, porque Erick sigue sentado y mudo como si le hubiesen cosido los labios.

—Buenas noches, Erick —le digo desplegando mi sonrisa, forzándolo a que me mire. —Sé que he debido de sonar como la señora de la casa dando la bienvenida a un invitado y lo he hecho precisamente porque sé cuánto debe de molestarle eso.

—Estoy muerto de hambre, Dustin.

Así es como él responde a mi saludo porque, aunque sus palabras son para el dueño de la casa, sus ojos se han quedado fijos en mí. No parpadea, ni ascienden ni descienden por mi cuerpo como yo querría. Es como si él también fuese muy consciente de que es el último día antes de volver a separarnos.

—¡Vamos a la mesa! Bastian ha preparado una cena impresionante. Espero que te guste la langosta a la mantequilla, Lauryn.

La figura esbelta y enchaquetada de Dustin invita a la cantante a que le siga hasta la mesa del comedor y puedo ver cómo ella asiente con una sonrisa temblorosa. Sí, también conozco bien la reacción que provoca el encanto inconsciente de nuestro director, esa cabellera rubia siempre bien fijada y esos ojillos llenos de sueños. Por eso, yo también avanzo tras ellos y, al instante, siento a Erick a mi espalda tras mis pasos. Bastian me retira una de las sillas para indicarme dónde tengo que sentarme, y como resultado tengo enfrente a Lauryn y a Dustin a mi lado.

Comenzamos con una ensalada rociada con un aliño francés que despierta mis sentidos.

—¿Dónde encontraste a Bastian? —le pregunta Lauryn a Dustin una vez que el susodicho ha regresado a la cocina.

—Era el encargado del *catering* en mi última grabación. Está demostrado que un buen *catering* no solo calma el hambre de los actores, los empleados y los agentes de grabación, sino que también mejora el ánimo y la motivación, incrementa la productividad y favorece la interacción entre todos los miembros.

—¿Y ha dejado el *catering* solo para atenderte a ti?

—Al parecer le compensa la paz que siente ahora con un ritmo de vida más pausado. Los *catering* son muy exigentes.

Alzo una ceja y hago una mueca. No sé yo si, desde que estoy aquí, Bastian sigue sintiendo esa paz interior.

—Los ritmos de una grabación deben de ser en general agotadores y estresantes, ¿verdad? —pregunta la cantante.

—A mí no me lo parecen. —Dustin sonríe como si solo pensar en esas jornadas extenuantes fuera para él como un día en el parque de atracciones para un niño pequeño.

—Todo el mundo de Dustin gira alrededor de esto,

Lauryn. Él respira solo para poder hacer películas —interviene Erick.

—¡Le entiendo! Cuando estoy haciendo música me olvido hasta de comer. ¿Es que a ti no te pasa cuando compones? —le replica la chica.

—He aprendido a no dejarme llevar por las emociones. Si te obsesionas con algo, pierdes de vista cosas que son también muy importantes. —Vuelve a buscar mis ojos y continúa—. Comer es importante.

—Yo siempre como. —Le sonrío mordaz.

Se hace el silencio un par de segundos, porque debe de notarse que cuando nuestras miradas se encuentran saltan chispas como si el aire se estuviese electrocutando entre nosotros.

—¿Y de qué os conocéis los tres? ¿Cuál es vuestra historia?

Dustin, Erick y yo bajamos la cabeza y nos llenamos la boca de ensalada o vino.

—Bueno, sé que hicisteis juntos *Baile en la luna*. En cuanto Lennon me habló de este proyecto y de vosotros, quise verla y tengo que decir que es una maravilla.

—Muchas gracias, eres muy amable. Fue una época estupenda —le agradece Dustin.

—La mejor —apuntilla Erick.

El bocado se me atraganta a mitad de camino y bebo vino como si fuera agua. ¿La mejor? ¿A qué está jugando? Se lo pregunto sin palabras, con las cejas fruncidas.

—Pero todo eso fue hace demasiados años y con el paso del tiempo tendemos a idealizar el pasado. —Se limpia la boca con su servilleta y se levanta—. Voy un momento al aseo.

Su cara alerta a Lauryn de que ha metido un pie en terreno fangoso.

—Lo siento, creo que he dicho algo que no debía.

—No te preocupes, Lauryn. No hay nada turbio. ¡El pasado es solo pasado! Lo que importa es el presente y el futuro. —Dustin vuelve a salir a su rescate como el caballero que es.

No como ese pedazo de bruto, cabezota.

—Y tu futuro se percibe brillante desde aquí —añado yo, y alzo mi copa para recuperar el buen ambiente.

—Creo que debo rellenarla antes de brindar contigo —dice Lauryn risueña.

—Ostras, ¡es verdad! —exclamo, y pongo boca abajo mi copa vacía.

Los tres rompemos a reír y ella comienza a contarle a Dustin cómo dio sus primeros pasos hacia el mundo de la música. Yo los escucho a medias porque Erick tarda en regresar y siento que es el momento apropiado para que yo dé un paso adelante.

—Disculpadme un momento, ahora vuelvo —digo mientras retiro la servilleta de mi regazo para ponerla junto a mi plato.

Voy hacia el pasillo que parece haberse tragado a Erick y conforme avanzo oigo su voz atenuada en un susurro.

—No creo que más de dos meses. Quiero regresar cuanto antes, espérame, por favor.

Siento como si me apretujasen el corazón. ¿Quién debe esperarle? ¿En serio que hay alguien en la India deseando que regrese a su lado? Cuando Erick me descubre, se aclara la garganta y corta su conversación telefónica con la promesa de volver a contactar pronto.

—Ya he terminado en el aseo, puedes entrar. —Hace el intento de pasar por mi lado para regresar a la mesa, pero lo agarro del brazo para detenerlo.

—¿Puedes parar, Erick? —le pido con voz acusadora.

—¿Parar? —Se sacude de mi agarre y alza una ceja aproximando su cara a la mía con una leve inclinación de cuello.

Le tengo demasiado cerca, puedo olerlo, puedo sentir su respiración, puedo percibir el odio que siente hacia mí. Me sigue indignando que él sienta esa inquina, pero no voy a preguntarle qué es lo que puede echarme en cara cuando fue él quien se marchó. No es lo que tengo en mente, no es el paso que debo dar para retenerlo. Lo que necesito es ganar tiempo.

—¿No crees que hay que dejar el pasado atrás de una vez? Dustin tiene razón. Ya no somos unos jóvenes inmaduros, ahora somos adultos. ¿No crees que podríamos intentarlo?

—¿Intentar qué, Lennon? ¿Qué nos queda por intentar a ti y a mí? No creo que haya nada más.

Me da la espalda y se aleja, pero no puedo permitir que se escape, por eso alzo la voz.

—¡Ser amigos!

Puede que me hayan oído en el salón. De hecho, seguramente me han oído hasta en Central Park, pero lo cierto es que he conseguido detener los pies de Erick y se está dando la vuelta con lentitud. Veo cómo desciende la mirada hasta encontrar mis ojos y cómo alza las cejas con incredulidad.

—Nunca hemos sido amigos —aclaro dando un paso hacia atrás al ver que su mirada ha adoptado una expresión psicópata en su avance de regreso hacia mí.

—¿Amigos? —repite receloso.

—Ajá.

—Conque amigos, ¿eh? —Suelta un bufido, pone las manos en su cintura y da dos pasos hacia la derecha y luego uno hacia la izquierda. Luego vuelve a acercarse demasiado a mí y asiente compulsivamente con la cabeza, pero sin pronunciar una palabra.

—Creo que deberíamos intentarlo —me atrevo a añadir casi nariz con nariz—. Por el bien de la película, por supuesto. Pero también por nosotros.

—¿Por nosotros? —Habla entre dientes.

—Nunca fuimos amigos, Erick. Fuimos compañeros de trabajo y luego pareja, pero nunca fuimos simplemente amigos. Y somos dos personas con muchas cosas en común, había muchas cosas que nos gustaba hacer juntos y creo que podríamos al menos intentarlo.

—¿Por qué?

—Porque es incómodo estar así. Tendremos que coincidir bastante en el futuro y estaría bien poder hacerlo sin resentimientos. Como amigos.

—Así que como amigos. ¿Y cómo pretendes establecer este nuevo tipo de relación entre nosotros?

Resoplo, suelto una risa nerviosa. Me separo de él y me arreglo el pelo metiendo un par de mechones sueltos tras las orejas.

—Pues, no sé... Aún me quedan unos días en Nueva York. Podríamos hacer las cosas que hacen los amigos. Ir al cine, tomar un café y hablar de temas triviales, echar unas canastas y luego tomar una cerveza... Lo que se suele hacer, ¿no?

—Lo que suelen hacer los amigos. —Habla como si fuera una revelación increíble, abriendo mucho los ojos y acompañando cada palabra con un baile de cejas.

También asiente demasiado. No sé si es que está de acuerdo o si es que le está dando un ataque. Pero de pronto me agarra por los brazos y despliega una sonrisa llena de confianza. De demasiada confianza.

—Claro que sí, Lennon. Me parece una idea fabulosa.

¿Por qué de pronto me estoy arrepintiendo de mi estrategia de enamorarlo y dejarle tirado para vengarme?

—¿Sí?

—Podemos intentarlo, eso de ser amigos. Por el bien de la película, claro —afirma con decisión.

—Por supuesto. Es mucho mejor que ser solo unos fríos compañeros de trabajo.

—Eso es... —Me muerdo los labios antes de comenzar a divagar.

—Incómodo —recalca él—. Eso es lo que has dicho que era.

—Sí, eso. Así que, amigos entonces, ¿no? —Sonrío, soplo mi flequillo, hago un baile de cejas y balanceo la cabeza. Debo de parecer estúpida ahora mismo.

—Tú primero, «amiga». —Alarga el brazo indicando la dirección de regreso al salón.

Intento caminar con un ritmo alegre que le muestre que me siento más que satisfecha, pero sabiendo que está detrás de mí aprovecho para tragar saliva porque este trato que acabo de conseguir me genera una terrible inseguridad.

Cuando Erick y yo volvemos a sentarnos a la mesa hay unas enormes langostas rezumando un aroma delicioso sobre los platos y un par de personas incapaces de pestañear mirándonos expectantes.

Capítulo 32
Sybile

En mi mente todo lo que ocurrió aquel día continúa turbio y confuso. Mis recuerdos son pinceladas dispersas que terminan creando un cuadro abstracto. No me viene a la cabeza haber presenciado ninguno de los conciertos que hubo aquella tarde de domingo en el gran escenario, pero sí haber bailado bajo la lluvia cerca de él. Creo que me convertí en otro tronco flotando sobre el océano de personas que hacían de público, o quizá mi mente mezcló el recuerdo de ver a Sky hacerlo; pero juraría que fue así porque mis imágenes mentales son muy vívidas. Quién sabe, de ese momento en concreto no hay fotos. Terminé sola, vagando de un lado a otro del festival, sin la sensación de estar abandonada ni perdida. Simplemente, mi mente regresaba poco a poco a mi cuerpo y mi sentimiento principal era el de sentir más y más frío conforme la noche daba paso al día siguiente.

El panorama a mi alrededor era algo caótico, parecía que mucha gente se había ido ya de allí ahuyentada por la incansable lluvia. Otros jugaban a deslizarse por toboganes de barro en el suelo mientras sobre el escenario se escuchaba el himno nacional tocado por una guitarra eléctrica. Más tarde sabría que era Jimi Hendrix en su acto de clausura del festival.

Cuando fui realmente consciente de dónde estaba (no me encontraba muy lejos de la zona de acampada), decidí ir hasta allí en busca de Gabriel. Pensé que si no le encontraba, podía caminar hasta el lugar en el habíamos dejado el coche y esperar hasta que apareciese, porque sabía que él no se iría de allí sin mí bajo ningún concepto.

Por mi mente se sucedían imágenes como *flashes* de aquellas últimas diez horas y sin duda las más desconcertantes eran esas en las que estábamos los tres dentro de aquella furgoneta, desnudos y entremezclados. No sentí vergüenza, solo turbación, porque yo no reconocía tener la más mínima atracción sexual por Sky y me sorprendía que Gabriel hubiese estado tocando su cuerpo como lo había hecho con el mío, pero no era descabellado pensar que lo hubiera deseado. No podía evitar preguntarme cómo de colocado estaba él en aquel momento, si era consciente, si en realidad le había interesado Sky desde el principio. ¿Era eso compatible con lo nuestro? ¿Era yo la única que se había enamorado aquel fin de semana? ¿Iba a ser capaz de mirar a ambos a los ojos?

Inspiré y apreté con fuerza los párpados. De mi cuello colgaba el collar de las tres balas de Sky, pero no recordaba en qué momento había pasado de su cuello al mío. Todo pesaba de repente, mis piernas, mi cabeza, mi corazón. ¿Qué se suponía que había estado haciendo allí? ¿De qué me servía realmente todo lo que había vivido? ¿En qué me había convertido? ¿Drogarme y practicar sexo era lo que significaba ser libre? ¿Había hecho todo aquello para sentir que podía volar sola, por rebeldía o simplemente me había engañado a mí misma durante un fin de semana?

Todo tocaba a su fin, sabía que era el momento en el que debía hacer la verdadera elección y por eso todas esas preguntas circulaban a gran velocidad por mi mente. Supongo que eso hizo que caminase con pasos más decididos hacia las tiendas de campaña de Luke y de Pet.

Al llegar me encontré con una escena del todo inesperada. Luke y Pet estaban de pie frente a él con expresión preocupada, Sky intentaba que él la mirase, pero Gabriel... se había roto y el miedo se había colado dentro de él como un parásito. Estaba sentado frente a las tiendas, temblando, sudoroso y se aferraba las piernas con verdadera desesperación.

Corrí hasta ponerme de rodillas frente a él, le agarré primero por los brazos y al ver que no reaccionaba decidí abrazarlo con fuerza.

—Estoy aquí, Gabriel.

—¿Sybile?... ¡Sybile! —gritó mi nombre con desesperación, con los ojos llenos de lágrimas, y, cuando fue capaz de hablar, por fin se pronunció.

—Quiero huir.

Me quedé abrazándole durante un buen rato mientras mi mente intentaba pensar en una solución. Para él, para mí, para todo el maldito mundo. De vez en cuando miraba a Sky, que había decidido quedarse a nuestro lado y la veía dar grandes bocanadas de aire llenas de impotencia. Pet y Luke comenzaron a desmontar sus tiendas mientras nos concedían nuestro tiempo y espacio.

Sentir cómo temblaba el cuerpo de Gabriel me hizo darme cuenta de que habíamos estado en uno de los peores lugares al que él podía haber ido dada su situación, porque por muy impresionante que hubiera sido toda esa congregación de gente, por muy alto que cantasen todos esos músicos contra la guerra, por muy fuerte que chillásemos todos en contra del sistema, él no podría librarse.

Debió de ser frustrante para Gabriel ver aquello con sus

propios ojos, sentir que tanta gente quería impedir que algo así le sucediera a él y a otros tantos más, y que la realidad aplastante fuera que su destino estaba igualmente escrito. No tenía tiempo suficiente.

Y lo cierto es que aquella guerra absurda duró seis años más, que, pocos meses después de aquel festival que cantaba por su fin, el gobierno de Nixon llevó a cabo dos loterías para determinar el orden de llamada al servicio militar para los hombres de entre diecinueve y veinticinco años, y que morirían más de cincuenta mil muchachos en un país lejano.

Todo el festival quedó para la posteridad como un símbolo de paz, un ejemplo de amor y armonía, pero a efectos prácticos no sirvió de absolutamente nada contra la guerra.

En ese momento, Gabriel ya sabía que la música no salvaría su vida. Como tampoco salvó a Janis Joplin ni a Jimi Hendrix, que morirían por una sobredosis de heroína tan solo un año después de aquel concierto.

—Hay que ponerse en marcha. Nos vamos de aquí ya —ordenó Sky con decisión.

Se acercó a nosotros y ayudó a que Gabriel se pusiera en pie. Nos echamos un brazo suyo a los hombros cada una y lo sacamos de allí con la cabeza gacha, arrastrando los pies, con el alma doblegada. Miré a Sky con desesperación y lo que encontré en aquellos ojos esmeralda fue la fortaleza que a mí me faltaba.

—Solo necesitas una ducha decente y dormir unas horas en una buena cama —le habló a Gabriel usando un tono despreocupado, lo que hizo que aquella situación no pareciese tan trágica—. Iremos al hostal de Bethel, soy amiga de la dueña.

Alcé sorprendida las cejas y ella hizo una mueca afirmativa con la que me pedía que le siguiera la corriente, y en ese momento decidí no dudar de su capacidad de hacer amigos por el mundo.

—Tengo que... —Apenas le salía un hilo de voz a Gabriel—. Tengo que llamar a mi padre. Tengo que hablar con él. Tengo que contarle lo de la orden de reclutamiento. Tengo que...

—Tranquilo, vayamos paso a paso. Antes tienes que serenarte un poco. Te vendrá bien esa ducha. —Quise confortarle, le puse la mano en el pecho y él me la sujetó para que no me moviera de allí.

—También te vendrá genial un vaso de leche caliente. Tienen una leche increíblemente buena aquí, las vacas de estos prados deben de ser muy felices. —Sky proseguía con su actitud desenfadada, recolocó a Gabriel sobre sus hombros y le dedicó una mirada cargada de confianza.

Vi cómo él giraba un poco la cabeza para mirarla y que tras unos segundos de contacto visual ella sonreía y él se sacudía con una pequeña risa.

—Todo saldrá bien, Gabriel. No estás solo, nos tienes a las dos —añadió dedicándome una sonrisita con sus labios.

Sí, ella estaba allí. Seguía allí cuando no tenía por qué. Y entonces lo supe, que ella no se iría a ninguna parte sin nosotros. Ella también había hecho una elección, o quizá sus sentimientos se habían apoderado de sus decisiones. No sé qué le hizo querer permanecer a nuestro lado, qué vio en mí, qué esperaba que pudiera pasar entre los tres, pero la realidad es que se había establecido una unión y quería dejarnos claro que podíamos contar con ella.

Nos despedimos de Luke y de Pet a las puertas del hostal. Le dieron un abrazo a Gabriel y le desearon fuerza y mucha suerte.

—Ha sido genial conoceros. No os olvidaremos. Paz y amor, chicos —dijo Pet.

Imitamos aquel gesto con los dedos y vimos cómo se unían en el camino de regreso junto al resto de las personas que emigraban aquella mañana de lunes hacia todo tipo de destinos.

Sky saludó a la señora que había detrás del mostrador como si fueran familia cercana, pero lo cierto es que aquella judía, dueña del hostal, la miraba con una ceja elevada.

—Supongo que mi amigo Stanley ya ha abandonado su habitación, pero ¿te importaría que la usáramos unas horitas más? Mi hermano ha debido de tomar algo que no estaba en buenas condiciones, ya sabe usted que allí todo era un caos. Barro, poca higiene, alimentos no refrigerados...

—La habitación cuesta ocho dólares por día —contestó la mujer con cansancio y de forma cortante.

—Rose, el caso es que ahora mismo estamos sin blanca, pero creo que tengo algo que le gustará porque, ¿te has dado cuenta del brillo que tiene tu piel? Es única, traslúcida, fina como la porcelana, blanca como la nata de la riquísima leche de Bethel. Y, además, tienes los mismos labios que Marilyn e incluso el mismo color de pelo. —Sky abrió su bolsa y sacó unos pendientes alargados de plata con bolitas—. Mira cómo brillan estos pendientes. ¡Es justo lo que necesitas para ser igual que ella en *Cómo casarse con un millonario*!

Sky rodeó el mostrador y le acercó el pendiente a su oreja mientras con la otra mano cogía la llave que estaba en el casillero que había colgado a espaldas de la mujer y nos la tendía.

—¿Como Marilyn? ¿Tú crees?

—Por supuesto, Rose. Venga, póntelos y mírate. Tengo aquí mismo un espejito para que lo compruebes tú misma. Y tengo la pulsera a juego. Tienes que ponértelos esta misma noche y pedirle a tu esposo que te saque a cenar por ahí fuera.

—¡Qué locuras dices! Cenar fuera un lunes... Es más, no cenamos fuera desde que celebramos el décimo aniversario y de eso hace más de una docena de años.

—Oh, querida Rose. Entonces es evidente que necesitas ponértelos.

Oí cómo se reían las dos con complicidad, por lo que avancé por el estrecho pasillo de aquel hostal y busqué el número de habitación que llevaba designada la llave.

Gabriel se dejaba llevar de forma autómata, permanecía callado, como si su mente se hubiera quedado en algún lugar alejado de la realidad. Estaba preso de sus miedos, navegando en ellos y ni siquiera sé si fue consciente cuando le quité toda la ropa y lo metí bajo la ducha. Yo también me desnudé y me mojé con él. Le enjaboné con cuidado, con caricias suaves y llenándole de palabras de consuelo que no parecían llegar al interior de su mente.

—Gabriel, por favor. Mírame. —Le sacudí la cabeza usando la toalla de manos con la que estaba secando su pelo—. Estás aquí, conmigo, estás a salvo. Huiremos juntos, a donde quieras. Sigue llevándome lejos, más y más lejos. Hagamos que nuestra burbuja no explote nunca. Qué importa el lugar en el que estemos, lo importante es estar juntos. Estar vivos, ¿no es así?

Por fin, elevó la mirada y se perdió en mis ojos durante unos segundos. Estábamos sentados sobre la cama de matrimonio de aquel cuarto cuyas paredes estaban empapeladas con motivos de aves migratorias.

—Lo siento —dijo al fin.

—No tienes que pedir perdón por nada. No tienes por qué obedecer. No eres peor que los que han ido a luchar, ni tampoco mejor. No hay una decisión que sea correcta para el mundo entero, solo importa lo que tú sientas que es correcto para ti.

—Me refiero a que creo que me he acostado con Sky.

—¿En serio eso te preocupa ahora mismo? —Sonreí con ternura y acerqué mi frente a la suya.

—Pues no tanto como el tener que huir, pero sí... Sí que me preocupa un poco.

Le abracé tan fuerte que pude sentir los latidos de su corazón a través de la toalla que tenía enrollada en el cuerpo.

—El caso es que creo que yo también me he acostado con ella —le confesé llena de incredulidad.

—No estaba seguro de si esa parte había sido una alucinación.

—Quizá alucinamos juntos.

Me di cuenta de que Gabriel volvía a sonreír un poco, de forma casi imperceptible, pero eso fue señal suficiente como para que de pronto sintiera que el aire entraba por fin en mis pulmones.

—Uff, menos mal que no soy la única que está desconcertada con eso. —Sky irrumpió en la habitación sin miramientos y se tumbó en la cama con las piernas muy abiertas.

Los dos nos giramos para verla. Su expresión era de verdadera satisfacción, como si confirmar que algo así había sucedido fuera prueba suficiente de que el futuro de los tres estaba predestinado. Se incorporó un poco y nos dedicó una mirada cargada de optimismo.

—Y bien, ¿hacia dónde huimos, princesa? El mundo está lleno de posibilidades y ahora tenemos chófer.

Capítulo 33
Lennon

He trazado un plan exhaustivo. Sé todas las cosas que le gustan a Erick, las que le vuelven loco, las que le roban las palabras y las que logran dejarle sin respiración. Voy a ser la mejor amiga que jamás ha tenido, tan rematadamente buena que va a ver borrosa la difusa línea que separa la amistad del amor entre un hombre y una mujer. Entre él y yo.

Ahora mismo me siento identificada con Sky, con la decisión de ella al final de la película, en esa escena en la que deja claro a Gabriel y a Sybile, colocándose entre ambos en esa cama de motel, que ella está incluida en ese plan de huida, y que además es uno que va a funcionar. Mi plan también funcionará.

Por eso, esta mañana he vuelto a madrugar, aunque hasta las diez no tengo una cita con uno de los agentes de Entertainment YH, que son los dueños de la licencia de la primera canción que sonará cerrando la película y al comienzo de los créditos finales; pero es que ahora sé que Erick sale a correr todas las mañanas a las seis y media, y a qué hora está de regreso.

Son las siete y cuarenta cuando llego al elegante edificio cuyas vistas dan al lado este de Central Park. Entro y saludo a Botones Dorados como si fuéramos viejos amigos.

—El señor Lauder ha salido a...

—A correr. Lo sé, ¿y sabe por qué lo sé?

El hombre alza las cejas y se echa un poco hacia delante sobre el mostrador de su cubículo de portero.

—Porque somos amigos. —Mi entonación no deja lugar a duda de que eso es algo muy interesante y novedoso para mí.

—La... ¿felicito?

Le sonrío y le aviso de que voy a esperar a que él regrese de su trote matutino, pero no llego a sentarme en el sofá porque Erick aparece al instante por la entrada jadeante. Casi no le quedan fuerzas ni para alzar las cejas cuando me ve.

—¿Qué...? —Se detiene para hacer tres respiraciones aceleradas y secarse el sudor con el borde de la camiseta, lo que hace que sus abdominales queden al descubierto por un segundo.

Solo ha sido un segundo, pero sé que durante el resto del día voy a tener que esforzarme por olvidarlo.

—Buenos días, amigo. Tengo una reunión aquí al lado, así que he pensado que podía acercarme a traerte un café helado y un cruasán para desearte un feliz día. —Cierro el puño, estiro el pulgar y lo agito frente a su cara—. ¡Trabaja duro!

Erick coge su desayuno y solo acierta a torcer el labio superior hacia arriba. Pero antes de que pueda soltar algún improperio me coloco mis auriculares y salgo del edificio saltarina y me despido con un beso volado a Botones Dorados.

No miro hacia atrás por si a Erick le ha dado por seguirme con la mirada, aunque me muero por saber si lo ha hecho o no. Despliego los labios porque siento que mi primera misión ha sido exitosa. Ahora mismo debe de estar absolutamente confuso. Me río y subo el volumen de mi iPod porque suena *Everybody's Talkin'*, el tema central de la película *Cowboy de medianoche*, y cedo a las ganas de aullar su estribillo sin letra, ya que, si Nueva York tiene algo bueno, es que los locos pasan desapercibidos.

Dentro de una semana será la grabación de la última escena que queda por filmar de la película, Lauryn cantará la canción hecha con el poema de Sybile sobre el escenario, aunque luego en la película se monte la versión desnuda de la canción que ha grabado en el estudio con Erick. Habrá otro máster acompañado de instrumentación para la banda sonora de la película, esa será la que terminará sonando en las radios de todo el país. A mí me encanta la pureza de la composición inicial, por lo que sé que esa escena va a quedar genial en la cinta y estoy deseando estar presente mientras Dustin hace su magia rodándola. No sabía que echaba tanto de menos todo esto hasta que he vuelto a meterme de cabeza en el mundo del cine; y aunque lo estoy disfrutando, no puedo evitar sentir también miedo.

Miedo a que no funcione a pesar de que Dustin me haya asegurado lo estable que es la productora esta vez. Pero el miedo va más allá. ¿Y si después de este trabajo todo vuelve ser como antes? ¿Seré capaz de sentir que estar en la emisora de radio es suficiente para mí? Las visitas a Buddy's, los lunes en el Baldwin Cinema y las citas con Margot en su diván. ¿Por qué ahora mismo todo lo que ha llenado mi vida durante estos últimos cinco años me parece insuficiente?

Que tras esa pregunta acuda a mi mente la imagen de los abdominales de Erick hace que me golpee en la cabeza con las manos y que acelere el paso hasta terminar trotando por las anchas aceras llenas de historias que nunca conoceré.

❋

Los tres días siguientes repito el mismo ritual matutino. Hoy, Erick tan solo ha alargado la mano para aceptar el desayuno sin frenar su avance hacia el ascensor y, cuando le he deseado que tenga un buen día de trabajo, ha agitado la mano en alto. Está claro que yo estoy poniendo más empeño en esto de ser amigos que él, pero sé que estoy removiendo su estabilidad interior. Estoy a un día de que sea él quien reaccione de alguna forma.

Ahora voy junto a Dustin de camino al estudio de montaje porque va a revisar el trabajo que Amy ha hecho hasta ahora. Me alegra que me haya pedido acompañarle, porque también me preocupa comenzar a ser una carga molesta para él. La verdad es que me queda muy poco que hacer aquí en Nueva York, de hecho, podría terminarlo todo desde California, una vez que haya pasado el día de rodaje; pero si él quiere incluirme en momentos como estos que ya no me pertenecen, si él me mantiene a su lado, si él me concede el tiempo que necesito para poder seguir adelante con lo de Erick...

—Lennon, sé que te voy a pedir algo que no entra dentro de tus funciones, pero es más bien un favor.

—Claro, dime qué necesitas, Dustin —me ofrezco encantada de escuchar algo así desde el asiento de copiloto en su Porche.

—La casa de mi madre en New Jersey, ¿te podrías encargar de ponerla a la venta? A ti se te da mejor que a mí cerrar tratos. Tú siempre consigues los mejores.

—¿Estás seguro de que quieres venderla? Es la casa de tu infancia.

—¿Y qué quieres que haga con ella? No voy a vender mi apartamento para mudarme de nuevo allí. —Sonríe con timidez.

Claro, esa idea es absurda.

—Tienes razón. Para qué la quieres... No te preocupes. Yo me encargo de todo, pero entonces quizá tenga que quedarme por aquí unos días más —tanteo mirándolo de reojo.

—Ese es el plan, Lennon.

Dustin está sonriendo. Tiene ambas manos agarradas al volante con determinación y mira adelante triunfal. ¿Qué ha querido decir? ¿Quiere que me quede más tiempo con él? ¿Está tratando de decirme algo? No, es imposible. Es Dustin, él solo piensa en cine. Necesita que me quede para venderle la casa. Es cierto que podría dejarlo todo en manos de una inmobiliaria, pero confía en mí y en mi extraordinaria capacidad de negociación.

Supongo que, por mucho dinero que tenga, no está dispuesto a hacer una mala transacción.

—Déjame las llaves y mañana iré a echarle un vistazo. Haré algunas fotos y resaltaré sus encantos. Te conseguiré más pasta que nadie. —Le guiño un ojo con confianza y él asiente conforme.

—Este fin de semana tengo el sábado libre, ¿quieres ir de excursión?

¿Cómo? ¿Otra vez? ¿Quién es este hombre y qué han hecho con el Dustin que conozco?

—¿Desde cuándo tienes tantos días libres en tu vida?

—Estoy cansado de que digáis que solo vivo por y para el cine. No es cierto... o no quiero que lo sea. Es verdad que el noventa por ciento de mi tiempo tengo mi cerebro ahí metido entre ideas, reuniones y sesiones, pero también tengo días en los que pienso en ti.

—¿En mí?

—Sí. —Tose y se aclara la garganta—. En lo que me decías. «Acuérdate de vivir, Dustin». Antes no comprendía lo que querías decir con eso, pero luego mi madre murió, y aunque sabes que la muerte forma parte de la vida, es como si fuera algo que le sucede solo a los demás hasta que te toca a ti de cerca. ¿Y sabes? Ver que su vida terminaba me hizo pensar en cuánto tiempo me puede quedar a mí. Nunca lo sabes y sentí que hasta ahora he vivido a medias. Pensé que quizá debería moverme, no solo hacer cine. Me di cuenta de que necesito comenzar a tener otro tipo de vivencias por mí mismo y no vivir únicamente a través de los personajes y de las historias que creo.

—Jamás pensé que estuvieses evitando la vida al hacer cine, Dustin. —Me siento culpable por hacerle sentir que su vida hasta ahora no ha sido suficiente.

—Lo sé, pero todos pensáis que soy un adicto al trabajo, un director de cine incapaz de hacer otra cosa.

—Jamás te he visto como alguien así. Todo lo contrario, siempre te he considerado como un hombre capaz de lograr lo que sea. Pero sí es cierto que tú parecías centrado en vivir por y para el cine, pero ¡porque es tu pasión!

—Sí. Ha sido por pasión y también por comodidad. Es cómodo no exponerse a título personal.

Me reconozco en esas palabras. Ha sido cómodo y seguro permanecer en un paréntesis de mis propios sentimientos, alejarlos, anestesiarlos, convencerme de que estaban en el olvido. Ha sido un acto de protección enterrarme en el trabajo, cerrarme a las amistades, ser distante con la gente para no darle paso a mi vida.

—Sí, es cómodo y seguro mantener tus sentimientos sujetos, pero también es... ¿antinatural?

Me fastidia reconocerlo en voz alta. Si tuviera una mimosa en la mano, podría creer que ahora mismo estoy tumbada en el diván de Margot.

—Desde luego para ti, sí. —Desvía la mirada un segundo de la carretera para mirarme y me regala una sonrisa divertida—. Siempre has sido alguien dominada por tus impulsos.

—Ey, que estamos hablando de ti, Dustin. No te he dado permiso para comenzar con mi psicoanálisis. No es momento para hablar de mis debilidades —protesto porque tengo que frenar esta apertura de puertas que estoy sintiendo en mi interior.

—Tú no tienes debilidades, Lennon. Eres pura energía.

Le sonrío y siento que sus palabras me calientan el corazón. ¿De verdad él me ve así? ¿Siempre me ha visto así? Es más... ¿En qué momento Dustin empleó parte de su valioso tiempo en verme?

—¡Vayamos de excursión! —acepto entusiasmada de pronto.

—Genial, el sábado tenemos una cita.

¿El mundo ha dejado de girar? ¿Me he desmayado? ¿Estoy en una dimensión paralela?

¿Una «cita»?

En cuanto Dustin aparca en el garaje del edificio donde está el estudio de montaje me bajo con la cabeza mirándome la punta de los pies porque no quiero que vea mi cara. No sé cómo la tengo, quizá blanca porque la sangre se me ha congelado de la impresión, o puede que roja porque toda la que tengo se me haya concentrado ahí.

¿Qué me he perdido? ¿Qué estoy malinterpretando? ¿Qué demonios le pasa a Dustin?

Ando detrás de él, de sus pasos alargados y decididos que me guían hacia la puerta tras la que está Amy sentada frente a la mesa de mezclas con varios monitores y teclados.

—¡Qué sorpresa! No sabía que también venías tú, Lennon —me saluda tan amable como el primer día.

—Sí, así soy yo. Una caja de sorpresas. —Intento reír, pero la verdad es que me cuesta gesticular.

—¿Pasa algo? —me pregunta moviendo los labios sin producir sonido en el intento de que Dustin no descubra su pregunta.

Sacudo la cabeza negativamente y ella suelta un «oh» extrañada, pero pierde el interés en mí al siguiente segundo porque Dustin se ha sentado ya frente a las pantallas. La verdad es que a mí esta parte del trabajo de Amy me resulta admirable pero insufriblemente aburrida. Escuchar transiciones, mezclas de sonidos como chirridos de puertas entre diálogos, subidas y bajadas de intensidad en el volumen, supresión de ruidos... Se pasan un buen rato así hasta que por fin llegan a unos minutos en los que suena algo de música. ¡De la música que he escogido yo! Esos segundos de *I Heard It Through the Grapevine* de Marvin Gaye quedan absolutamente geniales en esta escena. Sonrío de oreja a oreja porque ¡me encanta mi trabajo!

—¿Cómo lleva la composición Erick? —le pregunta Amy a Dustin.

—Ya sabes, Erick es Erick. Cuando tenga algo, dará señales de vida. Hasta entonces, sigamos trabajando con lo que disponemos.

—Aún no está grabando en estudio, ¿verdad? —pregunto de forma ingenua, pero con una idea totalmente clara de lo que debo hacer con esa información en mi mente.

—No, pero le he conseguido hueco en Avatar Studios y a músicos maravillosos —me revela Amy con emoción, y luego mira de soslayo a nuestro director—. Creo que Dustin me eligió editora de sonido por mis contactos.

Le guiña el ojo y sonríe satisfecha de sí misma al ver que Dustin está a punto de abrir la boca para rebatir esa teoría con una lista detallada de motivos por los que piensa que es la mejor editora de sonido del estado.

—Vamos, Amy. Sabes que tu trabajo en *La sombra de Dorothea* llamó tanto mi atención que...

—Entonces, ¿por ahora trabaja en su casa? —Vuelvo a redirigir la conversación hacia el tema que me interesa, y dejo a Amy con ganas de oír todos los halagos de Dustin.

—¿Vas a pasarte por allí? —pregunta este raudo, como si me leyese la mente.

—Sí —contesto con sequedad.

—¿Y no crees que es mejor dejarlo por ahora para que se centre en la creación y...?

—No te preocupes, solo voy a brindarle mi apoyo. Nos llevamos estupendamente, quédate tranquilo. —Me ajusto mi gorro marinero con visera y agarro el bolso para salir con rapidez antes de que Dustin intente detenerme.

Cojo un taxi hasta Park Avenue y de camino a casa de Erick compro dos cafés helados y unas galletas de avena con virutas de naranja. Cuando Botones Dorados me ve entrar en la recepción del edificio, alza una ceja y comprueba la hora en su reloj.

—Por un segundo me ha hecho dudar, pero no, son efectivamente las cuatro de la tarde —dice el hombre con retintín.

—Ya sé que he venido esta mañana, pero es que antes le vi muy mala cara a Erick. Creo que necesita más café para seguir trabajando.

Me despido de él alzando los vasos que sostengo dentro de su recipiente de cartón y mantengo una sonrisa hasta que las puertas del ascensor terminan de cerrarse frente a él. Es la segunda vez que estoy en este pasillo, pero en esta ocasión avanzo sobre la moqueta desgastada con optimismo. Creo que hasta yo me estoy creyendo un poco mi mentira y nuestra nueva relación de amigos hace que enfrentarme a él sea algo mucho más fácil.

Llamo un par de veces al timbre y al poco oigo unos pasos cortos, arrastrados y demasiado ligeros como para ser de Erick. La boca del estómago se me contrae de forma inmediata solo de pensar en que alguna chica pueda estar detrás de esa puerta, alguien que sea especial para él. Aunque se supone que su alguien especial le está esperando en la India, quién sabe, igual se ha buscado un entretenimiento mientras está en Nueva York.

Cuando la puerta se abre y al otro lado descubro a una señora de edad avanzada, suelto un medio resoplido de alivio que coge desprevenida a la mujer.

—¿Y tú quién eres?

—¡Hola! Soy una compañera de trabajo de Erick. ¿Está él en casa?

—Sí, claro. Está ahí dentro encerrado en su estudio, ¿habías quedado con él?

—No, pero le traigo café. Tengo algunas cosas que tratar de la película, ya sabe... —Sonrío y balanceo la cabeza como si fuera una chica tontita.

¿Quién es esta mujer con la que estoy hablando más de lo necesario? ¿Por qué no lo llama de una vez?

—Adelante, pasa. Yo soy Caroline, su abuela.

—¿Su abuela? —Trago saliva. De pronto, la sonrisa se tambalea en mis labios y entro en el piso sin poder dejar de mirarla.

Es una señora muy atractiva a pesar de todas las arrugas que surcan su rostro, de elegancia y prestancia natural, ataviada con un jersey de cachemir color marfil y una falda sedosa. Es la primera vez que conozco a alguien de su familia y el corazón se me ha disparado. Sin saber por qué, me miro para comprobar qué llevo puesto. Mierda, llevo una chaqueta vaquera, la camiseta corta y la falda elástica que me queda por debajo del ombligo. Me quito la gorra marinera y aliso mi pelo antes de sonreírle de una forma diferente que no sé si resulta respetuosa o afectiva. No sé muy bien cómo comportarme, la verdad.

—Sí, entiendo que no te lo parezca, con ese pelo suyo tan oscuro e indomable... —Niega con la cabeza y pone los ojos en blanco. Luego me pide que pase a la sala central y que espere allí un momento.

Esta debe de ser la casa familiar de Erick. Echo un vistazo

alrededor y constato que el estilo de decoración no es desde luego el suyo. Oigo cómo su abuela lo tiene que llamar varias veces antes de que Erick le conteste malhumorado. Seguramente llevaba los auriculares puestos y acaba de interrumpirle en pleno momento de inspiración. Me muerdo los labios para retener la risa y aprovecho para mirar algunas fotografías que hay repartidas por un gran aparador de madera maciza. Sonrío porque Erick está por todas partes en varias etapas de su vida y me detengo en una en la que debe de tener solo un par de años y va disfrazado de oso panda.

—Pero qué monada...

De pronto siento que me agarran de la muñeca y que tiran de mí.

—¿Qué demonios haces aquí? —me pregunta de forma demasiado brusca arrastrándome hacia la puerta de salida.

Le enseño los cafés y la bolsa de cartón donde están las galletas.

—Te traía algo para animarte.

—¿Otro café? ¿Acaso quieres que me dé un ataque al corazón?

—Sé perfectamente cuánta cafeína tomas y...

—No tienes ni idea de cuánta cafeína tomo *ahora*, Lennon. —Abre la puerta y me empuja hacia fuera.

—¿Ya se va tu compañera de trabajo? Ni siquiera me la has presentado, ¿por qué no te tomas un descanso y la invitas a un té?

Oigo cómo su abuela intercede por mí desde la sala y despliego una sonrisa enorme hacia la cara enfurruñada de Erick.

—Somos amigos —le recuerdo—. Solo quería saber cómo vas con el trabajo y apoyarte.

Los agujeros de su nariz están dilatados y viendo su mandíbula se podría pensar que intenta masticar una piedra.

—Voy a salir a dar un paseo, abuela —anuncia, y cierra la puerta a su espalda empujándome hacia atrás para hacerse paso.

A pesar de su reacción, sigo con la sonrisa extendida y le tiendo mi ofrenda. Él echa a andar hacia el ascensor a zancadas, lo que me hace perseguirlo por el pasillo casi a la carrera, pero logro ponerme a su lado antes de que se cierren las puertas.

—¿Y cómo llevas la composición? La semana que viene es la grabación de la última escena. Dustin me ha dicho que vaya al *set* para apoyar a Lauryn y para supervisar la secuencia. ¿Tú vas a venir?

Las puertas se abren y sale erguido, y con las manos metidas en los bolsillos de sus pantalones de chándal. Se va a congelar, porque solo lleva una camiseta de algodón de manga corta, aunque quizá el enfado monumental que tiene ahora mismo lo mantiene acalorado. Casi no puedo aguantarme la risa detrás de él mientras lo persigo por la entrada del edificio hasta la salida mientras Botones Dorados apenas levanta la vista de su periódico.

—Acabo de estar con Amy y con Dustin en el estudio de montaje. Hemos visualizado la escena en la playa y ha quedado genial. La verdad es que Amy es bastante buena, y dice que te ha conseguido los Avatar Studio.

Hablo mientras intento quitarle con la boca el envoltorio a una de las pajitas. Erick anda en dirección a Central Park, así que supongo que vamos a dar un paseo por allí. Meto la pajita en el hueco de la tapadera del café y se lo tiendo cuando paramos en el semáforo de la Quinta.

—¿Y bien? —le pregunto, porque ya no sé qué más puedo contarle.

—¿Y bien qué? —replica aceptando de mala gana el café.

—¿Cómo llevas la composición?

—¿Te ha enviado Dustin para ver cuánto he adelantado?

—No, he venido porque, además de trabajar juntos, somos amigos. Te pregunto porque los amigos se interesan por los asuntos del otro y sé que ahora mismo tu único asunto es el *score* de la película.

—Amigos... —masculla antes de darle un sorbo al café—. Voy bien, bastante bien. La semana que viene comenzaré, tal y como está planeado, las grabaciones con orquesta en Avatar Studios. Antes del fin de semana le habré enviado a Dustin el montaje de los fragmentos que he hecho con las librerías virtuales, y si da el visto bueno a todo, terminaré incluso antes de lo que estaba previsto. Así que, vamos a tener poco tiempo para poder afianzar esta amistad, Lennon. —Me sonríe con fingido fastidio.

Yo aplaudo su rapidez y le ofrezco una galleta dejando claro que no me ofende lo más mínimo su actitud. Él se la mete entera en la boca y mastica al mismo ritmo con el que sus pies nos están llevando hacia el estanque de las tortugas.

—¿Sabías que ahora Dustin se toma días libres?

Con eso logro llamar su atención, frena un poco su ritmo y permite que me ponga a su altura mientras me mira de reojo.

—Desde que estoy aquí, hemos ido a cenar fuera tres veces y hemos ido de compras. Incluso me ha llevado al teatro a ver una noche de *amateurs* y el pasado jueves hicimos una ruta para ver todos los murales de Kobra. ¡Mañana mismo nos vamos de excursión!

Sus pies han ido dando pasos más y más cortos, por lo que ahora sí que estamos paseando.

Le ofrezco la bolsa de galletas y él, con una ceja alzada, me mira mientras mete la mano en la bolsa y coje otra.

—Están buenas —dice al fin.

Le regalo una sonrisa que no es ni la mitad de grande a como la siento por dentro.

Todo está saliendo según el plan.

—Mañana me pasaré por el estudio de Amy. Yo también quiero escuchar cómo está quedando su trabajo. Y el tuyo. —Ha dicho en un tono más bajo lo último, pero lo suficiente para oírlo.

—Pues ha quedado genial, ¿cómo no va a quedar algo genial con Marvin Gaye de fondo?

Erick asiente con la cabeza y le da un sorbo largo y sonoro a su café. Hemos llegado hasta los campos de *sotfball*. Debe de haber partidos infantiles porque el ambiente es bastante familiar, pero Erick decide pararse a un lado y tumbarse en el césped. No tengo otra opción que sentarme a su lado y permanecer en silencio mientras él descansa con un brazo sobre los ojos y las piernas estiradas de forma despreocupada.

—¿No tienes frío?

Niega con la cabeza. Claro, él nunca tenía frío. Él siempre desprendía una calidez acogedora en la que yo solía refugiarme cuando paseábamos por las playas de California durante las puestas de sol. Su postura me permite observarlo con detenimiento. Comienzo por su pelo y sonrío al recordar el comentario de su abuela. Sí, efectivamente va despeinado, pero a mí ese detalle característico suyo terminó por gustarme tanto como cuando lo recolocaba con gomina para las galas de premios o las entrevistas. Desciendo hasta su brazo cruzado sobre su cara para proteger los ojos del sol, luego a sus labios que mantiene algo estirados hacia fuera y termino observando cómo su estómago asciende y desciende. Recuerdo la imagen de sus abdominales y me obligo a dejar de mirarlo.

—Tu abuela es muy guapa.

No me contesta.

—No sabía que vivías con ella ahora.

Tampoco me contesta.

Sé que el padre de Erick falleció cuando él estaba en primaria y que su abuela siempre ha vivido con ellos, pero no imaginaba que a su edad siguiera viviendo en la casa de su niñez cuando está en Nueva York porque debe de tener dinero suficiente como para poseer en propiedad un apartamento más que decente en Brooklyn.

—No te pareces en nada a ella. ¿Y qué hay de tu madre?

—¿A qué hora os vais de excursión? —Se incorpora rápidamente, de forma inesperada.

¡Bingo! Ahí está la reacción que esperaba obtener.

—¿Quieres venir con nosotros? Porque a mí me parece una idea fabulosa. ¡Los tres otra vez juntos!

Dios mío, soy tan buena actriz que podría ganar un Óscar a la mejor interpretación.

Erick, estás absolutamente perdido.

Capítulo 34
Lennon

—¿Llamas hacer una excursión a ir hasta Red Hook?

Erick está visiblemente cómodo en el asiento alargado de la popa de la lancha deportiva que ha alquilado Dustin, con las piernas abiertas de forma exagerada y los brazos extendidos sobre el respaldo.

—Estoy seguro de que a Lennon le va a encantar el barrio —se defiende el acusado, que acaba de superar la expresión de sorpresa que instaló en su cara al ver a Erick puntual en la puerta de su apartamento a la hora a la que yo le había citado (sin comunicárselo a él).

—¿Y no habría sido mejor coger el ferri como todo el mundo? ¿Desde cuándo te has convertido en un despilfarrador pretencioso?

—Cierra el pico y disfruta del paseo, Erick. ¡Vayamos más rápido! —le pido a Dustin, que ejerce de patrón de la embarcación. Me he colocado junto a él mientras intento deshacerme de mi chaleco salvavidas.

—No te lo quites. ¡Es peligroso! —me recrimina Dustin, que lleva el suyo bien ajustado a la cintura.

Pongo los ojos en blanco, pero le obedezco porque gracias a su generosidad estoy acariciando la superficie del agua en una preciosidad fabricada en Italia.

Es una tarde brillante, asombrosamente cálida para estar a finales de octubre, llevo puesto un vestido de punto y estreno unas gafas de sol a las que no me pude resistir el otro día. Además, tengo que reconocer que estar con Erick y Dustin, sin la excusa del trabajo de por medio, me proporciona un gozo que me cuesta mantener a raya. Es algo fugaz, lo siento casi como un espejismo. Es una ocasión que dudo que se repita. Pero aquí estamos ahora mismo nosotros tres, como si fuéramos amigos de verdad, como si nuestro pasado no fuese un lastre, como si solo existiera el momento presente. Es demasiado bueno para ser verdad.

—Siéntate, vas a terminar cayéndote por la borda —me ruega Dustin.

—Pero soy demasiado baja, si me siento aquí delante no puedo ver bien. Me molesta el cristal. —Señalo hacia la protección salpicada con numerosas gotas de agua.

—Pues siéntate junto a Erick.

Miro hacia atrás y veo que nuestro compositor alza los hombros para transmitirme que le da igual lo que yo haga. Me tambaleo hasta llegar a su lado y tras un pequeño bote de la embarcación termino sentada junto a él, agarrada con una mano a su rodilla y con la otra al borde del asiento. Recupero enseguida la seguridad y me separo de él un poco, pero Erick no recoge en ningún momento su brazo de atrás, por lo que mi cabeza prácticamente descansa sobre él. Pues bien, si a él no le molesta, a mí tampoco. Me es indiferente lo cerca que esté mi cuerpo del suyo, de hecho, pensándolo bien, esta situación es más que favorable.

Dejamos atrás el río Hudson y salimos bahía arriba pasando entre la estatua de la Libertad y la isla de los Gobernadores.

—Este barrio estaba considerado como el más chungo de Estados Unidos hace poco más de diez años, pero ahora se parece a tu zona del Downtown de Los Ángeles. Se ha llenado de artistas porque los alquileres son baratos. Es un lugar bohemio bastante tranquilo.

Giro mi cara hacia Erick. ¿En serio me está hablando? ¿Por fin ha decidido comportarse como si de verdad pudiéramos ser amigos?

—Entonces Dustin tiene razón. Me gustará —le contesto resuelta.

Dustin luce tremendamente atractivo, con una chaqueta deportiva azul oscuro bajo la que destaca la elegancia de una camisa de rayas celestes. Prefiere usar sus gafas de sol como una diadema sobre su pelo rubio para que el viento no se lo alborote demasiado, por eso puedo ver todo lo que quiere expresar con sus incesantes miradas hacia mí. Comprueba cada dos minutos si estoy disfrutando o no del paseo. ¡Claro que lo estoy disfrutando!

Espero que con mi sonrisa y mis grititos festivos tras cada bote sobre las pequeñas olas se lo esté transmitiendo bien.

A mitad de camino, nos sorprende a Erick y a mí sacando una botella de *champagne* que descorcha él mismo. Nos lo sirve en unas copas que dudo mucho que formen parte del menaje de esta lancha.

Pues sí que se ha currado Dustin la salida-excursión...

—Siento no haber traído zumo de naranja —se excusa al darme la copa.

—¡Qué dices! Es un maldito Dom Pérignon, podrías haberme puesto una pajita directamente de la botella.

Le hago reír, miro de reojo a Erick que mantiene una ceja alzada mientras se bebe el contenido de su copa trago tras trago sin respirar para pedir enseguida a Dustin que se la rellene.

—¿Y qué hay de ti? ¿Tú no bebes, Dustin? —le pregunto extrañada.

—Solo había traído dos copas... —Aprieta los labios tras contestar y le lanza una mirada a Erick cargada de misterio.

—Pues pasemos de las copas. —Le quito la botella de las manos, le doy un pequeño trago y luego se la devuelvo para que me imite.

—Está bien. —Sonríe como si fuera yo quien hubiese pagado seis mil dólares por ella y seguimos turnándonos hasta bebernos la última burbuja.

Al poco, noto que el paseo va a finalizar porque ya nos estamos aproximando a la costa de Red Hook. Los edificios de ladrillo rojo llenos de enormes ventanales destacan tras la zona portuaria. En cuanto atracamos, Dustin me ofrece su mano para ayudarme a salir de la embarcación mientras que Erick se limita a supervisar con la mirada que desembarco sin problema alguno. Luego, Dustin sugiere ir hacia la calle Van Brunt, que es la arteria principal del barrio y que está llena de tiendas y *pubs*. Mi espíritu consumista está sobreexcitado: tiendas de cerámicas y de tableros de pizarra, floristerías inmensas, pequeñas librerías, *boutiques vintage*, tiendas de regalos ideales y, ¡oh!, ¡una joyería de antigüedades!

—¡Quiero entrar!

Hay piezas victorianas, eduardianas, retro, *art déco*... Me pongo la mano sobre el pecho, creo que estoy al borde de una taquicardia. Mi mirada se detiene unos segundos de más sobre un anillo de los años treinta con forma rectangular que tiene un precioso diamante.

—¿Ese es el que te ha gustado? —me pregunta Dustin asomando su cabeza por encima de mi hombro.

—Claro que me gusta, pero ¡cuesta siete mil dólares!

Me río y abandono con la mirada lo que verdaderamente ha llamado mi atención, un colgante con la forma de una pareja bailando. Me ha recordado a la escena de *Baile en la luna* en la que los protagonistas bailan ese foxtrot que tantas veces intentamos imitar Erick y yo a lo largo de nuestra relación y que siempre terminó con carcajadas, pisotones y besos. Muchos besos. Sacudo de mi cuerpo el escalofrío que me ha provocado el recuerdo y salgo de la joyería deseosa de encontrar algo mejor en lo que pensar.

Por suerte, a unos pasos de allí veo una tienda de discos, y eso, para mí, supone hacer una parada imprescindible. Sé que es una visita que Erick y yo vamos a disfrutar más que Dustin, pero lo cierto es que ahora mismo no quiero preocuparme por lo que les pueda gustar más o menos a ambos. Mis dedos rebuscan ágiles entre los vinilos de segunda mano que hay allí metidos en cajas de frutas recicladas. Encuentro algunas joyas del *jazz:* Dizzy Gillespie, Sarah Vaughan, Oscar Peterson, Dave Brubeck..., pero las descarto con rapidez porque los ritmos anárquicos sin estructura siempre me han provocado dolor de cabeza. Los Ramones, Patti Smith, Blondie... También los descarto con rapidez, pero porque los tengo todos. Veo que Erick está mirando la carátula del álbum *I Can Help* de Billy Swan.

¿En serio? ¿Por qué lo hace? Si mis dedos se hubiesen topado con ese disco, no lo habría sacado de su lugar, habría dado veinte pasos atrás. ¿Por qué cogerlo y mirarlo como si *Don't Be Cruel* no fuera la banda sonora de nuestra relación? Pero es que, encima, ahora lo está devolviendo a su lugar mientras me mira fijamente.

Y vuelve a ser fácil para él enterrarlo todo. Meter el disco entre un montón más como si su séptima canción no fuera especial para nosotros, como si nunca lo hubiese sido. Dejarlo ahí y marcharse, impasible.

—Podemos irnos, Dustin. Aquí no hay nada que pueda rescatar.

Lo he dicho suficientemente alto para que Erick lo oiga porque la última palabra nunca se la dejaré a él mientras pueda evitarlo.

—Después de cenar, os voy a llevar a un *pub* donde siempre hay músicos tocando. —Dustin se ha aproximado un poco más a mi brazo. Ahora parece que estamos paseando él y yo, y Erick permanece un paso atrás como si fuera la sombra que nos persigue—. Tengo que confesarte que todo este lugar siempre ha hecho que piense en ti, Lennon.

Alzo mi cabeza para poder ver qué tipo de expresión ha adoptado su cara al decir eso y me encuentro una tan insegura como la de un perrito pidiendo una caricia.

—Siempre he pensado que, si vivieras aquí en lugar de en California, habrías elegido este lugar para quedarte —continúa.

Escucho cómo a Erick se le escapa una risita, por lo que me giro y le fulmino con la mirada. Sí, él me conoce tan bien como yo a él, y por eso sabe que Dustin está muy equivocado. Yo no me habría instalado en un lugar así. Sin duda, lo habría frecuentado a menudo, porque me gustan los lugares con encanto, llenos de alma y desbordados de arte callejero; pero, si me diesen a elegir, me quedaría para siempre en cualquiera de los dos pisos en los que viven ellos aquí.

A mí me gusta el centro de Manhattan, donde reina el bullicio, donde puedes camuflarte entre las manadas errantes de personas a las que nunca vuelves a ver, cerca de las tiendas de diseño. Yo elegiría el puñetero ombligo del mundo. Pero entiendo que Dustin piense así. Él cree que escogí el lugar en el que vivo por su encanto (que también), pero principalmente fue porque era barato, tranquilo y estaba muy cerca de algo mejor. Creo que Dustin sigue relacionándome con la historia de la niña que creció en una comuna *hippie*. Ve ligado a mí un espíritu más libre y natural del que jamás he tenido; aunque, gracias a ese falso concepto, en la primera persona en la que pensó tras leer el diario de la chica de Woodstock fue en mí.

Le sonrío sin contradecirlo, porque por encima de su error sobresale la confesión que acaba de hacer, que alguna vez a lo largo de estos cinco años ha pensado en mí. Al menos, cuando venía por aquí. Y saber eso es toda una sorpresa.

Para cenar nos lleva a Brooklyn's Crab, un edificio abierto de tres pisos con una amplia terraza que tiene una increíble panorámica de la bahía. Es un restaurante lleno de mesas con bancos de madera como asientos que sirve toda clase de mariscos en enormes bandejas.

Como la reserva inicial de Dustin era solo para dos, ellos tienen que apretujarse en su banco frente a mí, y aunque deben de estar incómodos, ninguno protesta. Nos sirven unas enormes jarras de cerveza a cada uno y nos agarramos a ellas con rapidez porque de pronto el silencio se ha vuelto incómodo mientras esperamos que traigan la comida.

Empiezo a sentir cómo todo el *champagne* y el medio litro de cerveza que acabo de ingerir se están dando la mano dentro de mí, y toda esta situación comienza a parecerme de lo más divertida.

—No me habéis contado cómo fue vuestro reencuentro. —Me cruzo de brazos y me echo un poco hacia atrás, aunque siento el tronco un poco inestable.

Erick aprieta los labios y Dustin arruga la frente antes de contestar:

—Bueno, ya te dije que cuando falleció mi madre, él...

—Oh, no. Me refería a ahora. El reencuentro para la película. Porque, por lo que tengo entendido, tú estás viviendo en ¿Nueva Delhi? —Miro a Erick interrogante.

Él niega con la cabeza:

—En Bombay.

—Bombay... —repito con tono interesante e incrédulo, porque me resulta surrealista que viva en otro continente—. Creo que no sabría ni localizarlo en un mapa.

—Pues es la ciudad más grande de la India y tiene un montón de templos.

—¿Y cuándo comenzaron a interesarte a ti los templos? —Apoyo un codo en la mesa y me sostengo la barbilla aproximando mi cuerpo hacia él.

—Contacté con él en cuanto cerré el trato con Elephant Productions. —Dustin reconduce la conversación—. Pero no fue nada fácil. Su teléfono siempre estaba apagado o fuera de cobertura.

—Pero estoy aquí, ¿no? —Erick se remueve incómodo en su esquina del banco y levanta la mano para pedir otra jarra de cerveza.

—Pues a mí me engañó sin que le temblase el pulso, porque en ninguno de sus decenas de *mails* mencionó que tú formarías parte de todo esto.

—Creo que eso me quedó claro cuando intentaste abrirme la cabeza.

—No seguirás guardándome rencor por eso, ¿verdad? Ahora somos amigos. —Despliego una sonrisa que revela que estoy algo ebria.

Por fin nos traen las bandejas repletas de marisco. Hay una enorme langosta en el centro, varios cangrejos, gambas de diferentes tamaños y mazorcas de maíz asadas.

—¡Menudo festín! —exclamo alegre, y voy directa a arrancar la pata que parece más grande y jugosa de uno de los cangrejos.

Desafortunadamente, al hacerlo, salpico con jugo del crustáceo la camisa de rayas de Dustin.

—¡Ostras! Lo siento.

Erick suelta una carcajada, Dustin se mira apurado, pero también me sonríe.

—No te preocupes. Voy al aseo a limpiarme y regreso enseguida. No me esperéis, que se enfría.

Aprieto los labios a modo de disculpa y, aunque pienso durante un par de segundos si hacerle caso o no, mastico con ansia la pata para sacarle toda la carne mientras con la otra mano elijo una gamba enorme con ojos saltones a la que pienso decapitar mientras mastico.

—Come despacio, te va a sentar mal... Qué barbaridad, parece que no hubieses comido en una semana.

—Hace siglos que no como marisco.

—Pero ¡si cenamos langosta la otra noche en casa de Dustin!

—Ya sabes lo que quiero decir. No es algo que coma habitualmente y esto está buenísimo —le replico con la boca llena.

—¿Sigues subsistiendo a base de precocinados y cupones de oferta?

—Pues sí.

Erick pone los ojos en blanco y por fin coge un cangrejo.

—Antes no parecía importarte. —En cuanto lo digo, lo lamento. Mierda. Bocazas. No hables del pasado con él—. Lo siento. No he debido decir eso, va en contra de nuestro nuevo estatus de amigos.

—Tranquila. Sigue sin importarme. —Alza las cejas resuelto—. No es de mi incumbencia cómo te alimentes, pero te aconsejo que hagas deporte si vas a seguir comiendo así de mal. Ya no tienes veintipocos y deberías cuidar tu corazón.

Que Dustin regrese en ese preciso instante es lo único que salva a Erick de que estrelle la bandeja con todo el marisco en su cara.

—Supongo que tú también has notado el transcurso de

los años en... —le miro el pelo, en el que no tiene ni una cana; la cara, que no tiene ni una arruga; el pecho, que se percibe duro y firme a través del jersey de algodón; los brazos, que muestra musculados con el jersey remangado; y finalmente regreso a su cara— en la rapidez mental.

—La verdad es que no —niega sonriente, y muerde la carne de su cangrejo.

—¿Que no qué? —pregunta Dustin para poder integrarse en la conversación.

—Que Lennon se ha puesto filosófica y hablaba del paso inexorable del tiempo.

—Pues tengo que decir que el tiempo no parece pasar por ti, Dustin. Estás igual que hace cinco años —le elogio, aunque lo cierto es que él sí que muestra unas arruguitas en la comisura de los ojos que antes no tenía y está algo más delgado.

—Es cierto, tu rapidez mental también sigue siendo extraordinaria —dice Erick con una sorna que parece que solo percibo yo.

—Vaya... ¡Gracias, Erick! Yo a ti te veo físicamente incluso mejor. Tu estancia en la India parece haberte sentado bien.

—He adoptado unos hábitos de vida saludables allí.

—Supongo que estarías con diarrea el primer mes, ¿no? Es lo que todo el mundo cuenta que le pasa. —Sonrío con malicia, pero no le dejo contestar—. Ahora él corre todas las mañanas, ¿sabes Dustin?

—Y practico yoga —añade orgulloso e indemne a mis intentos de sacarle de quicio.

—¡¿Yoga?!

Dustin y yo nos sorprendemos al mismo tiempo y, solo de pensar en la flexibilidad que eso le habrá proporcionado, decido dar por zanjada la conversación y usar la boca únicamente para masticar y beber.

Con la barriga llena y el alcohol corriendo alegre por mis venas avanzamos unos metros bajo la oscuridad de la noche para llegar al bar del que antes nos habló Dustin.

Sunny's es un local sin pretensiones alojado en un antiguo almacén, cerca de unas vías de tren que no van a ninguna parte hoy día y con vistas al mar. Justo frente a la puerta de entrada hay estacionada una camioneta tan antigua y oxidada que parece estar ahí desde los años veinte, pero su presencia resulta artística.

—¡Hazme una foto aquí! —le pido a Dustin, que tiene un moderno y carísimo teléfono móvil con una cámara de fotos incorporada.

Me cruzo de brazos y pongo cara de mafiosa con la cadera apoyada en el capó de esta antigualla que parece sacada de un desvío de la Ruta 66.

Me doy cuenta de que Dustin sonríe al verme conquistada por el lugar incluso antes de entrar, satisfecho de lograr que algo llame mi atención, como si esta excursión la hubiese estado planeando con cuidado, con un interés especial.

—¡Encuadre perfecto! —exclama tras inmortalizarme.

—¿Queréis que os haga una a vosotros? —les ofrezco entusiasmada, porque, por algún motivo, llamémosle media botella de *champagne* y dos jarras de cerveza, me parece una idea extraordinaria, pero ellos niegan al unísono, yo trastabillo y Erick me agarra del vestido para hacer que ande recta hacia el interior del Sunny's.

—Ups —le digo, dándole un manotazo en el pecho para alejarlo.

—Comenzó como un bar de estibadores y ha terminado siendo un lugar de artistas, sobre todo de músicos. —Dustin me habla al oído porque dentro hay un conjunto actuando en directo—. ¡Hoy es noche de Western Swing!

—Es parecido a Buddy's —le respondo de igual forma

poniéndome de puntillas a su lado, agarrándome a su brazo tras tambalearme.

Erick avanza de pronto un paso y se pone entre nosotros para estirar el brazo indicando que hay una mesa libre al fondo.

—Siéntate antes de que termines con la cara pegada a este suelo. —Erick levanta uno de sus pies y mira hacia la suela de su zapatilla con el gesto torcido.

Me dejo caer en el asiento alargado y esta vez sí que me coloco junto a Dustin, enviando a Erick al otro lado de la mesa.

—¡Quiero cerveza y tequila! —exclamo, más contenta de lo que recuerdo haber estado en muchísimo tiempo.

En el centro del local hay un hombre elegantemente vestido que acaba de sacar a bailar a una chica, y por lo que veo, hay toda una cola de mujeres que parecen esperar su turno con excitación.

—¿Estás segura? A ver si terminas vomitando en la lancha de regreso a Manhattan —me advierte Dustin.

Le pongo morritos en protesta y luego miro al frente, a Erick que alza la mano y llama al camarero.

—Yo quiero una cerveza y ella quiere cerveza con un chupito de tequila. —Se encoje de hombros y añade—. Ya te he dicho antes que me da igual lo que comas o bebas.

—Que sean tres cervezas... y ese chupito —dice finalmente Dustin.

Mis dedos tamborilean sobre la mesa al compás de este ritmo granjero, una mezcla *country* del *blues* y el *jazz*.

—¿Ves a ese de ahí? —me pregunta Dustin señalando a uno de los músicos—. Es Smoky. Ha tocado profesionalmente con Neil Diamond, Mick Jagger, Jeff Beck, Johnny Cash...

Alzo las cejas con sorpresa y sonrío al camarero que acaba de dejar en la mesa las bebidas. Me bebo el chupito sin respirar y después me levanto dispuesta a acercarme al tal Smoky con la intención de que Dustin me haga una foto a su lado, pero no sé cómo termino en brazos del bailarín dando vueltas por el local durante un buen rato.

Tras un paseo de regreso a la lancha que hago prácticamente con los ojos cerrados, parapetada entre estos dos, los abro al fin justo cuando pasamos junto a la estatua de la Libertad, que está iluminada bajo una luna llena gigante que rebota en el cielo.

—¡Siéntate de una puñetera vez, Lennon!

¿Me acaba de colocar Erick sobre sus piernas? ¿Cuándo me he puesto el chaleco salvavidas? ¿Y por qué se mueve todo tanto?

Capítulo 35
Lennon

Creo que he vomitado en el Hudson, o quizá ha sido en una fuente... Solo sé que había agua. Siento cómo me transportan en volandas y que el refrescante viento de la noche me agita el pelo y se cuela por debajo de mi vestido, que quizá esté revoloteando y enseñando sin complejos a medio Nueva York mi ropa interior.

—Déjame que te ayude. —Oigo que dice Dustin.

—¿En serio quieres cargar con ella? ¿Desde cuándo no coges algo que pese más que una cámara de treinta y cinco milímetros?

Pero ¿quién me está transportando? Me remuevo, emito algo parecido a una protesta gutural y recibo un palmetazo en el trasero.

—¡Que te estés quieta! —me regañan—. ¡Consigue un puñetero taxi, Dustin!

—¡No para ninguno! ¿Qué quieres que haga?

—¿Y tu hombre para todo?

—Las dos de la madrugada no es una franja horaria que entre en el horario laboral de Bastian, como comprenderás.

Siento que reboto, que ajustan el agarre sobre mis piernas y me río porque me hace cosquillas.

—Puedo andar —logro decir, y repito el intento de deshacerme de mi transportador.

De pronto, siento cómo me sueltan y caigo redonda sobre la fría acera.

—Genial. Pues levántate, anda, y llega hasta Tribeca.

Veo cómo Erick se recoloca el jersey que he debido estirar con mis agarres y se despide presuroso por deshacerse de mí.

—¿No hablarás en serio? —le espeta Dustin.

—Mírala, se ha puesto de pie —se excusa él, señalándome, pero no sé por qué mueve tanto el brazo para hacerlo. O quizá sea yo la que se balancea.

Veo cómo corren los dos hacia mí y siento que me sostiene cada uno por un brazo.

—Cojamos el metro, tenemos una entrada ahí mismo.

—Demonios... Está bien —accede Erick.

—No me gusta el metro. Es asfixiante —protesto.

—Me importa un cuerno lo que te guste, Lennon. Eres un puñetero incordio.

—La culpa es mía, no debí haber dejado que bebiera tanto —dice Dustin.

—¿Por qué vas a tener tú la culpa de que beba como si fuera un puñetero marinero ruso?

—No he bebido tanto, ha debido ser el marisco... —balbuceo.

—Sí, es posible. Quizá algo te ha sentado mal.

—Por qué demonios habré regresado... —Erick resopla, pero sigue sujetándome del brazo, aunque niegue con la cabeza.

El trayecto en metro dura solo un pestañeo o quizá me he dormido, pero cuando llegamos a nuestra parada lo que me ha servido de almohada se aparta con brusquedad y me doy un golpe en la frente con el respaldo del asiento.

—Ya casi estamos en casa —me dice Dustin, que pasa su

brazo por mi cintura para guiarme escaleras arriba hacia la salida.

—Eres un encanto, Dustin. Y eres tan guapo, tan tan tan guapo. Siempre lo has sido, demasiado. Y resultas aún más guapo porque no sabes que eres guapo. Y bueno, eres tan bueno. Tan buen director. No sabes cuánto te admiro. Deberías ganar un montón de premios más, otro más como el que te rompí. ¿Podrás hacerlo? Porque siento un montón haberte roto ese premio. Y eres tan buen director...

—Y guapo, ¿verdad? —repite con sorna Erick.

—Muy muy guapo —afirmo con una sacudida de cabeza.

—Pues ya está. Yo la veo muchísimo mejor, así que no creo que te cueste llevarla desde aquí hasta tu apartamento.

—No te vayas, por favor —le pide Dustin.

—Quiero irme a mi puñetera casa de una vez.

—Por favor, acompáñame. Quiero hablar contigo.

—¿Y lo que sea que tienes que decirme no puede esperar a mañana?

Dustin se detiene. Me detiene. Apoyo la cabeza en su barriga. Me alza para que pueda volver a estar erguida y escucho que le dice a Erick que no puede esperar. Lo ha dicho con un tono muy serio, pero no soy capaz de elevar la barbilla para ver qué cara pone ninguno de los dos.

Se instala el silencio durante el resto del trayecto. Tengo sueño y estoy concentrando todas mis energías en seguir poniendo un pie delante del otro. Por eso, cuando por fin siento que me desplomo sobre la cama gigante, ruedo un poco hasta alcanzar la almohada y me abrazo a ella. Oigo que entornan la puerta, que los pasos se alejan por el pasillo y por fin lo único que oigo es mi propia respiración.

Me despierto solo porque siento la necesidad de ir a hacer pis. No sé cuánto tiempo ha pasado, pero abro un ojo y percibo algo de claridad que se cuela entre las cortinas mal cerradas de la habitación. Supongo que ya está a punto de amanecer. Logro levantarme para ir al baño que hay anexo a mi dormitorio, pero me siento algo inestable. Noto la mente abotargada y la boca muy seca. Mientras hago pis intento pensar en lo que ocurrió anoche, y aunque tengo lagunas, recuerdo las partes más divertidas que me hacen reír. Aprovecho para echarme agua fresca en la cara y para beber un poco haciendo cazoleta con las manos. Pero esto no es suficiente, necesito algún analgésico.

Salgo del dormitorio con la intención de pedirle algún medicamento a Bastian, pero me detengo cuando oigo voces atenuadas en el salón.

—¿Desde cuándo?

—No te lo sabría decir, Erick. Quizá tenías razón hace cinco años, puede que desde siempre. Pero no era consciente de ello. Te lo juro. Sin embargo, ahora... lo tengo claro. Sé lo que siento.

—¿Y por qué me lo cuentas? Qué tengo yo que...

—Todo. Porque si tú aún sientes algo por ella, si existe aún en ti el más mínimo sentimiento de amor susceptible de volver a crecer ahora que os habéis reencontrado, daré un paso atrás. Porque, Erick, no quiero que tú vuelvas a salir de mi vida. Sigues siendo mi único amigo. Sigues siendo la persona más importante que hay para mí.

—Pues menuda mierda de amor sientes tú —le espeta el otro.

Doy un respingo al oír la voz airada de Erick y avanzo un par de pasos hacia ellos para escuchar mejor.

—Cuando de verdad estás enamorado de alguien te importa un cuerno lo que nadie más pueda sentir al respecto, porque para ti lo primero y lo último es esa persona. Así que, si me estás pidiendo permiso para salir con Lennon, es que no mereces dar ese paso.

—Erick, demonios. Siempre malinterpretas las cosas.

—¡Y una mierda malinterpreto las cosas! Te estoy diciendo que yo no soy ni el problema ni la excusa para que estés con ella. Yo me fui hace tiempo y... —Escucho como suelta una risotada—. Y ahora, Lennon y yo somos *amigos*. Eso es lo que quiere ella, Dustin.

—Entonces, ¿tú y yo seguiremos bien si ella y yo...?

—Sinceramente. No lo sé.

Pun. Pun. Pun.

Mi corazón ha comenzado a latir tan rápido que tengo que poner la mano sobre mi pecho porque siento que va a romperme el esternón. ¿Qué demonios ha sido eso?

¿Le gusto a Dustin? ¿De verdad? ¿Y ahora lo dice? ¿Erick está inseguro sobre lo que siente por mí? ¿De verdad ha dicho que somos «amigos» como si fuera algo imposible? ¿Y por qué no siento este descubrimiento como una victoria, sino que llega a mi corazón en forma de esperanza?

No quiero oír nada más. Entorno con cuidado la puerta de mi habitación, me meto de nuevo en la cama y oculto la cabeza debajo de la almohada para atenuar hasta el más mínimo susurro.

Duérmete. Duérmete.

¿O todo ha sido un sueño? Sí, quizá siga inmersa en el delirio del borracho, porque cómo asumir si no lo que acabo de escuchar. Sí, todo ha sido producto de mi imaginación, de un sueño demasiado vívido y absurdo para ser real.

Duérmete. Duérmete, Lennon.

Pero... ¡cómo que le gusto a Dustin! ¿En serio Erick le ha dicho que no es digno de mi amor? Me duele la cabeza, ¡maldita resaca! Necesito a Margot. ¿Qué hora es?

¿Es demasiado tarde para llamarla? Aquí son las seis de la mañana, allí son las tres de la madrugada. Mierda. Seguro que Margot duerme.

¿Llamo a Richard? No, su mujer se enfadaría tanto que dejaría de hacerme pollo frito.

Le gusto a Dustin, ¿qué supone eso para mí a estas alturas? Porque no creo que mi corazón se haya acelerado al saberlo, más bien ha sido al escuchar a Erick dudar sobre sus sentimientos. Aunque por qué debería importarme ahora lo que él sienta. Quizá debería centrarme en la nueva posibilidad, en que, siete años después, por fin Dustin corresponde a unos sentimientos que me tuvieron absolutamente cegada durante tanto tiempo.

Dustin y yo. ¡Su apartamento! Sacudo la cabeza. No, no se trata de eso, por mucho que me guste este lugar. Se trata de él.

No me lo puedo creer. Me falta el aire.

¿Por qué tengo que gustarle ahora? ¿Por qué me late el corazón tan fuerte y se repite en mi cabeza una y otra vez la frase de Erick «menuda mierda de amor sientes tú»? Y es que eso quiere decir que, hace cinco años, yo fui para él la primera y la última, que le importó un cuerno lo que cualquier otra persona pudiera opinar o sentir sobre nuestra relación, y que, aunque me dejó... no lo hizo del todo porque, «sinceramente, no lo sé». Eso ha dicho, que no lo sabe. ¿Y por qué ha sonado a que sí que lo sabe? ¿Y por qué se me desboca el alma solo de pensar que aún podría ser posible que él y yo...? Que él y yo... Él y yo. Que eso pudiera ocurrir de nuevo.

Permanezco en la cama absolutamente desvelada. Las luces encendidas de los rascacielos de Nueva York ya se han apagado del todo, y los colores de los edificios comienzan a destacar en el cielo al paso que el sol se cuela entre ellos.

Pero sé lo que tengo que hacer. Tengo que huir, es la primera medida desesperada, luego todo irá mejor. Y para huir, lo que se hace es correr.

❋

A las siete y cuarto de la mañana estoy perfectamente ataviada con ropa de deporte que acabo de comprar, porque esto es Nueva York y puedes encontrar de todo a cualquier hora. Y sí, estoy frente al edificio donde vive Erick. Bastian me ha informado que se fue de casa de Dustin poco después de las seis, y aunque es una apuesta arriesgada pensar que hoy también saldrá a correr, cruzo los dedos esperanzada.

Cuando por fin vislumbro su silueta salir del ascensor me pongo a hacer estiramientos.

—Pero qué...

—¡Buenos días! —le saludo alegre, aunque por dentro estoy como un flan.

—¿Tú no deberías estar sintiendo que te mueres en la cama?

Le quito importancia con una sacudida de mano al hecho de que la noche anterior me emborraché de forma vergonzosa y que aún estoy fatal.

—Eso no fue nada. Me siento estupendamente ahora.

Erick me mira de arriba abajo y arruga el labio superior.

—¿Y qué se supone que haces aquí... así?

—Me dijiste que saliera a correr contigo.

—¿Cómo? ¿En qué momento te he dicho yo eso?

—Me dijiste que tenía que empezar a hacer deporte. Me invitaste, me quedó totalmente claro cuando dijiste que debía cuidar mi corazón.

—Yo... —Agita la cabeza, arruga la frente y resopla—. Yo...

De pronto se gira y echa a correr sin avisarme.

—¡Oh! ¿Tú no calientas? —grito.

Pero como no me contesta arranco a correr lo suficientemente rápido como para ponerme a su altura. Durante los siguientes diez minutos fuerzo tanto mis piernas como mi corazón. De hecho, creo que, desde hace dos, a mi cerebro le está faltando oxígeno, aunque al menos estoy sudando todo el alcohol que aún retiene mi cuerpo.

—No puedo. No puedo.

—Pues para —me espeta.

—Pero, pero... ¿Puedes ir más despacio? ¿O hacer un descanso?

—Si acabo de empezar, cómo voy a parar a descansar. —Erick avanza a su ritmo natural sin haber si quiera comenzado a sudar.

—Pero, pero... ¡Ay!

Estoy rodando Central Park abajo, por una ladera de césped, gracias al cielo. Pero ruedo como un *cannoli* durante lo que me parecen cuatro larguísimos segundos. Cuando por fin freno, estoy de lado y siento un terrible dolor en el tobillo. Puedo ver que Erick se ha parado y que me mira desde el paseo con los brazos en jarras como si estuviera sopesando si debe venir a socorrerme o proseguir con su rutina deportiva. Pero está claro que no me va a dejar, ¿verdad?

Lo miro y alzo las cejas. Luego profiero un alarido de dolor y entonces él comienza a mover los labios como si estuviera lanzando maldiciones a todos y a cada uno de los habitantes del planeta.

—Eres un puñetero dolor de muelas, Lennon.

—Y tú eres el peor amigo que se pueda tener. ¿No podías ir más despacio sabiendo que era mi primer día? ¿Para qué me dices que corra contigo si pretendías dejarme atrás todo el rato?

—Es que yo no te dije que... ¿En serio vas a llorar?

Quizá. Seguramente.

—Es que me duele mucho el tobillo. —Me muevo para poder mirarme el pie, pero él se me acerca, se agacha y me lo agarra primero.

—Vamos a verlo. —Resopla, aunque maniobra con cuidado para quitarme la zapatilla deportiva.

—¿Dónde diantres te has comprado esta birria de zapatillas?

—En una tienda de *souvenirs*. ¿No ves que pone «I LOVE NY»?

—Tú eres tonta.

—¡Erick! Ya está bien. ¿Podrías ser solo un poco amable ahora mismo? —Sigo llorando, me sale genial. Aunque la verdad es que me duele un montón el pie.

Cuando me quita la zapatilla y me baja el calcetín, una enorme hinchazón rodea lo que antes era un tobillo delgado.

—Joder, Lennon. —Niega con la cabeza—. ¡No te muevas! —Se levanta y echa a correr no sé a dónde.

—¡Como si pudiera! —le grito.

Creo que me he fastidiado bien el pie. Me seco las lágrimas con el borde de mi sudadera y me sorbo los mocos. Me duele. Mierda.

En menos de dos minutos, Erick reaparece con algo entre las manos.

—Póntelo en el tobillo. —Me ofrece una bolsa con un par de cubitos de hielo—. Vamos a que te miren ese pie.

—Ah, no... Ya sabes que yo no voy a entrar en ningún hospital.

—Pero ¡tú te has visto el tobillo! ¿Y si te lo has roto?

—No me duele tanto.

—Vale, está bien. Entonces, ponte de pie y anda.

—Bueno, dame unos minutos. Voy a esperar a que el hielo haga algo de efecto, ya que me lo has traído.

—Déjate de tonterías. Sujétate la maldita bolsa en el pie —dice mientras se mete mi calcetín en el bolsillo y lanza la zapatilla a una papelera.

—Pero ¿qué haces? ¡Mi zapatilla!

—Ya me lo agradecerás más tarde. Sujétate —me ordena justo antes de deslizar un brazo por debajo de mis piernas y de agarrar mi cuerpo con el otro.

Me levanta del suelo y luego afianza mi sujeción con una pequeña sacudida.

—Te he dicho que te agarres, ¿es que quieres partirme la espalda?

Obedezco muda, paso mi brazo por detrás de su cuello y me agarro a su hombro. Él asciende la ladera con paso firme, pero renegando con un surtido amplio de sonidos, y yo solo puedo apretar los labios para aguantar el dolor y retener la risa. Sentimientos contradictorios, como siempre, eso es estar con Erick.

—No pienso ir a un hospital —le repito—. Cuando vas a un sitio lleno de gérmenes y bacterias como ese, sabes con lo que entras, pero no con lo que sales.

—Sigues siendo una niña pequeña, Lennon.

—Todo el mundo tiene miedo de algo, podrías respetar el mío, ¿no?

—No te voy a llevar a un hospital —me aclara con el tono más calmado—. Vamos a mi casa.

Me muevo para poder mirarlo a la cara. ¿Ha dicho a su casa?

—No eres la única a la que se le ha torcido alguna vez un pie corriendo. Tengo crema analgésica, vendas elásticas y una abuela que vendó infinidad de veces a un tullido. No creo que tu diminuto pie le suponga ningún problema.

—¿Al fin vas a presentarme formalmente a tu abuela? —le pregunto desplegando una sonrisa.

—¿Prefieres que te meta en un taxi?

Niego con rapidez y me agarro a su hombro con más fuerza. Esta cercanía resulta más agradable de lo que debería permitirle a mi corazón aceptar. Reconocer su olor, sentir sus manos aferradas con tanta fuerza a mi cuerpo, tener tan cerca de mi cara el hueco de un cuello que tantas veces besé.

Madre mía... Esto es un desastre.

Capítulo 36
Lennon

Me siento como Debra Winger en brazos de Richard Gere en *Oficial y caballero* justo cuanto entramos en el vestíbulo del edificio y Botones Dorados se levanta como si se le hubiera soltado un muelle a su asiento.

—Todo está bajo control —le digo al hombre con una enorme sonrisa.

—¿Necesita ayuda, señor?

—No tendrás unas muletas debajo del mostrador, ¿verdad? —le dice Erick en tono bromista.

—Pues lo cierto es que sí.

Erick y yo alzamos las cejas cuando vemos cómo el hombre se agacha y saca de allí un par de muletas de madera.

—¿Eres como Mary Poppins? —le pregunto.

Erick me devuelve con cuidado al suelo, coge la bolsa con el hielo a medio derretir y me ayuda a ponerme las muletas en los brazos.

—¿Vas bien así? —me pregunta cuando entramos en el ascensor.

—Tampoco iba mal antes.

Se me escapa una sonrisa y de alguna forma logro contagiarle mi estado de ánimo, porque, aunque niega con la cabeza, también está sonriendo. Esta vez, cuando se abren las puertas no me adelanta, no tengo que perseguirle, permanece a mi lado, camina a mi ritmo y supervisa que me defiendo bien con las muletas.

—Ya estamos. —Abre la puerta y me da paso—. Vayamos al salón principal. Mi abuela debe de estar terminando de desayunar.

—¿Y tu madre?

—No está.

—Ah... ¿está de viaje?

—Algo así. Siéntate en el sillón. Iré a por la crema y las vendas.

Me acomodo en el sofá, que no es tan mullido como parece, supongo que está duro del poco uso. Se nota que los muebles son de hace varias décadas, aunque estén en perfectas condiciones, y, mirando a mi alrededor, toda la sala es como una exposición lista para recibir a personalidades distinguidas.

—El destino tiene mil formas de darte una y otra vez una oportunidad. El otro día te fuiste sin que tuviésemos ocasión de presentarnos y ahora te tengo medio tumbada en el salón.

—Buenos días, señora...

—Puedes llamarme Caroline.

—Está bien, Caroline. Yo soy Lennon Park, ya sabe, la compañera de trabajo de Erick.

—Y también compañera de *footing*, por lo que veo...

Erick aparece detrás de su abuela con un pequeño botiquín. Vuelve a tener el rostro serio, se nota que le incomoda que yo esté aquí.

—Veamos ese pie.

Mi tobillo se ha puesto tan morado como una berenjena y también tiene el mismo tamaño.

—¡Qué horror!

—Ya le he dicho que debería ir a un hospital, abuela.

—Tonterías. Ve al tercero, puerta cuatro. Dile a Gregory que venga de inmediato. Es un muchacho fantástico y trabaja en una clínica de rehabilitación para la tercera edad.

—¿Acaso Gregory tiene un aparato de rayos X en su apartamento?

—Deja de complicarlo todo, Erick. Haz lo que te digo.

—Sí, Erick. Haz caso a tu abuela —le digo con la voz tan dulce como puedo.

—Pobrecita, debe de dolerte mucho.

—Mucho, Caroline. Pero creo que no lo tengo roto.

—Eso espero.

Las dos miramos a Erick, que sigue quieto mientras hablamos, y al sentirse presionado, se da por vencido y sale del piso en busca del vecino.

—Entonces, ¿tú eres «ella»?

—¿Ella, quién? No sé a qué se refiere.

—A la chica por la que mi nieto lo dejó todo aquí y se fue a la otra punta del mundo.

—Yo... En realidad, él me abandonó, ¿sabe? —Intento erguir la espalda todo lo que puedo y hablo con firmeza—. Fue él quien me dejó para desaparecer de la faz de la Tierra.

—Hum.

—¡Es cierto!

—¿Y qué hay ahora entre vosotros?

Demonios, esta mujer es demasiado directa.

—Somos compañeros de trabajo y... amigos.

—Eso es imposible.

—¿Cómo?

—¿Cuántos años crees que tengo? —Caroline me mira por encima de unas gafas redondas, excesivamente grandes y doradas—. Podréis engañaros el uno al otro, pero a mí no.

—Pero...

La puerta del piso se abre y Erick entra con el vecino, que, o pasa consulta en su propio piso o es que vive vestido con el pijama de fisioterapeuta puesto.

—Hola, querido, siento molestarte tan temprano, pero mira qué pie tan horripilante tenemos aquí —le recibe Caroline.

—Ya sabes que yo por ti haría cualquier cosa, querida Caroline. —Se le acerca y le da un beso afectuoso en la mejilla—. Por cierto, la receta del salmón conquistó a todos, fue un éxito absoluto.

—¡Hola! —saludo al recién llegado y le señalo mi pie con la barbilla.

—Veamos qué tenemos aquí.

El hombre de unos cincuenta años huele a mentol y sus manos están frías como el mármol, pero agarran mi pie como si fuera el timón de un barco que sabe pilotar. Me lo gira en todas las direcciones posibles haciendo que vea estrellas cercanas y planetas lejanos, y con eso estima el grado de mi lesión.

—Es un esguince de grado dos. Vendaje y reposo durante dos semanas. Rehabilitación durante otras dos.

—¿Lo ves, Erick? No tenías que poner esa cara de preocupación.

—Yo no he puesto ninguna cara, abuela. Venía agotado de cargarla desde Central Park —replica él desviando la mirada al techo.

—¿Me acaba de llamar gorda? —le susurro a su abuela.

—¡Qué desfachatez! ¿Qué tipo de educación recibiste en ese internado? —Mira de forma reprobatoria a su nieto y luego me guiña un ojo.

Le sonrío porque lo cierto es que no sé bien cómo comportarme en esta situación.

Cuando Gregory termina de vendarme el pie, le pide a

Caroline que me dé una de sus pastillas para el dolor, y ella, a su vez, hace que Erick me traiga una bandeja con un desayuno completo para no tomarme la medicación con el estómago vacío.

—Come tranquila. Yo voy a darme una ducha y luego te llevaré a casa de Dustin.

—Erick suelta la bandeja frente a mí con el gesto torcido.

—¿A casa de Dustin? —interrumpe Caroline contrariada.

—Me estoy quedando en su casa. Es enorme, ¿sabe?

—Tienes demasiados amigos, ¿no crees? —me pregunta de forma acusatoria.

—En verdad, solo tengo esos dos y a... —Pienso en Richard, pero me muerdo la lengua porque creo que, si menciono otro nombre masculino, a esta señora le va a explotar la cabeza—. Los tres nos conocemos desde hace muchos años.

—¿Y Dustin sigue soltero? No me extrañaría porque siempre me pareció un chico de lo más soso.

—Es alguien increíble. Muy inteligente y un gran director.

—Sí, ya veo si es inteligente... —dice con retintín. La señora se recoloca las gafas antes de levantarse para ir a por la pastilla que debo tomar.

Erick aparece entonces con ropa de recambio y se para un instante delante de mí.

—Tú... solo come y calla, ¿de acuerdo? No hables demasiado con ella.

Me encojo de hombros, ahora mismo tengo tanta hambre que prefiero comer a seguir charlando. Y, por suerte, su abuela solo regresa un instante para darme la pastilla y se excusa porque sigue en batín y considera que a esa hora del día ya debería estar apropiadamente vestida. Por eso me quedo sola y admiro los árboles de Central Park que se mecen tras el ventanal. Al poco de tomarme la pastilla y con el estómago lleno, siento una sensación tan placentera que empiezan a pesarme los párpados. Es lógico, he dormido poco esta noche, aún no he debido eliminar todo el alcohol en sangre que ingerí ayer y quizá la pastilla... ¿Qué tipo de analgésico era?

Siento que mi cuerpo empieza a inclinarse hacia un lado, que soy incapaz de mantener los ojos abiertos y comienzo a oír mis propios ronquidos en un estado intermedio entre la lucidez y el sueño.

—¡Lennon! ¿En serio te has dormido?

Siento cómo Erick me zarandea y maldice en voz baja.

—¿Qué pastilla le has dado, abuela? —Oigo como grita, pero soy incapaz de abrir los ojos.

—La azul, el analgésico.

—Joder, abuela. La azul es el relajante muscular. Se acaba de caer redonda en el sofá.

—Pues llévala a tu cama. Tampoco es el fin del mundo, el sueño es reparador. Qué dramático eres con todo siempre, cariño mío... Igualito que tu madre. De cero a cien en un segundo.

¿He percibido un tono divertido en la voz de Caroline? Juraría que sí. No soy capaz de hablar ni de abrir los ojos, pero sé con certeza que vuelvo a estar en brazos de Erick y esta vez sí que hundo mi cara en su cuello sintiendo que de verdad estoy en un sueño maravilloso.

No logro calcular cuántas horas de sueño he tenido, pero cuando abro los ojos, todo está oscuro y no sé muy bien dónde me encuentro. Oigo una respiración profunda muy cerca de mí. En cuanto los ojos se me acostumbran a la mínima luz que se cuela por las cortinas de esta habitación, seguramente proveniente de las farolas de la calle, veo que estoy tumbada en una cama y que a mi lado hay alguien. Abro un poco más los ojos e intento incorporarme con mucha cautela. Aún me siento algo mareada y al intentar girarme siento un pinchazo tremendo en el pie que me hace recordar todo lo sucedido. Entonces, lo identifico, tengo a Erick sentado a mi lado en esta cama, con las piernas estiradas, pero la espalda apoyada en el cabecero. ¡Está dormido!

—¡¿Qué demonios haces durmiendo aquí?! —le pregunto entre dientes.

—Es que esta es mi cama.

—¡Pues haberte acostado en el sofá!

—Schhh... No chilles, o despertarás a mi abuela.

Me agarro la cabeza porque todo me da vueltas.

—Me he quedado a tu lado por si te despertabas a mitad de la noche y sentías dolor en el pie. Eso es lo que hace un buen amigo —me explica mientras se gira para encender una pequeña luz en su mesita de noche—. ¿Te duele?

—Sí —espeto con un poco menos de mal humor—. Y la cabeza me da vueltas. Quiero irme a casa.

—¿A California?

—¡A Tribeca, idiota!

—Dustin ya sabe que estás aquí, le avisé. Quédate tranquila.

—Ni siquiera me había acordado de él. Pensaba en la cama que hay allí solo para mí.

Oigo que Erick resopla una leve risa.

—¿Te hace gracia?

—No, en absoluto. Me has tenido aquí a tu lado perdiendo todo el día. Eres un estorbo tremendo. —Se levanta y avanza hacia la puerta.

—¿Y a dónde vas ahora?

—A por un analgésico, acabas de decir que te duele mucho. Esta vez, te tomarás la pastilla correcta.

Sale de la habitación y yo me echo un poco hacia arriba, recoloco la almohada en mi espalda y miro a mi alrededor. Abro bien los ojos porque estoy en la habitación de Erick, que es una mezcla entre el cuarto de un adolescente y un estudio de grabación. Es bastante grande, los techos son altos, en la pared de enfrente hay unas cortinas que deben ocultar unas ventanas tan grandes como las que tiene el salón principal y... huele a él. Dios mío, estoy en la cama de Erick. Pongo los ojos en blanco y me pregunto por qué siento que todo está tomando un rumbo diferente al que pretendía.

—Aquí tienes. —Erick vuelve con un sándwich, un vaso de agua y la pastilla para el dolor.

—¿De qué es? —le pregunto, alzando el sándwich y sin mirarlo a los ojos porque tengo que reconocer que sentir que me está cuidando me resulta agradable y eso no estaba dentro de mis planes.

—De pastrami con mostaza y pepinillos. Si no lo quieres...

—Claro que lo quiero. —Le cojo la bandeja de las manos y me la coloco sobre el regazo.

—¿Quieres algo más?

Ahora sí que lo miro. Está adormilado, sus ojos están un poco hinchados y su pelo es un nido de pájaros. Su imagen me lleva atrás en el tiempo, a tantas mañanas despertando juntos.

—¿Qué hora es?

—Las once y media. Si quieres, cuando termines de comer puedo llevarte a casa de Dustin.

Inspiro, le doy un bocado al sándwich para concederme el tiempo que necesito para procesar lo que realmente quiero contestar. Finalmente niego con la cabeza.

—¿Y si me llevas por la mañana?

Erick asiente despacio y se acerca a la cama. Me mira a los ojos y logra que se me pare el corazón porque no entiendo el motivo por el que está inclinando su cuerpo hacia mí. Entonces, agarra su almohada de una esquina y tira de ella, con lo que mi espalda cae entre un cojín y el cabecero.

—Como te veo bien, me iré a dormir al sofá.

No soy capaz de responderle y él no parece tampoco esperar respuesta porque sale por la puerta sin mirar atrás.

¿Por qué me molesta que se vaya? Y lo que es más preocupante, ¿por qué quiero que se quede tumbado a mi lado?

Céntrate, Lennon. No te desvíes del plan. Todo va sobre ruedas. No solo has desestabilizado a Erick, has logrado meterte en su vida, en su familia, en su casa, ¡en su cama! Estás a dos movimientos de que su corazón vuelva a enamorarse de ti y entonces... entonces...

Me pongo la mano en el pecho y cierro los ojos con fuerza. Me obligo a respirar, me fuerzo a recordar la caja de dónuts enmohecidos. Revivo la primera noche en la que me di cuenta de que se había ido de verdad, que no era un simple enfado pasajero. Vuelvo a experimentar el dolor que me partió el alma, casi puedo sentir cómo ardieron cada una de las lágrimas que lloré durante meses.

Tiene que sufrir. Erick tiene que sentir que no hay suficiente aire en el planeta que pueda llenar sus pulmones al no tenerme cerca. Ojo por ojo.

Sufrirá... y yo podré dejarlo por fin atrás. Esta vez, seré yo la que lo dejaré atrás.

Capítulo 37
Lennon

Llevo un rato despierta, pero no me he atrevido a mover un solo músculo hasta que no he oído cerrarse la puerta del piso. Confiaba en que hoy Erick saldría también a correr y no me ha defraudado. Me apresuro a levantarme, quiero marcharme de aquí antes de que él regrese. Quiero que sienta el primer vacío hoy mismo. Estoy segura de que va a molestarle mucho que me vaya de aquí sin comunicárselo, sin esperarlo, sin haberle dado las gracias por todo.

Hago mi mejor intento de dejar su cama bien hecha, pero a pata coja no es nada fácil. Cuando estoy atravesando la sala central con ayuda de las muletas, Caroline aparece enfundada en su batín y da una palmada al aire.

—¡Te ves espléndida! Estoy segura de que haber dormido casi un día entero ha reducido a la mitad el tiempo de recuperación de tu tobillo. Desayuna conmigo —me dice en un tono que se aproxima al de una orden.

—Muchas gracias, pero me gustaría irme ya a casa.

—¿Qué diferencia hay entre desayunar en la casa de Dustin a hacerlo en la mía? En las dos eres una invitada. No acepto un no. Así que ven y siéntate, voy a prepararte unas tostadas francesas deliciosas. Desayunas rápido y te vas —repite con una sonrisa dictadora.

No me queda otra opción que aceptar, pero no dejo de mirar mi reloj de muñeca todo el rato. Aunque tengo que reconocer que sus tostadas son espectaculares, cada minuto que pasa juega en mi contra.

—Quiero que me cuentes cómo habéis vuelto a acabar los tres juntos metidos en un proyecto cinematográfico.

Caroline sostiene en la mano una taza de porcelana llena de café a la que ya ha añadido dos cucharas de azúcar y va a por la tercera.

—Porque es el proyecto adecuado y el momento oportuno.

—¿Y de qué va la película? Erick es tan parlanchín como una tostadora. —Pone los ojos en blanco y logra hacerme sonreír.

—No sé si conoce la foto de *La chica de Woodstock* —le cuento con tono interesante.

La abuela de Erick asiente, pero algo en su gesto ha cambiado. ¿No le gusta la foto? ¿Le ha parecido un tema que no merece la pena?

—¡Es increíble! Dustin ha descubierto que su madre estuvo con esa chica en el festival de Woodstock. Va a contar su historia.

—Pero cómo podría él saber toda la verdad...

—Porque tiene el diario de esa chica.

—¿El diario? ¿Por qué tendría él el diario de una desconocida? —pregunta sorprendida.

—Al leer sus memorias queda claro que la madre de Dustin y la chica de la foto se hicieron muy amigas. Quién sabe, quizá después del festival siguieron en contacto, puede que mantuvieran su amistad a través de los años. Quizá el diario fuera un regalo o un recuerdo de aquellos días... Es imposible saberlo, pero no hay duda de que vivieron juntas el festival. Hay una foto que lo demuestra.

—¿Una foto?

—Sí, Dustin me la enseñó; salían su madre, un chico y la chica de Woodstock.

—No... No me encuentro muy bien. Creo que... es momento de que te vayas.

Me sorprendo ante el cambio de actitud de Caroline, pero no me opongo.

—Le agradezco mucho su amabilidad —me despido—. ¿Se encuentra bien?

—Sí, sí. No ha sido nada. Solo asegúrate de que cierras bien al salir, ¿de acuerdo?

No me defiendo mal con las muletas y la verdad es que, aunque siento el tobillo como si tuviera una pelota de tenis pegada a él, ya no me duele tanto. En cuanto salgo del ascensor, Botones Dorados acude en mi ayuda. Me entero de que se llama Henry mientras me acompaña hasta la salida y me ayuda a parar un taxi.

—¿Quiere que le diga algo al señor Lauder cuando regrese de correr?

Este Botones Dorados parece más agudo de lo que parece.

—No, gracias. Ya me comunicaré con él personalmente. ¡Le haré llegar las muletas en cuanto llegue a casa!

—No hay prisa —me contesta con el gesto torcido, como si deseara saber qué ha ocurrido entre Erick y yo.

❋

En cuanto entro en el apartamento de Dustin, él sale corriendo a mi encuentro como si me hubiese estado esperando toda la noche.

—¿Por qué no me has llamado? ¡Podría haber ido a recogerte! ¿Te ha traído Erick? ¿Por qué no te ha acompañado hasta aquí?

—Solo tengo un esguince, no me he quedado inútil. Puedo moverme perfectamente con las muletas, ¿ves? —Meneo mis caderas mientras hago una sentadilla usando solo la pierna buena.

—¡Ten cuidado!

—Que estoy bien... —le digo como si tuviera doce años y él fuera un padre pesado.

—¿Has desayunado?

—Sí, tostadas francesas, aunque las de Bastian están más ricas. —Aprovecho para decir esto último al ver que el aludido acaba de cruzar el salón para sacar un jarrón de flores frescas a la terraza.

¿He visto una sonrisa en esa cara? Yo creo que sí. Lo tengo en el bote.

—Creo que deberías retrasar tu vuelo de regreso a Los Ángeles. No puedes irte el viernes en estas condiciones y quedarte sola allí.

Me muerdo el labio porque obviamente que puedo irme con un absurdo esguince a mi casa, pero la verdad es que no quiero hacerlo. Lo cierto es que esto es una excusa perfecta para ganar tiempo.

—Sí que me duele bastante, pero llevo demasiado tiempo abusando de ti. —Me miro el pie como si fuese un foco de malestar insoportable—. De todos modos, no pienso perderme la grabación de mañana. Después de hacer las fotos al apartamento de tu madre y gestionar su venta, entonces ya...

—Por supuesto que no te vas a perder la filmación de mañana. Si hace falta, te llevaré personalmente a cuestas y te pondré una silla al lado de la mía tras la cámara. Y después de eso, volveremos aquí y te quedarás hasta que pueda verte bailar. Lo del apartamento de mi madre no corre prisa.

Le sonrío con ternura porque está poniendo todo de su parte para lograr que mi corazón se rinda a sus pies, pero su comentario solo me hace recordar el trayecto en brazos de Erick desde Central Park hasta su piso.

¿Cómo puedo ser tan idiota? ¿Por qué mi corazón ahora no se acelera con los gestos de Dustin? ¿Por qué tiene que descontrolarse todo por un par de estupideces de Erick?

—Está bien. No voy a negarte que me gusta estar aquí y que eres un compañero de piso bastante agradable.

—¿Solo bastante agradable?

—Bueno, es que los dos estamos trabajando mucho también. Pero los ratos de descanso contigo, digamos que son muy buenos.

—Muy buenos... —Se muerde el labio inferior—. Tendré que esforzarme más para conseguir que sean extraordinarios.

Me rio y pongo los ojos en blanco y para que no vea el desconcierto que siento por dentro avanzo con mis muletas por el pasillo.

—¡Voy a ducharme! —le informo.

—¿Necesitas ayuda?

Me paro, giro el cuello hacia atrás y alzo la cejas.

—Quiero decir que si necesitas que te sujete. Vamos, que si necesitas por el pie que yo... —Cierra el pico y se gira apurado en exceso.

Me muerdo los labios para reprimir una risa porque todo esto ha dado un giro tan inesperado de guion que ni él, que es director de cine, sabe cómo dirigirlo.

Cuando por fin me tumbo en la cama, cojo el teléfono móvil y marco el número de Margot.

—¿Te has cansado ya de los tacones y el maquillaje?

—Hola, Margot. Me he hecho un esguince, ¿cómo estás tú?

—Arrugada como una pasa, pero estoy haciendo toples en la tumbona. ¿Cómo te has hecho el esguince?

—Corriendo por Central Park.

—¿Detrás de quién corrías?

Me maravillo con los poderes mentales de Margot, porque es cierto, no es que fuera corriendo en plan hacer deporte, literalmente corría detrás de alguien, corría tras Erick.

—No sé qué estoy haciendo, Margot. Todo se ha puesto patas arriba.

—Tú eres la que tiene necesidad de ponerse patas arriba, por eso estás así.

—¡Margot!

—¿Qué haces todavía allí exactamente? ¿Por qué aún no has terminado de firmar todos los contratos?

—Mañana voy a ir a ver cómo se graba la escena con Lauryn cantando.

—¿Y regresas pasado mañana?

—Le gusto a Dustin.

Margot no hace réplica a lo que acabo de soltar, espero un par de segundos más y respiro.

—Y creo que Erick todavía siente algo por mí también. Aunque no sé si es rencor como yo, o todo lo contrario.

—Exactamente como tú, ¿no es así?

—Exactamente.

—¿Y Dustin?

—Él es perfecto, como siempre.

—¿Pero?

—Pero voy a quedarme hasta que se me cure el pie para descubrir cuál es el «pero» —le comunico con decisión.

—Vueltas y más vueltas. ¿Sabes a lo que te llevará eso? Al mismo sitio.

—¿Qué quieres decir con eso?

—¿Qué crees tú que quiero decir?

—Maldita sea, Margot. Eres la peor terapeuta del mundo. —Le cuelgo el teléfono y me tumbo en la cama con fastidio.

El tobillo comienza a molestarme de nuevo. Ya han pasado casi dos horas desde que me fui de casa de Erick. Vuelvo a coger el teléfono móvil y compruebo con decepción que no tengo ningún mensaje. Idiota desconsiderado. ¿Y ahora qué invento para poder volver a verlo? Vuelvo a sentir la sacudida eléctrica que noté cuando al abrir los ojos en la penumbra vislumbré su silueta junto a mí. Tan cerca. Tan lejos. Cierro los ojos y me doy golpes contra la almohada maldiciendo el origen de mis pensamientos, y en ese momento, llaman a la puerta.

—¿Puedo pasar?

Es Dustin asomando apenas la punta de la nariz.

—Adelante.

Lo veo con un pequeño barreño en las manos, en el que ha metido toallas, un botellín de agua y un bote de pastillas. Lo deja a mi lado en la cama y lo señala.

—He pensado que te resultaría más cómodo para lavarte y te he traído analgésicos por si te duele el pie. Y tranquila porque son analgésicos de verdad.

Se sonríe y yo pongo los ojos en blanco.

—Erick te lo ha contado, ¿eh?

—Sí, cuando me llamó anoche para explicarme por qué te quedabas en su casa en lugar de regresar aquí.

—Claro, porque si no yo habría vuelto aquí —le confirmo por si le quedaba algún tipo de duda.

—Lo importante es que ahora sí que estás aquí y que no estás mal del todo, ¿no?

—Estoy genial, Dustin. Gracias por traerme todo esto. Ahora sí que voy a asearme y a cambiarme de ropa.

—Está bien. Entonces, me voy. Aunque no me voy de casa.

Estaré trabajando en la terraza, por si te apetece luego salir a tomar el aire un rato.

—Suena bien.

—Por ejemplo, a la hora del almuerzo. Puedo decirle a Bastian que prepare unos sándwiches o alguna ensalada.

Asiento sonriente y le cojo el barreño de las manos.

—Hasta luego. —Se despide y vuelve a entornar la puerta.

Lo oigo resoplar al otro lado, como si hubiese estado reteniendo el aire dentro de los pulmones todo el rato y puedo imaginar que ahora debe de estar sonriendo. Y yo también sonrío, pero creo que, sobre todo, lo que siento es ternura.

Dios... Es horrible sentir ternura por él. ¿Cómo puedo sentir ternura ante esos casi dos metros de altura, por esa melena rubia abundante y bien peinada, por esa espalda de jugador de waterpolo, por esa mandíbula cuadrada que debe moverse de forma fascinante al besar? ¿Qué tipo de trauma tengo?

Finalmente, meto un taburete en la ducha y dejo que el agua caiga sobre mí mientras mantengo el pie derecho por fuera de la mampara. Necesitaba mucho más que ligeras pasadas con una toalla mojada por mi cuerpo. Necesitaba una ducha refrescante que aclarase mi mente y relajase mi cuerpo.

Con el pelo aún húmedo y un conjunto de pantalón cargo con camiseta de algodón cortita, me presento en la terraza donde Dustin está tecleando como si estuviese tocando teclas de un piano.

—¿Te encuentras mejor? —me pregunta, abandonando su tarea en cuanto me ve. Se levanta para retirar la silla y sujetarme las muletas.

—Sí, mucho mejor. Pero tengo que devolver estas muletas al portero de Erick.

—No, descansa hoy en casa. Yo tengo que acercarme para comentar un par de cosas con Erick. Me llevaré las muletas y te traeré unas nuevas a la vuelta.

¿Comentar algo con Erick? ¿Van a volver a hablar de mí? No, será sobre algo relacionado con la película.

—Pero...

—Sin peros. Estás a mi cuidado. Así que come y luego túmbate en el sofá y ponte la película que quieras o elige un libro de la estantería. Pero debes guardar reposo.

—Eres un mandón.

—Siempre lo he sido. —Se encoge de hombros—. Solo que tú antes obedecías sin replicar tanto.

—Porque antes tú... —Me muerdo la lengua a tiempo, pero he estado a punto de decirle que es que antes él me gustaba y por eso no le discutía absolutamente nada.

—¿Yo...?

—Eras mi jefe. —Completo la frase resuelta.

—Y ahora también lo soy. —Alza una ceja, seductor, imponente.

—Sí, pero no es lo mismo. Ya no soy la chica para todo, ahora tienes delante a una cazatalentos, a la mejor supervisora musical de California, a la voz inconfundible en la 88.2 de cinco a siete.

—Eso es cierto. Ya no es tan fácil impresionarte, ahora soy yo el acobardado ante tu presencia.

Suelto una carcajada, le doy un palmetazo en el brazo y niego con la cabeza mientras con los ojos recorro nerviosa las flores exóticas que decoran la terraza. Bastian aparece oportuno con una bandeja llena de sándwiches variados cortados en triángulos perfectos y con una jarra de té con rodajas de limón flotando.

—Esto es como vivir en un hotel de cinco estrellas —digo tras darle un buen bocado a un triángulo.

Dustin sonríe y se encoge de hombros. Balancea la cabeza y se queda pensativo.

—Demasiado grande —concluye.

—¿Y por qué no compraste algo más pequeño?

—Supongo que no quiero vivir siempre solo.

—¿Me estás diciendo que tú, Dustin Davis, el eterno solitario, quiere formar una familia?

—Supongo que eso es exactamente lo que quiero decir.

—Vaya... —Echo mi espalda hacia atrás y me repanchigo en el asiento un poco.

—¿Tú no quieres formar una familia algún día, Lennon?

Lo miro un par de segundos y me quedo pensativa. ¿Formar una familia? Con hijos y todo eso... Entonces, mi mente se va a mis días en la comuna, a las casas de puertas abiertas, a la ropa compartida, los niños de todos los matrimonios juntos como si fuéramos hermanos de sangre, la falta de intimidad...

—Creo que soy demasiado egoísta para eso.

—Tú no eres egoísta.

—Creo que tú no tienes ni idea de cómo soy en realidad, Dustin. Y por lo que me acabas de decir, creo que yo tampoco te conozco tan bien como creía.

—Pues... —Desvía la mirada hacia el sándwich intacto que sostienen sus manos—. Conozcámonos del todo.

Ahora sí que el corazón me ha comenzado a latir como si alguien estuviese intentado reanimarlo. Sus palabras suenan tanto a una declaración que no sé cómo responderle. Por eso solo asiento sonriente y me meto todo el triángulo relleno de crema de maíz y atún en la boca.

Paso el resto del día tumbada en uno de los sofás del salón fingiendo que estoy mirando una película mientras lo que hago en realidad es comprobar cada poco que no he recibido ningún mensaje. ¿Debería enviarle yo uno a él para agradecerle sus cuidados ayer? Ahora bien, si se supone que somos amigos, ¿no debería preocuparse, aunque solo fuera un poco por mí?

Finalmente le envío un escueto mensaje en el que le informo de que estoy mucho mejor porque Dustin me está cuidando tan bien como él lo hizo. Erick tarda en responderme más de media hora, y solo recibo un triste OK.

¿«OK»?

Vete al cuerno, Erick.

—Tienes cara de *pizza*. —Dustin me sorprende por detrás del respaldo del sillón.

—Me has leído la mente.

Cenamos mientras repasamos el guion técnico de la grabación de mañana. Lauryn me envía varios mensajes llenos de nerviosismo y excitación. Ya está alojada en el hotel y no puede creer que una furgoneta vaya a recogerla allí por la mañana como si fuese alguien importante. Pero es que eso es exactamente en lo que va a convertirse, en una estrella. Es bonito ver su nacimiento, solo espero que se mantenga fiel a sí misma y no termine convirtiéndose en una famosa cliché, en un astro fugaz en lugar de ser un cometa.

—¿Te veo en el desayuno? —me pregunta Dustin con ilusión.

Parece como si emprender el camino hacia su dormitorio por el pasillo opuesto al mío fuera algo difícil de hacer. Como si quisiera ahorrarse la noche para estar ya sentado en la cocina frente a unos huevos revueltos. Es más que evidente que no quiere separarse de mí y yo no sé cómo gestionar esta situación. Porque tengo muy fácil ir hacia él. Solo tengo que levantarme de mi cama dentro de media hora, cuando la casa esté sumida en la oscuridad, atravesar mi pasillo, el salón y su pasillo, y abrir la puerta de su habitación para meterme en su cama. Estoy segura de que, aunque me miraría sorprendido, no me haría ninguna pregunta y cedería a los impulsos. Sin embargo, lo que hago al llegar a mi habitación es asegurarme de que mi puerta esté bien cerrada.

¿Por qué? ¿A caso no sería la mejor de las venganzas comenzar una relación con Dustin? Sé que eso sería como un disparo el centro del corazón de Erick, de ese corazón que dice no tener claro si le sigo importando o no. Porque yo sé que sí, porque es lo que siento yo. Porque, aunque solo tuviese odio en su corazón hacia mí, verme liada con su amigo lo removería todo más aún en su interior. El abismo entre él y yo se haría tan inmenso que marcharse a la India no sería distancia suficiente.

Pero Dustin no se merece que lo use en mi venganza.

Aunque, y si solo se tratase de intentarlo... Si no fuera tan mala idea darle una oportunidad a Dustin, si lo que ahora se me hace extraño terminase por despertar lo que una vez sentí por él.

Capítulo 38
Lennon

No vamos a grabar en el emplazamiento original del festival de Woodstock. El escenario libre se levantó justo en el linde con el bosque de Bethel y, esta vez, han elegido una zona menos concurrida de Catskills que el terreno sobre el que ahora está el centro de visitantes y el museo. Las condiciones meteorológicas son favorables porque este día de noviembre presenta un cielo semiencapotado muy semejante al de aquel día de agosto de 1969.

Dustin lleva todo el trayecto comprobando con el primer ayudante de producción y el primer ayudante de dirección que todo el operativo está dispuesto: la electricidad, las baterías, los focos para corregir la luz natural... Han hablado hasta de baños portátiles.

Poder estar aquí, en el asiento trasero de la furgoneta escuchando su conversación, me hace sentir una intrusa y también siento un poco de celos, porque reconozco que todo lo relacionado con el proceso de creación de una película me apasiona. O puede que solo sean sentimientos que me aferran a unos días del pasado que fueron absolutamente geniales. Miro por la ventanilla hacia el cielo abierto que se da paso en el horizonte en cuanto salimos de Manhattan.

Quizá debería haber viajado con Lauryn, estoy segura de que debe de estar atacada de los nervios, pero Dustin se ha empeñado en que fuera con él. De hecho, ha hecho traer una silla de ruedas para mí y se ha asegurado de que uno de los miembros del equipo me empuje sobre el terreno campestre.

Cuando por fin veo la furgoneta en la que debe de venir nuestra cantante me frustro por tener que pedirle a Mike, mi transportador, que me acerque hasta ella.

—¡Tienes que ir con el ayudante de vestuario! —le dicen a sus espaldas, pero ella ya ha echado a correr a mi encuentro con los brazos en alto y una sonrisa radiante en la cara.

—Pero ¿qué es todo esto? —No es una pregunta, en realidad es un pellizco fuerte a ambos lados de su cara, uno que no termina de hacer que despierte del sueño.

—Impresiona, ¿verdad?

—Creo que estoy viviendo la vida de otra persona.

Me río y ella se agacha para darme un abrazo.

—Vamos, Lauryn. Te están esperando por allí.

Alzo la cabeza al reconocer esa voz y ahora sí que mi corazón ha trastabillado.

—¡Erick! No sabía que vendrías.

—¿De qué te sorprendes? ¿Acaso no van a filmar la canción que he producido? —dice para responder a mi cara de sorpresa.

—Sí, pero no creí que tú...

Antes de que pueda seguir hablando él se hace con la silla de ruedas y comienza a empujarme. Con una mirada inquisitiva, se deshace de Mike y prácticamente no tengo oportunidad de despedirme de él.

—Dustin es un exagerado. ¿Tan inútil eres con las muletas? —me reprende.

—Él solo quiere cuidarme, a diferencia de...

—¿A diferencia de mí? —Asoma la cabeza sobre mi hombro.

—No. No quería decir eso.

—Solo lo digo porque el otro día pareció que te desenvolvías muy bien con ellas. Tan bien que tú solita te fuiste de mi casa.

—Pero aquí hay muchas piedras y pedruscos. Mira qué grande es ese, ¿quieres que me despeñe y ruede valle abajo otra vez?

No me contesta, por eso giro mi cuerpo para poder verle la cara. Él solo alza las cejas sobre las gafas de sol. Debe de haber estado trabajando toda la noche.

—Gracias —le digo con sinceridad.

—Solo te llevo porque seguro que ese chico tiene mejores cosas que hacer que empujarte.

—Gracias por cuidarme el otro día. Parece que no eres tan mal amigo después de todo.

Erick les pone el freno a las ruedas delanteras de mi silla y despliega una sonrisa ladeada.

—Aquí te quedas.

Veo cómo avanza y comienza a saludar a la gente mientras que a mí me ha dejado plantada junto a la cámara principal que está colocada justo enfrente del escenario. Me muerdo el labio inferior, me siento contrariada. No poder moverme es un fastidio, todo un inconveniente. Veo que ahora está charlando con Amy, y que ella no deja de reír mientras le da sin cesar golpecitos en el brazo.

Comienzo por ver cómo llenan de extras la zona acotada para la grabación. Erick se gira de vez en cuando para mirar hacia mi dirección y para mi fastidio siempre me pilla mirándolo. Y, de pronto, Lauryn aparece frente a mí. Está totalmente cambiada, parece sacada del Harlem de finales de los sesenta. Está increíble. Nos reímos e intento tranquilizarla, pero ella se aferra a la guitarra con la que debe grabar la escena como si fuera un salvavidas.

—Será fácil, solo tienes que hacer *playback*. —La intento tranquilizar.

—Pero es que ¿no ves cuánta gente hay aquí? Es como diez veces la que entra en Buddy's.

En este justo instante me doy cuenta de que la chica es una auténtica novata. Jamás ha dado un concierto, solo se ha enfrentado a públicos minúsculos o a transeúntes en la calle de las Estrellas. Para ella esto no es únicamente ponerse frente a una cámara, sino frente a una multitud que descubrirá, por primera vez, su música.

—La verdad es que va a ser un público extraño. No van a aplaudirte cuando termines la canción, de hecho, los del equipo te van a interrumpir a menudo y vas a tener que comenzar de nuevo o arrancar desde la mitad de la canción un montón de veces. No van a estar realmente pendientes de ti, si no de la iluminación, de tus gestos, de si deben abrir o cerrar el encuadre... Prácticamente, no te van a hacer caso. No es un concierto, ¿entiendes?

—Sí —afirma, y suelta el aire con cierto alivio—. La protagonista es la película, no yo.

—Exacto.

—Entonces, solo tengo que asegurarme de que enfoquen bien esta cara bonita —dice mientras se acaricia con la mano el perfil de su rostro.

Asiento y no reímos.

—Toma. Está caliente y es gratis.

Alzo la mirada y acepto el vaso que Erick me ofrece.

—Es chocolate —añade.

—Ummm.

Lo pongo entre mis manos, que ya comenzaban a enrojecerse. Aquí en las montañas hace bastante más frío que en la ciudad, por lo que ver a todos los extras vestidos de verano y a la pobre Lauryn ataviada solo con ese fino vestido de flores hace que me estremezca.

—He pensado que te vendría bien al estar quieta todo el rato. —Dustin aparece con una pequeña manta que él mismo se lanza a colocarme sobre las piernas.

—Vaya, muchas gracias. —Le sonrío con agradecimiento, y luego le doy un pequeño sorbo al chocolate que humea.

—Aquí estarás mejor, hay sol y tienes mejor visión —dice Erick mientras vuelve a apoderarse del control de mi silla de ruedas para alejarme un par de metros de la cámara principal junto a la que Dustin va a permanecer.

—Pero, ya veía bien allí —protesto sin poder evitar mi desplazamiento.

Dustin de pronto se da cuenta de que me he alejado y me mira confuso un instante, pero parece darse cuenta de que ciertamente recibo más rayos de sol ahora y alza su pulgar. Sin embargo, yo tuerzo la boca con fastidio porque preferiría estar cerca de las cámaras.

Miro a Erick y por algún motivo tiene una media sonrisa apostada en los labios.

—¿No tendrías que estar grabando en el estudio con los músicos? —le pregunto con fastidio.

—Comenzaremos la semana que viene —contesta, se cruza de brazos y da un paso al frente, de manera que ahora su sombra protege mi vista del sol—. Supongo que, para entonces, ya habrás regresado a Los Ángeles.

Le agarro del pantalón y tiro de él a un lado.

—¡Quita de delante! —protesto—. Y sí, puede que para la semana que viene ya me haya marchado. Dustin me ha pedido que le ayude con algo, y en cuanto eso esté resuelto, regresaré a casa.

—¿Un asunto con Dustin? ¿Qué asunto?

Finge no tener mucho interés, pero se ha quitado las gafas de sol y ahora me mira de reojo.

—Quiere poner a la venta la casa de su madre.

Vemos cómo han empezado a ensayar los movimientos antes de iniciar la primera toma. La música sale por los altavoces y parece alzarse hacia el cielo, la voz de Lauryn lo inunda todo.

—¿Y por qué tienes que hacerlo tú?

—Obviamente, porque soy la mejor a la hora de conseguir buenos tratos. —Tomo un poco de chocolate y sonrío orgullosa.

—Entonces, tenemos algo más de una semana.

—¿Para qué?

—Bueno, para nada... Solo para esto, para lo de ser amigos tú y yo.

—Sí, supongo que sí.

Erick asiente con la cabeza en silencio. Parece que está a mi lado, que sus ojos miran lo mismo que los míos, que está presente; pero, en realidad, sé que no se ha dado ni cuenta de que está sonando la canción que él ha arreglado en lugar de la versión acústica. No está aquí, su cabeza está en algún lugar que no soy capaz de alcanzar.

Lo miro con descaro, porque creo que ahora no sería capaz de percibir ni a un buitre posándose en su hombro. Tiene las manos metidas en los bolsillos delanteros de sus pantalones vaqueros, y lleva una sudadera color miel cuya capucha descansa sobre la chaqueta oscura que mantiene con la cremallera abierta. Sus labios están ligeramente entreabiertos, signo definitivo de que su mente está a años luz de aquí, y su pelo... Bueno, pues está como siempre. Lo encuentro fastidiosamente guapo, y por algún motivo que se escapa de mi control, me pregunto qué habrá pensado él de mí al verme después de cinco años.

—La canción. Ha quedado genial —digo tras escuchar la última estrofa.

—Pues claro —afirma, con su arrolladora confianza.

No puedo evitar soltar un bufido antes de reírme y él también deja escapar una risa grave y familiar que me hace estremecer bajo un escalofrío.

—Puedo llevarte mañana.

—¿Cómo?

—Para que hagas las fotos de la casa. —Vuelve a mirar al frente, como si temiese hacerme su ofrecimiento cara a cara—. Y, si quieres, podemos comer algo después.

Trago saliva y bebo tres tragos seguidos de chocolate, que afortunadamente ya está tibio.

—Vale, está bien —contesto con timidez, porque el corazón se me ha disparado.

Giro la cara para poder localizar con la mirada a Dustin. Es él en quien me tengo que concentrar. Y ahí está, dando instrucciones a todos los que tiene a su alrededor, serio, atractivamente diligente y apasionado.

—Supongo que Dustin estará ocupado, pero si quieres que nos acompañe...

Está claro que acaba de darse cuenta de que estaba mirándolo, y antes de volverme hacia él me muerdo el labio inferior, porque sí, esto es lo que yo quería. Nadie dijo que fuera a ser fácil, que mi propio corazón no pudiera convertirse en mi peor enemigo, pero...

—No voy a molestarlo, ¿por qué me habría pedido ayuda entonces? ¿A qué hora me recogerás? —le pregunto ansiosa mientras jugueteo con el vaso de chocolate ya vacío.

—No sé... Ya te avisaré.

Capítulo 39
Lennon

Dustin va a estar bastante ocupado los próximos días supervisando la inserción y el montaje de la secuencia. Aun así, no ha variado su rutina, por lo que, tras venir del gimnasio y ducharse, hoy también se ha sentado para desayunar conmigo durante unos treinta tranquilos minutos.

—Disfrutaste ayer, ¿verdad? Podía ver cómo sonreías.

—A no ser que la cámara me estuviese enfocando es imposible que me vieses sonreír, Dustin. Cuando trabajas no existe nada más a tu alrededor.

—Pues te equivocas, porque te vi sonreír y varias veces. —Mastica con una sonrisa cargada de timidez.

—Fue genial. Sigue pareciéndome algo mágico. Cuando estás ahí en vivo, junto a los actores, todo es tan poco palpable... Y luego te sientas en tu butaca del cine y, mientras comes palomitas, lo que sientes es que estás dentro de la mismísima historia. La iluminación, los cambios de secuencias, la música, los escenarios... Tuve mucha suerte de poder aprender tanto de ti.

—Solo te ayudé a conocer el cine desde dentro, pero tú ya lo llevabas en la sangre. Tu visión, tu amplio conocimiento musical, tu capacidad para seleccionar dentro de tu cabeza un tema y saber colocarlo en el momento adecuado... Yo no te enseñé nada de eso. ¿Qué planes tienes para hoy?

—Erick va a acercarme a Brooklyn, así hago las fotos de la casa de tu madre. Yo creo que en un par de días lo tendré listo y podremos poner el anuncio.

—¿Con Erick? —me corta Dustin.

Tuerzo la boca al percibir su tono contrariado y asiento mientras le doy un trago al café.

—Se ofreció a acompañarme.

—Pero, yo...

—Tú tienes un montón de trabajo y él no comienza a grabar hasta la semana que viene.

—Vale, pero ¡cena conmigo! —exclama imperioso.

Trago con dificultad el trozo de tostada porque no puedo evitar notar la angustia que siente Dustin ante el hecho de que voy a pasar la mañana a solas con Erick.

—Claro, estaré aquí para cenar.

—¡No! Salgamos a cenar. Quiero decirte algo importante esta noche.

Pero ¿a qué viene tanta prisa? Dustin ha tardado años en decidir que siente algo por mí, ¿a qué viene ahora tanta prisa?

—Bueno, en realidad, quizá ambos estemos muy cansados para salir.

—Yo no lo estaré —replica tajante.

Por todos los...

—Está bien. Mándame un mensaje con el nombre del restaurante y cogeré un taxi.

—No hará falta. Estaré en casa a tiempo de recogerte.

Asiento tan despacio que no sé si él es capaz de percibir que estoy asintiendo, pero decido excusarme diciendo que estoy llena y que necesito ir al aseo.

¿No pensará declararse esta noche? Algo así no estaba

dentro de mis planes. Él solo debía servir para provocar un poco de celos en Erick.

Tengo la espalda apoyada en la puerta de mi dormitorio cuando oigo que llaman al timbre y al poco reconozco la voz atenuada de Erick.

¿Por qué no me ha avisado de que venía ya a por mí?

Bastian toca a mi puerta y me avisa de lo que ya sé, que Erick me está esperando en el salón.

—¡Dile que espere! —bramo con fastidio.

Sé muy bien el conjunto que me voy a poner porque no he hecho otra cosa esta noche que pensar en ello. Esta ocasión requiere ir disimuladamente sexi y casual, por eso escojo mis pantalones vaqueros de cintura baja, mi jersey de canalé *beige* ajustadito y mi chaqueta de cuero color cereza. Me maquillo de forma muy sutil y me aseguro de poner bastantes gotas del mismo perfume que uso desde que estábamos juntos en mis muñecas.

Ya puedo apoyar el pie, pero quiero que Erick siga creyendo que necesito ayuda, por eso me resigno a coger de nuevo las dos muletas.

—Podrías haberme esperado abajo —le digo al entrar en el salón.

—Tenía que ver a Dustin, quien, por cierto, se ha marchado ya.

Me recoloco el bolso que tiene una endiablada tendencia a ladearse hacia mi cadera de modo que me estorba para avanzar con las muletas.

—Dame, te lo llevaré. —Erick se acerca a mí y sin esperar respuesta agarra mi bolso para descolgármelo del cuello y mudarlo al suyo.

—Ten cuidado. Dentro llevo la cámara de fotos de Dustin, sigue prefiriéndola a la del móvil —le respondo azorada, tras sentir su cercanía.

—No soy yo el que va por ahí tropezándose. Anda, vamos, tengo el coche aparcado en el reservado.

Es una sensación extraña ir a su lado caminando. Bueno, más o menos caminando, porque no es como si fuéramos paseando cogidos de la mano. Más bien, él da dos pasos y luego se detiene un par de segundos hasta que logro alcanzarle. Pero vamos juntos, uno al lado del otro, y eso es algo que hace mucho que pensé que jamás volvería a ocurrir.

—¿Has intentado poner el pie ya en el suelo? —me pregunta, mirándome de soslayo.

—Sí, más o menos. Pero aún me duele. —Me muerdo el labio inferior por temor a que descubra que miento, porque él me conoce muy bien y es capaz de detectar el más leve tic delatador.

Sin embargo, Erick no cuestiona esta vez mi respuesta. La acepta en silencio y avanza paciente dirigiéndome hasta la puerta del copiloto de su discreto Ford.

—¿Sabes dónde hay que ir o te doy la dirección?

—Lo sé, no te preocupes. No es que fuera mucho a casa de Dustin, pero sí que estuve allí un par de veces y lo recuerdo bien.

—¿Cuándo conociste a su madre y cómo era entonces? Porque yo intento encajar el único recuerdo que tengo de ella con Sky y, aunque hay cosas en las que sí la reconozco, hay otras que no.

—¿Cómo cuáles?

—Te diré primero las que sí me cuadran. —Cierro el puño y comienzo a contar desplegando los dedos—. Que en los setenta se convirtiese en modelo de desnudos, que terminase abriendo una tienda de abalorios y que leyese las cartas del tarot.

—¡Es verdad! Te leyó las cartas del tarot. ¿Y qué te dijo? —me pregunta divertido.

—Si no te lo conté entonces, ¿por qué lo haría ahora?

—¿Cuáles son las que no te encajan?

—Veamos... Dustin cree que el chico de la foto, el que damos por hecho que es Gabriel, el chófer de Sybile, es su padre. Pero ¿qué pasó con él? ¿Huyó con Sybile cuando terminó el festival? ¿No volvieron a tener contacto con ella? ¿Y por qué su madre tenía su diario?

—Dustin alberga la esperanza de que ese chaval sea su padre, pero... Si el comportamiento de su madre en aquella época era liberal, no podemos estar seguros. Su padre podría ser el fotógrafo ese del festival, o el que conoció luego y la lanzó a la fama.

—Podría ser Stanley, pero el diario no cuenta nada de si hubo algo entre Sky y Stanley.

—Sybile no estuvo todo el festival pegada a Sky, falta información en ese diario.

—Sí, eso es cierto. Tú te lo has leído entero, ¿no es así?

—Sí, el guion es muy fiel a él.

—Además, a Sky le gustaban las chicas, se lo dice ella misma a Sybile —comento.

—Quizá se acostó con Gabriel por efecto de las drogas o puede que también le atrajera. Pero eso qué más da.

—Pues importa porque siento que la película solo cuenta la mitad de la historia, que la verdad de *La chica de Woodstock* es mucho más.

—Pero la película se centra en la fotografía, lo que ocurrió ese fin de semana. No se trata de contar su vida entera.

—Pero ¿y lo que ocurrió después? ¿Tú no tienes curiosidad?

—Lo que ocurrió después no nos pertenece, Lennon.

—Sí, tienes razón. Pero no puedo evitar hacerme preguntas.

—Pues yo no te puedo contar mucho más que no sepas.

Cuando llegaban las vacaciones en el internado, Dustin se iba con su madre y yo con la mía. Cuando comenzamos la universidad, tampoco hubo muchas ocasiones en las que yo fuese a su casa y coincidiese con su madre. La recuerdo como alguien agradable, algo peculiar y divertida, que le daba tanta libertad a Dustin que a veces podía llegar a parecer desinterés. Pero a mí me pasaba igual con mi madre, y supongo que por eso Dustin y yo nos hicimos tan amigos. Aparte de estar los dos bastante solos, nos gustaban las mismas cosas.

No puedo evitar mirarlo con curiosidad. ¿En serio queda dentro de él algo de amor por mí? Y lo que es más importante, ¿que mi corazón se acelere por estar cerca de él no es acaso síntoma de que hay una parte de mí que se resiste a dejar de quererle?

—¡Lennon!

—¿Qué?

—¿En qué piensas?

—No, en nada. —Giro mi cara y miro a través del cristal.

—¿Crees que Dustin podría encontrar a ese Gabriel gracias a la película?

El tono de voz de Erick suena tan grave, tan preocupado, tan extraño que recupero el valor para poder mirarlo.

—Bueno, supongo que, si está vivo y ve la película, hay bastantes posibilidades. Pero quién sabe.

—Sí, quién sabe.

Erick agarra con fuerza el volante. ¿Está preocupado por Dustin? ¿Teme que su amigo pueda llevarse una enorme decepción y sufra con ello?

—Ahí hay un hueco para aparcar.

—Sigues siendo la persona con más suerte del mundo a la hora de encontrar aparcamiento.

—¿Y tú sigues sin coche?

—Quizá con el dinero que he ganado ahora me compre uno.

—Dios, el fin de la humanidad está cerca —dice Erick con sorna antes de bajarse.

—Pues será culpa tuya. Te recuerdo que fuiste tú quien me enseñó a conducir.

Erick despliega una sonrisa ladeada y coge mi bolso antes de ayudarme a salir.

La casa, ubicada en la avenida Lafayette, todavía contiene algunos muebles, pero ya no hay vestigios de la que fue su dueña. Dustin se encargó de llamar a una empresa para recoger todos los efectos personales de su madre, para seleccionarlos y clasificarlos entre los que se podían donar, los que eran susceptibles de venderse en mercadillos de segunda mano, los que no tenían mejor destino que el vertedero y las pocas cosas que él quería conservar. Ahora es un lugar con paredes cuya pintura cuenta en qué zonas hubo cuadros colgados o algún mueble apoyado. Es luminosa, silenciosa y acogedora. Hace frío dentro porque lleva cerrada dos años, pero está cuidada. Será muy fácil venderla.

Saco de mi bolso la cámara digital que me ha dejado Dustin y comienzo a hacer fotos intentando siempre que las instantáneas den sensación de amplitud. Hemos venido a la hora correcta porque el sol penetra por las ventanas en cascada y sus haces se proyectan varios metros al frente.

—¿Quieres que las haga yo? —me ofrece Erick.

Es cierto que no es nada fácil moverme fingiendo que no puedo apoyar uno de mis pies en el suelo, pero Erick tiene la capacidad de enfoque de un tuerto.

—No, gracias. Hay quien es capaz de comprar una casa tan solo por las fotos sin necesidad de verla antes en persona. Así de loca es la gente.

—Lo pillo. Sigues pensando que soy un fotógrafo pésimo.

—A no ser que a lo largo de estos cinco años hayas desarrollado un sexto sentido...

Se gira hacia mí con los ojos en blanco y no sé por qué justo en ese momento yo presiono el botón de la cámara y le hago una foto.

—¿Quieres que salga en las fotos para hacer más atractivas las habitaciones? —se burla.

—Quítate de en medio. Estás justo en mi línea de disparo.

Levanto una muleta indicándole la dirección a la que quiero que se retire, pero lo hago con tanto ímpetu que pierdo el equilibrio. Lo veo a cámara lenta, cómo él alza las cejas, cómo yo miro hacia mi pie vendado que se supone que no debo apoyar, cómo él avanza hacia mí, cómo yo me inclino cual tronco de árbol recién talado. Tardo exactamente un parpadeo en terminar sobre él. Oigo cómo las muletas golpean el suelo, noto cómo mi otro pie resbala y cómo eso hace que él tenga que reajustarme en sus brazos tras dar un medio giro. Por eso, ahora mi boca está pegada a su mandíbula y una de mis manos aferrada a sus brazos. La otra sujeta la cámara porque sé lo cara que es y habría preferido romperme la nariz que estropeársela a Dustin. El silencio dura dos parpadeos más. Dos milésimas de segundo que son suficientes para reconocer la sensación de estar pegada a él, para olerle, para dejar de respirar porque siento sus manos abiertas afianzadas con seguridad en ambos extremos de mi espalda.

—¿Estás bien? —Me lo pregunta con un tono de voz grave mientras me ayuda a recuperar el equilibrio y recoge las muletas del suelo.

—Creo que das mala suerte —le espeto.

—¿Que doy mala suerte? —Pone los brazos en jarras y sacude la cabeza enredando aún más su pelo—. Pero si te hubieras caído al suelo si no llego a estar cerca de ti.

—Y no habría perdido el equilibrio si no hubieras estado quieto ahí en medio estorbando.

—Anda, déjate de idioteces. Dame la cámara. Tú solo siéntate en el sofá y dirígeme. Me colocaré donde me digas y haremos tantas fotos como haga falta. Para eso sirven estas cámaras digitales, ¿no?

—Pero...

—¿Quieres terminar con alguna parte más de tu cuerpo vendada? —Estira la mano demandante.

Alzo una ceja y le cedo la cámara, porque ahora mismo necesito recuperar el control sobre mis emociones para poder disfrutar de ver cómo él está siendo esclavo de las suyas. Está preocupado por mí. Está aquí. Junto a mí. Ayudándome.

—Ponte en esa esquina y enfoca hacia la isla de la cocina, pero inclina la cámara por la parte derecha. No, hacia atrás no, tienes que darle profundidad. Así. Un poco más arriba. —Intento dirigirle con mi índice estirado, pero creo que así vamos a echar toda la mañana.

Erick me enseña una y otra vez las fotos, y yo le envío de vuelta una y otra vez para que las rehaga siguiendo mis indicaciones detalladas.

—Sube la cámara.

—Pero ¡no la inclines hacia abajo!

—¡Has cortado el armario por la mitad!

—¿No ves que sale más suelo que pared?

Dos horas y media más tarde, hemos fotografiado hasta el último metro cuadrado de la casa y creo que podré sacar una docena de fotos buenas. Erick se ha sentado junto a mí en el sofá, derrotado.

—Dame un minuto. He hecho más sentadillas y estiramientos que un entrenador de gimnasio.

—Exagerado —le digo mientras reviso las fotos en la pequeña pantalla de la cámara digital.

De pronto, aparece su foto, la que desencadenó el curso de la mañana y se me escapa una risita. Erick, que está estirado y con la cabeza hacia atrás en el respaldo, me quita la cámara de las manos y observa su propia foto por un segundo. Luego, me enfoca con el objetivo y aprieta el botón mientras aún sonrío. Aunque, claro, justo después suelto una protesta enorme, pero él ya me ha metido dentro de la tarjeta de memoria que lleva la Canon.

—Ni siquiera ahora estamos en paz porque tú has salido guapa y yo parezco estrábico —dice mirando la foto.

Me hace reír, no quiero reírme con él, pero es que no puedo evitarlo. Y en realidad, creo que es mejor reír mientras camuflo el vuelco que me ha dado el alma al escuchar cómo dice *guapa* refiriéndose a mí.

—Me gusta tu corte de pelo.

—Me lo hice hace cinco años.

El silencio se instala entre nosotros durante un instante.

—Yo me mudé a la India en esa época también.

Iba a encadenar una serie de preguntas que me llevasen hasta la respuesta que quiero obtener. La que me informe de quién está esperándole allí, de cuánto le importa, de qué tipo de relación es. Si piensa regresar allí en cuanto termine la grabación del *score*. Pero ahora está frente a mí, ofreciéndome ayuda para levantarme.

—¿Vamos a comer? —Se pone en pie y me alarga la mano para ayudarme a levantarme.

—He visto un restaurante venezolano al doblar la esquina, ¿has probado alguna vez las arepas? Creo que te gustarían.

Llegar hasta el establecimiento nos lleva tiempo debido a mi ritmo, pero lo cierto es que luce un precioso día de otoño que hace del breve paseo algo con lo que deleitarse. En cuanto nos sentamos pedimos unas bebidas y me excuso para ir al lavabo, pero tengo tantas ganas de hacer pis que me olvido de coger las muletas y apoyo el pie. Cuando soy consciente de ello, me giro con rapidez hacia la mesa donde están ellas y veo a Erick mirándome con una ceja alzada.

—¡Milagro! —exclamo alzando las manos.

Erick niega con la cabeza y se estira para coger una de las muletas de la silla en las que las he olvidado. Me la ofrece, sin poder disimular una sonrisa burlona.

Solo tengo que estirar el brazo para cogerla y le sonrío con la boca abierta, como si estuviese maravillada y de lo más sorprendida con esta mejora inesperada.

—He pedido un par de cosas sobre las recomendaciones que me han hecho, pero mira la carta por si te apetece algo en especial —me dice en cuanto vuelvo a sentarme a la mesa.

La verdad es que tras echar un vistazo me apetece todo, pero confío en que me gustará lo que haya pedido él.

—Y bueno, ¿qué planes tienes? ¿Vas a volver a tu emisora de radio en Los Ángeles?

—En principio, sí. No me he planteado ni lo que voy a hacer mañana, la verdad. —Le doy un sorbo a mi bebida de melaza con limón, y Erick me imita con su bebida de malta.

—¿No quieres dedicarte a esto? Ser supervisora musical.

Hago vibrar mis labios de forma sonora al resoplar y después esbozo una mueca.

—Depende.

—¿De qué?

—De cómo funcione la película.

—¿Y qué importa cómo funcione? ¿Es que no te lo has pasado bien haciéndola?

—Pues claro. Me ha encantado, pero si todo el esfuerzo termina por convertirse en otro sueño roto, entonces... —Jugueteo con la servilleta entre mis manos evitando su mirada.

—¿Por eso huiste?

—¡No hui! Solo... Solo... No quiero hablar de eso contigo.

—¿Y de qué hablan los amigos entonces, Lennon?

—¿Y tú? ¿Por qué dejaste las bandas sonoras? —replico—. ¿Música para videojuegos? ¿En serio eso es lo que ahora te gusta?

Erick se encoje de hombros y se echa hacia atrás en su asiento.

—Pagan bien y es divertido.

—Pero no es cine.

—La verdad es que yo tampoco quiero hablar de esto. —Se remueve incómodo.

Le doy vueltas al vaso en el aire girando mi muñeca, con la mirada perdida dentro del líquido que baila de un lado a otro.

Erick bebe hasta terminar toda su malta y pone el vaso con cierta brusquedad sobre la mesa.

—¿Cómo está Richard?

Esa pregunta es fácil. Esa pregunta hace que apriete los labios con una sonrisa antes de comenzar a hablar y, sin darnos cuenta, tras contarle todo sobre mi amigo, seguimos hablando de temas banales como las reposiciones del cine Baldwin, mis récords en la máquina del Bubble Bobble y las maravillas que sentimos en el paladar mientras nos comemos estos platos venezolanos.

Parecemos amigos, de los de verdad. De los que charlan, se ríen, se mofan del otro, comparten platos y no miran el reloj hasta que notan cómo los camareros están preparando el comedor para dejar listo el turno de las cenas.

—¡Dios mío! ¿Qué hora es? ¡Había quedado con Dustin a las seis! —exclamo alertada.

—Son exactamente las seis —sentencia Erick, tras comprobar su reloj de muñeca.

—¡No! Hay que regresar ya. —Me apresuro a sacar el

teléfono del bolso para enviarle un mensaje a Dustin. Tengo que pedirle disculpas.

Erick saca la cartera para pagar y no me da tiempo a alcanzar el monedero, pero su cara ha adoptado una expresión entre el cansancio y la derrota que me hace no insistir en ir a medias. Regresamos en silencio al coche y dejamos que caiga la oscuridad sobre nosotros mientras suena de fondo Maroon 5 en la radio.

—¿Te sigue gustando Dustin? —suelta de pronto. Directo, sin anestesia.

—¿Cómo?

—Ya me has oído.

—Pero ¿por qué me preguntas eso? —Me remuevo incómoda y una sonrisa baila de forma insegura en mis labios.

—Te gustaba mucho. No sería algo raro que aún siguiera gustándote.

—Erick, no pienso decirte...

—Porque tú sí que le gustas a él. Así que ha llegado tu oportunidad. Por fin tienes a Dustin Davis disponible. Como siempre quisiste.

—¿A cuento de qué me dices esto ahora? ¿Cómo que «como siempre quise»? ¿De qué vas, Erick?

—No le hagas daño. Si no lo quieres, vete y no vuelvas. —Erick está ahora muy serio, agarra el volante con fuerza y su mirada es la de alguien helado por dentro.

—¡Que me vaya y no vuelva! ¿Quieres entonces que haga lo mismo que hiciste tú? Como ya no me querías, te fuiste para no volver, ¿no? Entonces, ¿por qué demonios has vuelto, Erick? ¿Por qué no te has quedado en la maldita India?

Respiro de forma acelerada, el pecho me sube y baja de forma frenética y siento que el corazón se me va a salir por la boca. Entonces noto cómo Erick reduce la velocidad y finalmente frena.

—Bájate —me ordena impasible.

—¿Cómo?

—Ya hemos dejado atrás Brooklyn, puedes coger un taxi hasta Tribeca. —No me mira, actúa como si deshacerse de mí le resultase del todo fácil.

—¿Me quieres dejar aquí tirada? —Hago la pregunta en voz alta, aunque la respuesta es más que evidente y no debería sorprenderme, porque él es experto en abandonar a la gente—. ¡Estupendo! Adiós.

Agarro las dos muletas con una mano y salgo sin mirar atrás. Aunque no sé muy bien dónde estoy con exactitud, no tardo ni un segundo en oír como el Ford vuelve a ponerse en marcha y se aleja entre el denso tráfico de Manhattan.

—¡Ojalá te estrelles! —vocifero.

Pero un segundo después me arrepiento, porque, por mucho que lo odie ahora mismo, en este preciso instante algo se ha revelado dentro de mí. Sé que lo sigo queriendo.

¿Por qué si no me dolería tanto ser abandonada por segunda vez?

Capítulo 40
Lennon

—Pero ¿qué narices le pasa a Erick? ¿Por qué te ha dejado aquí con la que está cayendo? —me pregunta Dustin cuando una hora después el tráfico le permite llegar hasta mí.

—Ya sabes cómo es. De arranques desmedidos.

Por algún motivo toda la rabia, las ganas de venganza, los instintos asesinos... Todo eso ha desaparecido dentro de mí. Ahora mismo, solo estoy intentando gestionar el descubrimiento innegable de que sigo amando a ese imbécil egoísta. Eso solo significa que tengo un desorden mental que quizá debería ser tratado por alguien con diploma.

—¿Por qué habéis discutido?

—¿Podemos hablar de otra cosa? —le pido sintiendo un gran cansancio en el alma.

—Sí, claro. Te he traído algo de ropa seca. Vayamos a algún lugar para que puedas cambiarte.

—No es necesario, me cambiaré en los asientos de atrás. No pienso entrar con estas pintas en ningún sitio.

Me avergüenzo de mis sentimientos, pero no pienso avergonzarme de mi apariencia. Disimularé, fingiré que soy una chica mona con un montón de posibilidades, citas y aventuras gracias a este vestido ajustado que Dustin ha elegido de mi armario. Se nota que tiempo atrás estuvo a cargo hasta de los más pequeños detalles, incluyendo el vestuario de los actores.

—Pero ¿ahí atrás? Bueno, bien. Avísame cuando hayas terminado.

Dustin hace el amago de abrir su puerta para salir del coche, pero yo le freno con un tirón del brazo.

—No digas tonterías, ponte en marcha y vayamos ya a ese restaurante al que ibas a invitarme a cenar.

—Está bien, porque yo tengo que mirar hacia delante, obviamente. —Carraspea.

—Obviamente —repito con sorna, y agradezco que, en este momento en el que siento en carne viva una herida que creía cerrada, su aclaración me resulte graciosa.

Unos minutos después estamos sentados en una mesa con vistas al Hudson, con una vela baja encendida entre nosotros y música clásica sonando tenuemente.

Miro a Dustin con verdadero agradecimiento. Es el perfecto caballero andante que acude a tu rescate, uno que te invita a cenar pato glaseado con *micuit* de *foie* y se pone corbata. Puedo percibir las miradas de todas las mujeres del restaurante puestas en él, porque es arrebatadoramente atractivo, como un modelo de Versace, como un Porche; y, sin embargo, él parece ignorar el efecto que ejerce en su entorno. Ni una sola vez ha paseado la mirada por el resto de las mesas. Sus ojos no se desvían de lo que tiene enfrente, de mí.

Por un segundo, dejo que se cuele en mi mente Erick haciéndome la foto esta mañana. Su desaliño, su ropa informal, su postura desgarbada, pero innatamente masculina, sus labios curvados en una sonrisa llena de seguridad. La sonrisa que suele tener un creído, un chulo, un sinvergüenza... Y, aun así, tengo que preguntarle a mi corazón por qué no puede entrar en razón.

—¿Has podido hacer las fotos? —me pregunta con cautela Dustin rompiendo el silencio.

—Sí, han quedado genial. Míralas tú mismo.

Hago el amago de sacar la cámara de mi bolso, pero él agita la mano dejándome claro que no le interesa verlas.

—Es raro, pero, aunque hace mucho tiempo que no voy, me cuesta un poco aceptar que otras personas terminarán viviendo allí. Y tú, ¿nunca echas de menos Sunburst?

Me encojo de hombros y agito la cabeza pensativa.

—Sunburst es un sitio genial para pasar un fin de semana al año. Siempre que te apetezca hablar con un montón de gente, comer junto a un montón de gente, fregar platos que no has usado o recoger unos cuantos kilos de manzanas aprovechando que has salido a dar un paseo.

Logro que Dustin se ría, aunque lo que he dicho es totalmente cierto.

—Pero extrañarás a tu familia.

—Los telefoneo, de vez en cuando. Y ellos me llaman a mí también, pero es difícil que la conversación dure más de cinco minutos. Siempre hay mucho jaleo. Tengo siete hermanos pequeños. ¿O eran ya ocho? —Comienzo a desplegar los dedos de mi mano mientras hago un recuento de sus nombres—. Paul, Ringo, Georgina, Joan, Cat, Neil...

—Tus padres deben de ser unos melómanos tremendos. Todos tienen nombres de cantantes, ¿en serio? —Niega con la cabeza, pero su cara está iluminada con una gran sonrisa.

—¿Y si digo que se conocieron en Woodstock?

—¡No!

Apoyo la espalda en el respaldo de mi butaca forrada de piel y me rio antes de darle un trago a mi copa de vino.

—No, pero habría sido genial, ¿verdad? —Me uno a su risa y luego le miro bien a los ojos para seguir hablando—. Ellos eran vecinos, se conocían de toda la vida. Son esa historia de amor que solo crees que sucede en la gran pantalla. Toda la vida juntos, igual de pirados como para unirse a un grupo de *hippies*, vivir en una comuna y tener... ¡Aretha! Sí, somos ocho hermanos.

Dustin suelta otra carcajada con mi broma.

—¿Aretha? Tus padres son extraordinarios.

Se le ve feliz, tan cómodo sentado frente a mí, sin ese ensimismamiento que siempre suele tener, alejado en este instante de lo que es todo su mundo: historias, guiones, tiempos, presupuestos, sueños... ¿En serio es posible que esta versión de Dustin sea compatible con la que hasta ahora conocía de él?

—Si por extraordinarios quieres decir raros, sí. Pero supongo que debería ir a Sunburst al menos en Navidad.

—Deberías ir, Lennon —conviene mi director con cierto tono de pena.

—¿La extrañas mucho? —no hace falta aclarar sobre quién le pregunto, él asiente con la cabeza a la par que tuerce los labios.

—Ella era mi todo. Mi única familia. Y tampoco es que tenga muchos amigos, ya sabes.

—Pues ven conmigo a Sunburst en Navidad.

—¿En serio?

Traslado la mirada desde mi plato a mi acompañante y descubro un brillo lleno de emoción en sus ojos. Mierda. ¿Le estoy dando esperanzas? ¿Habrá malinterpretado mi oferta?

—Sí... Aunque supongo que en diciembre estarás hasta arriba de trabajo, terminando la posproducción y comenzando con los trámites de la distribución.

—Podré ir. Me encantaría conocer a tus padres y a tus mil hermanos con nombres de artistas musicales.

—Está bien —concuerdo con él, sintiendo presión en el pecho.

Cojo la copa de vino, a la que le queda poco más de un dedo de líquido, y me lo bebo con la intención de volver a llenarla.

—Dustin, yo... mañana regreso a Los Ángeles. Cuando lleguemos a casa descargaré las fotos en mi portátil y con eso puedo terminar de gestionar los detalles de la venta de la casa.

—¡Mañana! —exclama él perdiendo de un plumazo todo atisbo de alegría en el rostro.

—Claro, llevo aquí casi un mes y he terminado todo lo que tenía que hacer. Mi pie, como has podido ver, ya está bien para moverme sin problemas, y me gustaría estar allí unos días antes de volver a la emisora, para adecentar la casa y descansar un poco.

—Pero... —De pronto alarga una de sus manos para aferrar la mía.

Mi corazón se salta un latido, dejo de masticar y lo miro a los ojos con verdadero miedo. No irá a declararse ahora, ¿verdad?

—Tengo que irme. —Suelto los cubiertos y pongo mi otra mano sobre la suya para apretársela con fuerza—. Hoy me he dado cuenta de algo.

Dustin abre la boca, pero no logra emitir ningún sonido; sin embargo, yo necesito hablar antes de que él pronuncie unas palabras que puedan alejarme de él para siempre.

Porque, quién sabe, quizá con el tiempo pueda corresponder a unos sentimientos que ahora son imposibles. Quizá algún día, el cable que tengo desconectado dentro del cerebro encontrará el sitio correcto donde debe insertarse, recuperará la sensatez y mis sentimientos románticos por él renacerán.

—Me he dado cuenta de que odio con todo mi corazón a Erick —continúo—. Y eso solo quiere decir que sigo enamorada de él. Hasta el tuétano. No podría odiarle tanto si no fuera porque me frustra, me desgarra y me hiere en lo más profundo no poder estar con él. Porque aún le quiero, no he logrado olvidarlo, y estos días han sido la peor idea de todas las posibles. Así que sí, Dustin, mañana cogeré un avión y regresaré a Los Ángeles. Esta vez, seré yo la que se vaya.

—Me gustaría que te quedases conmigo. Me gustaría muchísimo, pero te ayudaré con lo que necesites —me contesta con la voz grave, sin evadir mi mirada, con una piedad en el gesto que no merezco.

—Gracias. Por todo, absolutamente por todo.

I listen to the wind, to the wind of my soul
Where I'll end up, well, I think only God really
Knows I've sat upon the setting sun
But never, never, never, never I never wanted
Water once No never, never, never.
I listen to my words but they fall far below
I let my music take me where my heart wants
To go I've swam upon the devil's lake
But never, never, never, never
I'll never make the same mistake
No, never, never, never.

Mi voz entona en susurros una y otra vez «*Never, never*» mientras veo por la pequeña ventanilla del avión en el lado oeste cómo el cielo comienza a pincelarse entre las nubes con tonos amarillos, naranjas y rosas mientras el sol se vuelve cada vez más rojo hasta situarse en la línea del horizonte. Dustin me consiguió un vuelo que salía justo antes del atardecer, por lo que esta mañana pude recoger con tranquilidad todas mis cosas, que resultaron ser muchas más de las que traje conmigo a Nueva York. Pero mientras lo hacía me sentía tan mal...

Mi mente recreaba una y otra vez la pelea con Erick, mi corazón sentía el dolor que le había causado a Dustin en el restaurante, la caja de dónuts enmohecidos saltaba entre medias como un recordatorio de lo idiota que soy y la foto de Erick ha terminado sepultada en medio de todas las demás del apartamento de Cora dentro de mi USB para el colmo de mi idiotez profunda.

Vuelvo a partir de cero en lo que respecta a mi corazón. Cinco malditos años que no han servido para nada. Estoy otra vez en el mismo punto, uno que está muy abajo, en el subsuelo.

Cuando salgo del aeropuerto me dirijo directamente a casa de Margot. La necesito, incluso si lo único que escucho de ella pueda ser una retahíla de «ya te lo dije», necesito su diván morado y sus botellas de *champagne*. Arrastro mi maleta de ruedas como si en realidad cargase con todo mi peso emocional dentro, con mis sentimientos antagónicos chocando unos con otros al ritmo del dibujo de las aceras. Tras las casi nueve horas de vuelo y con la diferencia horaria, es noche cerrada cuando por fin piso la arena que aún conserva algo de calidez.

—¡Margot! —sollozo tan fuerte que la voz se me quiebra.

Nadie contesta, aunque las luces de la casa están encendidas. Vuelvo a llamarla un par de veces y aporreo la cristalera que une su terraza con la salita. El miedo de que le haya pasado algo se apodera de mí y me dispongo a lanzar contra el cristal la mesita de madera que hay entre las tumbonas.

—Pero ¿qué demonios haces, Lennon?

Me giro con la mesa sobre mi cabeza y veo a Margot, tal y como vino al mundo, mojada de pies a cabeza.

—¿Qué te ha pasado? —le pregunto alertada, devolviendo la mesita a su sitio y acercándome a ella en dos zancadas.

—¡Qué me va a pasar! Vengo de darme un baño.

—¿Un baño a oscuras? ¿En pelotas? ¿Estás loca?

—¿La loca soy yo por querer hermanarme con el mar o tú por intentar entrar a la fuerza en una casa ajena?

—Pensé que te había pasado algo... —respondo suavizando el tono, desviando la vista de los pliegues de su estómago, sus pechos descolgados y su pubis canoso.

—Anda, aparta. Voy a resfriarme por tu culpa.

Margot me hace a un lado y saca una llave del interior de uno de los cojines de una tumbona.

—La próxima vez que pienses que me ha llegado la hora, ya sabes dónde está la llave.

—¿Por qué demonios te bañas desnuda? ¿No te da miedo pensar en los bichos que no puedes ver a estas horas en el mar?

—Ni que un bañador fuera un escudo contra el ataque de un tiburón —replica antes de comenzar a reírse a pleno pulmón y de perderse por el pasillo.

Al poco regresa enfundada en un pijama de seda de color turquesa y hace que la siga hasta la cocina.

—¿Qué haces aquí y por qué has venido a estas horas?

—He discutido con Erick.

—¿Y la solución ha sido subirte a un avión?

—La solución ha sido adelantarme a lo que habría hecho él.

—¿Y eso en qué posición te deja? ¿Te sientes mejor por ser quien se ha marchado esta vez?

—Para nada.

—Pues regresa y habla con él.

—Ni de coña.

—Olvídalo entonces.

—¿Cómo? —Soy consciente de que no es una pregunta, sino un grito de auxilio.

—Como lo hemos hecho siempre tú y yo, con música y alcohol. —Margot se va directa hacia su tocadiscos y posa la aguja sobre un disco de ABBA.

—Debería ser con deporte y comida sana. —Pienso de nuevo en Erick, porque él no se echó a la bebida para superar lo nuestro. Al parecer, lo hizo saliendo a correr y comiendo lentejas rojas con *tikka masala*.

—¿Tú bebes cuando estás sola en casa?

—No, solo cuando vengo a verte.

—Entonces, no vas a volverte una alcohólica por un par de mimosas con más proporción de zumo que de alcohol. Vamos a la cocina, querida.

Capítulo 41
Lennon

Tras dos mimosas caí redonda en el sofá de Margot. Cuando he abierto los ojos esta mañana, lo primero que me ha venido a la mente ha sido la mirada impasible de Erick echándome de su coche. Luego he oído de fondo el sonido sedante del mar, por lo que he decidido comenzar el día dando un paseo por la orilla en un intento de serenar mi espíritu malherido. Ojalá algunos recuerdos fueran tan fáciles de borrar como las huellas en la arena tras el paso de una ola.

Está bien, la he vuelto a pifiar. He dejado que me rompan el corazón de nuevo, soy una vengadora horrible y voy a pasar el resto de mi vida sola porque es como más tranquila puedo estar. Ni siquiera Dustin es una opción para mí, ni ahora ni en el futuro. Él se merece a alguien con espíritu de sacrificio, que pueda estar a su lado en un segundo plano, porque hay que reconocer que para él siempre estará el cine por delante de todo. ¿Quiero ser alguien que está detrás de algo en el corazón de alguien? Definitivamente, no. Pero será maravilloso conservarle como amigo o socio de trabajo; siempre y cuando jamás volvamos a trabajar los tres juntos en un proyecto.

Lo de Erick en mi corazón será cuestión de tiempo. De más y más y más tiempo.

Comenzaré con este paseo, luego con el viaje en autobús hasta el *loft*. He llamado a la inmobiliaria y ahora mismo no hay inquilinos. Les he dicho que ya no está disponible tampoco. Así que volveré a mi rutina de trabajo en la emisora y con mis visitas a Buddy's. Si tras el estreno de *Verano en Acuario* salen oportunidades en el sector del cine para mí, iré hacia ellas. Pero hoy me conformo con este paseo. Quizá lloraré también un poco cuando llegue a casa.

Transporto mi maleta ruidosa desde Santa Mónica hasta el Downtown, con la mente concentrada en un perdón que siento que debo concederme por haber vuelto a tropezar con la misma piedra. Hoy dedicaré el día a darle forma a la oferta de venta del apartamento de la madre de Dustin, eso me mantendrá la mente ocupada. O quizá eso lleve mi pensamiento todo el rato a Erick, foto a foto; pero, de todas formas, será bueno si lo dejo terminado hoy mismo.

Subo las escaleras de mi edificio dando golpes sin piedad a mi maleta escalón tras escalón. Cuando por fin alcanzo la tercera planta, resoplo como si hubiese subido hasta la mismísima azotea del edificio Chrysler. Cuando alzo la vista al frente, creo que tengo visiones. Definitivamente, me he vuelto loca, porque estoy viendo a Erick, sentado en el suelo y con la espalda apoyada en mi puerta amarilla. Esta ilusión de mi mente acaba de abrir los ojos, de mirarme y de parpadear varias veces como si se estuviera despertando. Yo también parpadeo varias veces; pero, aun así, siempre que vuelvo a abrir los ojos, él sigue ahí.

—¿Erick? —pregunto como si lo que tengo delante fuese un fantasma.

—¿Por qué demonios has tenido que venir hasta aquí? —brama furioso.

Alzo las cejas ante su reacción que le ha hecho levantarse del suelo y avanzar hacia mí a zancadas.

Espera un momento.

—No sé qué diantres haces aquí, Erick.

—¡Te has ido de Nueva York! —exclama alterado.

—¡Me echaste del coche! Maldito imbécil. —Me enfrento a él cuando por fin atrapo las llaves dentro del bolso.

—¿Y por eso coges un puñetero avión para irte al otro lado del país?

—¿Y por qué no? —Las manos me tiemblan, por lo que me cuesta acertar con la cerradura.

—Porque tenemos que hablar. —Su tono baja un poquito los decibelios y sus pasos le colocan justo a mi lado.

Cerca, demasiado cerca.

—No tenemos nada de qué hablar, tú y yo.

—Pues yo creo que sí.

Por fin logro meter la llave en la cerradura y correr la puerta a un lado.

—Me echaste del coche —le repito, de espaldas a él.

Sin esperar una réplica, doy un paso adelante con intención de cerrar la puerta detrás de mí. Sin embargo, él la sujeta, me lo impide y agarra mi brazo con fuerza.

—Soy un maldito imbécil, ¿de acuerdo?

—Ahora que los dos estamos de acuerdo en algo, creo que no tenemos nada más de lo que hablar. —Me sacudo de su agarre y vuelvo a hacer el intento de correr la puerta contra su resistencia.

—No te dejé, Lennon. Yo no te dejé. Solo te di el espacio que querías.

Dejo de ejercer fuerza, siento cómo los hombros se me caen y alzo las cejas con cierta indignación.

—¿Espacio? —pregunto atónita.

—Cuando los productores me sacaron del proyecto para que Elliot Warren ocupara mi lugar, pasaba días enteros sin saber de ti. Estabas tan metida en la película que te olvidabas de nuestras citas, quedábamos para cenar, pero al ir a recogerte te encontraba comiendo un taco mexicano con Dustin y el equipo. Me dejasteis de lado. Y tú te olvidaste de que tenías una relación conmigo, simplemente porque no te iba bien tener una en ese momento.

Erick avanza para entrar en mi hogar y él mismo corre la puerta para cerrarla. El silencio es atronador entre nosotros ahora mismo. Mi respiración es agitada porque lo que oigo es solo una sarta de estupideces. ¿Qué demonios está inventando?

—En ese momento, el amor no era lo más importante, Erick. Estaba en juego mi sueño. Tenía que centrarme en él, luchar por él. Debía poner todo mi espíritu, mi corazón, mis horas y minutos...

—¿El amor no era lo más importante? —repite con amargura.

—¿Por qué te quedas con eso de todo lo que he dicho?

—Porque es lo que me ha dolido.

—Lo que quiero decir es que se suponía que nuestro amor no corría peligro, que era algo seguro. Que *tú y yo* no competíamos frente a mi sueño.

—Pues lo parecía, Lennon. Te olvidaste por completo de mí. Tener tu espíritu, tu corazón, tus días y segundos enfocados en tu sueño no dejó espacio para mí en tu vida.

—Tú solo... ¡Solo tenías que apoyarme y esperar!

—Pues me cansé de esperar.

—¡Exacto! —le señalo acusadora con la barbilla.

—El amor no se da por sentado, Lennon. No se trata solo de recibir.

—No te atrevas a decir que yo no te amaba.

—¿Entonces por qué no te diste cuenta de que yo estaba sufriendo? Los de la productora prefirieron contar con Elliot Warren que conmigo, y ni Dustin ni tú me brindasteis vuestro apoyo. Pasamos de ser nosotros tres a ser vosotros dos y un extraño. Y sabes que yo me alegré de que tú no te quedaras fuera de la ecuación como yo, pero eso no borraba el hecho de que a mí me habían quitado de en medio.

—Pero tú no me dijiste nada de que te sentías así —me defiendo.

—Te dije que me alegraba por ti.

—Pero no me dijiste que estabas triste por ti. No leía mentes, Erick.

—Ni prestaste atención. Yo pasé a ser alguien prescindible, incluso para ti.

—Pues te equivocaste, porque no era así. Y marcharte sin una conversación, sin un aviso, de un día para otro, fue lo más cruel que nadie me ha hecho jamás.

Me giro y le doy la espalda porque, si sigo mirándole a los ojos, voy a romper a llorar. Así que avanzo hasta la cocina y cojo un vaso de agua.

—Entonces, contesta. ¿Te gusta Dustin?

—¡No! —Vuelvo a enfrentarme a él con indignación.

—¿Sientes aún algo por mí? —Ha avanzado directo con la respiración expandiéndole el pecho.

—¡Vete a la mierda, Erick! —grito—. Dime, ¿por qué has venido realmente?

Lo tengo encima, siento su respiración sobre mi frente, el calor que emana su cuerpo, casi puedo percibir el ritmo acelerado de su pulso.

—No estoy enamorada de él —confirmo.

Sus ojos brillan entonces y se inclina más hacia mí. Apoya ambos brazos en el fregadero, aprisionándome entre ellos.

—¿Tienes a alguien esperándote en la India? —Logro frenar su avance con esa pregunta.

—¿Cómo?

—Sí, te escuché decirle a alguien por teléfono que regresarías cuanto antes.

—Era mi casero, Lennon. Me amenazaba con romper el contrato de alquiler si no regresaba y si no recibía los pagos de forma puntual. No tengo a nadie esperándome en Bombay.

Aprieto los labios y asiento, alzando los ojos con muy poco valor hacia los suyos, pero antes me topo con sus labios. Los veo abrirse, aproximarse... Dios, ha pasado tanto tiempo desde nuestro último beso.

Y, finalmente, los siento sobre los míos.

Cedo. Caigo en picado en su beso, en su agarre, en su sabor y entrega. Me aferro a él como si soltarle supusiese perder la vida. Y tras ese beso, no se separa, repite con otro igual de lento, de intenso, de desesperado. Me rodea con sus brazos, me deja claro que no tengo escapatoria, que no piensa soltarme. Pero yo no quiero que me suelte, mis puños se han aferrado a su chaqueta y lo atraen hacia mi cuerpo para que este le exprese cuánto he esperado esto. Por eso, nuestros besos se tornan frenéticos y pasan a ser profundos, a estar llenos de palabras contenidas. No puedo creer que vuelva a estar entre sus brazos, que sus labios vuelvan a arrastrarse y a pegarse sobre los míos, que pueda sentir su piel aún por encima de la ropa, que...

Un momento. Esto no debería de ir tan rápido. No podemos volver a fastidiarla, por eso lo empujo, logro separarlo de mí y extiendo mi mano para impedir que se acerque de nuevo.

—¿Qué pasa? —me pregunta Erick, jadeante.

—Esto. Todo esto. Tengo que pensarlo.

—Yo sigo enamorado de ti, Lennon. —Apoya su frente en la mía y suelta el aire, vencido—. Y sé que no hay un lugar lo suficientemente lejos en el que pueda olvidarte, que el paso del tiempo tampoco hace que mi corazón te extrañe menos y que estoy dispuesto a hacer lo necesario para que volvamos a estar juntos.

—Pues entonces, concédeme esta noche.

Erick separa su frente y me mira como si fuera un niño al que le están castigando.

—Necesito poner mis ideas en orden.

—Está bien. —Me concede.

Se descuelga de los hombros una mochila que hasta entonces no había notado que llevaba a la espalda y se deja caer en el sofá.

—¿Qué haces?

—No pretenderás que pase la noche en el rellano —suelta mientras se acomoda.

Lo miro incrédula.

—¿En serio que me vas a echar a estas horas a la calle?

—¿Y cómo quieres que piense contigo aquí en medio?

—En realidad eso podría ayudarte. —Sonríe.

—¡Te digo que no puedes quedarte aquí, Erick!

—Y yo te digo que he cruzado el país detrás de ti y que no pienso arriesgarme a que vuelvas a escaparte.

Pongo las manos en las caderas e intento parecer firme en mi decisión, pero él se ha cruzado de brazos y, tras estirar sus largas piernas, ha entornado los ojos como si estuviese dispuesto a echarse una siesta en mi sofá.

—¡Está bien! Pero no te muevas, no hagas ruido y no me hables. Ni siquiera respires —le ordeno con el índice extendido, y me voy directa a la ducha con la intención de que el ruido del agua me aísle de esta situación surrealista durante unos minutos.

No puedo evitarlo. Estoy sonriendo mientras me toco los labios. Dios mío, había olvidado lo bien que besaba Erick. Bueno, no lo había olvidado, pero ha sido alucinante volver a sentirlo. Todo mi cuerpo se estremece al saber que él está al otro lado de este muro de ladrillos, dispuesto a que salte sobre él ahora mismo, tal y como estoy. Pero no voy a ceder, tengo que meditarlo con calma. Porque Erick sigue siendo Erick, con sus virtudes y sus defectos.

Sé que no dejé de amarle, pero puede que en parte tenga razón, que dejase de demostrárselo.

—¿Solo tienes fideos instantáneos? —me pregunta en cuanto salgo de la ducha.

—Y cereales, pero no he comprado leche. Aunque puedes bajar a por un cartón.

—¡Ja! Para que luego no me abras la puerta. Veamos: fideos al curri, fideos kimchi, fideos miso...

—Se suponía que tenías que permanecer en el sofá y hacer como si no estuvieras aquí.

—¿Te preparo unos fideos? Estos vienen en japonés, no tengo ni idea de qué son —dice, examinando el envoltorio.

—Está bien. Ya que estás aquí incordiando, al menos haz la cena.

Me siento en el sofá y comienzo a frotarme el pelo con una toalla pequeña para secarlo por mechones. Supuestamente estoy de lado para poder mirar a través de la ventana los neones fluorescentes del edificio de enfrente, pero no puedo evitar vigilarlo de reojo.

—Fui a buscarte por la tarde, ¿sabes? Tras reflexionar, me di cuenta de que tenía que pedirte perdón y hablar, pero me encontré con que te habías ido. Ni en mil años habría pensado que te irías de Nueva York antes de tiempo.

—Ya había terminado mi trabajo.

—Sí, pero tenías excusa para quedarte unos días más.

—¿Y por qué iba a querer quedarme unos días más?

—Porque te salía gratis —responde con rapidez.

Lo miro ofendida, pero terminamos riendo. Mierda, me está confundiendo. Así, parece que todo puede volver a funcionar entre nosotros, pero me recuerdo que todo esto tal vez solo sea un espejismo de la realidad.

—Cogí el primer vuelo que había para ir detrás de ti. Te he perseguido por el cielo —añade con guasa.

Pongo los ojos en blanco y agito la cabeza para recolocar los mechones a medio secar. Erick termina de hervir el agua y de preparar el ramen instantáneo, lo sirve en un par de cuencos, y siguiendo mis instrucciones encuentra unos palillos. Nos sentamos uno al lado del otro frente a la isla y comenzamos a comer en silencio. Estamos así el tiempo suficiente para que pueda recolocar algunos pensamientos. Y, al final, me lanzo a hablar.

—Aunque estaba totalmente entregada a la película, llegó un día en el que de pronto te eché de menos. Te envié un mensaje al móvil y no me contestaste, pero no le di importancia. —Hago una pausa que dedico a remover los fideos que ya han engordado lo suficiente—. Seguí con mi trabajo. Volví a enviarte un par de mensajes más que tampoco contestaste y, aun así, me convencí de que no pasaba nada. Se suponía que tú también estabas ocupado buscando como loco ofertas de trabajo y componiendo melodías que pudieras usar más adelante en algún proyecto. Pero, cuando tras llamarte varias veces no hubo réplica alguna, entonces sí que me enfadé al no poder contactar contigo.

Lo miro de reojo, pero él permanece callado. Es evidente que esperaba escuchar todo esto hacía mucho tiempo.

—Dustin tampoco sabía nada de ti. Así que decidí acercarme a tu apartamento, incluso compré una caja de dónuts con los que sorprenderte. Llamé y no contestaste. Te esperé durante horas hasta que finalmente me marché a casa. Una semana más tarde regresé y la caja seguía frente a tu puerta, y los dónuts estaban llenos de moho.

Me sorbo los mocos. Estoy llorando, maldita sea.

—Lo siento mucho.

Niego con la cabeza, respiro hondo y sigo hablando porque aún no he terminado, no he llegado a donde más me duele.

—En ningún momento pensé en si te había pasado algo. Si habías tenido un accidente o habías enfermado. En todo ese tiempo, solo pensé en mí. Y únicamente me di cuenta de eso al ver los dónuts enmohecidos. Y entonces, decidí odiarte, porque era más fácil echarte la culpa a ti que reconocer que era yo quien lo había fastidiado todo. —Trago saliva y me enfrento a su mirada—. Para sobrevivir todo este tiempo al dolor de mi corazón, solo tenía que odiarte.

Me muestro a él tal y como me siento: vulnerable, culpable, dolida y llena de un amor que no he logrado arrancar del fondo de mi corazón en cinco años. Erick no necesita ni una sola palabra más. Se levanta del taburete y se acerca para estrecharme entre sus brazos. Lo hace fuerte, tanto que escucho los latidos de su corazón. Y entonces, me derrumbo en él, lo atraigo aún más a mí y le dejo claro que quiero permanecer así, con el rostro oculto en su pecho mientras lloro. Termina posando su cara sobre mi cabeza y susurrando palabras de consuelo.

—Está bien, Lennon. Suéltalo todo.

Cuando se decide a cogerme entre sus brazos yo continúo ocultándome de sus ojos porque aún siento una mezcla de emociones frente a las que me siento indefensa. Él me transporta hasta la cama y me deja con suavidad en el colchón. Con rapidez, antes de que me dé tiempo a temer que vaya a separarse de mí, se acuesta también y vuelve a rodearme con sus brazos. Estar así logra que deje de llorar, comienzo a hacer respiraciones tan profundas como si faltase oxígeno en la habitación. Erick enjuga mis mejillas con la manga de su sudadera y me quita todos los mechones de pelo que se me habían pegado en la cara. Me coge de la barbilla y me obliga a mirarlo.

—¿Estás bien así? —me pregunta con una expresión algo indecisa.

Asiento con la cabeza y vuelvo a llenarme de aire.

—¿Quieres seguir así?

Vuelvo a asentir y esta vez no retiro la mirada, me quedo dentro de su oscuridad brillante.

Nos mantenemos abrazados durante todo el tiempo que necesitamos para sentir que ambos hemos expiado nuestros errores para con el otro, y entonces, solo entonces, él da un paso más. Erick comienza a dejarme un reguero de besos en el pelo y otro de caricias en la espalda.

—Lennon, ¿quieres...?

Quiero. Lo ansío tanto que lo demuestro siendo yo quien se aproxima a sus labios, quien vuelve a algo que fue maravilloso, a algo que renace lleno de ganas. Comienza con un beso cargado con el último perdón que necesitamos decirnos. A este le sigue otro largo y perfectamente acoplado que significa cuánto nos amamos, en el que nuestros labios se reconocen, nuestras lenguas se buscan y nuestras respiraciones se acompasan. Y solo cuando nuestras manos se abren paso para tocarnos en profundidad, declaramos con sinceridad la necesidad que tenemos de comenzar a arder como solo una pasión retenida durante años es capaz de hacerlo. Prenda tras prenda, botón a botón.

Nos reencontramos, nos redescubrimos. Él regresa a la curva de mi espalda para atraerme con decisión a su cuerpo, y mis dedos, al entramado de su pelo; sus palabras ahogadas entre mis pechos repiten cuánto me ha echado de menos y yo le rodeo con mis piernas deseosa de sentirle más y más. Nos amamos en profundidad, capa a capa, palmo a palmo, beso a beso, empuje tras empuje.

Capítulo 42
Lennon

Dormimos el resto del día y despertamos cuando cae la noche. Nos importa un comino a qué ritmo rota la Tierra sobre sí misma, por eso cenamos cereales sin leche en la cama, mientras un vinilo de The Mamas & The Papas gira sobre la pletina de mi tocadiscos y las luces de neón del edificio de enfrente iluminan el interior del *loft* con tonos verdosos.

—¿Estamos bien entonces?

—Deja de preguntarme eso, Erick. Ahora mismo estoy de maravilla. —Abro mi boca para que me alimente porque mis manos están ocupadas intentado recoger mi melena en un moño que se resiste a formarse.

—Hay algo más que tengo que decirte.

Al escuchar eso, con ese tono cargado de información, me giro con rapidez hacia él con una cierta preocupación en los ojos.

—No tiene nada que ver con nosotros ni con lo nuestro. No pongas esa cara.

—No he puesto ninguna cara —protesto.

Erick me sonríe de forma condescendiente, lo que hace que me entren ganas de hincarle el codo entre las costillas, pero él, que me conoce muy bien, me sujeta los brazos antes incluso de que haya podido moverlos.

—Se trata de *La chica de Woodstock*.

Lo miro expectante. Erick se pasa los dedos por su melena alborotada varias veces y es evidente que no lo hace con intención de peinarse un poco, sino que es un gesto cargado de nerviosismo.

—Cuando Dustin se puso en contacto conmigo para hablarme de este proyecto, le dije que tenía que leerlo primero antes de aceptar participar en él.

—Claro, a mí también me gusta leer antes el guion.

—No, el guion no. Yo quería leer el diario, porque él hablaba de llevar al cine la historia de alguien real, basándose en el testimonio de la propia protagonista. Quería asegurarme de que las conclusiones de Dustin, que ese diario y toda la información que contenía, eran evidencia más que suficiente para corroborar que, en efecto, íbamos a contar la verdadera historia de *La chica de Woodstock*. Y, Lennon, lo supe desde la primera página. ¡Reconocí la letra! Y mis sospechas se confirmaron detalle tras detalle. —Su tono de voz se ha vuelto algo más grave, su mirada está cargada de reticencia, pero también de ganas de hablar.

—¿Que reconociste la letra? ¿Qué sospechas? ¿De qué estás hablando?

Toda su actitud me hace temer que el proyecto en el que ambos estamos metidos es mucho más de lo que he imaginado.

—Nunca te he hablado mucho de mi familia. Mi abuelo era alguien bastante importante. Un abogado en relación estrecha con políticos, alguien que tenía mucho poder debido a sus contactos. —Lo miro absolutamente perdida porque no entiendo hacia dónde quiere llevarme—. Mi abuelo era Theodor Walton.

—¿Walton?

—Sí, el nombre de mi madre era Sybile Walton antes de adoptar el apellido de mi padre y hacerse llamar Sybile Lauder.

Trago saliva. No puede ser. Intento procesar lo que me quiere decir, pero es absurdo.

—¿Me estás diciendo que crees que tu madre es *La chica de Woodstock*?

—Mi madre se casó a los dieciocho con su novio del instituto, Nicholas Lauder, Nick, justo cuando este regresó de Vietnam.

Me tapo la boca con ambas manos y reprimo un grito.

—Pero ¿cómo has...? ¿Has hablado con tu madre de todo esto?

—Lennon, mi madre lleva ingresada en un hospital para personas con demencia prematura desde hace tres años. Ahora, ni siquiera me reconoce.

—¡Erick! —exclamo con estupor.

—La visito de vez en cuando, pero lo hago más por mí que por ella. Y aun así también es raro, porque ella nunca me necesitó demasiado y yo aprendí a vivir sin necesitarla.

—¿Estás completamente seguro de que esa es la caligrafía de tu madre?

Erick se levanta de la cama, va con decisión hacia su mochila y la abre para rebuscar en su interior. Un par de segundos después me muestra un puñado de cuartillas medio quemadas, y mi corazón comienza a latir de forma desenfrenada.

—El diario que me envió Dustin estaba incompleto. La película llega hasta la última página del diario que tenía la madre de Dustin, pero cuando me lo envió vi que habían arrancado varias páginas finales. Le pregunté por ellas a Dustin, pero él no sabía nada.

—Pero ¡esto es de locos! ¿De dónde has sacado esas otras hojas del diario?

Salgo de la cama y avanzo hacia él olvidando que hace una hora solo recuperé mis braguitas de entre las sábanas.

—De mi abuela. —Se acerca a mí con una sonrisa cargada de resignación y me ofrece las cuartillas ennegrecidas—. Alguien que durante años se encargó de que la verdad no se supiera.

—¿Qué verdad? —Cojo los folios, pero son demasiados, por lo que busco la respuesta en sus ojos. Necesito una contestación inmediata.

—Que mi padre era el tal Gabriel, y que Dustin y yo somos hermanos.

Me siento en la cama, con la boca abierta incapaz de articular palabra o de pestañear.

—Dustin y tú... ¿hermanos?

Erick asiente con la cabeza, alza las cejas y se encoje de hombros.

—¿Desde cuándo lo sabes? ¿Desde cuándo tienes esto? —Agito las cuartillas con cierta sensación de enfado creciendo en mi interior.

—Desde ayer.

—¿Ayer?

Erick vuelve a asentir con la cabeza y termina echándose hacia atrás sobre el colchón, restregándose la cara con las manos y emitiendo un sonido de queja.

—A mí también me va a estallar la cabeza, Lennon. —Se retira las manos de la cara y habla mirando hacia las tuberías que cruzan el techo de mi *loft*—. Al parecer alguien le contó a mi abuela de qué trataba la película para la que estábamos trabajando.

Vuelvo a taparme la boca con las manos y repito «Ay, Dios» varias veces. ¡Esa fui yo! Asiento y arrugo la frente llena de culpa, aunque no sé si debo sentirme culpable.

Erick vuelve a incorporarse y suelta un suspiro enorme.

Yo solo puedo ponerle una mano en la rodilla e imitarle con otro suspiro.

—Aún no he procesado toda esta información. He leído las páginas durante el vuelo —dice contra mi pelo. Inspira profundamente como si abrazarme fuerte aún no fuera suficiente para él, como si necesitase algo más incluso para creer que lo que ha pasado entre nosotros es real.

—Pues no sabes cómo me alegro de que salieras corriendo tras de mí porque estaba comenzado a asumir que sería alguien que viviría el resto de su vida con el corazón roto.

Me separo un poco de él para mirarlo a los ojos. El amor hay que cuidarlo y no darlo por sentado. Le dejo un beso lleno de significado y luego mi pensamiento regresa al descubrimiento que lo tambalea todo.

—Hay algo que no termino de entender. Si tú tenías tan claro que la chica de Woodstock era tu madre, ¿por qué no se lo dijiste a Dustin?

—Porque, si se confirmaba, el final de la película era un fraude. No hay un final feliz en la historia real de *La chica de Woodstock*. No es una historia de amor. Ni de libertad. Además, Dustin necesitaba esta película para encontrar a su padre.

Dejo caer mi cabeza sobre su hombro y él me echa el brazo por encima. No sé qué hora es, pero quizá Dustin siga despierto.

—Erick. ¿Qué vas a hacer ahora?

Capítulo 43
Sybile

Me he preguntado inútilmente millones de veces cómo habría sido mi vida si Gabriel no hubiera llamado en ese momento a su padre. No era capaz de desaparecer sin contarle la verdad de lo que ocurría, pero ojalá no lo hubiera hecho.

Cuando regresó a la habitación, Sky y yo aún estábamos tumbadas en la cama. Nos reíamos de alguna tontería, habíamos hecho mil planes en los escasos cinco minutos que había durado su conversación telefónica. Pero lo supe nada más verle la cara, en ese momento sentí que nuestros sueños bajaban desde las nubes y se desvanecían como si solo hubieran sido una burbuja de jabón flotando en el aire hasta tocar finalmente el suelo.

—Sybile, Nick ha regresado. Me ha dicho mi padre que llegó ayer, que debes regresar. Él... —Tragó saliva y apretó la mandíbula—. Le han amputado las dos piernas. Su padre ha hecho que lo ingresen en el Mount Sinai.

Creo que dejé de respirar, no pude decir una sola palabra. En ese momento, fui yo la que entró en estado de *shock*.

«Nick, pobre Nick. Piernas amputadas».

Esas palabras se repetían en mi mente a gran velocidad,

la habitación giraba rápido. Todo se desplomaba, se hundía, me asfixiaba.

—¡Respira, Sybile! —Sky me zarandeó—. Iremos a verlo, no podrás ser feliz si no te despides en condiciones de él.

—Iremos, Sybile. Os llevaré allí, es lo que hay que hacer. —Se sumó Gabriel.

Yo los miraba a ambos, incapaz de tomar una decisión, porque quería huir más que nada en el mundo, pero es que ¡era Nick! El bueno de Nick. Me dejé llevar por ellos, caminamos hasta el coche y emprendimos el lento camino de vuelta a Manhattan.

Aún llevaba puestos aquellos pantalones vaqueros cortos y la blusa de franela arrugada, llena de manchas de barro. Mi aspecto era el de alguien recién liberado de una cárcel en medio de la jungla, y así crucé los pasillos del hospital detrás de los pasos de Gabriel. A las puertas de la habitación estaban tanto mis padres como los padres de Nick. En cuanto me vieron, la señora Lauder comenzó a llorar y mi padre avanzó hacia mí con los ojos llenos de furia. Alzó la mano y me cruzó la cara con tanta fuerza que terminé chocando con la pared.

—Gracias por haber llamado a tu padre el sábado para informarnos de dónde estaba, muchacho. Gracias por cuidar de ella —dijo mi padre dirigiéndose a Gabriel.

Miré a quien mi padre consideraba un empleado más, pero yo noté que uno de sus puños estaban más que dispuestos a impactar contra su mandíbula. Me apresuré a poner una mano sobre el brazo de él para frenarlo.

—Gabriel, muchas gracias por todo.

Avancé otro paso más hacia la habitación de mi novio, pero mi madre se puso delante de mí dispuesta a abofetearme en la otra mejilla.

—¡Señora! —oí que bramaba Gabriel.

Me toqué con la mano el lado de la cara que me ardía y me giré un segundo para mirar a Gabriel. Le supliqué que no interviniera, sabía que, si cualquiera de ellos llegaba a sospechar en ese momento que él y yo teníamos algo, todo sería mucho peor.

Volvimos a mirarnos de forma fugaz, no tuvimos tiempo suficiente para interpretar aquel par de pestañeos. ¿Era una despedida? ¿Se trataba de una concesión de tiempo? ¿Le pedí que me esperase? ¿Quiso decirme que me esperaría? Solo sé que tardé demasiado tiempo en salir de aquella habitación de hospital.

Cuando entré me encontré con la cara llena de heridas aún por cicatrizar de Nick y, aunque tapado por una sábana que no lograba ocultar que debajo de ella faltaban un par de piernas, su cuerpo visiblemente más delgado. Cuando me vio, fue incapaz de hablar, pero sus labios comenzaron a temblar.

—Nick... —Me aproximé a su lado y tomé su mano—. Al fin estás aquí.

—Lo siento —dijo mientras su mano apretaba con fuerza la mía.

Negué con la cabeza y me mordí los labios. Odié verlo así, tan vencido, tan inútilmente mutilado, tan desvalido y lleno de arrepentimiento.

—Está bien, Nick. Lo importante es que has regresado.

—Lo siento.

Repitió decenas de veces aquella disculpa y yo, incapaz de encontrar las palabras con las que consolarlo, me senté al borde de la cama y lo abracé. Entonces, entraron su madre y la mía, y comenzaron a actuar como si no ocurriera nada fuera de lo normal.

—Tendremos que aplazar la boda —dijo mi madre, con un toque de fastidio.

—¡En absoluto! Retocar el esmoquin de Nick no llevará más de un par de días. De hecho, qué sentido tiene esperar hasta la fecha que tenían. Él ya está aquí, se merece empezar a ser feliz a partir de ahora. Regresa como un héroe. ¿No estás de acuerdo, Sybile? —dijo la señora Lauder.

Un, dos, tres. Un, dos, tres.

Había vuelto a dejar de respirar, todo volvía a girar demasiado rápido, la mano de Nick me apretaba cada vez con más fuerza y sus ojos inundados en lágrimas parecían no querer parpadear hasta escuchar mi contestación.

—Ya puedes irte, muchacho. Sybile va a quedarse aquí. Entrégale las llaves del coche a Miguel.

La voz de mi padre se coló en la habitación y tras un par de segundos oí mi nombre, aquella llamada llena de incertidumbre de Gabriel.

—¿Sybile?

Pero no pude girarme, no pude pedirle que me rescatase, no pude verle por última vez, porque justo en ese instante Nick tiró de mi mano y me atrajo hacia su pecho de forma enérgica. No supe cómo reaccionar, él jamás había hecho algo así de impulsivo. Se aferró a mi cuerpo con desesperación, como si fuera lo único a lo que pudiera agarrarse para no morir ahogado. No encontré la fuerza para liberar mis alas de su abrazo, simplemente dejé que me las aplastase.

Si Gabriel vio aquello, debió de sentirse terriblemente mal por Nick. No encuentro otra explicación. Tuvo que ser su compasión o su obsesión por hacer lo correcto lo que hizo que saliera de allí para no regresar a mí jamás.

Sky me contó que vio a Gabriel abrazando a un señor de mediana edad. Lo vio llorar en sus brazos y le escuchó prometerle que cumpliría con su deber. El coche arrancó y pasó por delante de ella como si fuera invisible. Él no la había echado en falta, no la había visto, no miró atrás. Yo también olvidé que ella esperaba en la calle. Sky, sin embargo, esperó por mí durante horas, hasta que finalmente se colocó al borde de la carretera, estiró el pulgar y terminó en California.

Quiero pensar que lo intenté de veras. Lloré de rodillas frente a Miguel para que me dijera cómo poder contactar con Gabriel e incluso llegué a colarme de nuevo en el apartamento de su amigo con la esperanza de encontrarlo allí. Pero se había ido directo al centro de reclutamiento. Para cuando descubrí que estaba embarazada, yo ya llevaba una semana casada y Gabriel había superado tres semanas de instrucción.

—¡Un milagro! ¡Es un milagro del cielo! —exclamó la madre de Nick cuando un mes después se lo dijimos a todos.

—El cielo recompensa a los valientes —dijo mi padre.

—Serás un padre maravilloso —auguró mi madre.

—Y estoy seguro de que será un niño. Otro Lauder, otro valiente soldado.

Me desmayé cuando escuché a mi suegro. Creo que, en realidad, quise cerrar los ojos y no volverlos a abrir. Pero la vida continuaba, me gustara o no. Mi tripa creció mes a mes, la sonrisa de Nick creció día a día. Nos mirábamos ignorando el hecho de que ambos sabíamos la verdad de aquel embarazo y aprendimos a ser dos personas casadas y una familia.

Capítulo 44
Sybile

La primera vez que vi aquella foto sentí que el suelo se abría bajo mis pies. ¿Era yo?

¿Era Sky? Hasta ese momento nunca pensé que realmente nos pareciéramos. En aquella captura no se distinguían bien los rasgos faciales y, a lo largo de aquel día de lluvia y alucinaciones, las dos llevamos el collar de las tres balas. Podíamos ser cualquiera de las dos, pero al verla sentía con fuerza que era yo. Por eso, creí que esa foto convertida en portada de aquel número de la revista *Harper's Bazaar* haría que todo se desmoronase, que la verdad saldría irremediablemente a la luz para hundirme. Tras ese impacto inicial, un nuevo sentimiento comenzó a brotar desde el mismo centro de mi espíritu, durante un breve espacio de tiempo pensé que esa foto había aparecido para darme otra oportunidad. Mientras me debatía entre lo que quería y lo que debía hacer, entre mi responsabilidad como madre y esposa, y la sensación de tirantez en la piel, los días pasaron. Y no ocurrió absolutamente nada. La foto se hizo cada vez más y más famosa, pero nadie me reconoció. Solo dos personas en todo el mundo sabían quién podía ser *La chica de Woodstock*.

Finalmente, decidí olvidarlo yo también.

*

Nick se aferró a Erick con toda su alma para seguir con vida. Más allá del amparo de su familia, donde todos lo trataban como a un héroe. Y aunque realmente sus padres le adoraban, a Nick no le gustaba que lo tratasen como a un niño pequeño. Odiaba sentirse aún más inválido cuando estaba con ellos, porque siempre querían facilitarle absolutamente todo. Cada segundo de su vida era un recuerdo permanente del motivo por el que le faltaban las piernas.

Nunca le pregunté sobre sus días en Nam, él tampoco me contó casi nada. Pero muchas noches revivía momentos en forma de pesadillas tan vívidas que solía terminar en el suelo, como si su mente no fuera capaz de superar las largas noches que había pasado durmiendo sobre el terreno y rechazase así que había vuelto a la normalidad de una forma que no terminaba de aceptar. Recuerdo que al principio no soportaba el frío, incluso la cerveza de la nevera le hacía daño en la garganta, supongo que su cuerpo seguía aclimatado a las temperaturas de la selva. Y odió las fiestas hasta el final de sus días: Navidad, Acción de Gracias, el 4 de Julio... Sufría el síndrome del superviviente, nunca dejó de preguntarse por qué él sí estaba en casa cuando tantos compañeros suyos habían perdido la vida allí.

Sé que siguió viviendo por Erick, con él creo un mundo aparte donde se permitía ser feliz. Vivía para ser su padre. Le encantaba dormirlo, darle de comer y llevarlo al parque. Leían mucho juntos, veían películas de vaqueros y en cuanto se percató de que nuestro pequeño tenía un don musical, se esmeró en desarrollarlo. Contrató un profesor particular para él y asistía en silencio a todas y cada una de sus clases de piano.

Yo permanecí a su lado y le di amor. Amor de verdad, porque le quise. Amé lo buen hombre que era, su corazón noble y silenciosamente resiliente. Le quise por su forma de amar a un hijo que siempre supo que era biológicamente imposible que fuera suyo. Le entregué mi vida a cambio. Sí, también le compadecía. Y sí, supongo que también lo usé.

Pero quiero pensar que fui una buena esposa para él hasta el día de su muerte.

Capítulo 45
Sybile

Durante los dos primeros años pensé mucho en Gabriel. Hubo momentos en los que llegué a desear que muriese en el frente, porque yo ya sabía lo que él encontraría de regreso a casa. Él también lo sabía y, aunque le costara aceptarlo, en cierto modo ya era consciente de ello en Woodstock. Y ni siquiera pudo contar con su padre a su regreso. Miguel murió cuando Gabriel llevaba medio año en Nam. Si su padre no hubiera fallecido antes de su regreso, quizá nos habríamos reencontrado. Pero el destino no quiso llevarme de vuelta a él; en cambio, me trajo de vuelta a Sky.

Nos encontramos en Central Park por casualidad. Sabía que había regresado a Nueva York, había visto aquellas fotos de sus desnudos que se habían hecho tan famosas, pero jamás pensé que volvería a verla. Yo estaba sentada en un banco frente a la fuente de Bethesda con un libro de Bukowski en las manos cuando ella se sentó a mi lado.

—¿Cómo has estado, princesa?

Nadie aparte de ella me ha llamado así jamás. No pude contestarle, tan solo la abracé y comencé a llorar. Creo que lloré durante horas. Ella me habló de su vida, yo le conté absolutamente todo de la mía. Nos cogimos de la mano cuando nos dimos cuenta de que nuestros hijos eran hermanos. Yo prometí ayudarla, ella económicamente no estaba bien en aquel momento, se habían aprovechado de ella y lo había perdido casi todo, pero para mí el dinero no era un problema. Decidimos que nuestros hijos debían conocerse y crecer juntos, pero que lo harían sin saber la verdad y en el momento oportuno. Yo no podía romperle el corazón a Nick, tampoco podía quitarle un padre a Erick. Así que, esos primeros años de infancia de nuestros hijos, nos vimos en secreto.

❋

Nick murió justo cuando Erick terminó primaria y, aunque lo lloré desde lo más profundo de mi corazón, sentí que la vida me daba otra oportunidad. Sky y yo metimos entonces a los niños juntos en el mismo internado y no nos sorprendió que terminaran por hacerse amigos. Los mejores amigos. Supongo que así actúa la sangre: se atrae, se busca y se encuentra. Y mientras yo seguí fingiendo ser una joven madre viuda a la luz del día, comencé a vivir de verdad en las sombras.

Capítulo 46
Lennon

Cuando termino de leer las partes legibles de aquellas cuartillas siento un enorme agujero en el pecho. Suelto con lentitud el aire que he retenido dentro sin ser consciente de ello y luego miro hacia mi cama con preocupación. Erick respira de forma serena, duerme profundamente. Debe de tener la mente agotada, yo en su lugar la tendría dinamitada.

Dustin y él, hermanos. Es todo tan surrealista... No se parecen en nada, ni en el físico y mucho menos en personalidad. Aunque, si intento hacer memoria de la foto que Dustin me enseñó, Erick sí que podría asemejarse a aquel chico moreno y de pelo revuelto que estaba en medio de las dos chicas. Por su parte, Dustin es más que obvio que se parece a su madre.

Agito la cabeza para recolocar las ideas, que me bailan dentro. Siento algo de ansiedad porque el final de nuestra película no es fiel a la verdad. Esta historia no tuvo un final feliz. En realidad, no sabemos bien cuál fue el final. Porque, ¿qué ocurrió realmente con Sybile cuando murió Nick? ¿Qué quiere decir eso de que comenzó a vivir en las sombras?

¿Es acaso posible que haya algo más que encontrar ahí fuera? Tenemos que regresar a Nueva York. Debemos contarle esto a Dustin antes de que todo vaya más lejos.

Me siento al borde de la cama y me quedo mirando las facciones de Erick durante unos minutos.

—Tenías que volver a mí con una granada de mano, ¿no? —susurro.

Entonces, siento cómo me agarra por la cintura, tira de mí y me lleva por encima de él al otro lado de la cama sin soltarme en ningún momento. Estoy atrapada dentro de sus brazos, ha pegado su pecho a mi espalda y ha sepultado mis piernas bajo una de las suyas.

—No puedo moverme —protesto.

—Esa es la idea. Aún no ha amanecido y ya me estás molestando. ¿Por qué farfullas cosas absurdas?

—Tenemos que regresar a Nueva York, Erick.

—Lo sé, pero hoy no.

Me giro dentro de su abrazo para poder mirarlo a la cara.

—Hoy no quiero pensar en nada de eso. Solo quiero pasar el día contigo y hacer cosas de novios —me dice, pegando su nariz a la mía.

—¿Cosas de «novios»? ¿Consideras que volvemos a ser novios? ¿O es solo que quieres pasar todo el día en la cama?

Erick retrocede, abre los ojos y arruga la nariz, me pone un dedo en la frente y me da un par de golpecitos.

—Tienes una mente muy calenturienta, Lennon.

—¡Idiota! —Intento escapar de sus brazos, pero es imposible luchar contra la fuerza de sus bíceps.

—¡Está bien! Comenzaremos el día como tú quieres... —dice con picardía antes de buscar mi cuello con sus labios y mis muslos con su mano—, y ya luego iremos a dar un paseo por la playa cogidos de la mano, a compartir un plato de largos espaguetis que terminen en besos y a hacernos un montón de fotos.

—Tenemos que visitar a alguien —añado con mucho esfuerzo porque sus caricias vuelven a electrocutar todo mi cuerpo.

—Como quieras, pero ahora calla y no pienses en nadie más que no sea yo.

Aunque quisiera seguir hablando, sería imposible, porque su boca se ha apoderado de la mía y concuerdo con él en que ahora mismo quiero pensar solo y exclusivamente en él.

❋

Horas más tarde estoy tumbada en el diván morado de Margot pasándomelo en grande.

—Así que ¿quieres que me presente a Bernie?

—Ajá —le ratifica mi querida terapeuta a Erick.

Él me mira de reojo, yo le sonrío y doy un trago a mi mimosa.

—Pero ¿esto es algún tipo de ritual? ¿Qué clase de terapeuta es usted?

—Puedes tutearme, cielo. Pero si percibo que no le gustas a Bernie, lo vuestro no funcionará.

Mi flamante novio vuelve a mirarme indeciso, pero al final se decide a hacerlo.

—Soy Erick Lauder, señor. Soy el novio de Lennon.

Margot chasquea la lengua y niega con la cabeza.

—¿Qué? ¿Lo he hecho mal? —Hay verdadera preocupación en su tono de voz y yo solo puedo morderme los labios para evitar reírme.

—Es que... Estoy segura de que a Bernie le gustaría que le dijeras exactamente con qué intenciones has vuelto a la vida de nuestra querida Lennon.

—¡Lennon! —protesta él con un resoplido.

—Si esto es demasiado para ti... —le digo con cara de decepción.

—Considéralo como un ensayo de lo que será hablar con su padre.

—¿Hablar con su padre? —Desvía los ojos de Margot a

mí y alza las cejas sobrepasado—. ¿Tengo que ir a conocer a tu familia?

—Bueno, supongo que si lo nuestro va a ir en serio, habrá que ir a Sunburst en algún momento.

Erick traga saliva y se pasa la mano por el pelo con un nerviosismo bastante cómico.

—Demonios, está bien. —Veo cómo se gira hacia el retrato del soldado y estira el cuello—. Señor, creo que debe saber que quiero a esta chica de aquí más que a nada en este mundo y que no voy a permitir que nada vuelva a separarnos porque... Porque ella es la que sabe poner la música adecuada a cada momento de mi vida. Sin ella solo hay silencio. Así que espero que desde el más allá usted esté de acuerdo.

Cuando se vuelve, nos descubre a Margot y a mí brindando con las copas de mimosa y muertas de la risa. Erick se muerde el labio inferior y asiente con la cabeza de forma amenazante.

—Es una confesión malísima, ¿en qué tipo de película dirían algo así? —opina Margot.

—Pero es que él es el que hace la música, no los guiones —le recuerdo a mi querida aliada.

—Eso lo explica todo, querida. Tendrías que haberte quedado con el otro. Nos miramos y volvemos a reír.

—Debería largarte con una patada en el trasero ahora mismo. Lo sabes, ¿no? —Erick tiene las manos apoyadas en sus caderas y parece dispuesto a hacer lo que dice.

—Entonces solo te quedaría «el silencio» —irrumpe Margot, y ambas estallamos en carcajadas.

Erick sonríe. Se acerca a la mesita redonda de cristal donde está el zumo de naranja y la botella de *champagne* y se prepara también una copa de mimosa. Se bebe la mezcla de un trago y luego me mira con suficiencia.

—Lo cierto es que no sé por qué estoy enamorado de ti. No hay quien te soporte.

Muevo los labios para decir sin palabras que le quiero, porque tiene que saber que ahora soy dueña incluso de sus silencios.

Tras cumplir con sus deseos de pasear por la playa y comer espaguetis con besos, nos ponemos en marcha para hacer la última de mis visitas porque, curiosamente, hoy es primer lunes de mes.

Cuando Richard nos ve en la acera al otro lado de la carretera, se frota los ojos con fuerza. Vuelve a fijar su vista en nosotros y, al darse cuenta de que vamos cogidos de la mano, tira los papeles que tiene en las manos y sale a toda prisa de la taquilla de venta de entradas.

—¡Por todos los cielos! —Alza los brazos y empieza a hacer su famoso baile de pies.

En cuanto logramos cruzar, se abalanza sobre Erick, lo atrapa entre sus brazos y lo levanta cuatro palmos del suelo.

—¡No puedo creer que estés aquí! —grita eufórico—. ¡Erick Lauder está aquí!

Cuando por fin lo devuelve al suelo, mira detrás de nosotros expectante y luego busca mis ojos.

—Dustin no ha venido, únicamente estamos él y yo.

—Bueno, supongo que eso era ya demasiado pedir. Pero, en serio, ¡qué contento estoy de verte, Erick!

—Yo también me alegro mucho, tío. —Erick da unos pasos rodeándolo.

—Te veo bien.

Richard se ríe y tamborilea sobre su abultada barriga.

—Esta es mi curva de la felicidad —contesta con orgullo—. Pero contadme, ¿qué hacéis aquí? ¿Y la película?

—Esa conversación requiere un cubo de los grandes de palomitas.

—¡Pues marchando un combo grande con dos refrescos de cereza gigantes!

Explicarle todo es como un ensayo previo a lo que será contarle lo mismo a Dustin mañana. La expresión que tiene Richard en la cara ahora mismo no tiene desperdicio. Sus labios gruesos se han ido proyectando más y más hacia fuera conforme avanzaba en mi relato y sus ojos están desorbitados.

—Entonces, ¿tú y Dustin sois hermanos?

Erick asiente con la cabeza y luego crea un molesto ruido de vacío con la pajita del refresco.

—Y tu padre no es tu padre... ¿Cómo te sientes?

Veo cómo mi querido compositor de bandas sonoras se encoge de hombros y balancea un poco la cabeza como si estuviera sopesando sus opciones.

—Aún no lo he procesado del todo, aunque creo que me da igual. Mi padre fue el que me hizo de padre y punto. De momento, Gabriel es para mí un personaje con la cara de un actor.

—Pero Dustin quiere encontrarlo, ¿a ti no gustaría?

—Ahora mismo no siento la misma necesidad. Él nunca ha tenido un padre, entiendo su impulso, pero es que puede que ese hombre esté muerto. No sabemos si regresó o no de Vietnam.

—Lo vuestro sí que es un peliculón.

—La realidad siempre supera la ficción, amigo —le digo tras coger otra palomita y ver que quedan suficientes como para llevármelas a casa.

Capítulo 47
Lennon

El vuelo de regreso a Nueva York se me hace muy pesado. No solo me preocupa Erick, también Dustin, y la película. Estoy muy nerviosa, no sé cómo se lo tomará nuestro amigo, ni si le romperá el corazón que haya vuelto con Erick.

—Pase lo que pase, estaremos bien, Lennon.

—Odio ser una egoísta, pero es que quiero que esto siga adelante. Moriré si tengo que regresar a la emisora, necesito que este proyecto salga bien para volver al negocio.

—No veo qué problema puede haber. La historia de la madre de Dustin no varía en absoluto con mi descubrimiento, solo cambia el final feliz que tiene la Sybile de la película con respecto a lo que fue después la vida de mi madre.

Erick se gira un poco hacia mí en su estrecho asiento y disminuye el tono de su voz.

—Dustin tiene razón al decir que la película cuenta estrictamente esa parte del diario. ¿Quién dice que haya que contarlo todo?

—Ya sabes cómo funcionan estas cosas, Erick. Si la película tiene éxito, habrá quien quiera investigar en profundidad la historia.

Erick arruga la nariz y vuelve a sentarse bien. Apoya la cabeza en su asiento y se revuelve el pelo con ambas manos.

—A mí me importa un bledo que se sepa la verdad. Pero si mi madre escribió el diario, es porque a ella sí le importaba.

Le acaricio el hombro y logro que así se relaje un poco y que acerque su cara a la mía para sellar con un beso la conversación.

❋

Nueva York luce ya con adornos navideños. Las tiendas se adelantan cada año un poquito más para poner sus decoraciones festivas. A este ritmo, dentro de poco la Navidad durará más de un mes en lugar de una semana. En esta ocasión sí he preparado bien mi equipaje. Llevo unas buenas botas y un abrigo de piel sintética, además de una maleta que ha pesado más de veinte kilos. No tengo ni idea de cuánto tiempo voy a quedarme, pero he echado ropa para absolutamente cualquier tipo de ocasión.

—¿Tu intención es mudarte definitivamente aquí y no quieres decírmelo? —protesta Erick tras insistir en llevar él mi maleta.

—¡Exagerado! ¿Tan terrible es cargar la maleta de quien es «la música de tu vida»? —Despliego una sonrisa encantadora y bato mis pestañas con rapidez.

—Voy a arrepentirme de haber dicho eso el resto de mis días —se lamenta.

De camino a casa de Dustin, Erick lo llama por teléfono para asegurarse de que está allí.

—La traigo conmigo, Dustin. Ella y yo hemos arreglado las cosas.

No escucho ninguna respuesta al otro lado. Mierda, me siento fatal por él.

—Llegaremos en media hora. Necesito hablar contigo, tengo algo que enseñarte. Es muy importante.

Tras colgar el teléfono, Erick me mira con la ceja alzada.

—¿Crees que debo esperaros en otro sitio? Entendería que quisieras hablar de todo eso a solas con él.

—De eso nada, Lennon. Tú vas a subir conmigo. Somos un equipo de tres —replica él con mucha seguridad.

No puedo evitar sonreír. Me encanta oír eso de que somos un equipo de tres, y me hace entender aún más que hace cinco años se sintiera tan herido cuando él quedó fuera del proyecto. Sé que quiero seguir trabajando en esto, pero estoy aún más convencida de que quiero hacerlo con ellos dos siempre que pueda.

Dustin nos abre la puerta con el gesto contenido. Quiere sonreír, pero no termina de hacerlo del todo. Cuando ve mi enorme maleta, alza una ceja y yo me apresuro a sacarlo de dudas.

—Venimos directamente del aeropuerto. No me ha dado tiempo a dejar el equipaje en... ¿Te molesta si la dejó aquí en la entrada?

—Claro que no. Adelante, pasad. —Él inicia el camino hacia el salón y lamento sentir que este lugar ya no es como mi casa.

—¿Dónde está Bastian? —pregunto, deseosa de verlo.

—Ha ido a lavar el coche, estamos solos.

—Genial, porque lo que tengo que contarte es bastante privado, Dustin.

—Bueno, ya me has dicho que estáis juntos de nuevo. Así que supongo que tengo que felicitaros.

Nuestro amigo nos mira con una sonrisa tan forzada que quizá termine con la mandíbula desencajada y eso me hace sentir terriblemente mal.

—No se trata de eso. Tengo algo que debes ver.

Se nota que Erick quiere ir directamente al grano, y pasa de puntillas por el hecho de que el corazón de Dustin está sufriendo ahora mismo, y eso me recuerda la conversación que tuvo con él hace unas semanas.

«Cuando de verdad estás enamorado de alguien te importa un cuerno lo que alguien más pueda sentir al respecto, porque para ti lo primero y lo último es esa persona. Así que, si me estás pidiendo permiso para salir con Lennon, es que no mereces dar ese paso».

Le veo repetir los mismos movimientos que hizo en mi *loft* y casi los mismos gestos.

Este es un momento crítico, pero ahora solo puedo pensar en que Erick me ama.

Saca de su mochila las cuartillas y se las da a Dustin; luego aprieta los labios, como si supiese que la suerte está echada.

—Pertenecen al diario que me enviaste. Al diario de mi madre.

Nuestro director las acepta absolutamente inexpresivo. ¿Por qué no se ha sorprendido lo más mínimo tras oír lo de «el diario de *mi* madre»?

—Erick, yo...

—Léelas y luego hablamos, Dustin.

Estoy que me muero de nervios por dentro, siento que el corazón me late con fuerza. ¿Qué está pasando aquí? ¿Por qué parece que Dustin ya lo sabe?

—Voy a preparar un poco de té. —Necesito levantarme y hacer algo.

La cocina está impolutamente recogida. Como ya sé dónde está todo, voy directa al cajón y armario correspondientes para preparar una bandeja con tres tazas de infusión. Para cuando regreso al salón, Dustin está terminando de leer la última cuartilla y tiene la mandíbula tan apretada que podría romperse alguna muela.

—¿Somos hermanos? —pregunta al fin con un hilo de voz quebrado.

—¡Menos mal! —exclamo con alivio—. He estado todo este rato en la cocina pensando que tú ya lo sabías todo y que nos lo habías ocultado.

—No, esta parte no la sabía. ¿Hermanos? —vuelve a preguntar atónito mirando a Erick.

—A falta de una prueba de ADN, eso parece. Aunque por mi parte creo que no hay ninguna duda. Mi padre pisó una Betty Saltarina en Vietnam, la explosión mutiló su cuerpo.

—Y mi madre solo estuvo con un hombre esa vez, con Gabriel, porque le gustaban las mujeres. Así que estoy seguro de que él era mi padre —repone Dustin, aún contenido.

—¿Y qué parte de todo eso que has leído sabías exactamente entonces, Dustin? —le pregunto con resquemor.

—Espero que entendáis que yo solo quiero encontrar a mi padre —habla con remordimiento.

Se quita las gafas para poder apretarse el tabique nasal durante un par de segundos. Luego se levanta y se dirige a uno de los muebles que hay disimulados con el recubrimiento oscuro de la pared. Presiona una puerta y esta se abre. Dustin saca de ahí dentro una caja grande y la trae hasta la mesa para ponerla delante de Erick.

—Siento no haberte enseñado todo esto antes, pero pensé que si mi madre tenía un diario al que le faltaban páginas era porque su dueña solo quería que saliera a la luz esa parte de su vida.

Mi novio mira confuso a Dustin y luego coge la caja. Me inclino un poco hacia delante porque me muero de curiosidad por saber lo que hay ahí dentro. Siento que el corazón se me va a salir del pecho.

Lo primero que saca Erick es una foto en la que aparecen dos niños en un parque.

Salta a la vista que son ellos dos y deben de tener unos cinco años.

—Pero ¿cómo? Tú y yo nos conocimos en el internado, Dustin.

—Al parecer no. Ahí dentro hay un montón de fotos en las que salimos los dos. Yo tampoco recuerdo ninguno de esos momentos.

Erick asiente con la cabeza y saca un montón de fotos, algunas de ellas son los famosos desnudos de Cora y otras menos conocidas de su etapa como modelo. También hay recortes de revistas, artículos que relatan diversos conciertos o que son simples críticas musicales de algunos álbumes de los ochenta.

—Mira, todos están firmados por S. W. ¿Sybile Walton? —exclamo, perpleja.

—Se deshizo del apellido de mi padre para cumplir su sueño. —Erick tuerce la boca con disgusto.

—Yo creo que más bien se reivindicó a sí misma con sus iniciales de soltera.

—También hay un montón de vinilos —descubro con emoción porque siento de forma inmediata que quiero hacerme con ellos—. ¿Por qué? ¿Qué relación tienen con todo este asunto?

—La autoría de alguna de las letras de esas canciones son también de una tal S. W. Y estas fotos de aquí... —Dustin recupera el montón de fotos que Erick ha apartado y selecciona algunas—. Estas no son de mi madre. La de esas fotos es la tuya.

Erick alza las cejas y termina descansando su espalda en el respaldo del sofá. Les da la vuelta y comprueba que detrás también están escritas las mismas iniciales.

—¿Quieres decir que mi madre escribió artículos para la *Rolling Stone* y que todas estas canciones son letras compuestas por mi madre?

—Comenzó a hacer todo eso tras la muerte de tu padre. Si ves las fechas...

—Dustin. —Erick le corta de forma tajante y se pone de pie con lentitud—. Déjame que lo entienda. Has sabido esto todo este tiempo, que mi madre era *esa* Sybile y que había tenido esta doble vida, decidiste hacer una película sobre ello y, no solo eso, además me llamaste para que trabajase contigo... ¿Y en ningún momento se te ha ocurrido que yo también debía saberlo?

Ahora entiendo esa necesidad tan imperiosa de Dustin por trabajar con él. No era solo porque fuese un compositor maravilloso, es que era el hijo de la protagonista. Y esta revelación me deja a mí también en una posición bastante ridícula. Dustin me usó desde el principio para atraerlo, pero no por el motivo que yo creía. Estoy comenzando a sentir algo que está entre la rabia y la decepción.

—¡Dustin! —exclamo indignada.

—Eres un capullo —dice Erick con furia.

—No sabía que éramos hermanos. Ahí dentro no hay nada que lo insinúe. Pensé que todo lo que había ahí dentro era la historia de una gran amistad —se excusa nuestro director.

—Pero sabías lo de mi madre y no me contaste nada. —Erick ha alzado la voz con furia.

Dustin también se ha levantado del sillón, lo que es un error, porque es una mala estrategia acercarse mucho ahora mismo a él.

—Lo siento, de veras. Debí habértelo contado todo desde el principio.

—¡Es la puñetera vida de mi madre! —resopla furioso—. Tú solo has pensado en ti y en tu maldita película. Eres un hijo de...

Lo veo como a cámara lenta. Cómo encierra su pulgar con

el resto de los dedos de su mano, cómo se impulsa hacia delante y cómo lo estrella contra la mejilla de esa cara perfectamente simétrica. Dustin recibe el golpe con aplomo, pero da un paso atrás por si su recién estrenado hermano decide continuar.

—Si quieres pararlo todo, haré que pare —susurra Dustin con verdadero pesar.

—¡Que te jodan! —brama, Erick.

—¡De eso nada! —me opongo yo.

Ambos me miran como si de pronto recordasen que yo también estoy en el salón.

—Esto que está pasando aquí no es más que una disputa familiar, no tiene nada que ver con la película. Tu madre quería liberarse y con esta película terminará de hacerlo, Erick. La tuya —digo, mirando fijamente al otro— quiso que todo saliera a la luz, es evidente que pasó toda su vida enamorada de su mejor amiga y esperó hasta su propia muerte para contarlo. Y Gabriel, vuestro padre, el biológico, puede estar ahí fuera. Hay un millón de motivos por los que esta película va a seguir adelante además de porque, si me hacéis esto a mí, os mando a ambos al mismísimo infierno.

Los estoy señalando de forma amenazante con un índice a cada uno y al parecer mi tono está surtiendo efecto porque los dos regresan a sus asientos y, aunque no se miran, al menos ya no hay peligro de que ninguno reciba más golpes.

—Tendrías que habernos contado todo esto desde el principio —suspiro, decepcionada con mi amigo—. No me esperaba algo así de ti —le acuso.

—Lo sé. Lo siento. He sido egoísta, no quería que Erick se opusiera a la película si descubría que era la historia de su madre. Pero... es que él ha tenido un padre, y yo solo quiero encontrar al mío.

—Al nuestro —apuntilla Erick, y al hacerlo reconoce por primera vez que ese Gabriel también forma parte de él.

—Y tú, Erick. Todo lo que hay dentro de esa caja no es más que una reafirmación de que esta historia sí tuvo un final feliz. No el que esperábamos, pero Sybile se liberó al final. Ella voló, en las sombras, pero voló.

—¿Entonces? ¿Qué hacemos con la película? —pregunta tras unos minutos de silencio el responsable de todo este viaje lleno de revelaciones.

Los miro con la decisión que a ellos les falta ahora mismo y me pongo inesperadamente en pie. Consigo captar su atención y siento cómo mi idea efervescente comienza a crecer burbuja a burbuja.

—Quiero conocer a tu madre, Erick. Iremos a verla los tres juntos.

—Ella ni siquiera me recuerda... —responde Erick.

—Tú solo confía en mí —le pido a mi chico. Luego me dirijo a Dustin—: Tú, prepara la cámara.

Capítulo 48
Lennon

***Día del estreno de* Verano en Acuario.**
Sala Principal del Baldwin Cinema, Los Ángeles

Creo que el tacón de mi Jimmy Choo derecho ha agujereado la moqueta. Mi pierna es como un martillo automático ahora mismo. Pero no soy la única. A mi derecha, Erick mueve frenéticamente su rodilla arriba y abajo, y a mi izquierda, Dustin repiquetea el suelo con el tacón de sus bonitos zapatos de charol.

Ante nosotros, la pantalla muestra la última escena de los tres protagonistas en la cama del motel con sus brillantes planes de futuro. Las primas Greta y Stephanie Plane se han comido la pantalla. Qué actuaciones, qué carisma. ¡Bordan sus papeles! También he visto lágrimas en los ojos de muchos gracias a la emotividad con la que las notas de Erick han coloreado la devastadora escena en la que Gabriel se rompe. La película es un placer visual, con una maravillosa narrativa directa y una tremenda resonancia emocional.

Busco la fila en la que hemos acomodado a toda mi familia, quiero ver sus caras, cómo se sienten. Su desfile involuntario sobre la alfombra roja ha disparado más *flashes* que nadie, los fotógrafos han debido de pensar que se trataba de extras contratados vestidos de *hippies* para la ocasión. Mis padres perciben mi mirada y me lanzan aplausos mudos y besos. Han venido desde Sunburst con un montón de botes de mermelada para Dustin y con un pequeño olivo que le han entregado a Erick.

—El olivo es símbolo de amor, felicidad, abundancia, paz y fecundidad. Bienvenido a la familia —le dijo mi padre ayer.

—¿Fecundidad?

Erick giró con lentitud su cabeza para mirarme entre burlón e interrogante; me reí. La verdad es que el olivo quedará perfecto en la terraza de la casita que hemos comprado en el Village.

Agarro con fuerza las manos de mis dos chicos porque está a punto de comenzar la sorpresa, lo que nadie espera. La música final se interrumpe y da pie a otro sonido, como si la aguja de un tocadiscos se hubiera deslizado por error hacia otra canción. La imagen también se tambalea, como si la pantalla del cine se hubiera convertido en un viejo televisor que necesita mover las antenas para sintonizar de nuevo la imagen. De pronto, aparece la panorámica del prado de Bethel. Se oye el viento, los pájaros cantar y las pisadas de un hombre maduro de pelo cano y abundante y barba de tres días, que camina sobre el pasto. Hay una silla de madera solitaria donde él se sienta. Alguien le coloca un micro en la solapa de su chaqueta verde de la Infantería de tierra algo raída.

❋

—*Adelante, di lo que quieras.* —Se oye mi voz a través de los altavoces de la sala, la cámara me enfoca desde detrás. Estoy frente a él sentada en otra silla.

—*Cuando me encontraste y me hablaste de esta película...* —Gabriel Rodríguez sacude la cabeza y chasquea la lengua—. *La verdad es que para mí esta historia nunca terminó, ¿sabes? He llevado toda mi vida a Sybile en el corazón. Supongo que me enamoré de ella más de lo pensé.*

La cámara muestra un primer plano de sus manos. Gabriel hace girar una vieja pulsera de cuero que lleva anudada en la muñeca. Y mientras tanto, mi voz en *off* continúa el relato:

—*Encontré a Gabriel Rodríguez gracias a la Asociación de Veteranos. Resulta que trabaja para ellos como arquitecto en proyectos de reformas para casas de militares retirados. Pero no fue fácil. La madre de Sybile no recordaba el apellido de su antiguo chófer. Al principio nos dijo que era Miguel Hernández.*

Tras mi risa, que resulta algo absurda, aparece un primer plano de Dustin, lo que hace que toda la pantalla se llene con el color esmeralda de sus ojos.

—*Soy Dustin Davis, el director y guionista de* Verano en Acuario, *y el hijo de Cora Davis, de Sky.*

Se oye un revuelo en las filas donde está sentada la prensa y Dustin se agarra a mi mano con nerviosismo.

—*Mi madre falleció hace cuatro años de cáncer de mama. Al final de su enfermedad me entregó esta caja y allí, entre otras cosas, encontré un diario. Era de Sybile. La película está basada en lo que hay escrito en ese cuaderno.*

Vuelve a aparecer Gabriel, mira a cámara con ojos tristes.

—*Ella hablaba en serio. Sybile estaba dispuesta a comenzar de cero. Pero no luché por eso. No luché por ella y me mentí a mí mismo. Mi padre no se había jugado la vida para llegar hasta aquí para que luego su hijo se convirtiera en un desertor.*

»Soy un ciudadano americano.

A Gabriel se le escapa un gemido apenas imperceptible, pero su rostro contraído descubre a los espectadores su congoja. Después se recompone y sigue el relato.

—*Sybile le abrazó. Presencié que se abrazaban con fuerza en aquella cama de hospital. Me di cuenta de cómo me miraban sus padres. En ese momento lo vi todo claro. Yo no era más que el hijo del chófer.*

»Solo tenía veintidós años. Podría haber reaccionado de otra forma, pero supongo que estaba hecho un lío. Tenía miedo. Me sentí fuera de lugar. Yo..., no sé, me fui y a día de hoy no sé bien por qué lo hice. Supongo que me pareció lo correcto.

En la pantalla aparecen varias fotos de Nick de adolescente, de su graduación, con su pelotón, del día de su boda y con Erick. Acompañándolas, se oye el maravilloso *leitmotiv* que Erick ha creado para la película.

La pantalla cambia de la inmovilidad de las fotografías en blanco y negro al color en movimiento de un nuevo plano: Erick camina sobre el prado con las manos metidas en los bolsillos de sus pantalones vaqueros, se atusa el pelo un poco y luego se sienta con las piernas ligeramente abiertas en la silla. Siento que el corazón se me acelera, sale tremendamente guapo. Tan atractivo que no puedo evitar sonreír porque soy su novia.

—Mi padre fue el mejor. Siempre me animó y creyó en mí. A él no le gustaba la música tanto como a mi madre, pero le gustaba yo. Cuando mi padre falleció, mi madre comenzó a ausentarse de casa con frecuencia, pero siempre regresaba. Estaría con Cora, creo que ella la ayudó a cumplir sus sueños. Sí, ella de alguna forma volvió a abrir su ventana.

La pantalla muestra fotos de Sybile, sus artículos y sus letras de canciones. Superpuestas a las imágenes, se escuchan primero la voz de Dustin, después la de Gabriel, para regresar a la de Dustin y finalizar con la de Erick.

—Mi madre se enamoró de Sybile. Cuando se reencontró con ella años después del festival, se aseguró de no volver a perder el contacto con ella. Supongo que se conformó solo con eso.

—No, ¿cómo iba a saber que aquel fin de semana las dejé emba-

razadas a las dos? Es una locura. Jamás pensé en algo así. Ni siquiera recuerdo bien muchos momentos del festival. Pero, si lo hubiera sabido, habría regresado a Nueva York. Habría... La verdad es que no sé qué habría hecho, solo puedo decir que ahora me siento muy feliz. Creo que desde que volví de Nam es la primera vez que me estoy permitiendo a mí mismo sentirme así.

—Sky tenía el espíritu del que se ha hablado siempre sobre La chica de Woodstock, *lo tuvo toda su vida. Por supuesto que es mi madre. Ella es la chica de Woodstock.*

La última imagen antes del colofón no tiene sonido; en ella aparece Gabriel en medio de sus dos hijos, a los que abraza por los hombros mientras sonríe. Erick mantiene las manos dentro de los bolsillos delanteros, pero dedica una sonrisa sutil a la cámara que los enfoca. Dustin, como era de esperar, sonríe pletórico y agarra la cintura de su padre.

Y ahora la cámara avanza hacia ella. Ya no estamos en el prado pacífico donde años atrás se celebró el macroconcierto más famoso de la historia, sino que se distingue una salita que intenta distanciarse de la imagen de lo que es un centro para mayores con sus decoraciones alegres.

Recuerdo cuando la grabamos, la impresión que me causó conocer a Sybile.

—Mira quién ha venido a verte. Es tu hijo —le dijo la enfermera a una preciosa mujer que llevaba el pelo suelto y un bonito y ligero vestido de flores. Estaba sentada en una mecedora con un libro de poemas cerrado sobre el regazo.

—Hola, mamá. Te traigo una sorpresa. Quiero que escuches esta canción.

Sybile le sonrió, pero no le habló. Como si estuviera intentando recordar su cara y a la vez no quisiera reconocerlo.

Erick conectó su iPod a unos altavoces y los primeros acordes de *Libre* inundaron la habitación.

Sybile no parecía reaccionar a las estrofas que ella escribió, hasta que llegó el estribillo. Entonces, se levantó de su sillón, sonrió, alzó los brazos al cielo y comenzó a dar vueltas.

—¡Creo que la recuerda, Erick! —exclamé emocionada.

En ese momento, yo estaba junto a Dustin, que lo estaba grabando todo con su cámara, conscientes ambos de que estábamos presenciando algo maravilloso. Sybile se desprendió de su vestido, se quedó en ropa interior y siguió dando vueltas al ritmo de la canción. Sonreía con los ojos cerrados. La enfermera recogió el vestido apurada e hizo el intento de volver a ponérselo, pero Erick la detuvo.

—No, déjala que baile como quiera —le pidió, y dirigió una mirada llena de amor a su madre.

Y entonces, en ese momento mágico de Sybile, Gabriel se aproximó a ella con cautela y los ojos bañados en emoción.

—¿Quieres bailar conmigo? —le preguntó.

Sybile dejó de girar, abrió por un instante los ojos y continuó balanceando su cabeza de un lado a otro, sonriéndole. Bajó sus brazos y los posó sobre los hombros del exsoldado.

Fue imposible saber si lo reconoció o no. Ella ya no dijo nada. Pero estuvieron bailando juntos, con la canción que los unió.

Un aluvión de aplausos en la sala me saca de mi ensimismamiento. Espero que los corazones de los espectadores bombeen con la misma intensidad que lo hizo el mío entonces, como lo hace el mío ahora.

Porque me he dado cuenta: ahí está nuestro final feliz, el que todos deseamos tener, el que nos da esperanzas cuando sentimos que la vida es una cadena de imposibles, y el que nos insta a extender las alas y a esforzarnos por volar alto. Lejos. Como consiguieron, a su modo, las chicas de Woodstock.

Agradecimientos

Tengo dos recuerdos especiales de mi niñez relacionados con la música. El primero de ellos son los largos viajes en coche para visitar a mi familia porque siempre nos acompañaban de fondo: los Carpenters, los Beatles, Chicago, Roy Orbinson, los grandes éxitos de Burt Bacharach... El otro son las tardes de los domingos jugando con mi hermana, mientras sonaba de fondo en el tocadiscos del salón Dire Straits, Simon & Garfunkel, Bob Marley o los Fleetwood Mac. Gracias, papá y mamá, por dejarme como la mejor de las herencias los libros de vuestra biblioteca infinita y la mejor de las músicas, y por ponerme alas en cada uno de mis sueños.

Gracias, Quico, por no dejarme flaquear, por darme mis jueves de escritura, por convencerme de que llegaría el día, y por llenar mi corazón de sospechas más que confirmadas. A mis hijas, Celia y Elena, porque jamás os habéis quejado cuando pasaba horas en el ordenador creando historias y siempre me habéis hecho sentir que estabais orgullosas de que lo hiciera.

Sis, te quiero infinito y siempre serás la primera en la lista de acompañantes.

Al resto de mi familia que se alegra con cada libro como

si fuera el primero; en especial a mi tía Maribel (por regalarle mis novelas a todos los médicos), a mi primo Alejandro (por buscarme incansable en todas las librerías que pisa) y a mi suegra Consuelo por todas las velas encendidas.

Gracias a mis agentes Pablo y David, porque cogida de vuestra mano he puesto los pies en un sueño.

Por confiar en esta historia y en mí, gracias desde el fondo de mi corazón, Irene. He disfrutado muchísimo trabajando y aprendiendo contigo y con Laura.

Gracias a todos los que con su promoción (reseñas, fotos, vídeos...) han dado a conocer mis historias, a las bibliotecas y a las librerías que me han acogido. Gracias Futuro Imperfecto y Texas, por darme un espacio incluso cuando no había una novedad. Y a ti, Ana Lara, porque siempre serás mi amiga librera estés donde estés.

No puedo olvidarme de las compañeras que han estado aquí y allá, de mil y una formas, siempre con cariño, admiración mutua y apoyo incondicional. Y aunque son muchas, hago mención especial a las que me han acompañado emocionalmente estos últimos años: Leti (Ditar), Alexandra Roma, Pilar Somarriba, María Martínez, Esmeralda Romero, Elsa García y Anna Casanovas.

Hablar con vosotras es la mejor de las terapias. Gracias a Patricia García por ayudarme para que el sueño siguiera vivo día a día. A Kate Danon, por sacar risas incluso en los días más complicados. A Alba Navalón, por ser esa pluma siempre dispuesta a ayudar y mantenerme al día de los mejores artículos literarios.

Un agradecimiento enorme a las que me prestaron sus ojos críticos, su tiempo y su cariño: Vanessa (Caro Muso), Carmen Blanco (Amy Jean), Sara (Lectora) y Diana (Didi).

Gracias a todas mis amistades fuera del mundo literario por alegraros y acompañarme con cada paso que doy.

Hay lectoras que siempre han estado y a las que les debo la ilusión de seguir, gracias por vuestros mensajes de apoyo y por esperarme.

Y gracias a ti, si eres nuevo por mis mundos. Espero que hayas disfrutado y que desees quedarte.